KB243836

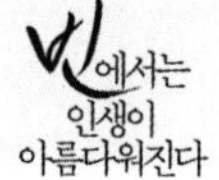
빛에서는
인생이
아름다워진다

빈에서는 인생이 아름다워진다

1판 1쇄 발행 2011. 7. 15.
1판 15쇄 발행 2024. 7. 26.

지은이 박종호

발행인 박강휘
발행처 김영사
등록 1979년 5월 17일(제406-2003-036호)
주소 경기도 파주시 문발로 197(문발동) 우편번호 10881
전화 마케팅부 031)955-3100, 편집부 031)955-3200 | 팩스 031)955-3111

값은 뒤표지에 있습니다.
ISBN 978-89-349-5206-0 03810

홈페이지 www.gimmyoung.com   블로그 blog.naver.com/gybook
인스타그램 instagram.com/gimmyoung   이메일 bestbook@gimmyoung.com

좋은 독자가 좋은 책을 만듭니다.
김영사는 독자 여러분의 의견에 항상 귀 기울이고 있습니다.

빈에서는 인생이 아름다워진다

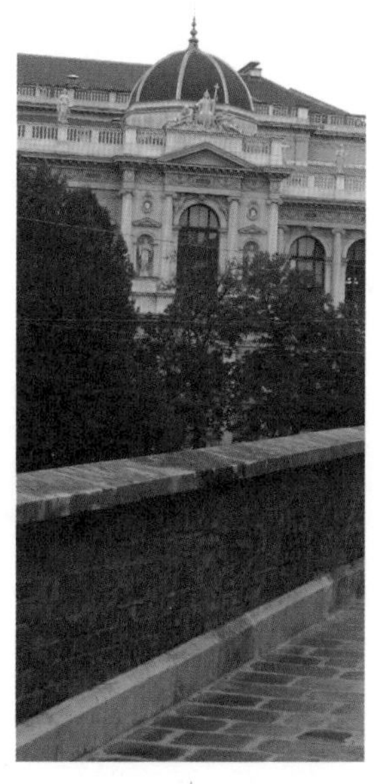

박종호 글·사진

김영사

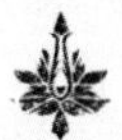

먼 나라에 대한 동경을 일러주신 아버님께
이 책을 바칩니다.

깨어 있는 예술가들이 세운
정신과 예술의 도시

—

유럽의 많은 도시들은 모두 나름대로의 개성과 역사를 지니고 있다. 그중에서도 오스트리아의 빈은 역사적으로도 중요할 뿐만 아니라 도시의 아름다움을 현재까지 간직하고 있는 곳이다. 또한 빈은 그 우아함 아래 무한히 깊고 치열하며 한없이 넓고 다양한 문화적 토양을 지켜오고 있다. 빈을 여행하는 것은 유럽의 핵심을 보는 것이며, 빈을 아는 것은 예술을 알아가는 길이다.

이제는 한국인들 중에도 빈을 여행하는 사람들이 점점 늘어나고 있다. 하지만 빈의 겉모습만 잠시 보고 돌아오는 경우가 대부분이다. 우리나라에서 만들어지는 빈 여행 상품이라는 것이 그렇다. '동유럽 며칠'이라고 하여 여러 나라를 도는 동안 겨우 하루 이틀 정도 빈에 들르는 것이 대부분이다. 이 정도로는 절대 빈을 알 수 없다. 안타깝다.

나는 빈의 진가와 매력에 빠진 이후로 여러 차례 빈을 방문했다. 한 번 가면 보통 일주일 정도는 시간을 내어 빈에 머무른다. 그런데 다녀와서 "빈에 일주일 있었다"고 하면 사람들의 반응은 이렇다. "그 도시에 일주일 동안 있을 만큼 볼거리가 많냐?" 더욱 안타깝다.

빈은 오랫동안 중부 유럽의 중심이었다. 정치적으로도 그랬고 경제적으로나 문화적으로도 그러했다. 지금의 중동부 유럽의 대부분을 장악했던 오스트리아-헝가리 제국의 수도로서, 650여 년간 화려했던 제국의 모든 것이 담겨 있는 도시다. 그만큼 빈은 역사와 전통으로 가득 찬 곳이다.

조금 더 나아가 빈은 예술의 도시다. 빈을 아는 것은 예술을 이해하는 것이다. 예술을 보지 않고는 빈의 진정한 매력을 알 수 없다. 빈은 음악, 미술, 디자인, 건축, 문학, 연극, 오페라 등 예술의 모든 분야에서 최고 수준을 이루었던 도시다. 당신이 지금 빈을 방문해도 그 모든 것들의 열매를 다 맛볼 수 있다. 다만 그 열매의 양과 질은 당신의 시각과 준비에 달려있다.

이 책은 예술의 도시 빈의 매력을 소개하고 있다. 모두 내가 직접 두 발로 찾아다니면서 가슴으로 느끼고 머리로 사색했던 것들이다. 그것들을 온전히 당신에게 전해 주고 싶다. 아니 전해 주어야만 할 소명을 느낀다.

이 책에서 소개하는 빈은 대부분 지금으로부터 백 년 전의 빈, 즉 1900년을 전후한 빈이다. 우리는 그 당시를 '세기말'이라고 부른다. 이 책은 1900년대를 맞이하면서 빈에 일어난 문화적인 운동과 예술적인 혁신을 중심으로 말하게 될 것이다. 그 세기말은 역사상 최고의 시대였으며, 당시 빈은 역사적으로 처음이자 마지막으로 세계 예술의 중심에 서 있었다.

수백 년을 이어온 제국의 시대가 끝나가고 근대적 사회가 시작된 세기말의 빈은 엄청난 변화의 중심에 있었고, 특히 예술 분야에서 많은 새로운 혁신을 이루었다. 당시 빈의 각 분야의 예술가들은 장르를 넘어서 서로 교제하며 영향을 주고받았다. 역사적으로 그런 시대는 그 전에도 없었고 그 후에도 없었다.

지금 우리에게 사랑받는 화가 구스타프 클림트, 음악가 구스타프 말러, 극작가 후고 폰 호프만슈탈, 건축가 오토 바그너, 심리학자 지그문트 프로이트 등이 모두 같은 시대를 살았던 빈 사람들이었으며 그들은 모두 장르와 상관없이 긴밀하게 상호 교류했다. 빈의 거리를 함께 걸으면서 사색하고 빈의 카페에 앉아 토론하는 것은 그들의 일상이며 중요한 일이었다.

그들의 사상과 족적이 지금의 빈을 이루었고, 그 그림자는 지금도 여전히 빈의 곳곳에 멋지게 드리워져 있다. 지금 우리가 누리는 모든 예술 중 세기말 빈으로부터 영향을 받지 않은 것은 거의 없다.

이 책에서는 세기말 빈을 빛내고 사라져간 수십 명의 예술가들의 인생과 그들의 흔적을 찾아가게 될 것이다. 그들 대부분은 1800년대에 태어나서 몸으로 세기말을 겪고 1900년대에 세상을 떠난 사람들이다.

빈이라면 흔히들 떠올리곤 하는 모차르트 같은 사람은 이 책에 나오지도 않는다. 그들이 빈의 정신을 만든 것이 아니기 때문이다. 나는 오직 세기말의 한가운데 있었고, 세기말을 치열한 정신으로 살았으며, 세기말에 몸으로 예술을 했던 사람들에 관하여 이야기할 것이다.

다만 예외가 있다면 세기말 빈 음악의 중요한 해석자였던 지휘자 헤르베르트 폰 카라얀, 세기말 음악가의 멘토였던 작곡가 루드비히 판 베토벤, 그리고 세기말 화가와 건축가들을 이어서 그들의 예술 정신을 구현한 화가 훈데르트바서 정도가 세기말의 테두리에서 벗어나 있는 정도다.

하고 싶은 얘기가 너무도 많지만, 한정된 지면에 모두 다룰 수 없어 안타까울 따름이다. 대신 여기서 다 하지 못한 이야기들은 당신이 직접 발로 찾아보고 완성해주기 바란다.

빈, 참으로 아름다운 곳이며 위대한 도시다. 현재의 빈은 세기말 예술가들의 치열한 정신과 행동으로 이루어진 예술의 성이다. 당신, 이제 나와 함께 빈으로 떠나자.

2011년 여름
글을 쓰면서도 여전히 아련하게 빈을 그리워하며
박종호

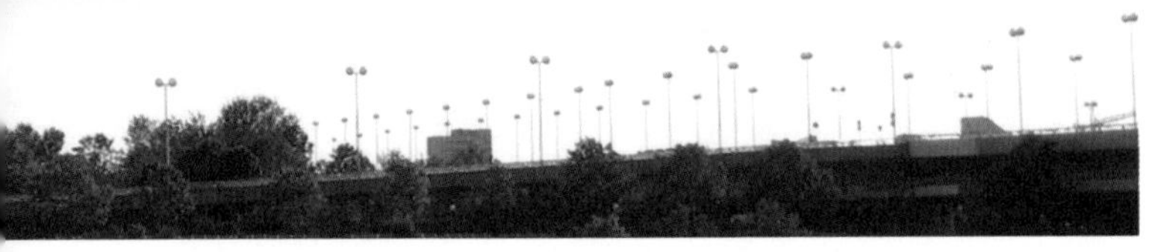

3장 오페라 부근

4장 알베르티나 부근

©정지현

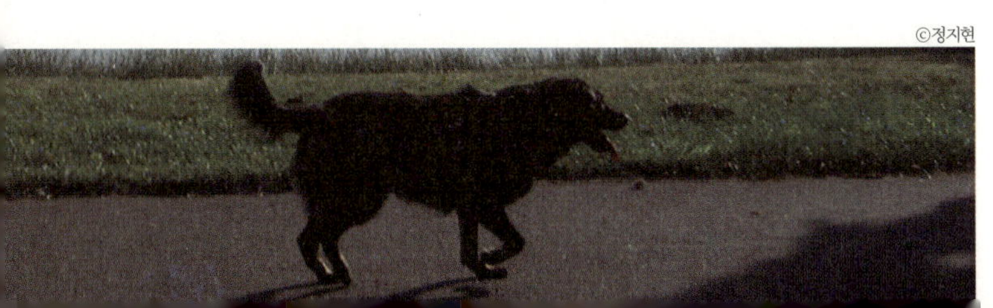

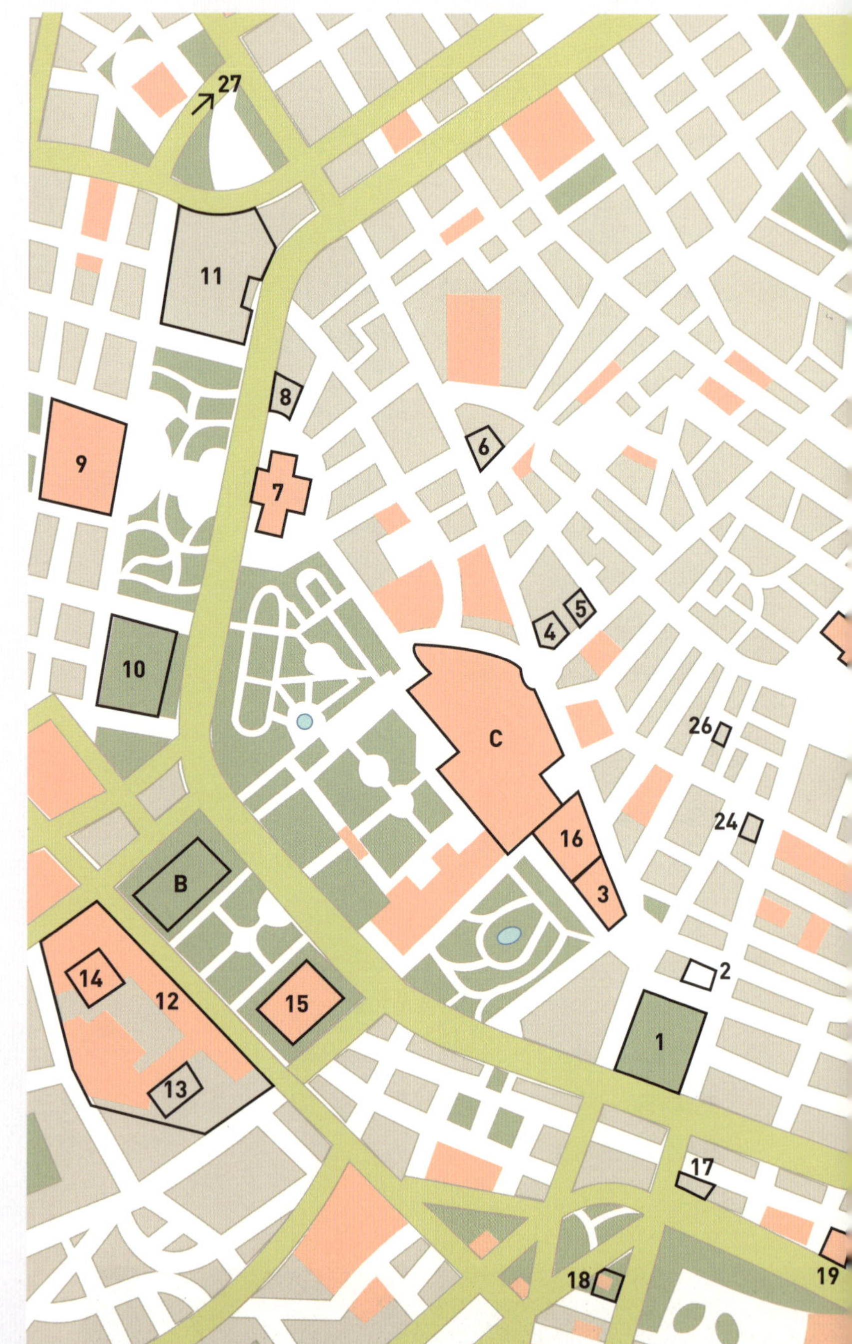

27
11
8
9
7
6
10
5
4
C
26
16
24
3
B
2
14
12
15
1
13
17
18
19

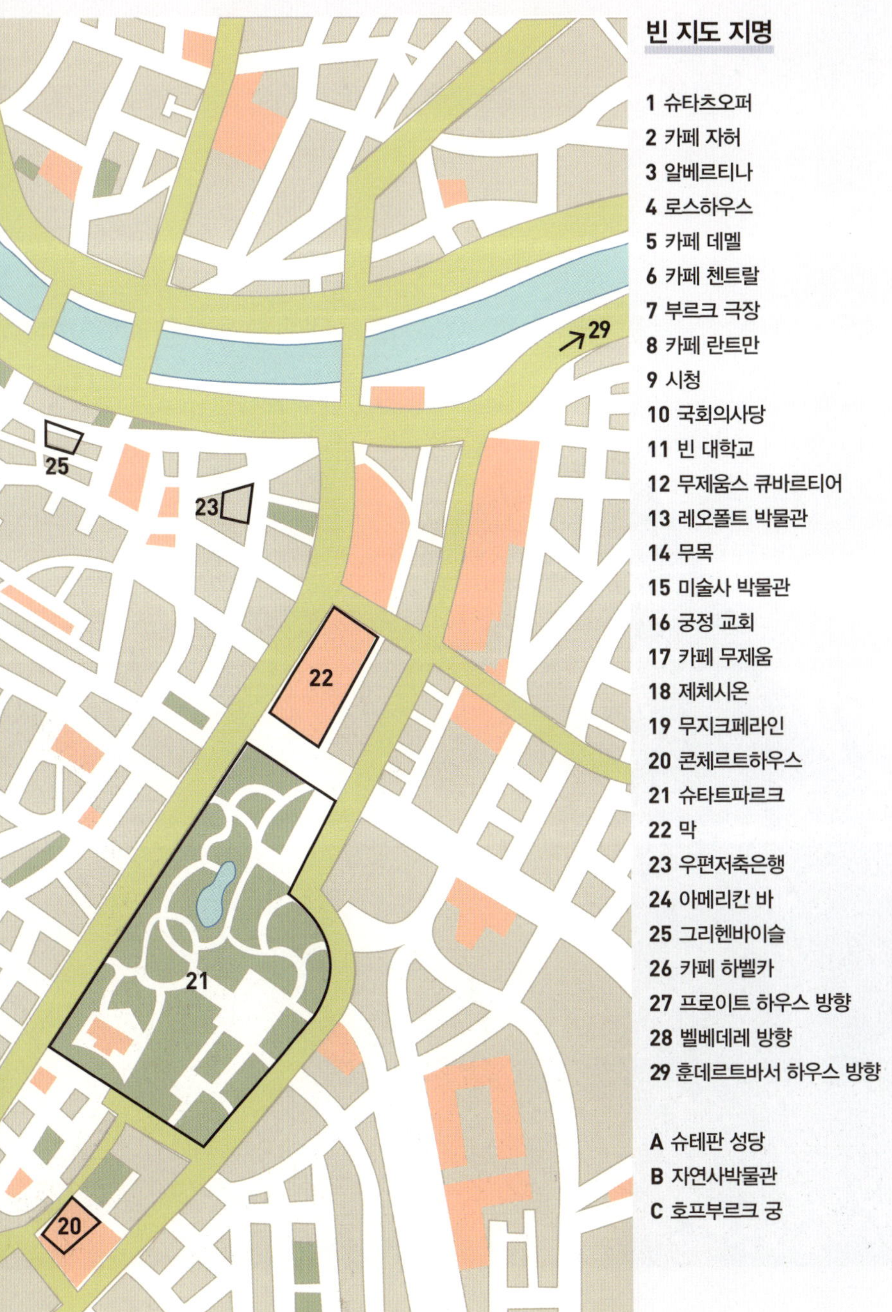

빈 지도 지명

1 슈타츠오퍼
2 카페 자허
3 알베르티나
4 로스하우스
5 카페 데멜
6 카페 첸트랄
7 부르크 극장
8 카페 란트만
9 시청
10 국회의사당
11 빈 대학교
12 무제움스 큐바르티어
13 레오폴트 박물관
14 무목
15 미술사 박물관
16 궁정 교회
17 카페 무제움
18 제체시온
19 무지크페라인
20 콘체르트하우스
21 슈타트파르크
22 막
23 우편저축은행
24 아메리칸 바
25 그리헨바이슬
26 카페 하벨카
27 프로이트 하우스 방향
28 벨베데레 방향
29 훈데르트바서 하우스 방향

A 슈테판 성당
B 자연사박물관
C 호프부르크 궁

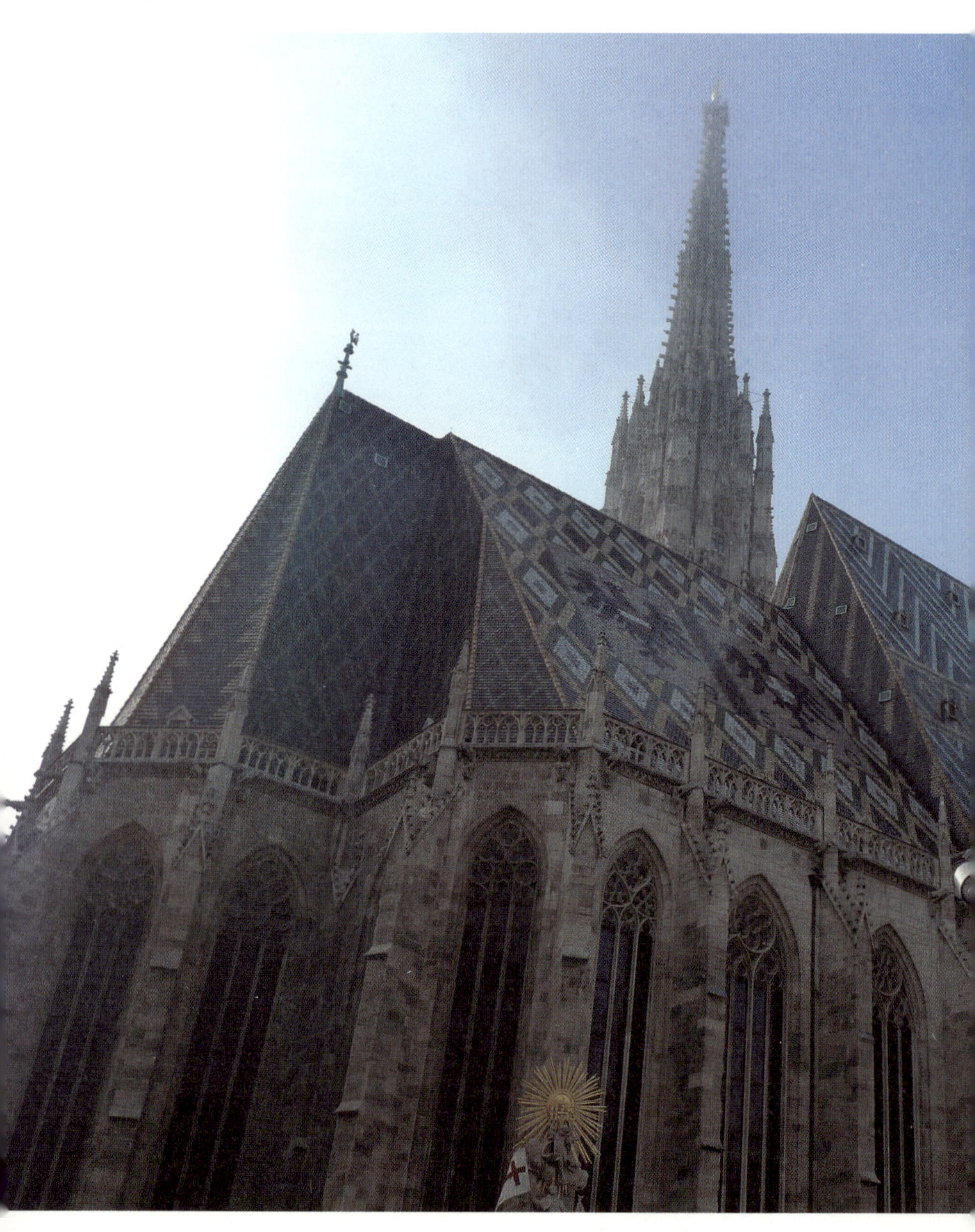

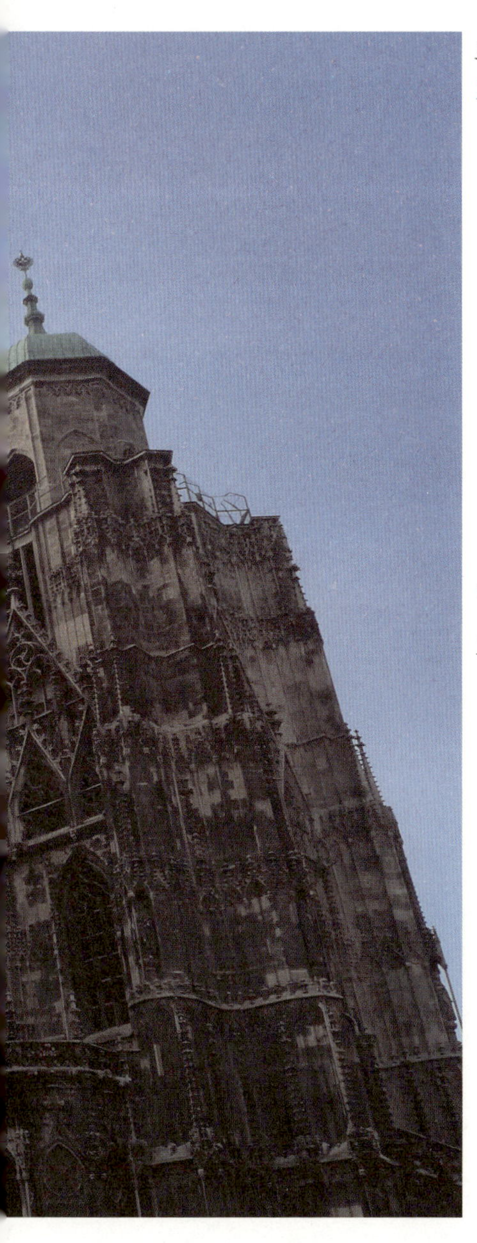

정신의 덩어리 빈

빈은 도시가 아니다.

그것은 정신의 덩어리다.

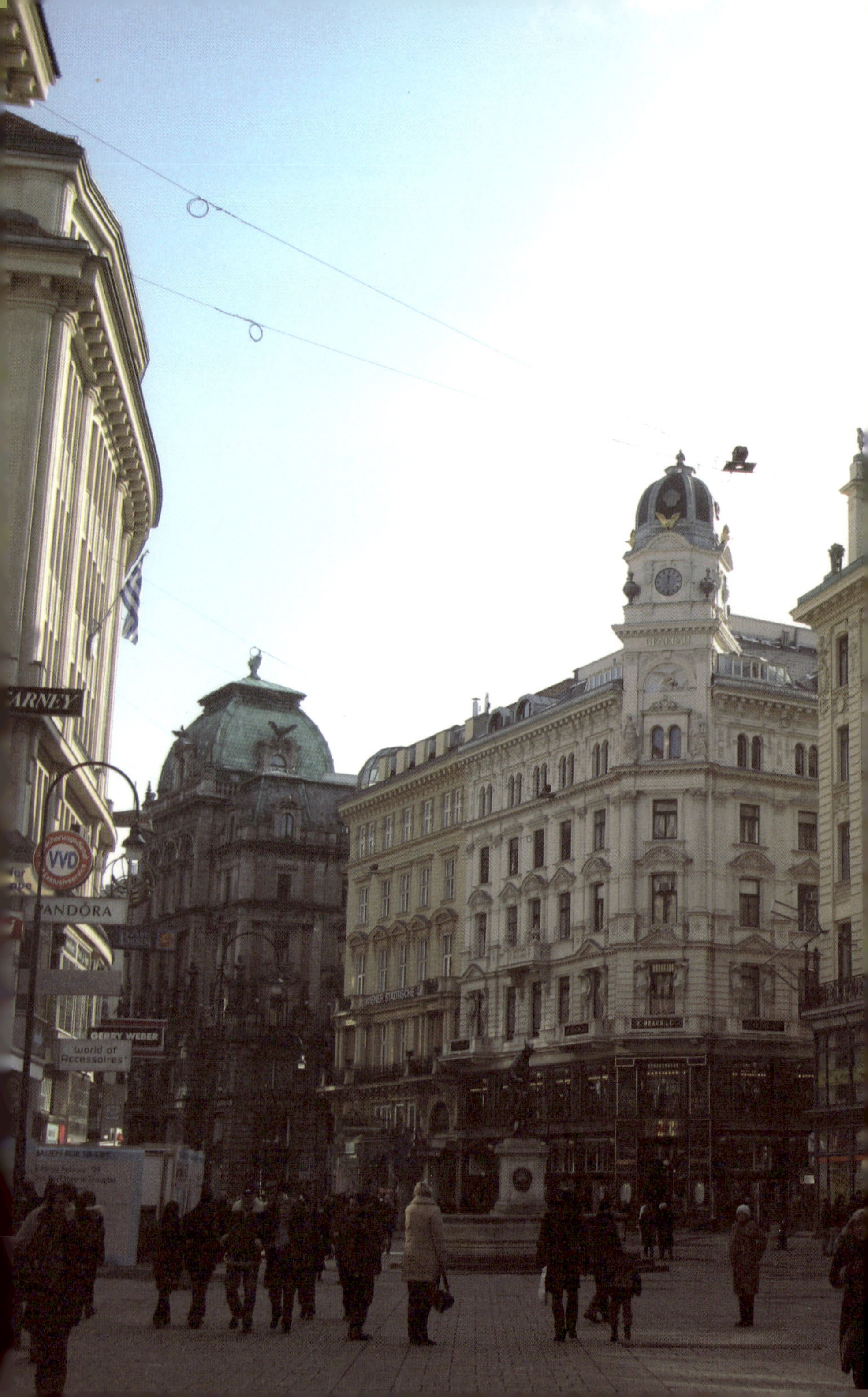

그것은 만질 수 있고, 볼 수 있고, 들을 수 있다.

빈에서는 빈의 정신이 만든 것들을 음미해야 한다.

정신의 덩어리를 보면서, 만지면서, 들으면서…….

그것들, 정신의 덩어리들은 여행하지 않는다.

다만 우리가 두 발로 찾아가 그것들을 만나야 한다.

예술은 모두 자기 자리가 있다.

빈의 것은 빈에서 보아야 한다.

무라카미 하루키가 스코틀랜드에서 마신 위스키를 롯폰기의 바에서 다시 마신다고 해도 그것은 더 이상 같은 위스키가 아니며, 베를린의 포츠담 광장에서 마신 맥주를 이태원에서 마신다고 해도 그것은 더 이상 같은 맥주가 아니다.

라이프치히의 카페 바움에서 커피 원두를 사 가지고 서울로 가지고 온들 그것은 같은 커피가 아니다. 원두가 같지 않느냐고? 그렇다. 하지만 같은 것은 오직 원두뿐이다. 물도 다르고, 불도 다르고, 그릇도 다르고, 설탕도 다르다. 카페의 분위기도 다르고, 음악도 다르며, 풍경도 다르고, 공기도 다르다.

빈의 많은 것들은 직접 빈으로 가 다리품을 팔아야만 진정한 당신의 것이 된다. 진짜 감동을 느낄 수 있다. 빈 필하모닉 오케스트라가 예술의전당에서 연주를 한다고 해도, 그것은 빈에서 듣는 연주와 다르다. 연주 홀이 다르고, 구조가 다르고, 음향이 다르고, 레퍼토리가 다르고, 연주자들의 자세가 다르고, 청중의 질이 다르고, 옆에 앉은 사람도 다르다.

빈에 있는 클림트의 그림을 서울에 가져온들 그 감동은 다를 수밖에 없다. 그림은 같지만, 단지 그뿐이다. 그림은 그 그림이 있을 자리에 놓여야 한다. 빈의 제체시온 지하실에, 부르크 극장의 천장에, 미술사 박물관의 삼각형 박공에, 아름다운 의뢰인의 아르누보 풍 거실에 있는 그림들은 그 건물의 광채와 함께 어울려 있어야 온전한 감동을 준다.

그래서 나는 오늘도 빈을 찾는다.

빈에는 그들이 오랜 세월 동안 갈고 닦아온 정신의 정수들이 있다. 수백 년, 수천 년 동안 그곳에서 이어 내려온 전통과 규칙이 있다. 그것들은 다만 서류나 책이나 악보로만 있는 것이 아니다. 지금도 빈의 거리에서, 미술관에서, 극장에서, 연주장에서, 그리고 카페에서 여전히 살아 꿈틀대고 있다.

우리는 그것들을 만질 수 있다. 직접 볼 수 있고 들을 수 있다. 냄새를 맡고 바람을 맞으며 당신의 피부에 돋는 소름을 느낄 수 있다.

음악이 미술이 되고
문학이 오페라가 되는 예술의 도시

—

빈이라고 하면 대부분 '음악의 도시'라는 말을 떠올린다. 그것은 너무나 자연스러운 일이 되어버렸다. 사람들에게 빈은 음악의 도시다. "빈에 간다"고 하면 돌아오는 반응은 대부분 "음악 많이 들으시겠군요"이다. 또 "빈에 다녀왔다"고 하면 "음악 많이 들으셨나요?"라고 한다. 그들이 생각하는 음악의 도시는 말 그대로 '음악의 도시'라는 다섯 음절만 같을 뿐 그 의미가 거의 다 다르다. 물론 '클래식 음악'이라는 공통점이 있기는 하다. 하지만 대화를 한번 나눠보면 그들의 머릿속에 떠오르는 음악들은 천차만별이라는 것을 알게 된다.

먼저 빈 하면 당연히 요한 슈트라우스 류의 왈츠를 떠올리는 사람들이 있다. 아, 왈츠! 좋다. 물론 그중에는 왈츠를 듣는 것만으로는 성이 차지 않아 '빈에 가면 꼭 거기서 진짜 왈츠를 추고 와야지'라고 생각하는 사람들도 있다. 그런 사람들은 종종 "빈에서 왈츠도 좀 추셨나요?"라고 묻는다. 아무튼 왈츠를 듣든지 추든지, 그들에게 빈이라는 곳은 왈츠의 도시일 것이다.

하지만 클래식 음악을 조금이라도 좋아하거나 그것에 심취한 경험이 있는 사람이라면, 다만 왈츠만을 들으러 빈에 간다고 생각하지는 않을 것이다. 그들이 떠올리는 빈은 수많은 위대한 음악가들이 살고, 고뇌하고, 창작하고, 죽어갔던 도시일 것이다. 그중에서 그들의 머릿속에 먼저 떠오르는 이름들은 보통 볼프강 아마데우스 모차르트, 루드비히 판 베토벤, 프란츠 슈베르트, 그리고 프란츠 요제프 하이든이다. 이 네 사람은 지금 우리가 듣고 있는 고전 음악의 기초를 만들었다고 해도 과언이 아니다. 이들은 모두 빈을 중심으로 활동했다. 빈은 분명 위대한 음악의 도시이자 음악의 수도다.

세계 각지로부터 빈을 방문하는 많은 클래식 애호가들은 빈의 음악가들이 살았던 작은 집들을 찾아다니고, 그들이 걸었던 길을 걸어보고, 그들의 묘역에 성묘하곤 한다. 그들의 자취를 더듬고 그들의 장소에서 그들의 음악을 듣기 위해 빈에 오는 것이다.

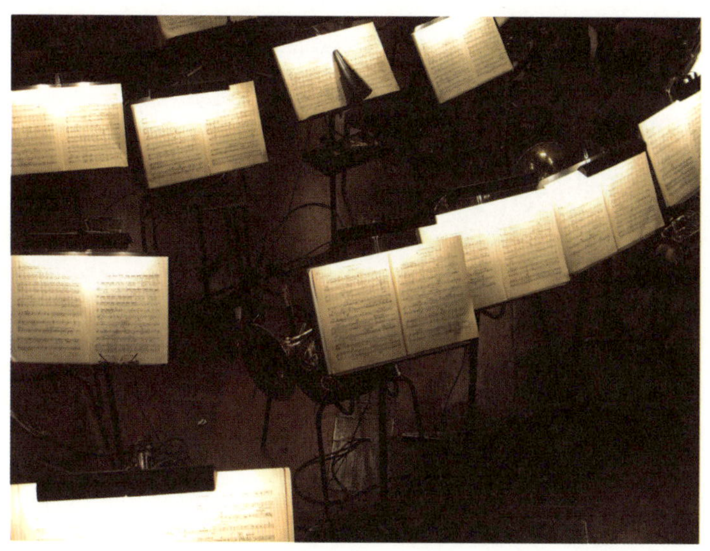

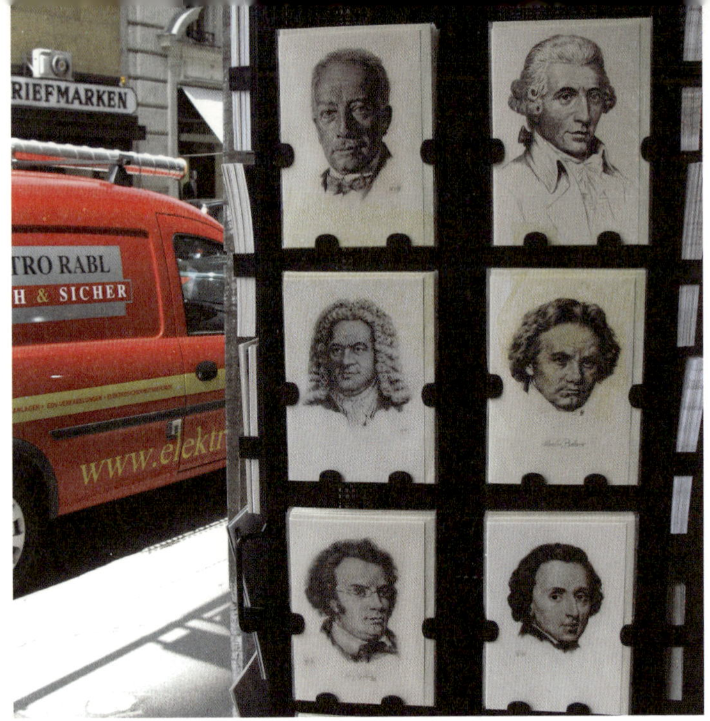

이렇듯 빈은 다양한 색깔을 가지고 있는 음악의 도시지만 또 다른 예술의 도시이기도 하다. 만일 빈을 음악의 도시라고만 부른다면, 다른 장르의 예술가들은 섭섭하지 않을 수가 없다.

빈은 미술의 도시이자 건축의 도시다. 나아가 철학과 심리학, 정신의학의 도시이기도 하다. 또한 빈은 공예와 디자인의 도시라 불러도 되며, 문학과 연극과 오페라의 도시라고 해도 좋다.

이 많은 모습을 동시에 보아야 비로소 빈을 볼 수 있다. 이 다양한 예술들을 한꺼번에 알고, 특히 그들 상호간의 관계를 아는 것이 진정 빈을 제대로 아는 것이다.

빈을 알면 예술이 보인다. 그리고 예술을 보아야 빈을 제대로 볼 수 있다. 음악뿐만 아니라 미술, 공예, 건축, 문학, 연극, 오페라, 철학, 심리학 등 지금 우리가 누리는 대부분의 것들은 빈이라는 한 도시에 큰 신세를 지고 있다.

그러니 빈을 단지 음악의 도시라고 부르기보다는 예술의 도시라고 부르는 것이 맞을 것이다. 빈에서 이 많은 것들을 다 보려면 정신없을 것 같다고 생각할 수도 있다. 하지만 그렇지 않다. 이 많은 예술 장르들은 떨어져 있지 않고 함께 있다. 그것이 빈이다. 미술이 음악이 되고, 음악이 미술이 되며, 건축이 미술이고, 문학이 연극이고, 오페라가 디자인이다. 빈에서 여러 예술 장르들은 다른 게 아니라 같은 것이다. 이것이 '총체總體 예술'이다.

음악만 보아서는 음악이 다 보이지 않고, 미술만 보아서는 미술을 다 이해할 수 없는 곳이 빈이다. 음악을 잘 보려면 미술을 알아야 하고, 미술을 제대로 이해하려면 또한 음악을 알아야 한다. 당신은 한꺼번에 건축과 음악과 문학과 미술을 누리는 풍요로운 경험에 몸을 떨게 될 것이다. 그곳이 빈이다.

그 많은 예술이 대부분 지금으로부터 110여 년 전 1900년이 오기 직전에 태동해 1900년을 전후로 이루 말할 수 없이 크게 만개했다. 우리는 당시를 흔히 19세기 말, 줄여서 '세기말世紀末'이라고 부른다. 빈 문화의 핵심은 세기말에 있다.

세기말 빈,
역사상 가장 놀라운 시대

—

'세기말'이라는 용어는 빈이라는 도시에 대해 특별히 사용되는 말의 하나다. 물론 세기말이라는 현상이 빈에만 있었던 것은 아니다. 파리에도 세기말 현상이 있어 그것을 '펑 드 시에클Fin-de-Siecle'이라 부르며, 그런 문화적 특징은 로마나 베를린에도 있었다.

하지만 '세기말'이라고 부를 때 이것은 오스트리아 빈에서 유달리 특징적인 말이다. 여기서 세기말이란 모든 세기, 즉 백 년마다 맞게 되는 어떤 시기를 말하는 것이 아니다. 세기말은 인류 역사상 가장 중요하고 가장 혁명적이었던 세기말, 즉 1800년대에서 1900년대로 넘어오는, 1900년을 전후한 '19세기 말'을 특별히 지칭한다.

그 19세기 말에 빈은 세상에서 가장 큰 변화가 있었으며, 650년간의 구체제가 무너지고 새로운 세상이 만들어졌다. 그 과정에서 그들은 가장 큰 산고를 겪었다. 그러면서 빈은 그 시기에 최고의 문화유산을 남겼다. 그것은 음악, 미술, 건축, 공예, 문학, 연극, 오페라, 철학, 심리학 등 수많은 분야에서 그러했다.

우리가 세기말 빈에 더욱 주목하는 이유들이 몇 가지 있으니, 다음 세 가지 특징으로 정리할 수 있다.

첫째, 세기말에 빈이 남긴 유산들은 각 예술 분야에서 지금 우리 시대에도 여전히 가장 주목받고 가장 영향력을 끼치고 있으며 또한 가장 인기가 있다는 점이다. 음악에서 구스타프 말러, 미술에서 구스타프 클림트, 심리학에서 지그문트 프로이트가 바로 그 시대에 각 분야를 대표하는 인물들이었다.

그들은 자기 분야에서 최고의 업적을 남겼으며 가장 혁신적인 개혁을 이루었다. 그리고 우리 시대에까지 세계적으로 여전히 가장 인기 있는 작가들로 남아 있다. 최근 국내에서 일고 있는 말러 연주 붐은 음악계에 큰 흐름이 되고 있으며, 클림트 역시 가장 인기 있는 화가로 꼽힌다. 최근 클림트에 대한 세간의 관심은 인상파를 추월한 느낌이다. 프로이트도 여전히 출판계의 스테디셀러 작가이며, 최근 수십 권에 이르는 그의 전집이 국내에서도 출간되었다.

세기말 빈의 두 번째 특징은 예술가들이 매우 긴밀하게 상호 교류했다는 점이다. 예술가들의 교류는 같은 장르 안에서만 이루어진 게 아니라, 어쩌면 서로 다른 장르의 예술가들의 교류가 더 많았다. 이런 현상은 상당히 놀라운 것으로서 로마나 런던, 베를린에서는 찾아보기 어려운 빈만의 독특한 현상이었다.

음악가는 화가에게 영향을 미치고, 화가는 다시 음악가에게 영감을 불러일으켰다. 그들은 다만 작품을 통해 영향을 주고받는 것을 넘어서, 대부분 사회적으로도 아주 친밀하게 교제했다. 장르와 관계없이 함께 교류하고 모이고 토론했으며, 서로 사랑하고 또한 질투했다. 그러한 힘과 역동성이 바로 그들의 예술적 산물이 되었다. 그런 일들이 이루어진 도시가 바로 빈이었다.

세기말 빈의 세 번째 특징은 이 모든 문화적 현상이 왕실이나 귀족들에 의해서가 아니라 시민 계급에 의해 탄생되고 주도되었다는 점이다. 이것은 당시에 쇠락해가는 왕실 문화와 새롭게 일어나는 시민 계급의 정치적 참여 및 민주주의의 발전과 그 맥을 함께한다. 정치 사회적인 변화와 함께 문화적인 발전 역시 시민들 주도로 이루어졌다는 것은 역사적으로나 예술적으로나 세기말 빈 문화의 중요한 특징이며 자랑이 되고 있다.

수천 년을 이어온 여러 국가와 사회의 문화 대부분이 왕조나 귀족 주도였다는 것을 생각해보면, 시민 계급이 주도한 문화라는 것은 파격적이지 않을 수 없다. 물론 그동안 서민이나 민중계층의 문화가 없었던 것은 아니다. 하지만 그것들이 그 시대를 대표하는 문화라고는 할 수 없었다. 그랬던 것이 세기말 빈에 이르러 모든 문화와 예술의 주도권은 귀족에 못지않은 경제력과 지성을 갖춘 시민들이 갖게 되었다.

세기말 빈의 예술가들 중 우리가 주목해야 할 사람들은 다음과 같다. 이 책에서도 주로 그들에 대해 언급되게 될 것이다.

건축가로는 오토 바그너를 시작으로 요제프 마리아 올브리히, 아돌프 로스, 요제프 호프만 등이 있다. 이어 화가들로는 구스타프 클림트, 에곤 실레, 오스카 코코슈카 등이 이 책의 주인공이 될 것이다.

작가로는 페터 알텐베르크, 아르투르 슈니츨러, 후고 폰 호프만슈탈, 칼 크라우스, 슈테판 츠바이크 등이 앞의 화가, 건축가들과 한 시대의 친구이자 동료들이었다. 그들과 교류한 지인으로는 심리학자 지그문트 프로이트와 철학자 루드비히 비트겐슈타인 등이 있다.

작곡가로는 구스타프 말러, 후고 볼프, 리하르트 슈트라우스, 알렉산더 쳄린스키, 아르놀트 쇤베르크, 안톤 베베른, 알반 베르크, 에리히 볼프강 코른골트 등이 있다. 이 시기에 파울 비트겐슈타인은 피아니스트로 활동하며 화제를 모았다.

앞의 작곡가들 중에서 말러와 리하르트 슈트라우스는 작곡가로서도 이름을 얻었지만 지휘자로 활동하기도 했다. 그들을 비롯해 지휘만을 전업으로 하는 음악가들이 부상하면서 지휘자라는 새로운 직업이 자리 잡게 되었다. 그들은 특히 앞의 작곡가들과 직접 교제함으로써 그들의 해석에 힘을 실었는데, 바로 그것이 현대 지휘계의 시작이 되었다. 그들 역시 빈을 중심으로 활동하였으니, 브루노 발터, 빌헬름 푸르트벵글러, 에리히 클라이버, 클레멘스 크라우스 등이다.

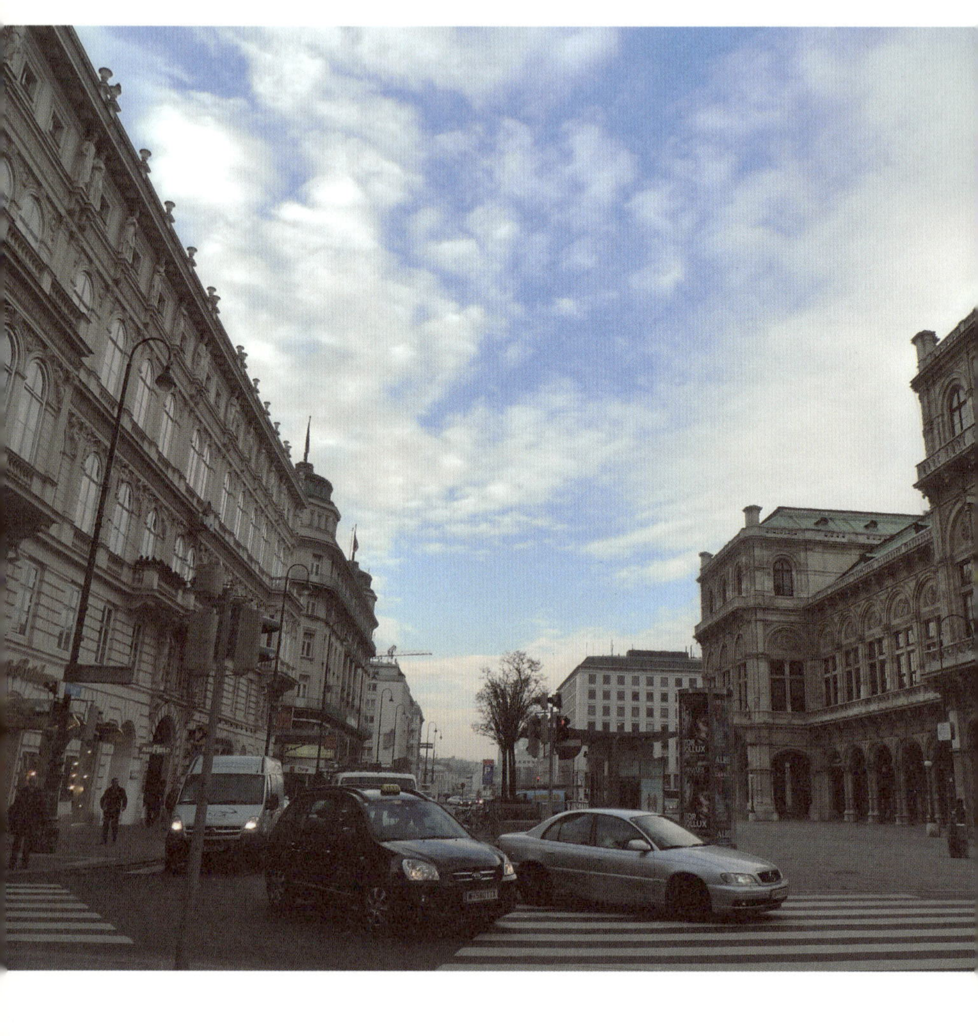

그들은 모두 1900년 이전, 19세기에 태어나 1900년 이후, 20세기에 세상을 떠났다. 즉, 그들 모두 세기가 바뀌는 1900년이란 시점을 통과하면서 살았다. 1900년이라는 시점에 빈에서는 그들이 모두 살을 스치고, 말을 섞으며, 살고 사랑하고 창작하고 있었던 것이다. 놀랍지 않은가?

우리는 그들의 일부를 음악 시간에 배웠고, 일부는 미술 시간에 배웠다. 물론 많은 이름은 학교에서 아예 가르쳐주지도 않았다. 하지만 작곡가는 음악 시간에만, 화가는 미술 시간에만 나와야 하는 게 아니었다. 그들은 서로 엄청난 영향을 주고받았으며, 20세기를 향한 동지들이었고 친구들이었다. 미술을 모르고 빈의 음악가를 잘 알 수 없으며, 음악을 모르는 채 빈의 화가들을 이해할 수 없다. 클림트를 알아야 말러를 이해할 수 있고, 말러를 알아야 클림트를 제대로 즐길 수 있다.

그런 도시가 '1900년의 빈'이다. 이런 상황은 역사상 지구 위 어디에서도 일어나지 않았다. 그러므로 빈은 단순한 하나의 도시가 아니다. 백 년 전 당시의 빈은 살아서 꿈틀거리던 '예술의 유기적인 덩어리'였다. 그리고 그것은 마침내 폭발했다.

그리고 우리는 여전히 백 년 전에 폭발한 빈이라는 거대한 화산의 화산재를 뒤집어쓴 채 유황 냄새 속에서 살고 있다.

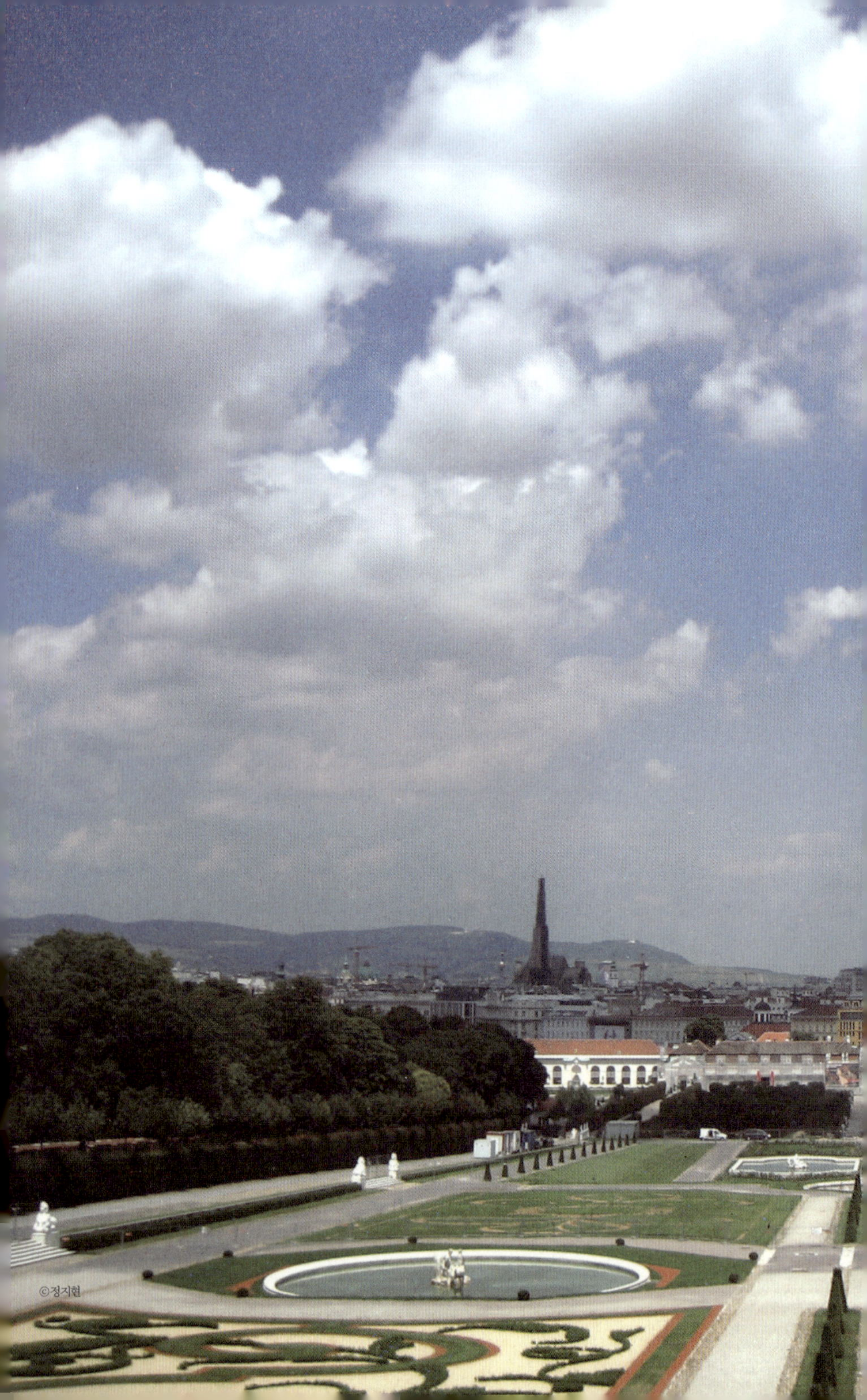

©정지현

1장

벨베데레 부근

Belvedere

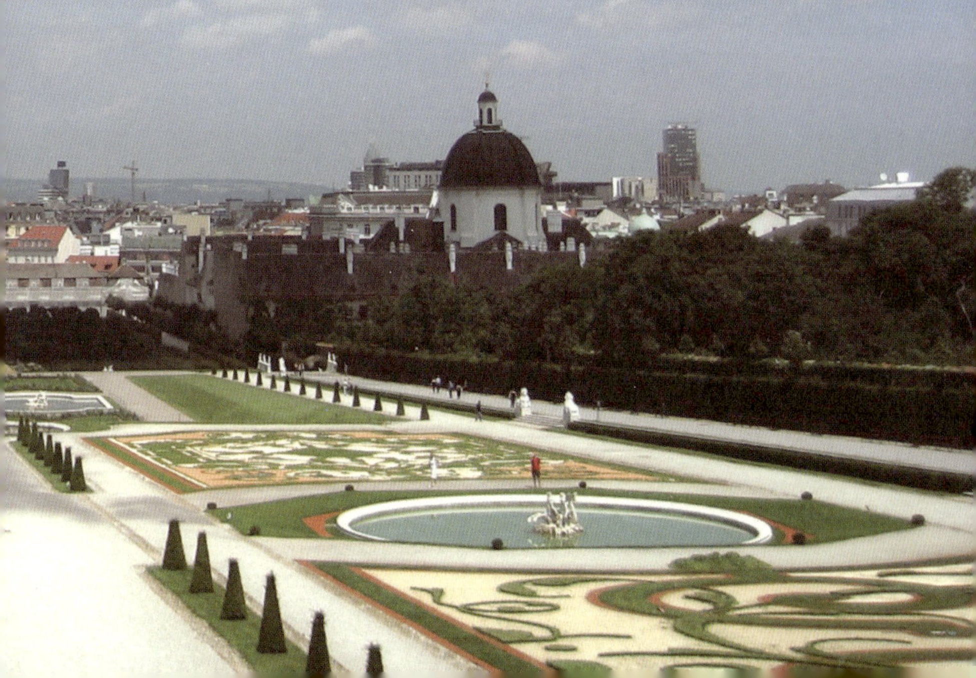

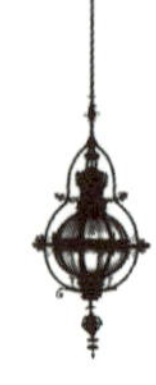

중앙묘지
잠든 음악가들을 찾아서

—

빈의 중앙묘지는 유럽에서도 가장 큰 묘지들 중의 하나다. 가기가 쉽지는 않다. 이름처럼 빈의 중앙에 있는 것이 아니다. 전철을 타고서 거의 교외 종점 가까이까지 가야 한다. 버스와 전철을 갈아타기가 귀찮아진 나는 결국 오늘도 그곳까지 가는 데 돈이 많이 든다. 이른 아침부터 택시를 잡는다. 이러면 안 되는데……. 저에게 성실함을 주소서.

한때 오스트리아-헝가리 제국의 일부였던 세르비아 출신의 기사가 모는 택시는 벨베데레 궁과 남역을 지나 교외로 달린다. 몇 개의 변두리 시가지를 지나고 거의 30분 이상을 달려 택시는 묘역의 제2문 앞에 선다. 돌아가는 길이 걱정스러운 나는 세르비아 기사에게 "나올 때까지 기다려 줄 수 있습니까? 기다리는 요금도 드리겠습니다"라고 말한다. 그러자 그는 희색이 만면해 "얼마든지. 천천히 보고 나오세요. 기다리는 요금은 필요 없습니다. 미터기는 끄고 편하게 기다리지요"라고 대답한다.

차에서 내리자 꽃 가게가 두 곳 보인다. 으레 그러하듯 나는 꽃은 보지도 않고 대신 두 여주인의 얼굴을 먼저 본다. 나이가 더 든 할머니에게서 꽃다발 두 개를 산다. 많이 사면 더 좋겠지만

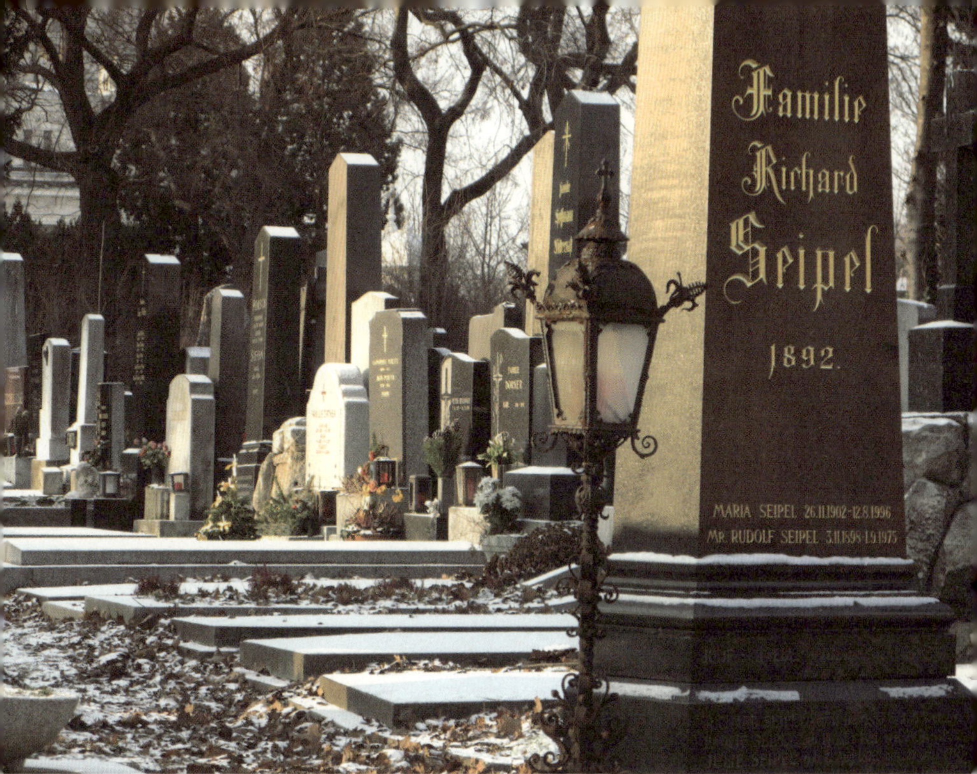

손이 두 개밖에 없다.

양손에 꽃다발을 든 나는 아직 해도 채 뜨지 않은 이른 아침 중앙묘지의 큰길을 천천히 걷는다. 겨울의 키 큰 가로수들이 드러낸 앙상한 가지들 사이로 아침 하늘이 서서히 드러난다. 걸어가면서 주변의 크고 작은 무덤들, 엄밀히 말하자면 비석들을 찬찬히 둘러본다.

길 저 끝에는 커다란 예배당이 있다. 중앙묘지의 가운데에서 망자들을 위로하고 그들의 천국행을 기원하는 자리다. 교회를 향해 가다가 중간쯤에 이르면, 왼편으로 작고 소박한 나무 팻말이 눈에 띈다. '음악가들.'

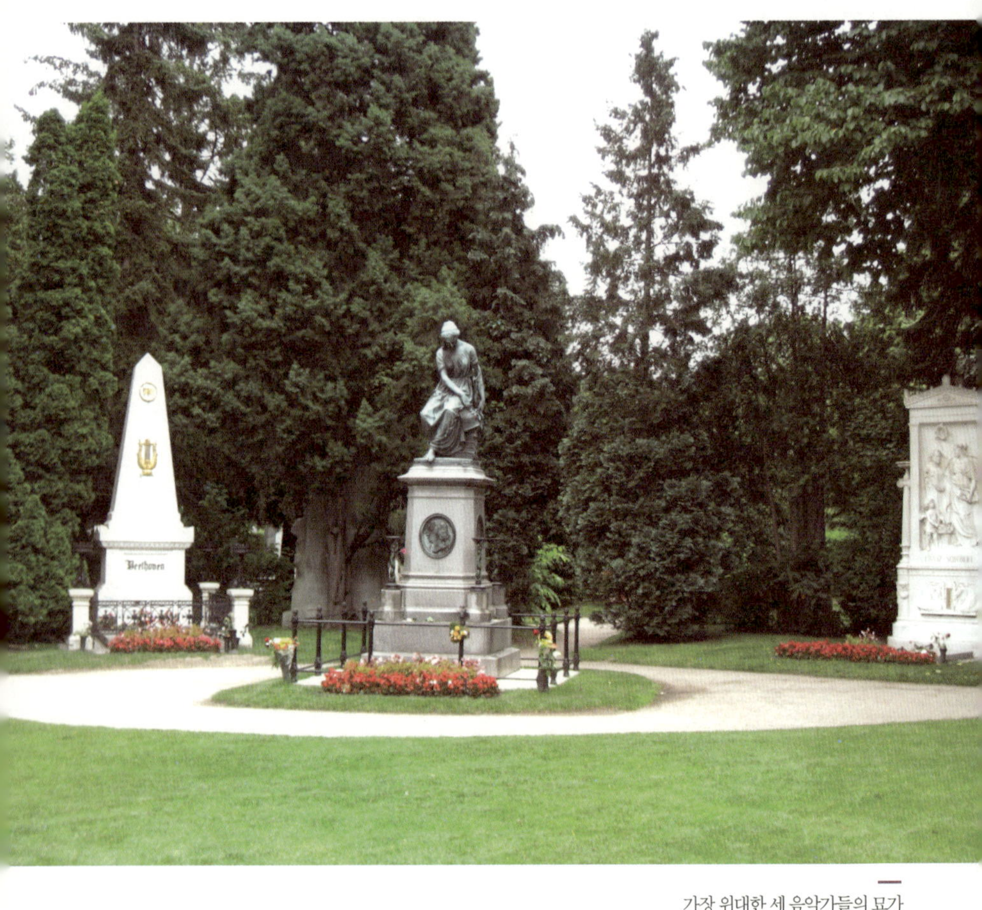

가장 위대한 세 음악가들의 묘가
트라이앵글 모양으로 만들어졌다.
왼쪽부터 베토벤, 모차르트,
슈베르트의 묘.

아마 베토벤의 묘가 먼저였을 것이다. 그런데 같은 빈에서 동시대를 살면서 그를 흠모했지만 말 한 번 섞어보지 못한 채 짝사랑으로 일생을 마친 슈베르트가 "내가 죽거든 베토벤 선생님 옆에 묻어 달라"는 유언을 했다. 그래서 슈베르트의 묘가 베토벤의 묘 옆에 자리했다. 너무나 불행했던 그의 인생에서 소망이 실현되었던 유일한 일이 아니었을까? 그것도 죽어서 말이다.

모차르트는 전염병으로 죽은 뒤 생석회 가루와 함께 커다란 구덩이에 여러 사람들과 함께 묻혔다. 그리하여 그는 변변한 무덤조차 없었다. 이를 안타깝게 여긴 모차르트의 추종자들이 그의 무덤, 아니 묘비만을 여기에 세웠다. 우리 식으로 말하면 허묘虛墓다. 그의 묘는 베토벤과 슈베르트의 묘 사이에 세워졌다.

이리하여 가장 위대한 세 음악가들의 트라이앵글이 만들어졌다. 모차르트는 죽어서 오른편에는 베토벤, 왼편에는 슈베르트를 거느리게 되었다. 모차르트를 사랑한 베토벤은 그 옆에 묻혀 있고, 베토벤을 흠모한 슈베르트는 또 그 옆에 묻혀 있다. 세 명의 위대한 음악가들은 죽어서 영원히 존경하고 흠모를 받는 관계로 이렇게 남아 있다.

그 이후, 브람스가 죽자 그 역시 슈베르트 옆에 묻혔다. 이제 점점 음악가들이 모여들게 되었다. 그들 주위로 그들을 사랑하던 후배들이 하나둘 자리를 잡았다. 생전에는 가까이 가지도 않았고 가까이 갈 수도 없었지만, 귀신이 되면 다들 격이 없어지나

보다. 우리는 귀신이 되기 전에 보다 허심탄회한 말들을 나누어
야겠다.

브람스 옆으로는 요한 슈트라우스 2세가 있다. 살아서 평생 사
랑하는 여인과 함께하지 못했고 결국 독신으로 일생을 마친 브
람스는 비석도 고독해 보인다. 반면 생전에 인기가 높았던 빈의
스타 요한 슈트라우스 2세는 죽어서도 아름다운 여인들의 환대
를 받고 있다. 그 뒤로는 그의 아버지 요한 슈트라우스 1세, 그리
고 그의 동생들인 요제프 슈트라우스, 에두아르트 슈트라우스
등 일가가 포진하고 있다.

이제 그들의 묘지 뒤를 돌면서 주변을 살펴본다. 이름 찾기 게
임이 시작된다. 옆으로 잘 뒤져보면 요제프 라너, 후고 볼프 등
등이 곳곳에 있다. 이렇게 하여 '음악가의 묘역'이 저절로 만들어
진 것이다.

음악의 개혁가 쇤베르크는 죽어서도 그들과는 떨어져 홀로 누
워 있다. 빈의 오랜 음악적 전통을 부인하고 개혁했던 그는 묘비
도 정말 개혁적이다. 다른 이들 저편에서 또 무언가를 구상하고
있나 보다.

나는 들고 간 두 개의 꽃다발을 슈베르트와 브람스 앞에 하나
씩 놓는다. 그들은 둘 다 자손도 없다. 베토벤도 독신이었지만,
죽은 이후로 인기가 좋아서 그의 묘비에는 늘 꽃들이 즐비하다.
굳이 내가 꽃을 놓지 않아도 그의 묘비는 풍년이다.

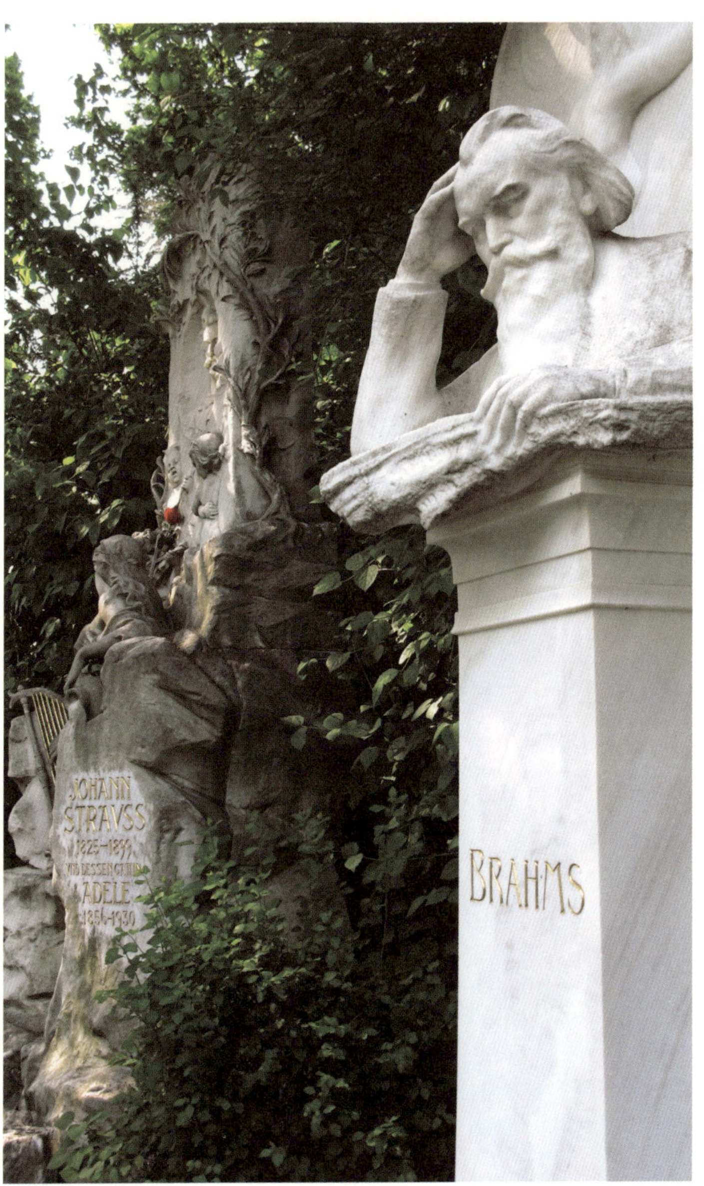

브람스의 묘. 그 옆으
로 요한 슈트라우스
2세의 묘가 보인다.

버스가 도착했나 보다. 일본 관광객들이 몰려 들어온다. 그들에게 중앙묘지는 필수 관광 코스다. 그들은 빈에 도착하면 바로 다음날 중앙묘지를 먼저 찾아 '음악가의 묘역'에 헌화한다고 한다.

첫 아침에 중앙묘지를 찾은 그들, 음악회에서 나와 마주치게 될 그들은 벌써 진지한 결의에 찬 듯 보인다. 앞으로 펼쳐질 그들의 음악 여행에 감동이 함께하기를 빈다.

어쩌면 나도 언제부턴가 그들을 흉내 내기 시작했는지 모르겠다. 빈에 오면 도착한 다음날 아침에 중앙묘지를 찾곤 하니까. 그리고 만나는 것이다. 늘 갈증에 시달렸고 방황했던 내 청춘 시절을 순간이나마 감동과 격정으로 휘몰아치게 해주었던 브람스와 슈베르트를……. 나는 그들에게 헌화하고, 나의 빈 일정 동안 최고의 연주를 접하는 행운을 만나게 해달라고 기원한다.

요한 슈트라우스 2세
아 버 지 를 밟 고 우 뚝 일 어 서 다

중앙묘지의 '음악가 묘역'을 돌다 보면 슈베르트 뒤편으로 같은 이름의 음악가들이 죽 늘어선 것을 볼 수 있다. 슈트라우스 가문의 음악가들이다. 정리해보면 아버지 요한 슈트라우스 1세, 장남 요한 슈트라우스 2세, 차남 요제프 슈트라우스, 그리고 3남 에두아르트 슈트라우스다. 이렇게 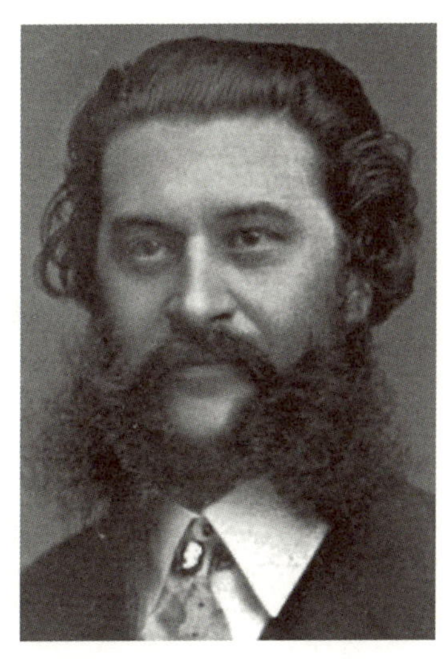 4부자가 모두 빈 왈츠의 전성기를 함께하면서 다 같이 왈츠의 작곡가와 지휘자로서 이름을 날렸고, 지금도 사이좋게 함께 누워 있다.

그중에서도 다른 형제들과는 비교도 할 수 없을 만큼 빛나고 뚜렷한 존재가 요한 슈트라우스 2세1825~1899다. 그런데 아버지 요한 슈트라우스 1세는 아들들, 특히 자신의 이름을 물려받은 장남이 음악가가 되는 것을 원치 않았다. 그리하여 아들을 은행가로 성공시키기 위해 온갖 뒷바라지를 다 했다. 요한 역시 아버지의 기대에 부응해 늘 학교 성적은 최상위를 유지했고 명문 고등 상업학교에 진학했다.

그러나 역시 피는 어쩔 수 없나 보다. 겉으로는 학교 공부를 잘하던 요한이 사실 뒤로는 몰래 음악 공부를 하고 있었던 것이다. 그의 후원자는 아들을 사랑하는 어머니였으며, 어머니의 모성은 언제나 아들이 원하는 것을 해주려고 했다.

결국 그는 19세에 아버지와 상의도 없이 스물네 명으로 구성된 '요한 슈트라우스 2세 악단'을 설립한다. 물론 자신이 사장 겸 지휘자 겸 전속 작곡가였다. 아버지의 노여움은 컸다. 그는 아들이 음악가로서 활동하는 것을 차단하려고 음악계의 인맥을 총동원해 빈 시내의 모든 공연장과 무도장에 아들의 악단을 쓰지 못하게 조치했다.

이에 요한 슈트라우스 2세는 '카페 돔마이어'에서 첫 연주회를 감행할 수밖에 없었다. 카페에 모인 청중들은 아버지의 동원에 의해 연주회를 방해하려는 무리와 아들의 연주회를 지지하는 무리 두 그룹으로 나뉘었다. 무슨 일이 벌어질지, 긴장감이 넘치는 가운데 음악회는 시작되었다. 하지만 마지막 곡이 끝났을 때, 요한 슈트라우스 2세는 아버지 악단이 도저히 줄 수 없는 참신함과 날렵함으로 청중들을 사로잡았다. 결국 아버지의 KO패로 대결은 끝났다.

이후 요한 슈트라우스 2세의 기세를 꺾을 수 있는 것은 빈에

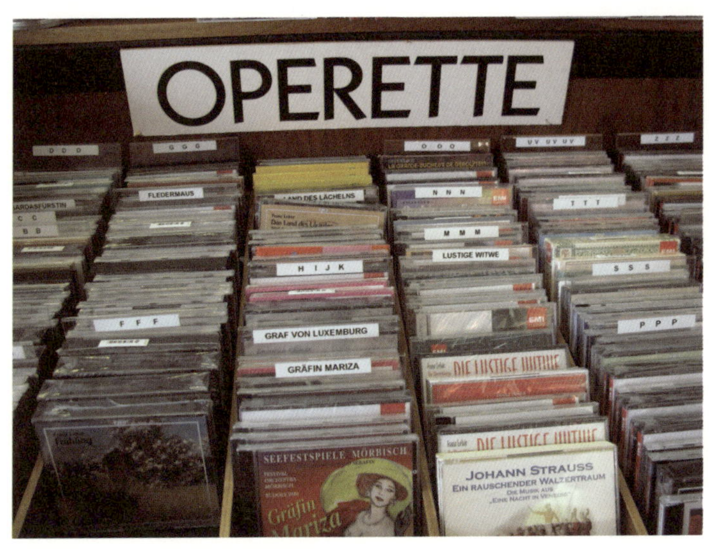

레코드 가게에 '오페레타'라는 항목이 별도로 있는 곳은 아마 빈만이 아닐까? 빈 최고의 오페레타 작곡가는 요한 슈트라우스 2세였다.

없었다. 빈의 왈츠 악단은 아버지와 아들의 두 파로 양분되었지만, 시대가 요구하는 아들의 인기는 점점 더 높아만 갔다. 그리고 1849년에 아버지 요한 스트라우스 1세는 사망했다.

아버지가 죽자 요한 슈트라우스 1세 오케스트라의 단원들은 모두 줄지어 아들 2세를 찾아왔다. 그리고 붉은 방석 위에 올려진 아버지의 지휘봉을 아들에게 바쳤다. 그것은 "저희 악단을 당신이 거두어 주십시오"라는 뜻이었다. 그리하여 빈 최고의 라이벌이었던 두 악단은 통합되고, 더불어 빈 무도회장의 권력 역시 아들이 통일하게 되었다.

이제 슈트라우스 2세의 인기는 하늘을 찌를 정도가 되었다. 아버지에 비해 아들의 음악은 훨씬 세련되고 감각적이었다. 또한 한 손에 바이올린을 든 채 연주를 하다가 활로 지휘하는 민첩한 모습은 경탄의 대상이었다. 당시 빈에서는 갈수록 무도회가 많아졌고, 왈츠 악단의 수요는 어마어마했다. 그 많은 요청을 다 수용하기도 어려웠다. 슈트라우스는 악단을 두 개로 나누어 양쪽에서 연주를 시키고, 본인은 바이올린을 들고 뛰어다니면서 하룻저녁에 몇 탕을 소화해야만 했다. 또 매일 새로운 곡을 선보여 사람들을 감탄시켜야 했기 때문에, 연주가 끝난 뒤에는 밤을 새워 작곡을 했다. 실로 엄청난 성공이었다.

결국 슈트라우스 2세는 과로로 쓰러졌다. 하지만 악단 일을 중단할 수는 없는 노릇이었다. 하는 수 없이 그는 동생인 요제프에게 대신 악단을 지휘해 달라고 했다. 당시 동생은 건축가로서 자신의 길을 가고 있었다. "난 지휘할 줄도 모른다"는 요제프에게 요한은 "괜찮아. 아무 상관없어. 그냥 지휘봉을 들고 서 있기만 하면 돼. 너도 슈트라우스잖아"라며 설득했다. 그리하여 요제프 역시 자신의 직업을 버리고 음악이라는 가업에 뛰어들어 아버지와 형을 잇게 된다. 같은 방식으로 에두아르트마저 직장을 팽개치고 악단으로 들어오게 된다.

가족음악 기업은 이렇게 형성되었다. 모두 슈트라우스이니 세 명의 지휘자에 하룻저녁 세 악단을 동시에 가동하는 게 가능했다. 요한이 전체 CEO가 되어 신곡을 작곡해서 동생들에게 나눠주었다. 장남의 악단은 중앙 무대인 무교동에서 연주하고 차남은 영등포에서, 3남은 화양리에서 연주를 하는 식으로, 슈트라우스 형제들은 빈의 무도 시장을 완전히 장악했다.

요한 슈트라우스 2세는 수백 곡에 달하는 왈츠와 폴카, 마주르카, 행진곡 등을 남겼다. 그것은 다 들을 수도 없고 다 알 수도 없다. 아마 그의 왈츠 200곡을 다 듣는다면 몸이 팽이처럼 빙글빙글 돌아갈 것이다. 하지만 그중에서도 확실한 명곡들이 있어서 그의 작품 세계를 대표한다. 완전히 나의 주관적인 취향일지도 모르지만, 객관적으로도 인정받고 있다고 생각하는 '요한 슈트라우스 왈츠 표준 10곡'을 엄선해본다. 〈아름답고 푸른 도나우 강〉, 〈황제 왈츠〉, 〈빈 숲 속의 이야기〉, 〈봄의 소리〉, 〈남국의 장미〉, 〈예술가의 생애〉, 〈예술가의 콰드릴〉, 〈술, 여자, 노래〉, 〈오스트리아의 마을 제비〉, 〈빈 기질〉. 이 열 곡은 한번 들어볼 만하다.

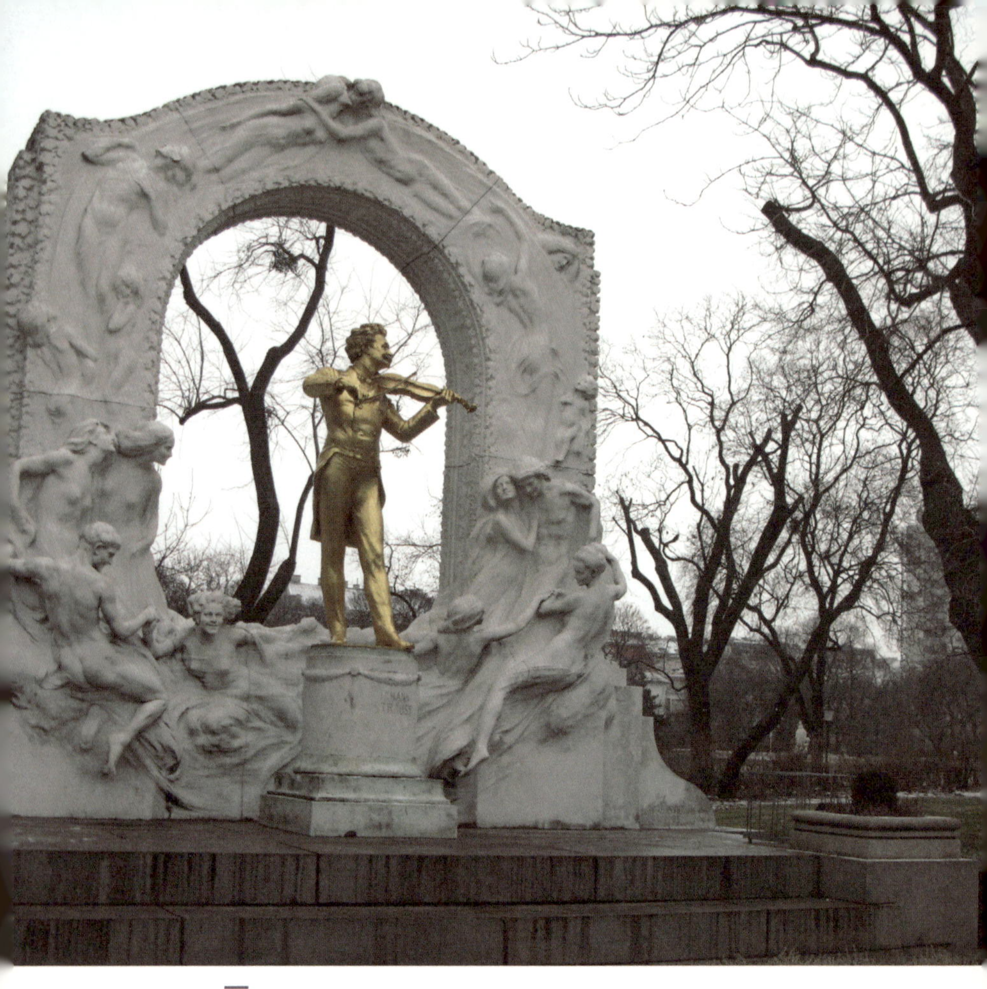

슈타트파르크 안에 있는 요한 슈트라우스 2세의
황금상은 성대했던 왈츠 문화의 화려한 음영이다.

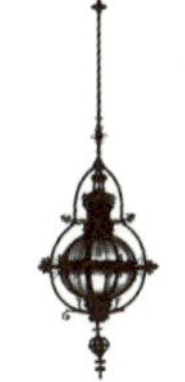

슈타트파르크
어 린 시 절 부 터 그 리 워 한 공 원

—

내 어린 시절만 해도 유럽의 풍물이나 인물을 볼 수 있는 사진이 귀했다. 특히 음악가들의 사진이 드물었다. 음악을 좋아하는 사람이라면 베토벤이나 바흐, 슈베르트나 모차르트 등의 사진이 생겼을 때 거실이나 피아노 방에 걸어 놓았던 것을 기억할 것이다. 나는 음악 감상실이나 다방 같은 곳에 걸려 있는 음악가의 사진을 보면, 그 인물에 대한 경외심과 그 사진의 소유자에 대한 부러움을 동시에 느낀 채 입을 헤벌리고 바라보곤 했다.

내가 보았던 사진들 가운데 가장 인상적이었던 것은 요한 슈트라우스 2세의 황금상이었다. 우리나라에서는 청동상조차 보기 어렵던 시절, 그 사진은 나에게 충격적이었다. 서편 하늘 어딘가에 있을 먼 나라 이야기였다. 그리고 황금상 뒤의 하얀 아치와 주변에 조성된 오색 꽃들은 그야말로 슈트라우스 왈츠의 우아함과 화려함 그대로였다.

사실 나는 어린 시절부터 요한 슈트라우스의 왈츠와 폴카가 좋았고, 그 선율들은 늘 나의 혼을 빼 놓곤 했다. 하지만 내가 읽은 책들은 '베토벤이나 브람스, 바흐 같은 대가의 곡들이 수준 있는 고전이며, 요한 슈트라우스 왈츠는 그리 가치가 크지 않다'라는 식으로 설명하고 있었다. 그래서 '슈트라우스의 왈츠나 마

음에 드는 나란 아이는 얄팍하고 표피적이며 수준 낮은 사람인
가 보다' 하며 마음껏 슈트라우스를 좋아하지도 못했다.

그런데 사진 속 슈트라우스는 최고의 대우를 받고 있지 않은
가? 내가 아는 한 그 어떤 음악가의 상도 황금으로 전신을 두른
것은 없었다. 문득 이런 생각이 들었다. 실은 빈에 가면 슈트라
우스가 대단한 평가를 받고 있을지도 모른다. 그렇게 최고의 대
우를 받고 있는 '황금 슈트라우스'가 과연 얼마나 가치가 있는
지, 나는 직접 눈으로 확인하고 싶어졌다.

수십 년이 흘렀다. 황금이 대단한 게 아니라는 것도 알게 되
고, 슈트라우스의 왈츠에도 이전처럼 흥분하지 않는 나이가 되
었다. 억지로가 아니라 내 심성이 저절로 왈츠보다는 브람스나
브루크너를 찾는 중년이 되었다. 그 나이가 되어서야 나는 빈에
도착했다. 하지만 어린 시절부터 가슴 설레며 보았던 슈트라우
스의 황금상을 찾지 않을 수 없었다. 요한 슈트라우스 2세의 황
금상이 있는 곳은 '슈타트파르크', 즉 '시립 공원'에 해당하는 곳
이며, 빈에서 링 슈트라세를 건설할 때 함께 조성한 계획된 공원
이다.

1862년 링 슈트라세의 동편을 따라 있는 도나우 운하의 지류
를 가운데 두고 링을 따라서 길처럼 좁고 길게 공원이 조성되었
다. 슈타트파르크, 이곳에는 봄과 여름에 왈츠를 추는 무도장도
있다. 슈타트파르크의 아름다운 남쪽 문과 가운데를 흐르는 개

천 주변은 오토 바그너가 디자인한 것으로, 건축학적인 가치도 높다.

하지만 역시 슈타트파르크에서 최고는 정원도 무도장도 아니고 동상들이다. 물론 나는 맨 먼저 요한 슈트라우스 2세를 찾는다. 어릴 때부터 흠모하던 슈트라우스, 아니 황금상은 사진에서 보았던 것처럼 눈부신 황금을 두르고 여전히 세련된 포즈로 바이올린을 켜고 있다. 그와의 첫 해후는 감격적이었다. 세계에서 이곳을 찾는 관광객들도 하나같이 행복한 표정을 지으면서 사진을 찍는다.

요한 슈트라우스 2세는 가장 중요한 삼거리에 자리 잡고 서 있는데, 지척의 무도회장에서 흘러나오는 자신의 음악을 가슴 뿌듯이 듣는다. 그는 늘 밝은 곳에 있어 눈에 잘 띄지만, 다른 음악가들은 공원 안에 수줍게 숨어 있다.

공원을 돌다 보면 커다란 개암나무 밑에 슈베르트 선생님이 앉아 있다. 바로 우리가 오랫동안 보아왔던 슈베르트의 모습이다. 슈베르트는 특유의 동그란 안경을 낀 채 한 손에 악보를 들고 시선을 멀리 던지고 있다. 비만한 그의 몸은 앉아 있어서 더욱 그렇게 보인다. 바이올린을 들고 서 있는 슈트라우스의 날씬한 허리를 우리의 진중하고 비대한 작곡가는 흉내 낼 수 없다. 하지만 그래도 이제 나는 슈베르트 선생이 더 좋다. 나도 나이가 든 게다.

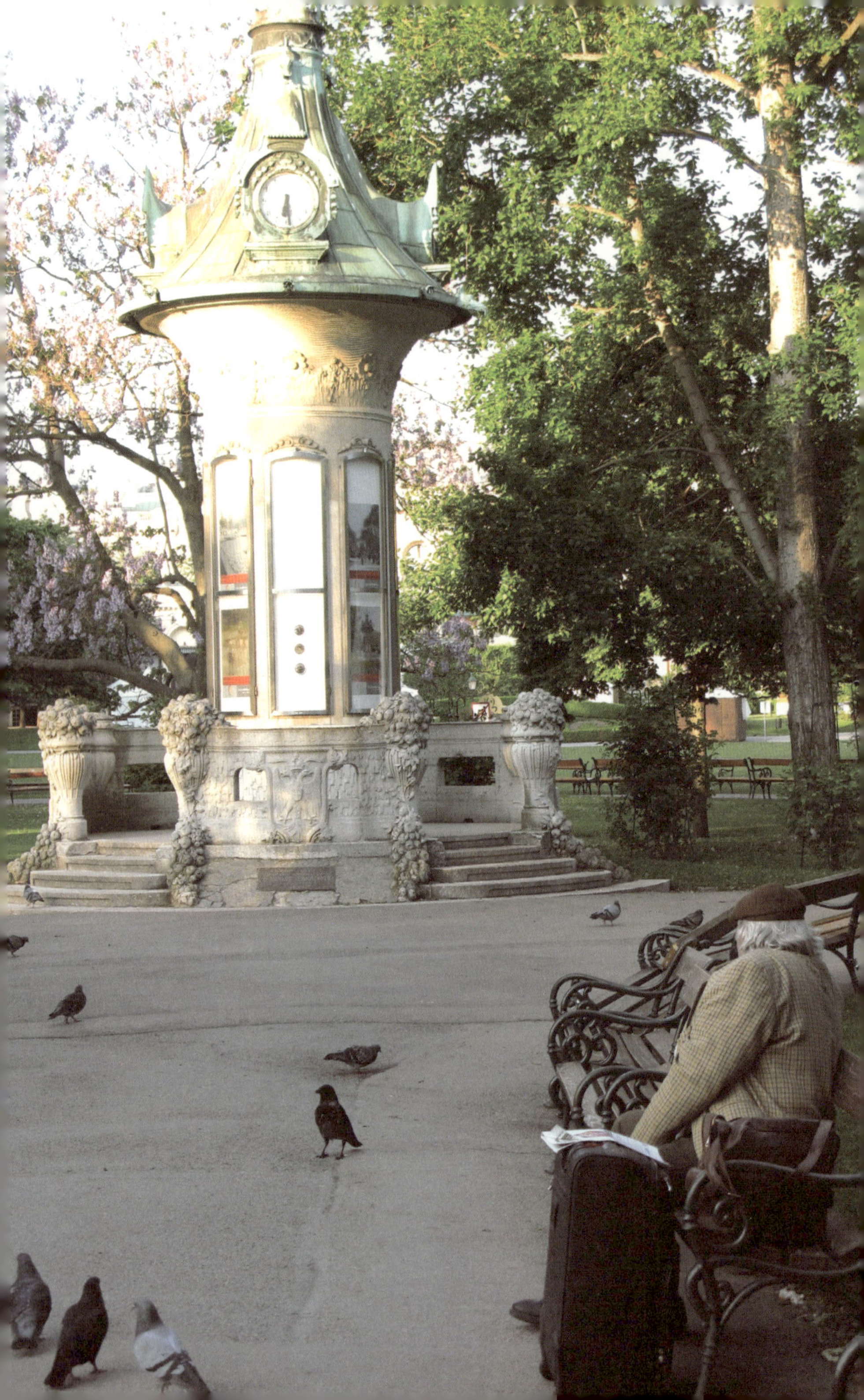

숲 속에는 우리가 알 만하거나 또는 알 수도 없는 여러 위인들이 살고 있다. 빼놓을 수 없는 것이 브루크너의 동상이다. 노력에 노력을 경주하며 완성된 형태의 교향곡을 위해 일생을 바친 진지한 예술가. 그의 동상은 일부러 찾아주는 사람이 아니라면 그 진가를 보여주지 않는다. 그의 음악처럼.

슈타트파르크와 주변의 모든 동상들은 꼭 자신의 성격에 맞는 장소에 있는 것 같다. 깐깐한 베토벤은 다른 음악가들과 함께 있기 싫어서 따로 나와 앉아 있고, 게다가 사람들이 지나다니면서 자신을 올려다볼 길가에 앉아 있다. 다른 음악가들도 모두 기막히게 적당한 위치에서 자신만의 자세를 뽐낸다. 그들은 이곳에서 함께하지만, 예술가들답게 동상들조차 여전히 각자의 향기를 내고 있다.

슈타트파르크는 음악을 사랑하는 사람이라면 늘 그리워하는 공원이 아닐 수 없다. 사계절이 다 좋다. 나는 여름은 제외하고 봄, 가을, 겨울에 이곳을 지나다녔다. 봄의 아름다운 꽃들과 가을의 낙엽들, 겨울의 흰눈과 찬 공기들까지 너무나 좋았다.

나는 빈에 가면 매일 아침 이곳을 걷고, 빈을 떠나면 매일 아침 서울을 걸으면서 슈타트파르크의 바람을 추억한다.

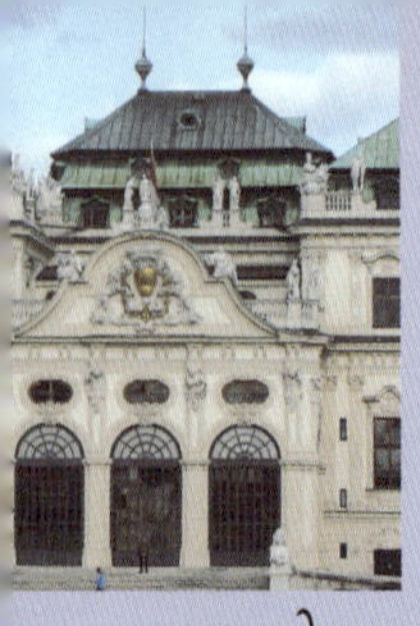

미술
빈에서 빼놓을 수 없는 것

Wien —

빈이라면 누구나 '음악의 도시'를 떠올리지만, 빈은 음악의 도시 이상으로 '미술의 도시'다. 그럴 일은 없겠지만 음악이 없다 하더라도 빈의 명성은 사라지지 않을 것이다. 빈은 수준 높은 미술이 도도한 전통으로 이어 내려온 곳이며, 미술사적으로 중요한 개혁을 이루어낸 곳이다. 높은 안목을 가진 미술 애호가들이 모여 있는 곳이고, 지금도 세계 최고의 미술품 컬렉션을 만날 수 있는 곳이기도 하다.

또한 빈은 순수 미술뿐만 아니라 건축, 실내장식, 공예, 디자인 그리고 패션 등이 활기차게 발달해 높은 수준을 보여준다. 물론 빈의 예술은 여러 장르들이 유기적인 관계를 가지고 있어서, 무엇을 따로 떼놓고 얘기하기란 쉽지 않다. 특히 빈의 미술은 그 어떤 나라들보다도 건축이나 공예와 밀접한 관계를 가지고 있으며, 서로 함께 발전해왔다.

그들의 전통은 19세기의 루돌프 폰 알트, 한스 마카르트 그리고 카를 몰에 이르러 최고로 만개한다. 카를 몰 이후 빈에는 '분리파'라는 전대미문의 새로운 미술 운동이 나타났는데, 1900년을 전후해 놀라운 바람을 몰고 유럽 미술의 새로운 중심으로 떠올랐다. 분리파의 대표 구스타프 클림트를 필두로 에곤 실레나 오스카 코코슈카 등의 천재들이 명성을 날렸다.

빈에는 박물관과 미술관들이 즐비하다. 단언컨대 당신이 빈의 갤러리를 감상하려고 한다면, 빈에 얼마를 체류하든 간에 시간은 모자랄 것이다. 심지어 외국에서는 《빈의 알려지지 않은 미술관》, 《빈의 숨은 곳들》, 《빈에서만 볼 수 있는 것들》이라는 책들까지 나와 있을 정도인데, 그 내용 또한 방대하기 그지없다.

내가 빈으로 갈 때마다 친구들은 "그 작은 도시에 아직도 볼 게 남아 있냐? 뭐 꿀단지라도 숨겨 놨어?"라는 식으로 말하곤 한다. 하지만 나는 벨베데레에 있는 마카르트의 그림 〈오감五感〉 앞에서만 하루 종일 앉아 있기도 하니, 빈에서의 시간은 늘 감동적이며 항상 아쉽다.

빈은 조상들과 시민들의 정열적이면서도 세심한 컬렉션 덕분에 세계적인 미술관들을 갖게 되었다. 당신은 여기서 많은 미술관을 만나게 될 것이다. 국제적인 명성을 가진 빈의 미술관들로는 미술사 박물관을 비롯해 벨베데레 궁전, 쿤스트하우스, 알베르티나, 쿤스트할레, 레오폴드 박물관, 무목, 공예미술 박물관 등이 있으며, 그 외에도 숨어 있는 명 갤러리들이 수없이 많다.

빈은 미술을 사랑하는 이에게는 파고 또 파도 나오는 마르지 않은 금맥이고, 먹고 또 먹어도 줄지 않는 꿀단지다. 친구의 지적처럼 과연 나는 빈에 꿀단지를 숨겨 놓았다.

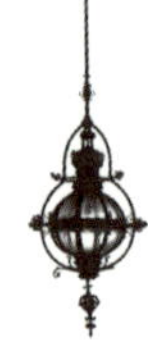

벨베데레 궁전
명 궁전에 명화들이 살고 있다

—

빈의 미술관들 가운데 어쩌면 가장 인기 있는 곳은 벨베데레일 것이다. 클림트의 여러 작품들 중에서도 가장 많이 알려져 있는 것, 아니 노골적으로 말하자면 〈키스〉를 비롯해 명작들이 많이 소장되어 있기 때문이다. 클림트의 인기를 떠나 벨베데레에는 예술적, 역사적 가치가 대단한 그의 작품들이 적지 않다. 클림트 다음으로는 오스카 코코슈카의 작품이 많고, 분리파 결성 이전 빈의 가장 대표적인 화가인 카를 몰, 한스 마카르트 등의 회화들 과 조각들도 많다.

'벨베데레'란 궁전의 이름이다. 1683년 대대적으로 빈을 침공 한 투르크 군대를 무찔러 일약 전쟁 영웅이 된 오이겐 공의 궁전 이었다. 오이겐 공의 인기는 지금도 대단해, 우리나라로 치면 이 순신 장군처럼 빈의 이곳저곳에서 그를 '오이겐 왕자'라고 부르 며 그와 관련한 장소를 기념하고 이름을 들먹이는 것을 자주 볼 수 있다. 물론 오이겐 왕자의 거처는 빈 시내에 있었다. 나중에 그가 지은 여름 궁전이 벨베데레 궁전이다. 오이겐 왕자는 프랑 스 사보이 공의 아들이지만, 오스트리아로 망명해 빈에서 살았 다. 그는 무장武將으로서 전쟁에 나가 오스트리아를 위해 여러 번 승리를 거두었다.

궁전은 양쪽 끝으로 떨어져 두 건물로 나뉘어 있다. 남쪽의 완만한 언덕 위에 있는 건물이 상궁上宮이고, 북쪽의 낮은 대지에 있는 건물이 하궁下宮이다. 이렇게 마주보고 있는 상궁과 하궁 사이에 넓고 정리가 잘 된 프랑스풍의 정원이 위치해 있다.

상궁으로 들어가면 먼저 아래층의 기둥들이 눈에 들어온다. 여기서 말하는 '아래층'이란 1층이지만, 원래 2층부터가 귀족들이 사용하던 곳이며 아래층은 하인 계급이 쓰던 곳이라서 층수에서 제외되곤 했다. 이런 귀족 건물들을 보면 그들이 왜 우리의 2층에 해당하는 층부터 1층이라고 부르는지를 이해할 것 같다.

상궁 아래층의 기둥은 위층을 떠받치는 기둥으로서, 단지 밋밋한 기둥이 아니라 조각까지 되어 있는 기둥이다. 커다란 거인들이 고통스러운 표정과 몸짓을 하고 자신들의 어깨와 팔로 건물의 육중한 천장을 떠받치고 있다. 물론 당시 많이 사용하던 방식이지만, 여기서처럼 강렬한 것은 찾아보기 어렵다. 게다가 위층에서 건물을 사용하는 용도도 귀족들의 파티였으니, 그들의 여흥을 위해 밑에서 고통스럽게 떠받들고 있는 서민 계급을 묘사한 것처럼 느껴진다. 결국 빈이 민주화가 되고 언젠가는 이 건물도 공화국의 소유가 될 것임을 미리 보여주고 있는 것만 같다.

오이겐 왕자가 죽자, 이 궁전을 합스부르크가에서 구입해 그들의 미술 소장품을 보관하는 장소로 사용했다. 그러다가 나중

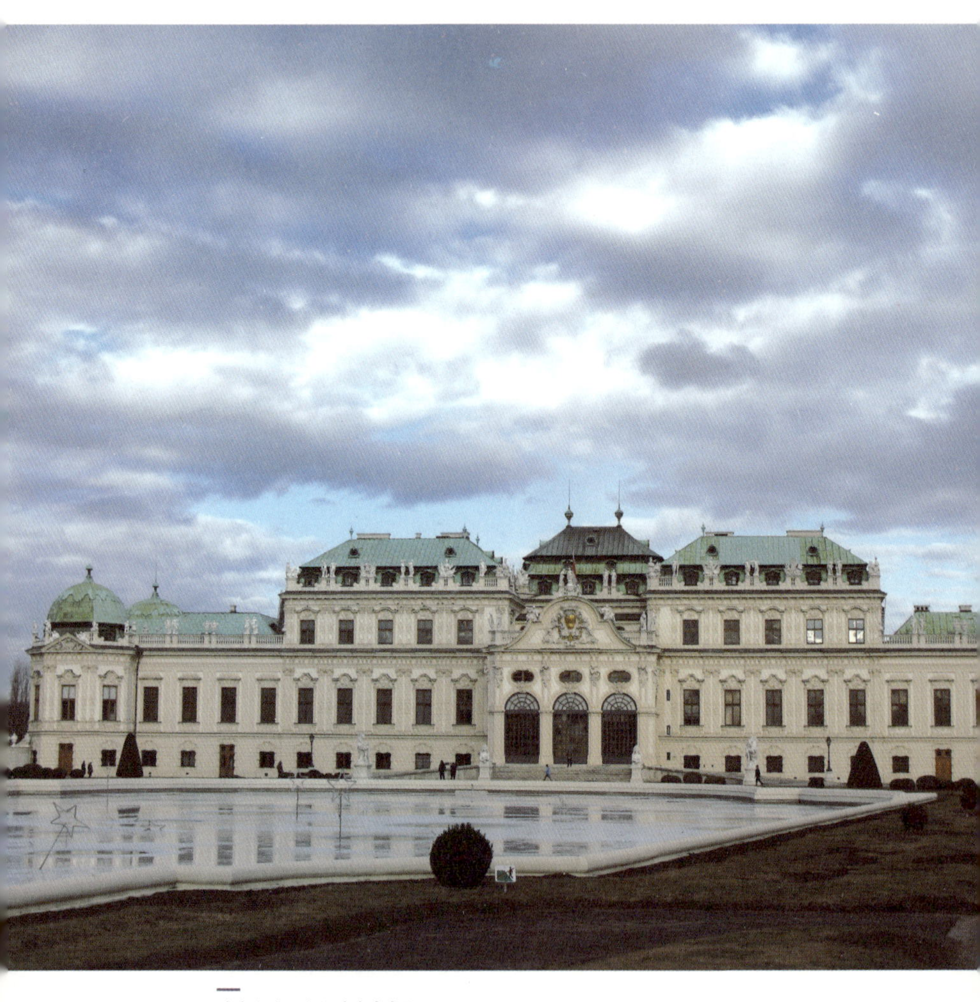

여전히 아름다운 벨베데레 궁,
상궁의 모습.

에 프란츠 페르디난트 황태자의 거처로 썼다. 하지만 사라예보의 총성으로 프란츠 페르디난트뿐만 아니라 합스부르크가도 무너졌다. 그렇게 왕정이 무너지고 오스트리아는 공화국이 되었으며, 궁전은 시민들이 자유롭게 예술품을 감상하는 미술관이 된 것이다.

벨베데레는 지금 오스트리아 정부에서 직접 관리하는 주요 국립 미술관이다. 상궁은 19세기와 20세기 회화를 가진 '근대 회화관'이며, 하궁은 중세에서 바로크에 이르는 미술품을 보유하고 있다.

이제 아래층에서 위층으로 올라간다. 2층으로 올라가는 대형 계단은 즐겨볼 만하다. 여기서부터 오이겐 왕자의 당시 위력과 호화로움을 잠시나마 느낄 수 있다. 올라가면서 남쪽으로 확 트인 유리창을 통해 눈부신 햇살이 내려앉은 연못이 눈에 들어온다. 한겨울에 갔을 때는 연못이 얼어버려 그곳에서 스케이트를 타는 아이들의 아침 풍경이 마치 그림 같았다.

2층으로 올라가면 가운데에 화려한 홀인 '대리석 방'이 먼저 눈길을 끈다. 당시에 가장 귀하고 비싸게 여겼던 붉은 대리석만으로 만들어진 육각형의 큰 방은 그야말로 호화로움의 극치다. 이곳에서 중요한 행사가 이루어졌음을 단박에 알 수 있다. 여기서 내려다보는 정원의 풍경도 좋고 정원 너머로 보이는 빈 시내의 풍경이 완전히 그림이다.

대리석 방에서부터 전시된 작품들을 둘러본다. 이 작품들은 벨베데레의 영구 소장품으로서, 그 가치는 와보기 전까지는 상상조차 할 수 없을 정도로 어마어마하다. 클림트의 그림들이 단연 많다. 그의 잘 알려지지 않은 초기 그림들부터 그가 여름휴가 때마다 아터 호수에 가서 그렸던 정사각형의 풍경화들이 보는 이의 마음을 풍요롭게 한다. 역시 가장 인기 있는 것은 〈키스〉로부터 시작해 〈유디트〉, 〈인생〉 등의 그림들이다. 너무도 잘 알려진 그림들이니 굳이 언급하지는 않겠다. 생각보다 큰 규모의 그림들 앞에서 받는 감동은 상상 이상이다.

그 외에 모네, 고흐 등의 그림들도 대단히 크고—나도 모르게 크다는 것을 자꾸 강조하는데, 이 넓고 높은 방에서 큰 그림을 볼 때의 감동은 분명 다르다—좋은 명작들이 많다. 그중에서도 주의 깊게 봐야 할 것은 코코슈카일 것이다. 그의 걸작인 〈바람의 신부〉, 〈타이곤〉호랑이 사자 등을 모두 볼 수 있다. 어둠과 갈등으로 점철된 그의 그림들은 죽음을 지향하는 것 같지만, 그 앞에 서면 나는 부단하게 몸부림치는 생명력을 느낀다.

3층으로 올라가면 보다 작은 크기들이지만 하나하나가 마음을 끌 만큼 뛰어난 작품들이 많다. 최소한 하루 정도는 온전히 바쳐야만 벨베데레의 작품들을 음미할 수 있을 것이다. 물론 아직 하궁도 남아 있다.

벨베데레 궁전에서 내가 가장 감동하는 곳은 상궁의 서쪽 끝에 있는 큰 방이다. 여기는 한스 마카르트1840~1884의 걸작 〈5감五感〉

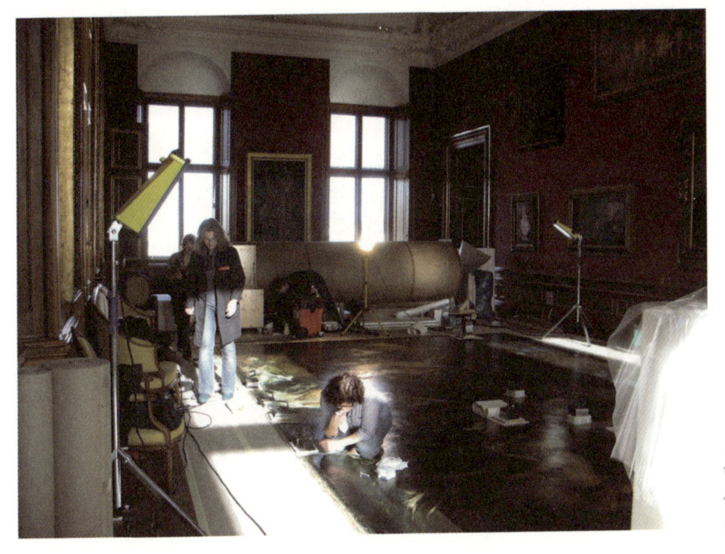

이 걸려 있다. 인간이 느끼는 다섯 가지의 감각, 즉 청각, 시각, 미
각, 촉각, 후각을 형상화한 것이다. 완고한 형태로 그려진 것이기
는 하지만, 다섯 여인들에서 각기 와닿는 느낌은 상당히 좋다. 무
엇보다도 데생과 색채의 기교가 뛰어나다. 〈5감〉은 하나의 그림
이 아니고 따로따로 나누어진 다섯 개의 그림인데, 하나도 유실
되지 않은 채 다섯 그림이 각각 한 벽면을 차지하고 있다.

이 방의 가장 큰 벽면은 역시 마카르트의 대형화인 〈아리아드
네의 승리〉가 채우고 있다. 테세우스로부터 버림받은 낙소스 섬
의 아리아드네는 자신의 신세를 한탄하며 패배주의에 젖어 있을
것만 같은데, 이 그림에서는 새로운 시각을 보여준다. 즉, 아리
아드네는 분연히 떨치고 일어나 마치 남자들에게 복수하듯이 궐

기한다. 그녀의 모습은 드러낸 가슴의 여성성까지 강조되면서 실로 아름답다. 현실을 긍정적으로 이겨내는 여성이 더욱 아름 답게 보인다는 작가의 시각이 그대로 내 가슴까지 전해진다.

나는 이 방을 유달리 좋아한다. 사람들은 다들 클림트와 코코 슈카로 몰려가 있을 것이다. 물론 나도 클림트와 코코슈카를 좋 아하지만, 그들을 차지하려는 사람들이 너무 많다. 대신에 마카 르트는 내 차지다. 조용하고 넓은 이 방에는 남쪽과 북쪽의 하늘 과 풍경이 다 들어온다. 이곳의 소파에 앉아서 종일 〈5감〉과 〈아 리아드네의 승리〉를 감상하면서 생각에 젖는다.

북쪽 창으로 멀리 보이는 빈 시내 스카이라인에 슈테판 성당 의 높은 종탑이 선명하다. 그렇다. 지금 나는 예술의 도시 빈에 와 있다.

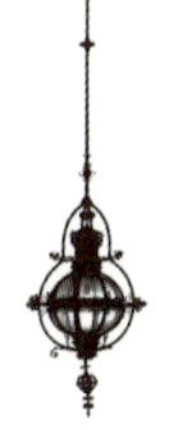

알마 말러
예 술 가 가 아 닌 예 술 계 의 프 리 마 돈 나

—

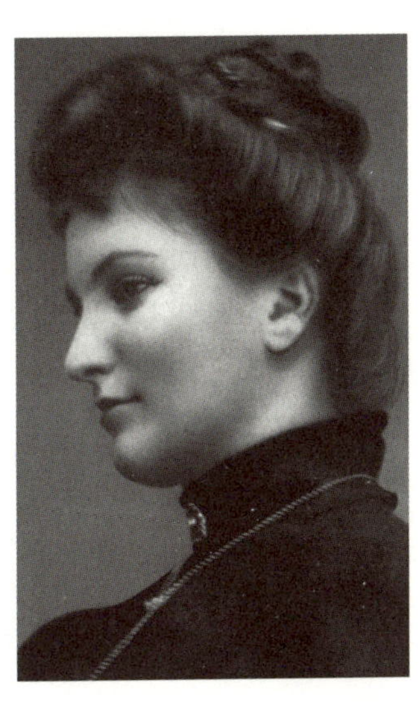

알마 말러1879~1964는 세기말 최대의 작곡가이자 지휘자였던 구스타프 말러의 미망인이다. 말러의 사랑을 한몸에 받았고, 말러에게 열락의 행복과 이루 말할 수 없는 고통을 한꺼번에 안겨준 여성이다.

말러에게는 여자가 그녀뿐이었지만, 알마에게는 남자가 말러만 있는 게 아니었다. 알마는 평생 다양한 장르의 예술가들과 많은 연애 행각을 벌인 것으로 유명하다. 그녀는 비록 자신이 예술가로 이름을 떨치지는 못했지만 많은 예술가들에게 영감을 불러일으켰다. 그것이 기쁨이든 슬픔이든. 수많은 남성들이 그녀로 인해 그들의 예술 세계를 일구었다. 그러니 그녀는 직접 예술을 하지는 않았지만, 많은 남성 예술가들을 통해 엄청난 예술적 산물이 만들어지도록 영향을 끼친 빈 예술의 모태인 셈이었다.

알마는 어린 시절부터 예술가들과 밀접한 관계를 맺을 수 있는 환경에서 성장했다. 새아버지 카를 몰은 빈 화단의 최대 대가였다. 알마는 전적으로 미술적인 환경에서 성장했지만 미술을 배우지는 않았다. 그녀는 도리어 자신에게 과도한 관심(?)을 보이는 부모를 귀찮아했다. 대신 그런 부모에 대한 알마의 반항은 반작용을 일으켜, 미술이 아닌 음악에 몰두하는 동기가 된다. 그녀는 어려서부터 작곡을 공부해 아홉 살 때 첫 작품을 작곡했다.

빈 화단의 거장인 몰, 즉 아버지의 살롱에는 빈 예술계의 많은 인사들이 드나들었다. 그들은 몰의 살롱에서 집주인의 재능 넘치는 딸 알마에게 주목했다. 알마가 인기를 얻었던 건 그녀가 가진 예술에 대한 식견뿐만 아니라 젊음과 미모, 그녀만의 묘한 매력 때문이었다. 알마는 부르크 극장의 감독인 막스 부르카르트, 화가 구스타프 클림트, 시인 라이너 마리아 릴케 그리고 자신의 스승이기도 한 작곡가 알렉산더 폰 쳄린스키에게 큰 영향을 받았으며, 이 네 남성과 연인 관계로 발전했다. 즉, 말러와 결혼하기 전에 이미 네 명의 연인이 있었으며 그들은 연극인, 화가, 시인, 음악가였다.

알마는 네 사람 중의 한 사람이 아닌 말러와 결혼했다. 말러는 그녀보다 스무 살이나 연상이었다. 남편을 내조하고 아이들을 잘 키우겠다는 결혼 조건을 받아들여, 그녀는 자신이 낳은 두 딸을 키우며 주부의 역할을 수행했다. 그러나 장녀가 다섯 살에 세상을 떠나자 알마는 우울증에 빠졌다. 정신과 상담을 주도했던

의사는 처방 대신 젊은 건축가 발터 그로피우스1883~1969를 소개
했다. 그녀는 4년 연하의 그로피우스와 밀애를 시작했다.

알마와 그로피우스의 관계는 곧 말러에게 알려졌다. 알마를
너무 사랑했던 그로피우스가 일부러 남편이 알도록 하지 않았을
까 짐작된다. 말러는 크게 괴로워했고, 그에게 행복이자 지옥이
었을 결혼 생활은 오래지 않아 끝났다. 1910년에 세상을 떠난
것이다. 알마는 둘째 딸 안나와 단둘이 남았다. 하지만 그녀는
말러가 남긴 유산으로 빈에 새 아파트를 장만하고, 자유가 넘치
는 미망인의 생활을 시작한다.

혼자된 알마, 최고 화가의 딸이자 최고 작곡가의 아내였던 그
녀의 집에는 많은 예술가와 명사들이 찾아왔다. 알마의 어린 시
절에 북적였던 아버지의 살롱이 부활한 것 같았다. 거기에는 어
린 소녀 대신 40세의 여전히 매력적인 미망인 알마가 있었다.

그 때 알마를 흠모한 숭배자는 일곱 살 연하의 화가 오스카 코
코슈카였다. 코코슈카와 알마는 첫 만남에서부터 뜨거운 연인으
로 발전했다. 처음 2년간은 물불을 가리지 않고 연애 행각을 펼
쳤다. 하지만 코코슈카는 성정이 무척 불안정한 사람이었다. 그
의 변덕과 난폭함에 알마는 지쳐갔고, 점점 코코슈카를 피하게
되었다. 그러자 코코슈카는 그 유명한 〈바람의 신부〉를 그려서
자신이 얼마나 그녀를 사랑하는지를 표현하고, 동시에 그녀와의
관계를 노골적으로 세상에 알렸다. 하지만 제1차 세계대전이 터

지고 코코슈카가 참전하면서 둘은 헤어진다.

코코슈카와 멀어진 알마는 그로피우스와 다시 가까워졌다. 그로피우스도 제1차 세계대전에 참전해 부상을 당했다. 알마는 그가 있는 베를린까지 가서 그와 결혼식을 올린다. 그리고 그로피우스가 다시 전선에 나간 동안 딸 마농을 출산한다.

하지만 그로피우스가 군대에 있는 사이 알마는 작가 프란츠 베르펠(1890~1945)과 사귄다. 그는 표현주의 작가로서 몽환적이며 신비적인 극에서 출발해 후에 《트로이의 여인》, 《무사다그의 40일》 등 많은 문제작을 발표한다. 두 사람의 밀회가 시작되면서 그녀는 군대에서 외박 나오는 그로피우스와 베르펠 사이에서 줄타기 애정 행각을 펼친다. 이제 그로피우스가 과거 말러의 처지가 된 것이다.

전쟁이 끝나고 그로피우스가 집으로 돌아왔다. 알마는 처음으로 아들을 낳았다. 하지만 아이는 10개월 만에 세상을 떠났다. 나중에야 그로피우스는 그 아이의 아버지가 베르펠일 수도 있다는 것을 알았다. 그로피우스와 알마는 결국 이혼한다. 그리고 그는 현대 디자인의 산실인 바우하우스를 창설한다.

그로피우스와 헤어진 알마는 빈으로 돌아온다. 그녀의 아파트는 다시 빈에서 가장 유혹적인 살롱이 되었다. 많은 사람들이 알마의 집을 찾아왔다. 그들이 그녀를 찾는 이유는 알마뿐 아니라 말러를 기억하고 그의 흔적을 느끼기 위해서였다. 죽은 말러는 이제 유럽에서 가장 유명한 작곡가가 된 것이다. 알마는 여전히 베르펠과 관계를 맺고 있었지만, 그녀는 베르펠의 여자가 아니라 대외적으로 말러의 미망인으로 보여야 했다.

많은 음악가들이 말러를 떠받들었으며, 말러의 영향 아래 빈의 새 음악 세계가 펼쳐져갔다. 그녀의 집을 자주 찾았던 음악가들은 쇤베르크, 베르크, 베베른 등이었는데, 그들은 말러뿐만 아니라 쳄린스키의 제자들이기도 했다. 알마는 말러의 미망인이자 과거 쳄린스키의 제자이자 연인이었으니, 빈 음악계에서 알마의 위치는 여전히 대단했다. 외국에서 온 음악가들도 빈에 오면 알마의 집에 들렀다. 그중엔 말러를 존경하던 이탈리아의 자코모 푸치니나 프랑스의 모리스 라벨 등도 있었다.

알마는 베르펠과 정식으로 세 번째 결혼을 했다. 신부는 50세, 신랑은 39세였다. 물론 베르펠과의 결혼 생활도 순탄치만은 않았다. 그러던 중 알마가 그로피우스와의 사이에 낳은 딸 마농이 18세의 나이로 세상을 떠났다. 알마가 크게 상심해 있을 때, 그녀의 친구였던 알반 베르크는 마농을 추모하는 바이올린 협주곡 〈천사를 추억하며〉를 작곡했다.

나치의 유대인 학대가 심해지자 유대인인 베르펠은 알마와 함께 빈을 떠났다. 그들은 천신만고 끝에 미국의 로스앤젤레스에 정착했다. 그곳에서 베르펠은 희곡들을 발표하여 큰 성공을 거두었다. 그중 미국으로 도망치면서 영감을 받아 쓴 〈베르나데테의 노래〉는 영화화되어, 1943년 오스카상에서 여우주연상을 비롯해 4개 부분을 수상하기도 했다. 또한 〈야코보프스키와 대령〉은 뉴욕에서 연극으로 올려져 성공을 거두었다. 베르펠은 할리우드 최고 작가의 반열에 올랐으나 1945년 세상을 떠났다.

알마가 다시 혼자의 몸이 되고 70세 생일을 맞았을 때, 코코슈카가 전보를 보내왔다.

'사랑스런 알마, 우리는 〈바람의 신부〉 속에서 영원히 함께하는 것입니다……'

만년에 알마는 과거의 남자들에 대해 이렇게 술회했다.

"솔직히 나는 말러의 음악은 좋아할 수가 없었고, 그로피우스의 건축은 이해할 수 없었으며, 베르펠의 소설에는 흥미가 없었다. 하지만 코코슈카의 그림에는 늘 감동을 받았다……."

전쟁이 끝나자 알마는 뉴욕에 정착했다. 그녀는 뉴욕의 집을 빈의 살롱처럼 꾸몄다. 그리고 뉴욕 사교계에서 활약했다. 그녀의 살롱을 드나든 사람들 중에는 레너드 번스타인1918~1990이 있었다. 번스타인은 말러를 존경했지만, 말러를 비롯한 세기말 빈 예술가들을 직접 접할 기회가 없었다. 대신 그는 알마의 입을 통해 말러, 쇤베르크, 베르크 등 빈의 음악과 예술을 배울 수 있었다. 알마는 적극적으로 번스타인에게 조언을 해주었다. 이렇게 해서 20세기 후반 최대의 말러 해석자인 지휘자 번스타인이 말러 교향곡 전집을 완성했다.

생애의 마지막을 뉴욕에서 보낸 알마는 1964년 85세를 일기로 세상을 떠났다. 그녀의 유해는 빈으로 이송되었고, 그 많았던 남자들 중의 한 명인 말러의 묘지로 운반되었다. 그리고 말러의 묘지 옆에 있는 딸 마농의 묘에 합장되었다.

당시 빈이라는 놀라운 도시에는 알마보다 똑똑하고 아름다운 여성들이 얼마든지 있었다. 하지만 그녀에게는 '남성을 뜨겁게 하는 그녀만의 미약媚藥'이 있었다. 특히 민감한 예술가가 그녀의 미약에 일단 취하게 되면, 그는 그녀를 벗어날 수 없었다.

알마는 많은 남자들과 사귀었지만 네 남자, 말러, 그로피우스, 베르펠, 코코슈카에게는 영원한 연인으로 남았다. 네 남자 모두 그녀를 결코 잊지 못했고, 넷 모두 죽을 때까지 그녀를 가슴에 품고 살았다. 알마는 진정 세기말 빈의 뮤즈였다.

알마와 함께 살았던 네 남자는 각기 음악, 건축, 문학, 미술에서 세기말을 대표하는 대가들이었다. 그녀는 네 남자들을 통해 각 예술 분야에서 최고라고 할 만한 작품들을 생산해냈다. 그녀의 애정 행각은 '위대한 예술의 산실'이었다.

이런 그녀를 가리켜서 미국의 한 저널리스트는 '4대 예술의 미망인'이라는 최고의 칭호를 붙였다. 그녀야말로 빈의 마지막 황후였고, 세기말 빈 예술의 정화精華였다.

오스카 코코슈카
20세기의 마지막 방랑자

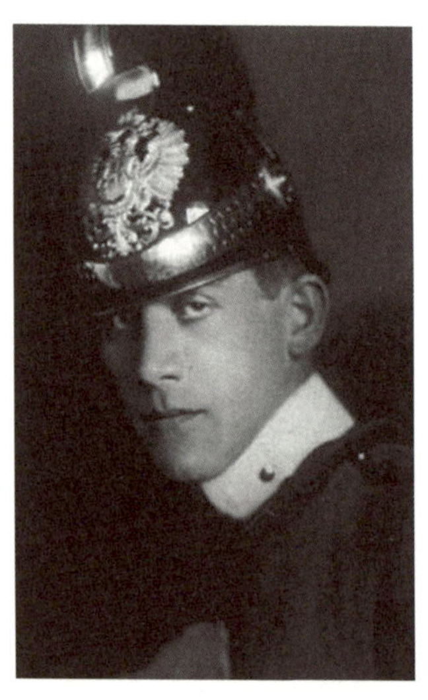

오스카 코코슈카1886~1980의 아버지는 은세공사였는데, 그 직업이 원래 가난한 직업은 아니었다. 하지만 근대 공업이 발달하면서 기계로 만들어진 값싼 물건들이 대량으로 쏟아져 나와 시장을 장악했다. 상대적으로 비싼 수공 제품들은 설 자리를 잃어가기 시작했다. 그리하여 코코슈카의 집안은 점점 살기가 어려워졌으니, 코코슈카는 어려서부터 온몸으로 근대 산업화의 명암을 경험한 것이다. 어린 시절의 이런 환경은 그가 나중에 왜 그렇게 수공업의 부활을 옹호했고, 빈 공방에 관여했으며, 금박이나 은박을 사용한 클림트 작품에 절대적인 지지를 보냈는가 하는 배경이 된다.

코코슈카는 젊은 시절에 미술뿐만 아니라 문학 공부도 했다. 그는 데뷔 초기에 희곡들을 발표하기도 했는데, 《암살자》를 비롯해 《살인자, 여인들의 소망》, 《스핑크스와 밀집 인형》 같은 표현주의 작품들이 있었다.

코코슈카는 빈 분리파에 가담했고, 아돌프 로스의 주선으로 귀족들이나 부르주아들의 초상화를 제작했다. 이때부터 초상화는 코코슈카의 가장 중요한 수입원이자 동시에 중요한 예술 장르가 되었다. 하지만 많은 사람들이 그의 초상화를 좋아하지 않았다. 그가 사람의 외모를 그리는 19세기의 초상화에서 벗어나 영혼을, 그것도 '영혼의 어두운 그림자'를 그렸기 때문이다. 당시는 새로운 가치관을 정립하면서 정치적으로, 사회적으로, 개인적으로 정체성의 혼란에 빠져 있던 때였다.

이런 때 코코슈카의 시도는 프로이트의 정신분석학적인 이론을 예술에서 구현한 것이었다. 그는 불안한 사람, 병든 사람, 죽음을 앞둔 사람 등의 모습을 극명하게 화폭에 드러냈다. 또 그의 초상화에는 거의 모두 인물의 손이 그려졌는데, 사람의 초상에는 얼굴뿐만 아니라 손의 표정이 중요함을 강조한 것이다. 그의 초상화의 또 한 가지 독특한 점은 '2인 초상화'에서 나타났다. 2인 초상화는 두 사람—즉 부부이거나 연인이거나 친구거나—을 함께 그린 것으로, 인물이 아닌 관계를 표현한 것이었다.

1912년은 코코슈카에게 큰 사건이 생긴 해였다. 바로 알마 말러와의 만남이었다. 알마와의 열정적인 사랑과 고통스러운 이별은 그의 작품에 많은 영향을 끼쳤다. 1913년에 그린 2인 초상화 〈코코슈카와 알마 말러〉는 그의 그림들 중에서는 드물게 밝고 적극적인 것으로, 두 손을 맞잡으려는 두 사람의 관계를 짐작하게 해준다. 알마와의 만남으로 그는 밝고 따뜻하며 활력이 넘치

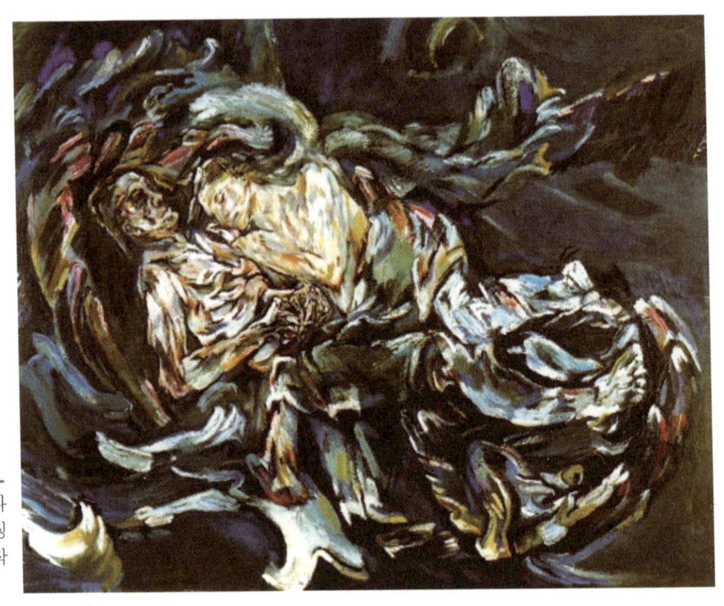

코코슈카가 알마와
자신의 사랑을 상징
적으로 묘사한 걸작
〈바람의 신부〉.

는 〈알마 말러〉나 격정의 정점을 이루는 〈바람의 신부〉_{〈폭풍우〉}로도
_{알려져 있다.} 같은 걸작들을 그렸다.

하지만 알마와의 이별은 코코슈카에게 큰 후유증을 남겼다.
그는 알마를 잊지 못해 그녀를 닮은 등신대_{等身大}의 인형을 헤르
미네 모스에게 주문해 그것을 옆에 두고 살았다. 알마 인형은 그
의 작품 〈인형과 함께 있는 자화상〉 등 몇몇 작품에 나체로 등장
하여, 옛 사랑에 집착하는 화가에게 연민을 느끼게 한다.

1924년부터 코코슈카의 긴 방랑의 세월이 시작된다. 그는 거
의 10년 동안 외국으로 돌아다니면서 견문을 넓혔다. 그는 유럽

여러 나라를 거쳐 멀리 중동, 북아프리카 등을 여행했다. 그가 그린 많은 풍경화들은 '새로운 세계 도감'이라고 불릴 정도로 방대하며, 각 도시의 특징과 감성을 잘 표현하고 있다.

그는 여행을 하면서 그린 그림들을 주변에 나누어주거나 자주 판매했다. 그것이 그가 그린 작품 수에 비해 빈에 남아 있는 작품이 많지 않은 까닭이다. 대신 그의 그림은 전 세계에 퍼져 있기도 하다. 하지만 그럼에도 그의 가장 중요한 작품들, 즉 〈바람의 신부〉 등은 벨베데레를 비롯한 빈에 남아 있다.

나치가 대두하자 그는 아버지의 고향인 프라하로 이주, 그곳에서 올다 팔코프스카란 여성을 만나 결혼했다. 결혼과 함께 코코슈카는 비로소 안정을 찾고 알마의 그늘을 벗어날 수 있었다. 나치 정부는 그의 작품들을 '퇴폐 미술'의 목록에 올려서, 그의 작품 거래와 전시 등을 원천적으로 막았다. 결국 코코슈카는 영국으로 망명한다. 그가 미국으로 가지 않은 것은 그래도 사랑하는 유럽의 한 자락에 남고 싶어서였다.

전쟁이 끝나자 이미 노년이 된 코코슈카는 전쟁과 정치를 고발하는 작품과 인도주의적 작품을 제작하는 데 전력을 다했다. 〈우리는 무엇을 위해 싸우는가?〉 등이 대표적이다. 그는 두 번의 전쟁으로 피폐해진 유럽을 보면서 참담한 심정을 감추지 못했다.

그는 이렇게 탄식했다. "내가 돌아가고 싶어 했던 세상, 행복한 방랑자로 떠돌던 시절의 유럽은 더 이상 존재하지 않는다……."

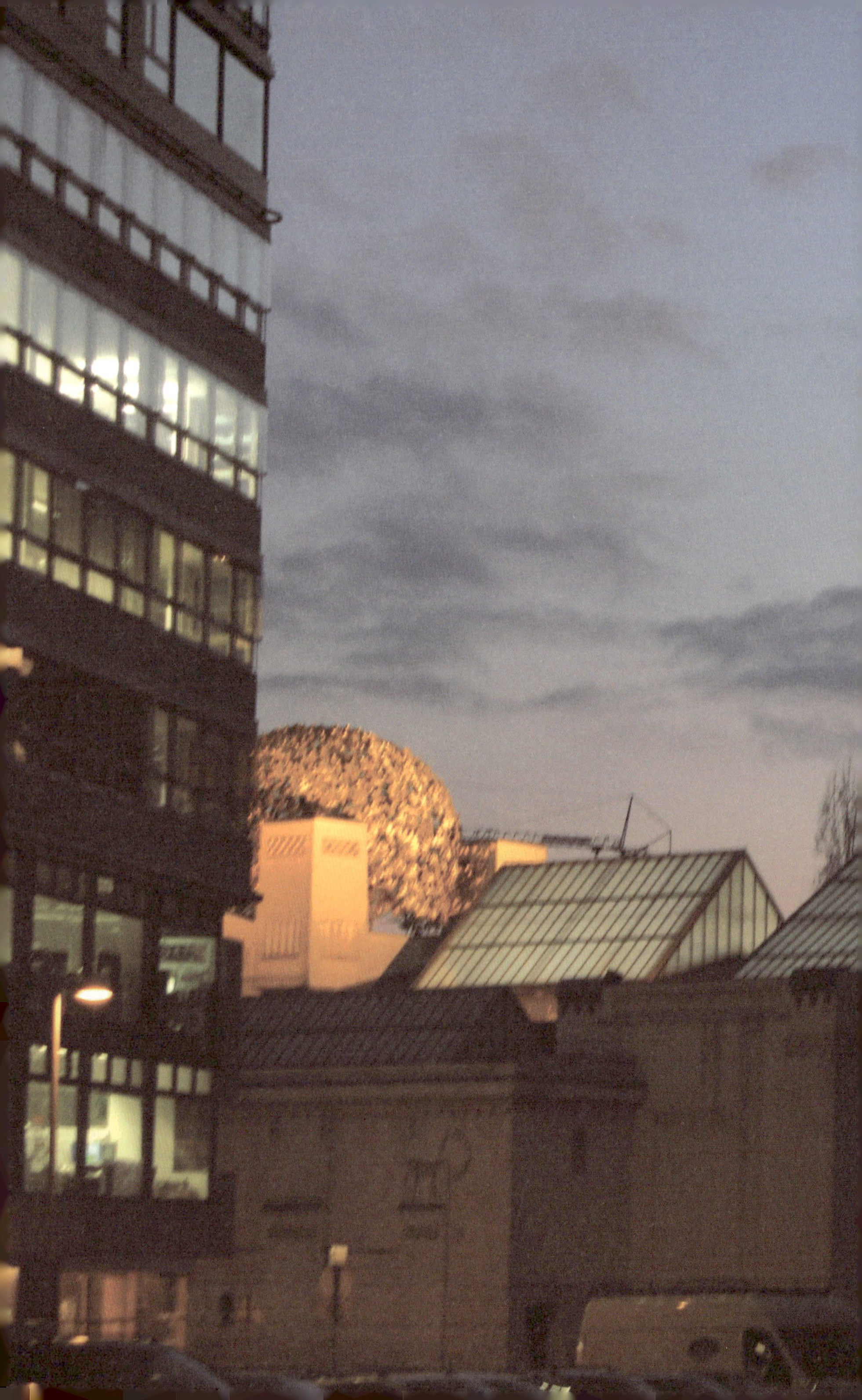

2장

제체시온 부근

Sezession

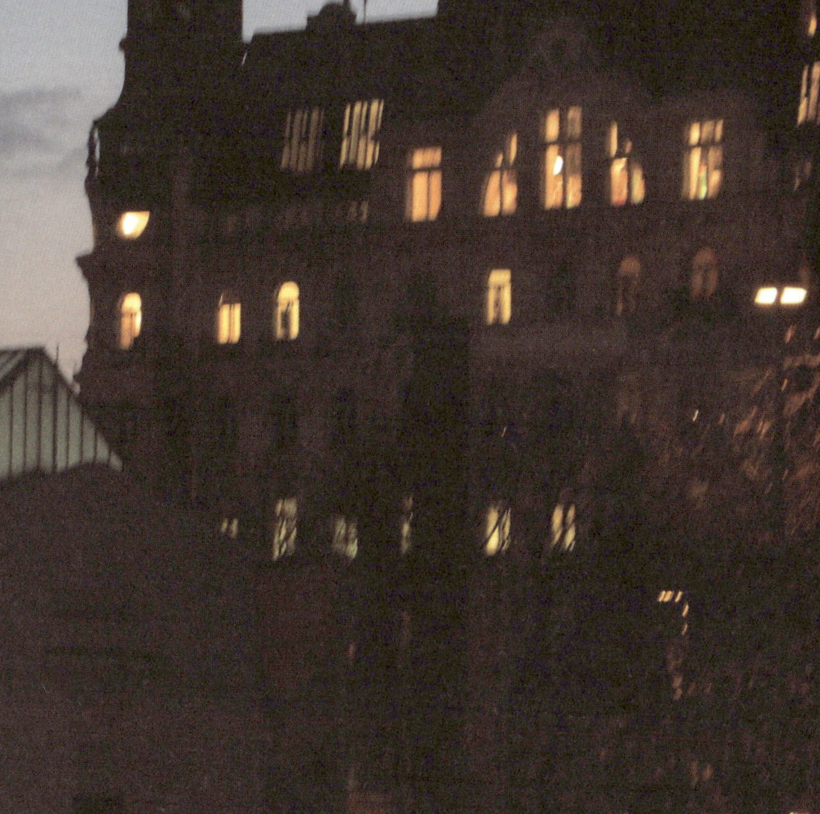

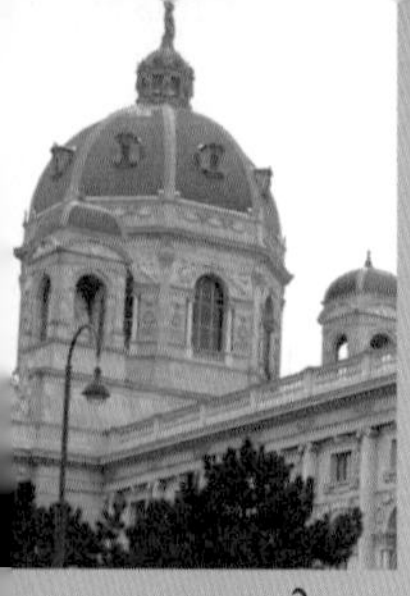

세기말
아 버 지 를 죽 인 단 절 의 시 대

Wien —

세기말 빈이 이룬 것을 이해하기 위해 전제되어야 할 것은 '단절'이라는 개념이다. 19세기 말의 빈은 '단절의 도시'였으며, 빈이 이룬 것들은 단절에 의해서였다.

당시 빈은 650년에 가까운 합스부르크가의 통치로 오스트리아-헝가리 이중 제국의 절정에 있었다. 하지만 절정이라는 말은 곧, 이후로는 쇠락이라는 말과 같은 뜻이다. 안팎의 상황과 여러 정치적 변화로 합스부르크가는 이미 위기를 맞이하고 있었다.

그러나 합스부르크가가 황혼에서 누리던 문화적 토양은 비옥하기 이를 데 없는 것이기도 했다. 한 가문이 몰락해도, 그동안 비옥해진 빈의 문화계는 어쩌면 어떤 상황이 오더라도 더욱 화려한 앞날이 예견되어 있었다고 해도 과언이 아니었다.

무엇보다도 귀족이 통치하던 오스트리아 제국에서 새롭게 부상하던 시민 계급을 간과할 수 없었다. 그 때까지는 귀족의 아래 계급일 뿐이던 시민 계급이 귀족들을 위협하는 막강한 힘을 가진 계급으로 성장하면서 귀족의 턱밑까지 추격해 올라왔다.

그들이 가진 힘이란 크게 두 가지였다. 하나는 신흥 공업과 상업을 통해 얻은 엄청난 부(富)였다. 다른 하나는 귀족 못지않게 쌓인 그들의 교양이었다. 빈 시민 계급들의 교양 수준은 당시 유럽의 어느 도시보다도 높았다. 이 두 가지를 힘으로 하여 시민들, 특히 상류 부르주아들은 서서히 정치권력의 전면에 나서려 했고, 문화적인 면에서는 정치에서보다 더욱 쉽게 주도적인 향유층이 되고 심지어는 생산층이 되었다.

이렇게 해서 세기말의 빈에서는 과거 황실 통치 시대와는 다른 새로운 예술이 나타났다. 그것은 주도자와 소비자가 모두 왕족이나 귀족이 아닌 시민이라는 점에서 과거의 것들과 완전히 차별화되었다. 이 점이 세기말 빈 문화의 중요한 특징이었다.

새로운 것을 이루기 위해서는 과거의 것을 부수어야 한다. 캔버스에 새 그림을 그리기 위해서는 기존 그림이 아깝더라도 바탕을 흰 물감으로 칠해버려야 하고, 블록 쌓기 놀이를 할 때 새로 구상하는 집을 짓기 위해서는 아무리 잘 세워진 성채라도 허물어야 하는 법이다. 세기말 새로운 빈의 설립은 기존의 것, 과거와의 단절을 통해서 이루어졌다. 빈의 세기말은 제국의 쇠퇴기였으며, 과거의 제국과 귀족 사회가 자기모순을 온전히 안고 있는 시기였다.

그것을 토양으로 자라난 세기말 예술가들은 그들 이전의 문명이자 그들의 밭과 뿌리를 스스로 단절해버렸다. 즉, 그들은 어느 정도 고의적으로 과거를 끊었다. 그것이야말로 그들이 새로운 세계를 건설할 수 있는 전제조건이었다. 그것은 마치 아버지를 죽인 아들의 경우와 흡사했다. 그 시대에 프로이트의 '오이디푸스 콤플렉스' 이론이 나온 것은 결코 우연이라고 할 수 없을 것이다.

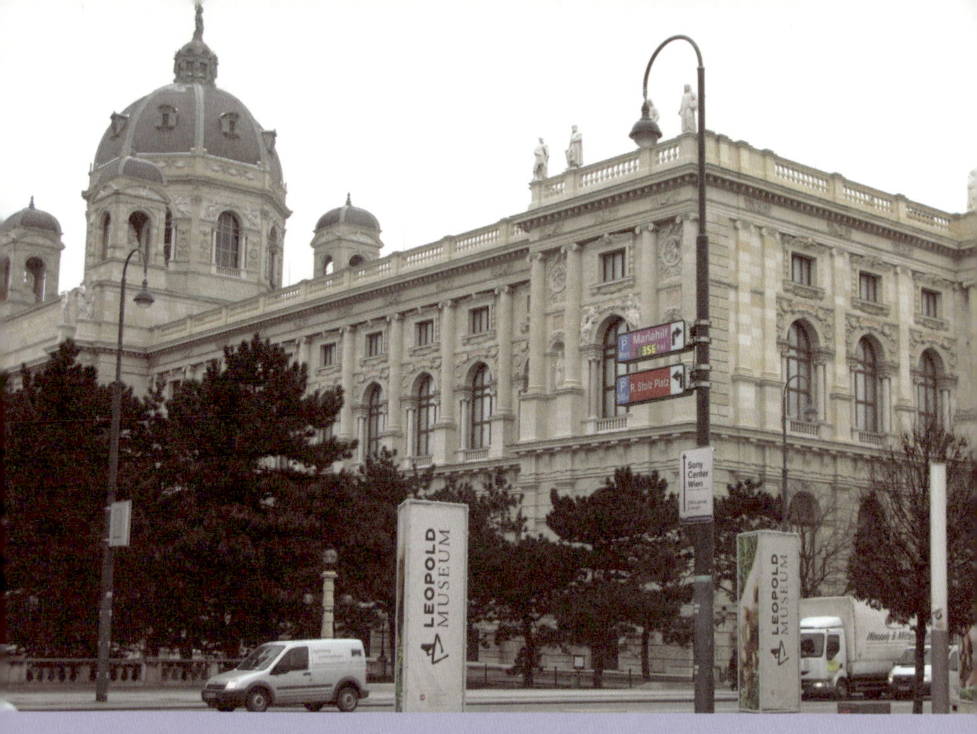

아버지를 죽인 아들 오이디푸스의 반항, 어머니를 죽일 수밖에 없었던 딸 엘렉트라의 번민……. 아버지와 어머니의 자식이면서도 부모를 다만 있는 그대로 사랑할 수만은 없었고 결국 부모를 쳐냈던 시대가 바로 세기말 빈이었다.

빈의 대표적인 미술관인 미술사 박물관에 들어가면 압도적인 형태의 로비와 계단실이 방문자를 위압한다. 큰 계단을 올려다보면 계단 중간 한가운데의 커다란 조각상이 방문객의 시선을 가장 먼저 빼앗는다. 몽둥이를 든 한 젊은 청년이 머리는 사람이지만 몸통은 동물인 괴물을 쳐 죽이는 형상의 커다란 대리석 조각이다. 색채 대리석과 벽화로 뒤덮인 넓은 계단실에 유독 희고

투명할 정도로 밝은 이 거대한 대리석 조각은 빈의 정신을 천명
하는 상징이기도 하다.

　그것은 바로 테세우스의 상으로서, 이탈리아 조각가 안토니오
카노바의 〈켄타우로스를 잡는 테세우스〉다. 그리스 신화에 나오
는 젊은 영웅 테세우스는 아테네의 왕자로서 크레타 섬을 찾아
가 미궁迷宮에 있는 반인반수의 괴물 미노타우로스를 죽이고 나
라에 큰 공을 세운 것으로 잘 알려져 있다. 이 조각은 물론 테세
우스가 다른 반인반수인 켄타우로스상반신이 사람이고 하반신이 짐승를 죽
이는 장면이지만, 누구에게나 미노타우로스상반신이 짐승이고 하반신이
사람를 죽였던 사실을 연상시킨다.

　그런데 일설에 의하면 괴물은 바로 테세우스의 생부였다는 이
야기가 있다. 즉, 아테네 왕이 되기 위해 공을 세우려던 테세우
스가 자신의 친아버지를 죽이고 마는 것이다. 아니, 아버지를 죽
여야만 그가 세상에 영웅으로 우뚝 설 수 있었던 것이다. 그것은
오이디푸스와도 다르지 않고 엘렉트라와도 다를 바 없다. 19세
기 말 빈의 대표적인 건물에 서 있는 조각상이 무언으로 웅변하
는 것은 바로 부모와의 단절에 의해 비로소 그들 1900년의 위대
함이 이루어질 수 있었다는 사실이다.

　구시대아버지를 쳐부수는 테세우스를 전면에 내건 이 세기말 빈
의 예술가들은 실제로 그들의 아버지를 버렸다. 아버지를 버린
다는 것은 어떤 의미일까? 아버지를 버리는 사람은 아버지의 후

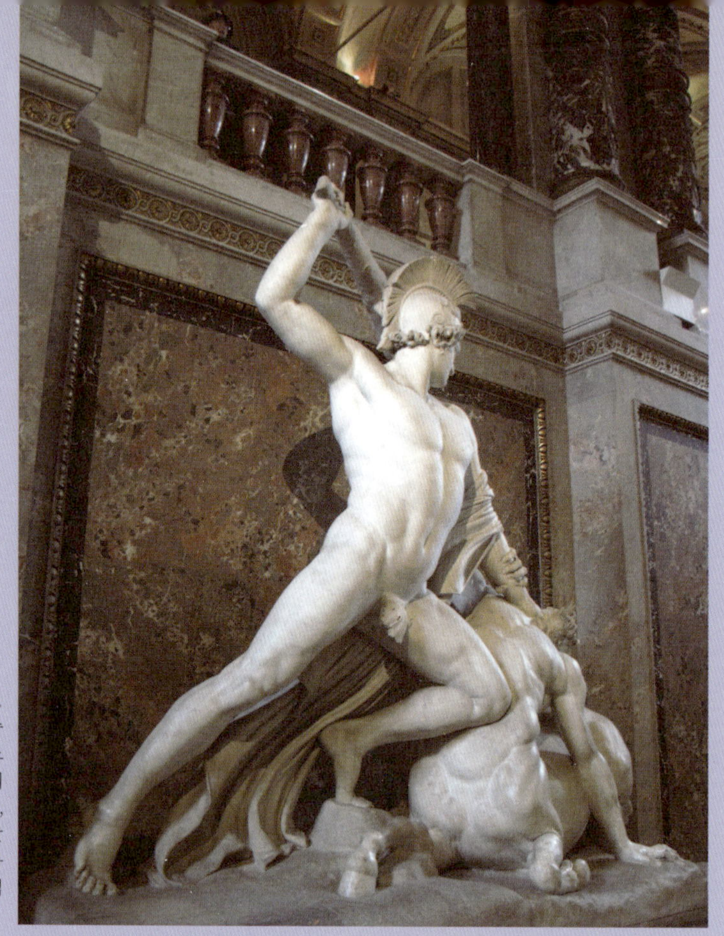

원과 지지라는 기득권도 함께 버릴 수밖에 없다. 즉, 사회적 명예와 경제적 안정을 모두 버리고 처음부터 다시 그리고 홀로 시작하는 것이다.

빈의 예술가들은 귀족 후원자들을 더 이상 기쁘게 해주기를 거부했다. 그리고 자신들의 취향으로 새롭게 일어섰다. 이것은 세기말 빈의 중요한 정신적 변환이었다. 그 때까지 예술가의 생산이란 지금처럼 다수 관객이나 청중들을 소비자로 삼는 형태가

빈에서는 인생이
아름다워진다

78

아니었다. 다만 예술가는 소수 귀족 후원자들의 취향에 영합해 그들에게 작품을 바치다시피 했고, 대신 그들로부터 예술품에 대한 정당한 대가를 받는 게 아니라 동정 섞인 은전恩典을 받아 생계를 유지했다.

그런 형태의 예술 생산에서는 당연히 예술품을 후원자의 취향에 맞출 수밖에 없었다. 물론 그 속에서도 자신의 스타일을 조금씩 보여준 예도 있기는 했지만, 그런 경우의 예술적 발전은 당연히 느리고 더디며 민중의 사상과는 다를 수밖에 없었다.

그런 시대에서도 그 형태를 버리고 과감하게 자기 스타일을 세상에 천명한 예술가가 있었다. 그는 당연히 후원자들을 버려야 했다. 그가 바로 베토벤이다. 루드비히 판 베토벤은 빈 귀족들의 후원을 버리고 뛰쳐나갔다. 그는 당시까지의 음악가들처럼 귀족들의 주문에 따라 곡을 쓴 것이 아니라, 스스로 자신이 쓰고 싶었던 곡을 썼다. 그는 진정한 의미에서 노예 계약을 맺지 않은, 아니 파기하고 뛰쳐나간 최초의 프리랜서 작곡가였다.

베토벤의 작품들은 어디에서 팔리고 어디에서 공연되었을까? 그의 작품들은 귀족들에게 은전을 받고 바쳐진 것이 아니라, 시민들의 시장에 팔려 시민들을 위한 연주회에서 공개적으로 연주되었다. 따라서 베토벤의 작품들은 귀족들의 취향에 영합한 것이 아니라 시장을 리드하기 위해 맞추어진 것이다. 그것이 베토벤의 예술 밑에 숨어 있는 그의 진정한 개혁성이다.

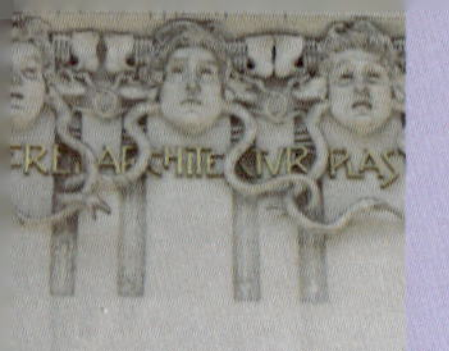

분리파
과거로부터 스스로를 분리시킨
젊은 예술가들

—

그렇게 과거와의 단절을 구체적으로 실천한 일단의 예술가들이 빈에 나타났으니, 그들이 '빈 분리파'다. 빈의 젊은 예술가들은 낡은 사상과 판에 박힌 전통에 더 이상 의존하지 않고, 인간 삶의 진정한 의미를 미술을 통해 자유롭게 전달하고자 했다. 그들은 그런 목적에 힘을 싣기 위해서 뜻을 함께하는 멤버들이 모여 그들만의 단체를 만들었다. 그들은 '분리하다'라는 뜻의 라틴어 'secedo'를 어원으로 하여, '분리파'라는 이름을 지었다. 분리는 모든 과거의 것으로부터의 분리를 의미한다. 그들은 당시의 '빈 미술 아카데미'로 대표되는 권위적인 아카데미즘이나 '빈 예술가 협회' 등 관료적 성향의 단체가 주도하는 전시회로부터 자신들을 실제적으로 정신적으로 분리하기를 원했다.

빈 분리파는 1897년 4월 3일 구스타프 클림트를 초대 회장으로 추대했다. 그리고 그를 중심으로 공예가 콜로먼 모저, 건축가 오토 바그너, 요제프 마리아 올브리히 등이 주축이 되어 단체를 조직했다. 이것으로 분리파는 이미 '분리'라는 목적을 일차적으로 달성한 셈이었다.

분리파에게는 처음부터 그들의 목적을 달성하기 위한 세 가지

구체적인 실천 방안이 있었다.
첫째는 그들만의 전시회를 정기
적으로 여는 것이고, 둘째는 전
시회를 자유롭게 열 수 있는 그
들의 전시장을 갖는 것이며, 셋
째는 그들만의 잡지인 정기간행
물을 발행하는 것이었다.

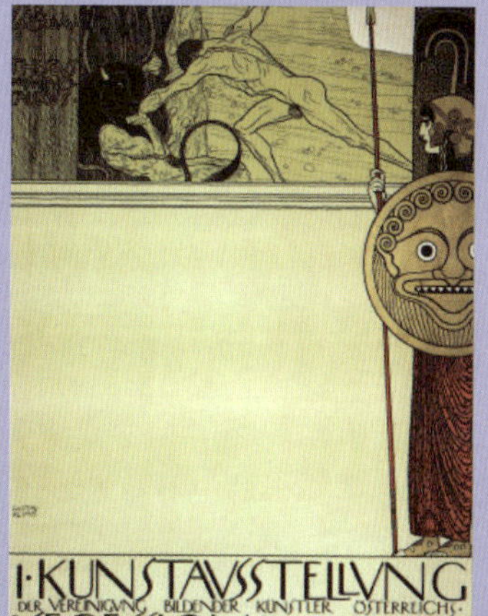

빈 분리파 제1회 전
시회 포스터.

그리하여 분리파는 1898년 1
월에 잡지 《성스러운 봄Ver Sacrum》
을 창간했다. 그리고 그 해 3월에 그들만의 첫 전시회를 열었으니,
제1회 분리파 전시회였다. 그 다음으로는 역시 같은 해에 분리파
전시관을 개관했다.

분리파들은 활발한 활동을 전개했으며, 당대에 다른 미술가들
뿐만 아니라 여러 예술 장르에 큰 영향을 끼쳤다. 그들의 전시회
나 작품들은 빈 시민들에게 열광적인 호응을 얻었다. 분리파에
의해서 빈의 예술은 역사와 전통이라는 틀을 깨고 나올 수 있는
가능성을 다른 예술 장르에게도 보여주었다.

분리파가 배출한 건축가나 디자이너들로는 오토 바그너를 중
심으로 카밀로 지테, 요제프 마리아 올브리히, 아돌프 로스, 요
제프 호프만 등이 있으며, 화가들로는 구스타프 클림트를 필두
로 에곤 실레와 오스카 코코슈카 등이 널리 알려져 있다.

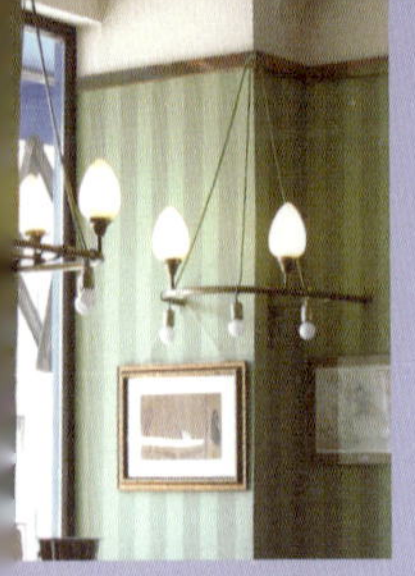

분리파,
베토벤을 그들의 신으로 모시다

Wien —

과거와의 단절을 부르짖는 빈의 젊은 미술가와 건축가들은 분리파를 창설한 뒤, 1898년에 비로소 요제프 마리아 올브리히의 설계로 분리파 회관, 즉 '제체시온'을 개관하기에 이르렀다. 후원자들이 지어준 것이 아니라 예술가들이 직접 만든 예술가들만의 신전이 만들어진 것이다.

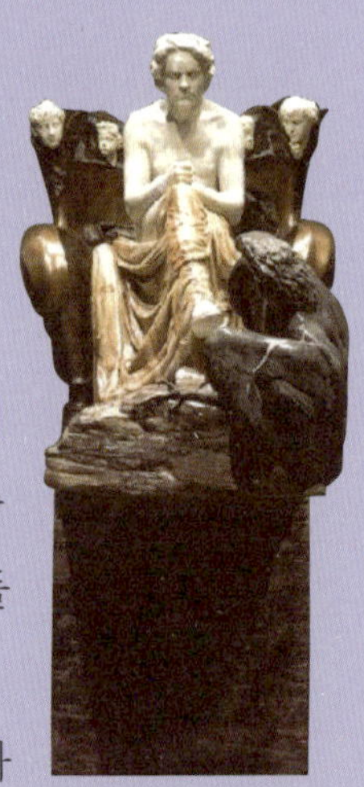

클링거의 〈베토벤상〉.

그리고 오매불망 그리던 그들의 전시회가 그들의 집 제체시온에서 열렸다. 그중에서도 가장 중요한 것이 1902년의 제14회 분리파 전시회였다. 빈의 젊은 예술가들은 그들이 세운 새 신전 제체시온에 '새로운 신神'을 모실 필요가 있었다. 그 때 그들이 '성스러운 봄'이라고 천명하던 새로운 시대에 적합한 새로운 신으로 루드비히 판 베토벤이 채택되었다.

베토벤은 이미 두 세대 전에 세상을 떠난 인물이며, 미술가도 아닌 음악가였다. 하지만 분리파 회원들은 같은 빈에서 역경을 겪었던 베토벤의 행동과 예술 세계야말로 자신들의 귀감이라고 여겼다.

그리하여 제14회 분리파 전시회에 초대된 작품이 독일 조각가 클링거가 만든 베토벤 상이다. 색채가 들어간 여러 가지 대리석을 조합해 만든 이 조각품은 제체시온 지하의 전시실 한가운데에 설치되었다.

이것을 기념하기 위해 베토벤 상이 있는 장소의 전실前室에 설치한 것이 클림트가 만든 대형 벽화 〈베토벤 프리즈〉다. 지금은 베토벤 상보다도 더 유명해졌으며 제체시온의 상징처럼 된 작품이기도 하다. 〈베토벤 프리즈〉는 클림트가 베토벤의 교향곡 제9번 〈합창〉 중의 제4악장 '환희의 송가' 부분을 시각적으로 형상화한 것이다. 전실의 높은 벽 세 면을 휘돌아가면서 그려진 〈베토벤 프리즈〉는 직접 가서 보지 않고는 그 느낌을 제대로 알 수가 없다. 만일 당신이 제체시온의 그 방에서 〈베토벤 프리즈〉를 본다면, 그리고 베토벤의 음악 세계와 클림트의 미술 세계를 이해할 수 있다면 그 감동은 형언할 수 없을 것이다.

베토벤의 음악을 시각화한 클림트의 걸작 벽화 〈베토벤 프리즈〉가 개막하던 그날은 세기말 빈의 가장 중요하고 상징적인 날이었다. 이제 빈의 예술가들은 베토벤을 그들의 신으로 모시게되었다. 베토벤의 정신이 빈 예술가들에게 하나의 이상理想을 보여준 것이다. 가장 중요한 것은 과거와의 단절이었다. 베토벤이라는 시대의 사생아를 큰형님으로 모시면서, 그들은 그 이전 조상들을 버렸다.

그들은 과거를 버렸다. 아버지를 죽였다. 그럼으로써 아버지가 그들에게 제공했던 사회적인 명예와 경제적인 안정도 버렸다. 그리고 밑바닥에서부터 다시 자신들의 명예와 부를 쌓아나갔다. 오직 자신들의 힘으로……. 그렇게 함으로써, 그렇게 해야만 그들은 자신들만의 고유한, 자유롭고 새로운 예술과 사상을 온전히 천명할 수 있었기 때문이다. 그리하여 빈은 새로운 예술의 도시로 거듭났다.

제체시온
분리파가 세운 신전

—

빈의 많은 건축물들 중에서 누구에게나 인상적인 건물은 분명 '제체시온'일 것이다. 링 슈트라세의 한 곳에 자리 잡은 제체시온은 멀리서 보면 어서 달려가고 싶어진다. 그러나 막상 가까이 다가가서 보면 들어갈 엄두가 나지 않는다. 그것이 바로 건물이 주는 손 댈 수 없는 아름다움, 장엄함, 고귀함, 즉 카리스마일 것이다.

제체시온은 제2차 세계대전 때 심각하게 파괴되었던 것이 1973년에 복원돼 오늘에 이르고 있다. 따라서 1970년 이전에 빈을 찾았다면 이 건물을 볼 수 없었을 것이다. 정말 우리가 제체시온을 다시 볼 수 있다는 사실에 감사하며, 다시 한 번 그 건립의 정신을 되새겨본다.

사각으로 된 흰 건물은 시대를 초월하는 힘을 보여준다. 고대 이집트나 중동의 건축 같기도 하고, 어떻게 보면 타지마할을 연상시키기도 한다. 네 개의 작은 사각형 탑을 머리 위에 지니고 있는, 역시 소박하고 작달막한 사각형 건물이다.

그러나 이 건물을 평범하지 않게 보이도록 하는 것이 있다. 사각형의 건물이 네 개의 사각형 탑으로 네 곳을 지지하면서 머리 가운데 이고 있는 둥근 구형이다. 구형은 금빛으로 도금을 했다.

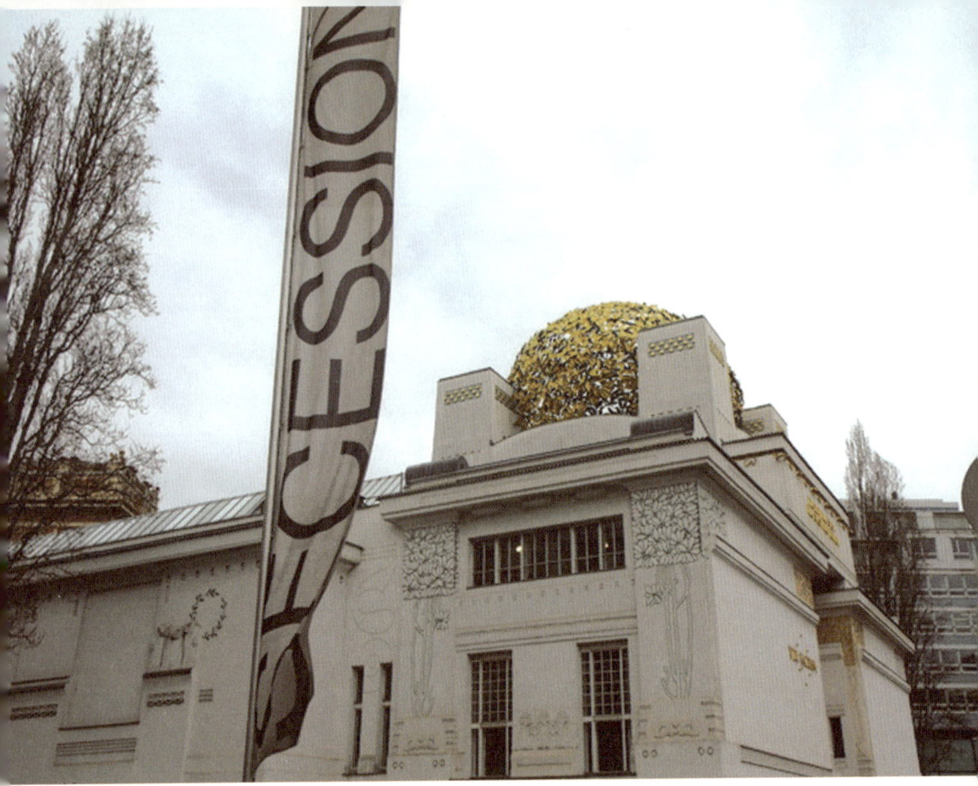

월계수 잎을 형상화한 것이다. 멀리서도 눈에 띄는 이 구형은 다만 건물의 윗부분을 돔으로만 처리할 줄 알았던 그 시대에 파격이었고 충격이었다.

그것은 그야말로 장식 예술의 극치였으니, 분리파가 예술의 신전을 세우고 그 위에 스스로 자신들의 월계관을 씌운 꼴이었다. 이 얼마나 자신만만하고 치기 어린 짓이었던가? 하지만 그 시대에는 그런 행동이 필요했고, 새 시대는 새 예술을 원하고 있었으며, 이미 그 기운이 땅속에서 끓어 넘쳐 위로 분출되고 있었던 것이다.

그럼에도 처음 이 건물이 문을 열었을 때 모든 시민들이 갈채를 보낸 것은 아니다. 건물 위의 구형을 사람들은 '도금된 양배추'라고 놀렸다. 그러나 분리파는 당당했다. 클림트가 원래 순수화가가 아닌 장식예술가였듯이, 장식에 관한 그들의 감각은 탁월했다. 그것은 건물의 식물 문양에 잘 나타나 있다. 또한 분리파의 특징들 중 하나가 바로 문자를 장식에 이용하는 것인데, 디자인뿐만 아니라 그 내용도 중요하다. 건물의 문 위에는 일종의 격문과 같은 것이 당당하게 금박으로 적혀 있다.

Der Zeit ihre Kunst,

der Kunst ihre Freiheit.

'시대에는 그 시대의 예술을, 예술에는 그 예술의 자유를.'

이 말은 분리파의 모토이자 20세기를 맞이하는 그들의 마음이었다. 그들은 이 말을 세상에 천명했고, 이제 이것은 진리가 되었다.

건물 왼편 아래에는 '신성한 봄Ver Sacrum'이라고 적혀 있다. 역시 새로운 세기를 맞이하는 분리파의 시대를 상징하는 말로서, 그들이 발간한 분리파 잡지의 제목이기도 하다.

제체시온 건물에서 빼놓을 수 없는 전시가 1902년의 분리파 전시였다. 제14회 분리파 전시회였던 당시의 전시에는 독일의

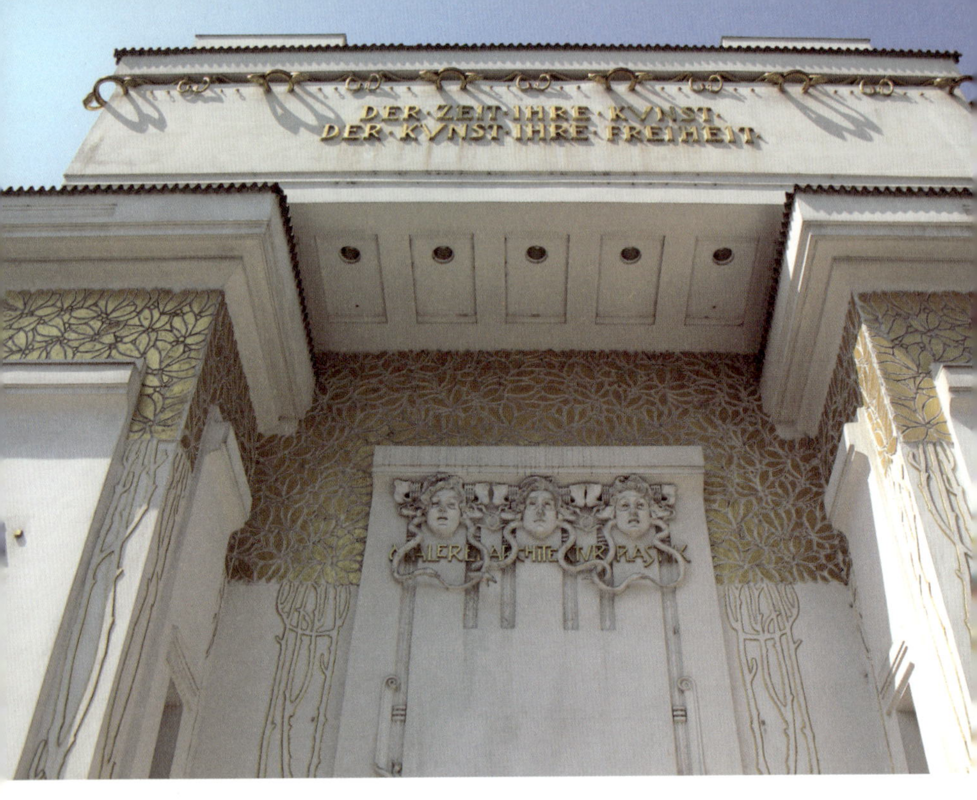

조각가 막스 클링거의 〈베토벤〉 상을 전시하기로 되어 있었다. 그것은 분리파 회원들을 크게 고무시켰다.

새로운 예술 운동을 펼칠 그들에게는 그들을 대표할 만한 상징적인 인물이 필요했다. 그럴 때 나타난 것이 베토벤이었다. 물론 베토벤은 미술가가 아니라 음악가였다. 하지만 시대에 항거하고, 새로운 예술 세계를 개척했으며, 세상에 홀로 우뚝 섰던 베토벤의 모습이야말로 분리파들의 정신이라고 생각했다. 그리하여 클링거의 작품 〈베토벤〉을 전시하는 것을 기회로 분리파의 정신을 만천하에 천명하려고 했던 것이다.

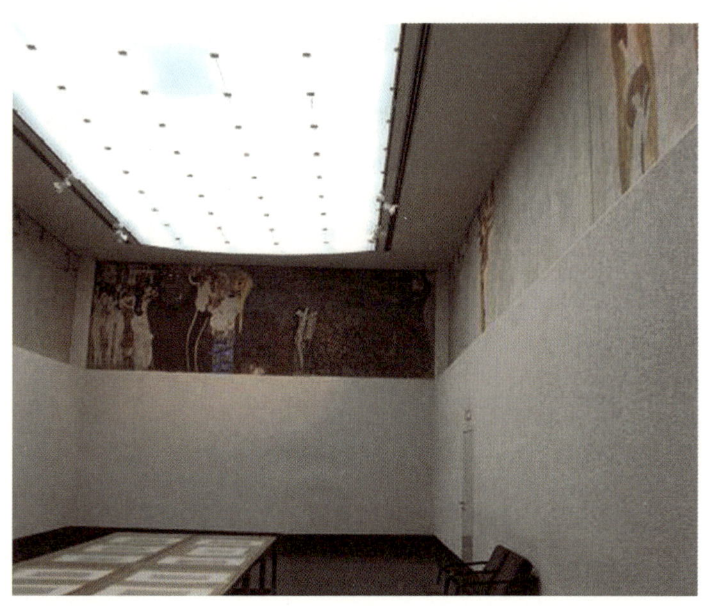

〈베토벤〉이 전시될 방 앞의 전실(前室)에 클림트는 베토벤을 기리는 또 하나의 작품을 만들기로 했다. 그것이 바로 전실의 높은 벽을 가득 채우는 걸작 벽화 〈베토벤 프리즈〉다.

클림트는 베토벤의 교향곡 제9번 〈합창〉의 제4악장 중 '환희의 송가' 부분을 벽화로 표현했다. 즉, '환희여, 아름다운 신의 빛이여, 오 세상에 입맞춤을 해주리라'라는 유명한 실러의 가사와 음악을 형상화했다. 이것은 베토벤의 〈합창〉 교향곡에 대한 리하르트 바그너의 해석을 클림트가 구성한 것이다. 모두 다섯 부분으로 이루어져 있다.

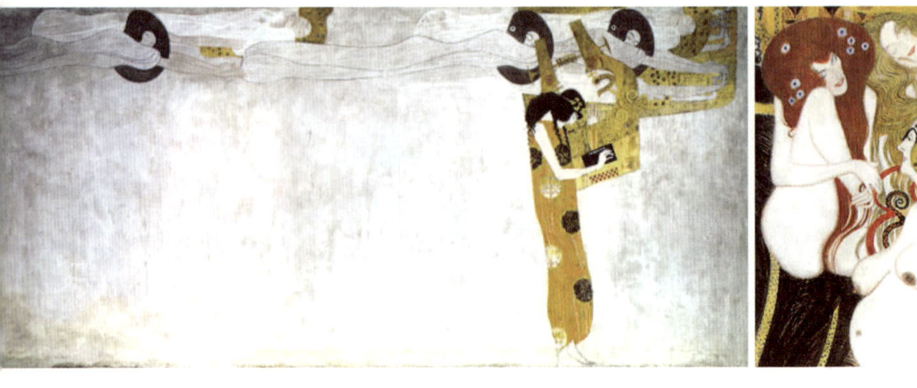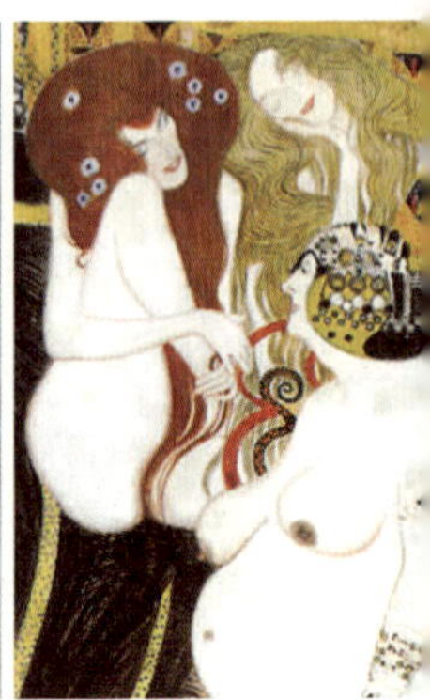

첫 부분은 '행복을 향한 동경'인데, 비상하기 시작하는 인간을 그리고 있다. 가운데의 큰 부분은 희고 부드러운 색으로 비어 있고, 그 위로 인간들이 물속에서 행복을 느끼듯이 부유한다.

두 번째 부분은 '약한 자의 고난'이다. 황금 갑옷과 투구, 큰 칼로 완전 무장을 한 기사가 서 있고 그 뒤에는 여인들이 있다. 허약하고 불쌍해 보이는 남녀가 무릎을 꿇고 기사에게 애원을 한다. 그 뒤에 또 한 명의 여인이 손을 모으고 있다.

세 번째 부분은 정면의 벽에 그려져 있으며, '적대적인 힘'이다. 거인 티포에우스가 고릴라 같은 무서운 모습을 하고 있고, 왼편으로는 그의 세 딸인 고르곤이 있다. 고르곤 뒤로는 인간이 가장 두려워하는 질병, 광기, 죽음의 세 가지를 상징하는 형상이 보인다. 오른편으로는 세 명의 여자들이 각기 독특하고 화려한 치장을 하고 있는데 음탕, 음란, 방종을 뜻한다. 그 다음으로는 아주 풍성한 여자 머리카락과 뱀들이 보인다. 인간이 가진 끊임

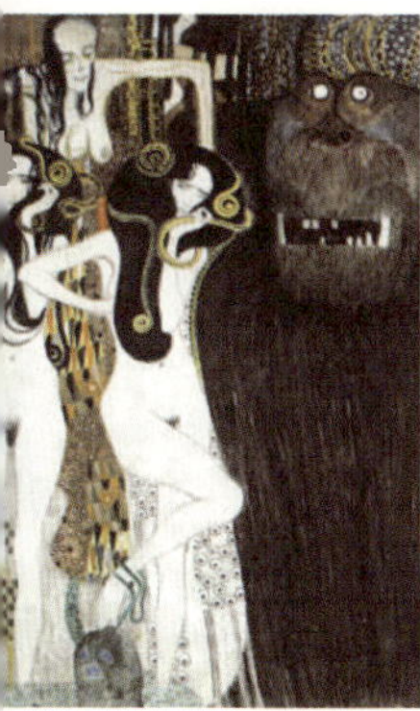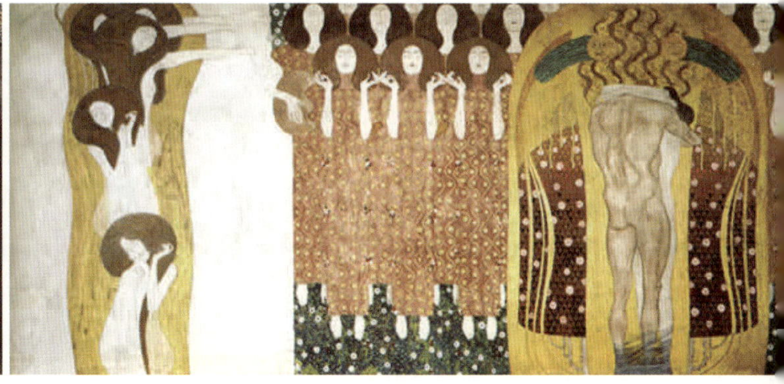

없는 슬픔을 나타낸다.

이제 오른쪽 벽으로 넘어간다. 네 번째 그림에는 다시 부유하는 사람들이 나타나고 한 여인이 리라를 타고 있다. 음악을 뜻한다. 다음 벽의 상당 부분은 아무것도 없는 빈 공간으로 남겨져 있다. 다음에는 기쁨에 겨워하는 여인들이 그려져 있다. 그 여인들은 예술을 상징한다. 실러의 시 '환희의 송가'에 화답하는 여인이다. 시와 미술과 음악이 다 나왔다. 예술만이 인간에게 진정한 기쁨을 줄 수 있다는 클림트의 철학을 보여준다.

마지막 다섯 번째 부분이다. 밝아지는 분위기로 바탕은 꽃이 만발한 풀밭이다. 그 위에서 천사들이 합창을 하고 있다. 천사들 앞으로는 한 쌍의 남녀가 껴안고 키스를 한다. '세상을 향한 키스'다. 남녀의 피부색이 다르다거나 여자가 남자의 어깨 속으로 쏙 들어가 있다거나 하는 것들이 클림트의 다른 그림 〈키스〉의 특징을 그대로 보여준다. 그렇다면 〈키스〉의 해석조차도 베토벤

제체시온 지하실 벽면의 세 면을 장식한 클림트의 〈베토벤 프리즈〉의 일부.

에서 시작되어야 할지도 모른다.

정리해보자. 인간은 끊임없는 고통과 슬픔을 당하고 많은 유혹과 방해 속에서 살아간다. 하지만 결국 인간은 시와 미술과 음악으로 행복을 느낄 수 있다. 나약한 인간이지만 예술 속에서 우리는 진정한 기쁨을 누릴 수 있으며, 사랑하는 사람과 결합할 수 있다.

1902년의 분리파 전시회에 〈베토벤〉 상과 〈베토벤 프리즈〉가 처음 공개되던 날, 당시 빈 슈타츠오퍼의 음악감독이었던 구스타프 말러는 빈 국립 오페라 오케스트라의 금관악기 주자 20여 명을 동반하여 이곳에 나타났다. 그들은 모두 이 좁은 방에 섰다. 말러는 이 금관 앙상블을 위해 자신이 직접 편곡한 베토벤의 '환희의 송가'를 지휘하면서, 〈베토벤 프리즈〉 공개를 기념했다. 얼마나 역사적인 날이었을까? 그날을 상상해본다.

원래 〈베토벤 프리즈〉는 전시 기간에만 설치될 예정이었는데, 그 반향은 예상을 넘는 것이었다. 개인 소장가가 가져갔던 그림을 결국 오스트리아 정부가 다시 인수해 오랫동안 벨베데레 궁에 보관했다.

하지만 그림은 원래 그 자리에 있어야 하는 법. 예술은 여행하지 않으며, 작품은 본래의 자리에서 있어야만 빛난다. 각 자리에는 자리의 역사성과 의미가 있기 때문이다. 그리하여 오스트리아 정부는 〈베토벤 프리즈〉를 제체시온 안의 원래 자리로 옮기기로 했다. 10년이 넘는 정밀한 복원 작업 끝에 〈베토벤 프리즈〉는 1986년 원래의 위치에서 다시 사람들에게 선을 보였다.

세 개의 벽에 걸쳐 있는, 34미터에 이르는 위대한 벽화를 살펴본다. 들어가면 누구나 읽어볼 수 있도록 사진과 해설이 적힌 설명서를 준다. 그러면 다들 그것을 들고 조용히 벽화를 둘러본다. 사람들은 이쪽 소파에 앉아서 저쪽 벽화를 보고, 저쪽 소파로 가서는 이쪽의 그림을 음미한다. 누구 하나 떠드는 사람도 없다. 다들 베토벤과 클림트의 위대함에 압도되어 있는 것이다.

실러의 시는 베토벤의 음악을 탄생시켰고, 베토벤의 음악은 다시 클림트의 미술을 탄생시켰으며, 클림트의 그림은 말러의 지휘를 불러일으켰다. 제체시온은 예술로 충만한 곳이다. 클림트의 벽화가 말하는 것이 예술 속에서 열락을 누리는 인간이라면, 나는 이 지하방 속에서 클림트의 그림으로 둘러싸여 예술의 열락을 누린다. 사면은 클림트고, 두 귀에는 베토벤이 들려온다.

구스타프 클림트
20세기 빈 화단의 황제로 서다

—

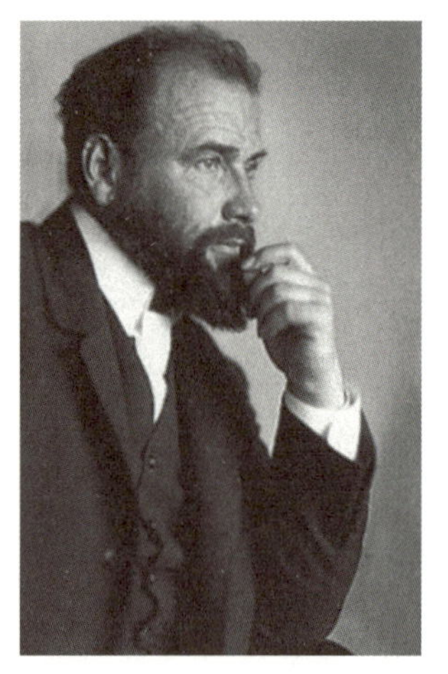

구스타프 클림트1862~1918는 오스트리아 의회가 개회된 1년 후에 태어나 제1차 세계대전이 오스트리아의 패배로 끝난 해에 세상을 떠났다. 그가 살았던 시기는 오스트리아 제국이 종말을 향해 가던 시기와 일치한다. 즉, 그는 제국의 황혼기를 살았다.

클림트의 가정은 가난했다. 말만 수공업자지 거의 도시 빈민 생활을 했다. 게다가 그의 가계에는 정신병의 가족력까지 있었다. 누나인 클라라는 확실히 정신병이었고, 클림트의 어머니도 자주 우울증을 앓았다고 하니 역시 정신병과 무관하지는 않을 것이다. 나의 판단으로는 아마 모계 쪽으로 조울증의 유전자가 있는 것으로 보인다.

집이 너무 가난해 클림트는 빈민 자녀들이 가는 공민학교에 다녔다. 그 때부터 이미 그림에 소질을 보인 클림트는 14세에 공예미술학교에 입학했다. 권위 있는 빈 미술 아카데미가 아니라는 데 주목할 필요가 있다. 미술 아카데미는 순수 미술을 하는 화가나 조각가를 배출하는 곳이지만, 공예미술학교는 그야말로 기능인 수준을 벗어나기 어려운 공인(工人)을 길러내는 곳이었다. 클림트의 소망은 예술가가 아니었다. 소박하게 공인학교의 미술 교사가 되는 것이었다.

당시의 빈은 링 슈트라세를 건설하고 있었다. 40년간에 걸친 건설 사업은 도로뿐 아니라 그 주변에 많은 건물들을 신축하는 것이었다. 이 대역사는 온 유럽의 건축가, 화가, 조각가, 공예가들에게 엄청난 일거리를 제공했다. 클림트도 학교를 졸업하자마자 정신없이 이 공사에 참여해 많은 일을 맡게 되었다. 그것은 예술적으로나 경제적으로나 그에게는 다행이었다.

클림트는 공예미술학교의 동창인 프란츠 마치와 친구가 되었으며, 그와 함께 미술 작업을 의뢰받는 '화가들의 회사'라는 회사를 조직해 주문 제작을 시작했다. 이후 역시 공예학교 출신인 동생 에른스트도 합세, 많은 일을 수주했다.

화가들의 회사가 전성기를 맞이하면서 클림트의 명성은 자자했다. 하지만 그 즈음 아버지가 세상을 떠나고 동생 에른스트마저 독감으로 갑자기 죽었다. 클림트는 큰 충격을 받았다. 이제 그는 어머니와 동생들, 어린 조카들까지 부양해야 하는 가장이 되었다. 주변 환경의 변화로 인해 화가들의 회사는 사실상 와해되고, 그와 함께 클림트의 예술 세계도 변화를 맞이한다.

프란츠 마치가 화가들의 회사가 아닌 개인 자격으로 빈 대학 천장화를 주문받았을 때 클림트도 여기에 합류했다. 이것은 두 사람이 함께한 마지막 공동 작업이었는데, 여기에서 클림트는 스캔들 수준의 완전히 새로운 예술 세계를 보여주었다. 클림트는 〈철학〉, 〈법학〉, 〈의학〉의 세 부분을 맡았다. 하지만 빈 대학의 천장화는 결국 완성되지 못했고, 클림트는 마치와 결별한다.

이제 클림트는 빈의 새로운 시대를 대표하는 미술가가 되었다. 클림트를 비롯한 여덟 명의 화가들은 당시 빈을 대표하던 '미술가 연맹'을 탈퇴하고 '오스트리아 조형미술가 연맹'을 결성했다. 흔히 '분리파'로 불리는 이 단체는 회원이 곧 40명을 넘어섰고, 클림트는 초대 회장이 되었다.

1898년 제1회 분리파 전시회는 엄청난 규모로 열렸다. 분리파 7년의 시기에 클림트는 분리파로부터 많은 이득을 취했다. 분리파도 클림트로부터 많은 것을 얻었다. 그리고 분리파는 분열되었다. 1905년 클림트는 분리파를 떠났다. 열여덟 명의 동료들이 그를 따라서 나갔다. 분리파는 그를 잃은 후 다시는 일어서지 못했다. 그들의 '성스러운 봄'은 한때의 봄날처럼 7년 만에 그렇게 끝났다.

분리파를 떠난 클림트와 일당은 1908년 새로운 전시회 '쿤스트샤우 빈'(빈 미술전)을 열었다. 프란츠 요제프 황제 즉위 60년 기념식에 바쳐진 이 전시회는 클림트의 높은 위상을 보여주었다. 평론가들은 심지어 '쿤스트샤우는 클림트를 신격화했다'고까지 평했다. 가장 중요한 전시실에는 〈키스〉를 비롯한 클림트의 대

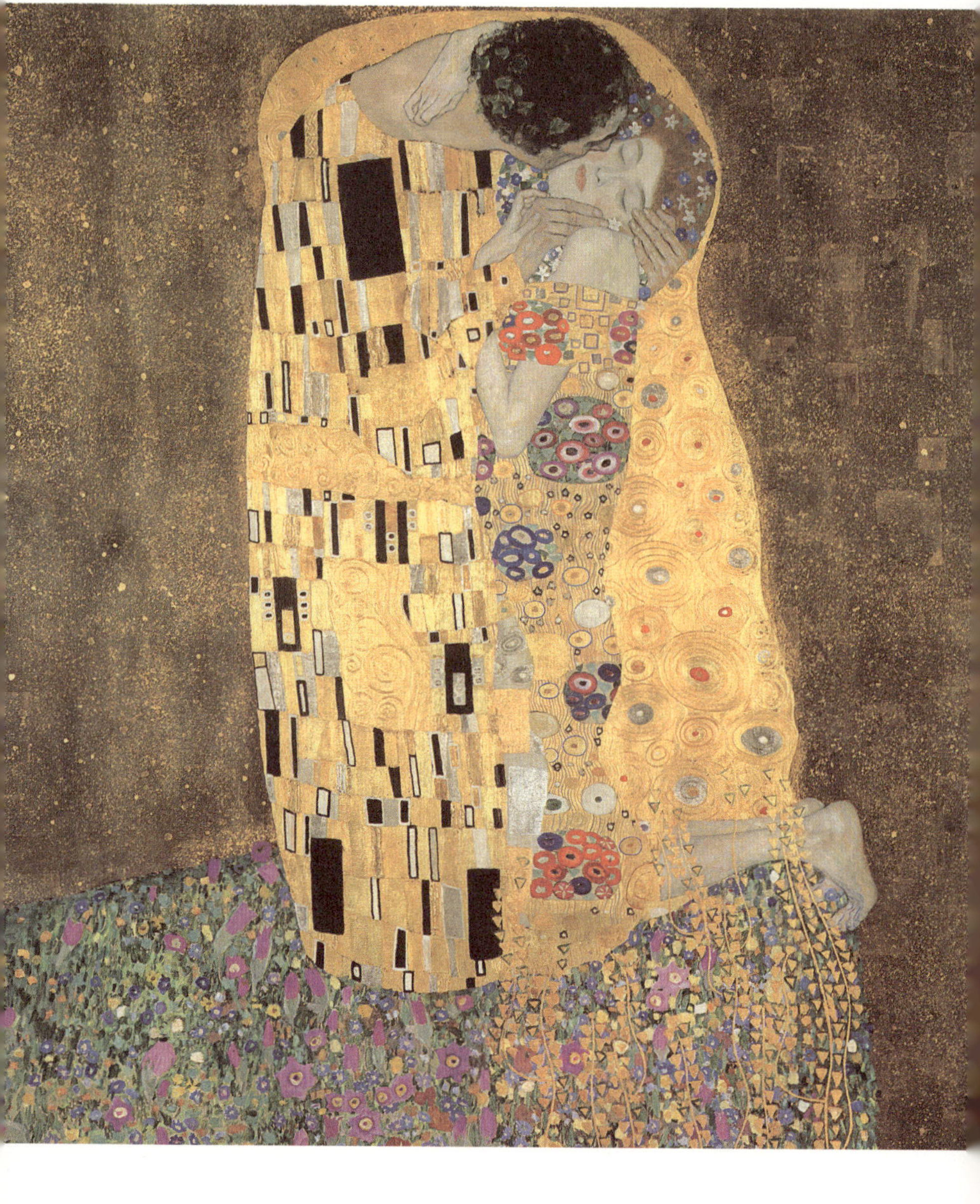

표작 열여섯 점이 공개되었다.

클림트에 관한 여러 이야기들 중에서 모델들과의 염문에 관한 일화가 적지 않다. 사실 클림트가 모델들에게 성적인 흥미를 가졌던 것은 사실이다. 많은 모델들을 자신의 집에 기거하게 했고, 그들이 나체로 집안을 활보하게 했다. 그 안에서 클림트는 그들과 성적인 관계도 맺었으며, 자신의 왕성한 성적 상상력을 키워 나갔다. 클림트는 변태인가?

당시 빈은 사회 전체가 성적인 노출로 가득 차 있었다. 대부분의 상류층 인사들이 부인과는 별도로 애인을 가지고 있었고, 빈 슈타츠오퍼의 발레리나들은 코르티잔^{부유한 남자들이나 귀족들과 관계를 가진 고급 창녀}과 진배없었다. 온 도시에 매춘이 성행하고 성병이 창궐했다. 아동 매춘도 많았으며, 빈의 레스토랑들에서는 즉석에서 사랑을 나눌 수 있는 밀실이 넘쳤고, 포르노가 성행했다.

그런 분위기에서 클림트에게 여성이 성적인 대상으로 보였음은 당연한 일이었다. 클림트는 자신의 모델들을 상대로 수백 장의 여성 드로잉을 남겼으며(그는 드로잉은 판매하지 않았다.) 모두가 지극히 성적이었다. 그의 대작들은 성적인 상상을 환상으로 승화시키고 있다. 대표작으로는 〈다나에〉, 〈물뱀〉, 〈레다〉 등이 있다. 꼭 성적인 것이 아니라 여성의 모성, 인생을 다룬 보다 철학적인 작품들도 남겼는데 〈여자의 세 시기〉, 〈희망〉 1·2, 〈처녀〉, 〈신부〉 같은 걸작들이 있다.

클림트는 성욕이 왕성했다고 알려져 있지만 그는 평생 결혼을 하지 않았다. 또한 그의 은밀한 사랑에 대해서도 전해지는 바가 없다. 그는 나이가 들어서까지 어머니, 그리고 두 여동생과 한 집에서 생활했다.

알려져 있듯이 클림트는 에밀리 플뢰게와 거의 매년 아터 호수로 여름휴가를 함께 갔고 그녀에게 전적인 신뢰감을 가지고 있었지만, 그들이 육체적으로 연인 관계였는지는 알 수 없다. 아마 아니었을 것으로 추측된다. 대신 클림트는 에밀리에게 육체적인 것 외에 남자가 줄 수 있는 모든 것—금전, 신뢰, 애정—을 다 주었다. 그리고 섹스 상대는 바깥에서 찾았다.

어찌되었거나 아내가 없어 클림트의 집안 살림은 어머니, 여동생, 에밀리 플뢰게가 이어서 맡았다. 덕분에 클림트는 불편 없이 마음껏 예술에 투신할 수 있었다. 그는 집 밖에 애인들을 두고 만났던 것 같다. 그가 죽자 여기저기서 클림트의 친자임을 주장하고 나온 아이가 열네 명이나 되었다. 물론 그들이 원하는 것은 재산이었다. 클림트의 성욕은 실제보다 부풀려져서 가십이 된 게 분명한데, 클림트의 아이가 40명은 되었을 것이라고 쓴 책도 있다(이건 초기 분리파 회원의 숫자다!).

쿤스트샤우는 일 년 후인 1909년에 한 번 더 열렸다. 그리고 2009년 벨베데레에서 쿤스트샤우 100년을 기념하는 거대한 전시회가 열렸다. 동원될 수 있는 클림트의 모든 작품들이 동원되었고, 백 년 전의 전시장이 그대로 재현되었다. 그것을 보기 위해 빈까지 갔던 나는 엄청난 감동을 받았다. 마치 내가 백 년 전의 빈에 서 있는 것만 같았다.

하지만 1909년의 쿤스트샤우는 클림트의 신격화인 한편 그의 쇠락의 징후이기도 했다. 클림트는 현역 예술가가 아니라 이제 지난 시대의 신이었다. 이미 오스트리아 미술계는 실레와 코코슈카에게로 주도권이 넘어가고 있었다. 이제 빈도 더 이상 중부 유럽 미술의 중심이 되지 못했다. 미술의 대세는 베를린으로 넘어갔다. 그러나 클림트 덕분에 오스트리아 미술은 처음으로 국제성을 갖게 되었고, 널리 알려졌다. 오스트리아의 모든 미술가들은 클림트에게 빚을 졌다.

이후 클림트의 작품 세계는 점점 만년의 징후를 보이면서 완숙해갔다. 금박은 사라졌고, 색채도 부드러워졌다. 주제도 성적인 것에서 인생과 철학을 논하는 것으로 옮겨갔다.

1918년, 클림트의 죽음과 함께 위대했던 한 시대도 완전히 끝났다. 합스부르크 왕조는 폐위되었고, 오스트리아-헝가리 제국은 해체되었다. 오스트리아는 유럽 중부의 작은 나라가 되었으며, 대제국은 사라지고 공화국이 섰다.

비평가 프랭크 위트포드는 클림트에게 냉혹한 평가를 했다.

'미술사에서 클림트의 영향은 한정적이었고, 그를 추종하는 유파도 없었다. 그 이전에도 이후에도 그와 유사한 화가는 없었

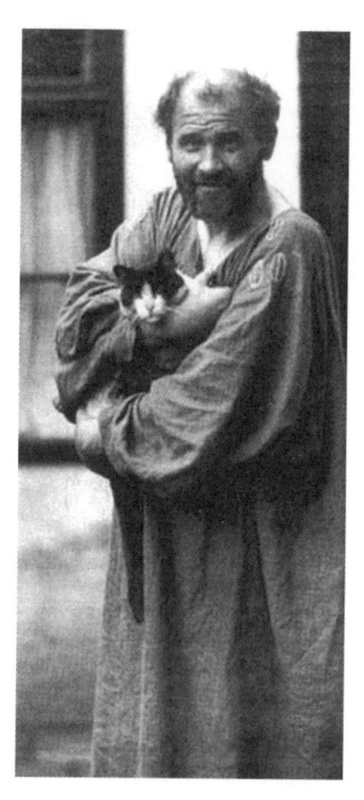

다. 그러니 20세기 회화에서 그의 영향은 무시해도 될 정도다.'

그러나 클림트의 그러한 시도는 새로운 현대 회화의 시작을 알리는 것이었다. 지금 그는 세상에서 가장 사랑받는 화가가 되었다. 얼마 전 그의 〈아델레 블로흐 바우어의 초상화〉가 1,700억 원에 팔렸다. 고흐를 뛰어넘어 미술 거래 사상 최고가 기록을 경신한 것이다. 물론 돈으로 작품의 값어치를 말할 수는 없지만, 최근 그의 인기와 그에 대한 관심은 정말 놀라울 정도다.

카페 무제움
영원한 화가들의 응접실

내가 빈을 처음 방문했을 때부터 가장 가고 싶었던 카페가 '카페 무제움'이었다. 미술이나 건축 책에 많이 등장하기 때문이다. 카페 무제움은 이름부터도 유혹적이고, 그 역사는 경외로 가득 차 있다.

처음 빈에 도착한 날, 나는 호텔 방에 짐을 풀자마자 그곳엘 가려고 했다. 하지만 생각보다 멀었고 눈보라가 너무 쳐서 결국 그날은 포기했다. 다음 날 날이 활짝 개어 그곳을 찾았다. 일단 나는 그 위치에 놀랐다. 빈 '미술 아카데미'에서 바로 옆으로 고개만 돌리면 보이고, '제체시온'에서도 고개만 들면 보이는 곳에 카페 무제움이 있었던 것이다. 1899년에 오픈했으니 정말 확실한 시기에 확실한 장소에다 자리를 잡았다. 다시 설명하면, 미술 아카데미와 제체시온과 무제움은 삼각형의 꼭지를 이루고 있다. 각기 1분 정도의 거리에 있으며 서로 빤히 보인다. 이건 무엇을 말하는가?

그렇지 않아도 등을 돌리고 있는 미술 아카데미와 분리파 회관은 건물마저도 서로 등을 돌리고 앉았다. 미술 아카데미는 북향으로, 제체시온은 동향으로 되어 있다. 그런 두 건물 입구에서 딱 중간이 될 만한 곳에 카페가 문을 열었으니, 이것은 우연만은 아닌 것 같다. 그리고 1899년, 19세기가 저무는 마지막 해에 문을 연 것은 20세기의 카페임을 천명한다. 즉, 카페 무제움은 빈의 유명 카페들 가운데서도 가장 나이가 어린 카페에 속한다.

이런 위치 때문에 카페 무제움은 문을 열면서부터 미술 아카데미의 교수들과 학생들, 그리고 분리파 미술가들과 그들을 추종하는 젊은 화가들이 들끓었다. 한마디로 빈 미술계의 아지트가 되었다. 그것은 곧 중동부 유럽 미술계의 중심지가 된 것과 같은 말이기도 했다. 카페 무제움에 모여들면서 그들은 서로 반목하기보다는 자연스럽게 자신들의 예술관을 피력하고 토론하며 서로의 예술 세계를 나누는 장을 만들었다. 그래서 빈에서 미술과 관련한 일이 있거나 미술계 인사를 만나려면 누구나 이곳을 찾는 것이 상식이 되었다.

미술 아카데미의 카를 몰 같은 대가를 비롯해 분리파의 수장인 구스타프 클림트, 건축가 오토 바그너, 아돌프 로스 등이 모두 카페 무제움을 자신의 사랑방처럼 들락거렸다.

카페 무제움은 그 외관과 실내장식 등으로 유명한데, 이 모든 것이 당대를 대표하는 건축가 아돌프 로스의 작품이다. 입구에는 아무런 장식도 없다. 이것은 당시로서는 파격적인 디자인이었다. 사람들은 이 건물을 가리켜 '허무주의자의 카페' 라고 불렀다.

로스는 자신이 만드는 모든 건물에 실용주의적인 가치를 최우선으로 두었다. 한마디로 현대적 건축 개념의 시작이었다. 그러

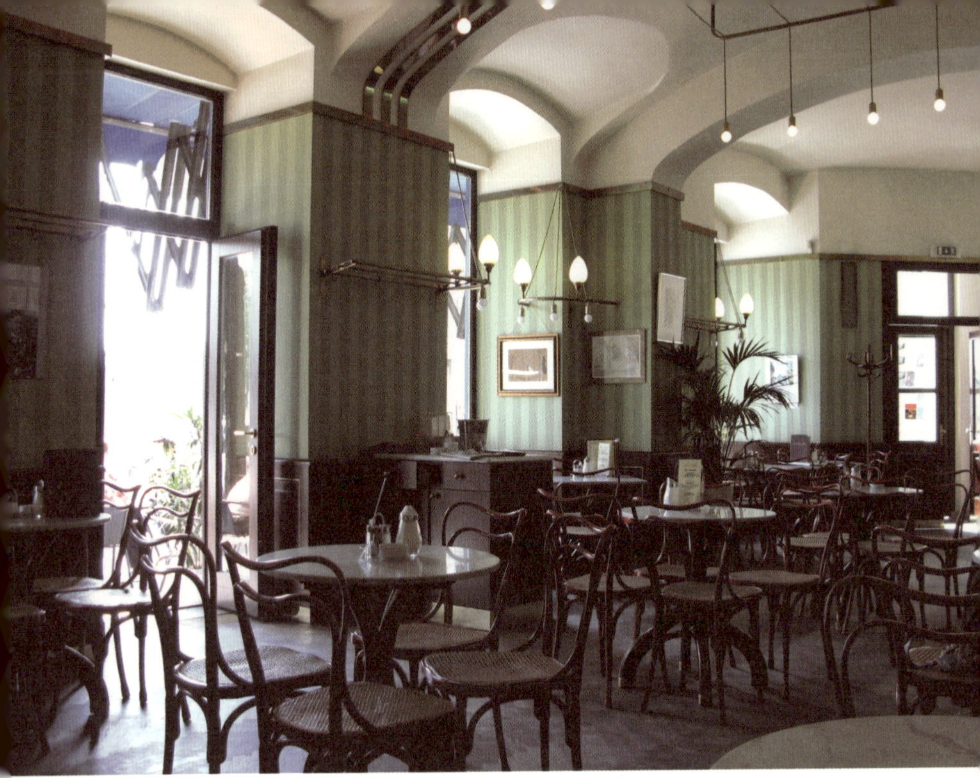

면서도 그는 '가장 효율적인 것이 동시에 가장 아름다운 것이다'라는 것을 스스로 증명해보이려 했다.

자, 문을 밀고 안으로 들어가보자. 들어가면 좀 놀랍다. 밝고 단순하고 명확한 인테리어가 눈길을 끈다. 사실 지금의 인테리어는 처음 로스가 한 것과는 다르다고 한다. 아쉽다. 하지만 나는 지금의 인테리어도 아주 마음에 든다. 이렇게 거의 아무런 장식도 없이 단순하면서도 품격이 넘치는 공간을 만들기란 쉽지 않을 것이다. 이런 것이야말로 디자이너의 격이자 내공이다.

올리브색 벽이 차분하고 우아한 분위기를 유지하면서 붉은 의

자와 묘한 조화를 이룬다. 그중에서도 최고는 조명등이다. 화려한 샹들리에가 아니다. 천장에서 내려오는 평범하고 단순한 백열전구들을 줄을 길게 늘여 천장에 달린 노란 금속 파이프 위로 늘어뜨린 모습은 카페의 분위기를 확실하게 잡는다. 검소하고 편안하면서도 스스로의 모양에 대해 엄격하고 당당하다. 역사상 최고의 디자이너들이 드나든 이 집의 감각과 자신감이 아니라면 감히 내세울 수 없는 디자인이 아닌가?

이 자리에 앉아 있는 것만으로도 나의 마음은 흥분되고 내 몸은 적잖게 고무된다. 지금도 여기저기 학생들이 앉아 담배를 피우면서 환담을 한다. 책을 읽는 학생, 스케치북을 들고 있는 학생, 컴퓨터로 작업을 하는 학생도 있다.

백 년 전으로 돌아간다. 일단의 미술 아카데미 교수들과 화가들이 자욱한 담배 연기 속에서 그들의 멋진 수염과 세련된 수트를 뽐내며 입담을 자랑한다. 그 때 무제움의 문이 열리더니 한 젊은이가 들어온다. 아, 또 그 사람이다. 그는 벌써 며칠째 이 카페 무제움에 출근하다시피 하고 있다. 첨단 유행을 쫓아 약간은 경박스럽기까지 한 수트 차림이지만, 그의 날렵한 몸에 잘 어울린다. 매일 같은 옷이지만 늘 손질을 하는지, 깔끔하고 다리미질도 잘 되어 있다. 풀 먹인 하얀 칼라는 빳빳하고 넥타이는 무척이나 신경을 써서 맨 것이 분명하다. 그러나 차려입은 것에 비해 얼굴은 상당히 어려 보인다. 귀엽게 잘생긴 얼굴에 큰 눈을 습관

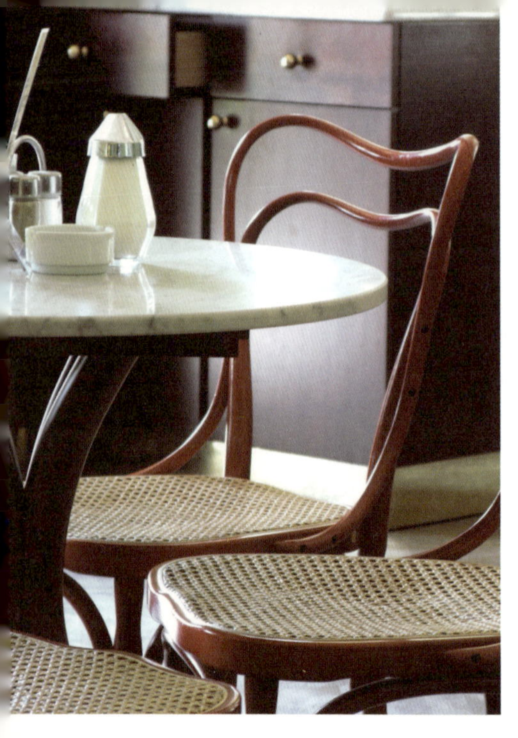

적으로 자꾸 치켜떠서 이마에다 나이에 어울리지 않는 잔주름을 자꾸 잡는다. 머리는 일부러 어른스럽게 보이려고 한 듯 어색하게 위로 치켜 올려져 있다.

그는 누구를 찾는 것 같지만 아는 사람이 없는 듯 이내 구석진 자리에 혼자 앉는다. 커피를 시키고 담배를 피우지만 그의 얼굴은 초조함을 숨길 수가 없다. 그러고 보니 그는 매일 초조한 표정이 조금씩 심해지고 있다. 그의 얼굴은 잘생겼지만 분명 어둠이 깔려 있다. 첫날은 이것저것 과자나 비너 슈니첼을 시켜 먹더니, 이제는 아예 브라우너 한 잔만으로 몇 시간씩이나 버티고 있다. 돈이 떨어져가고 있음에 틀림없다. 분명 빈 출신은 아니고 보헤미아나 헝가리 같은 시골에서 무작정 빈까지 올라왔을 것이다.

그 때 카페의 문이 열리더니 수염이 텁수룩하고 덩치가 큰 초로의 사내가 들어온다. 그는 마치 노동자 같은 인상에 옷차림도 이상하다. 아, 클림트 선생이다. 그는 제체시온이 처음 문을 열었을 때부터 그곳의 두목이며, 하루가 멀다 하고 이곳을 찾은 단골이다. 그런데 최근에는 아틀리에에 틀어박혀서 새로운 작업으로 외출이 뜸했다.

오랜만에 그가 나타나자 여기저기서 사람들이 손짓을 하거나 눈인사를 하며 알은체를 한다. 아카데미의 교수들조차도 다가와 그에게 인사를 하거나 무슨 의논을 한다. 클림트 선생은 아카데미 문턱에도 가보지 않았지만, 어제 저녁 아카데미 교수들의 식사 자리에서는 이제 그를 아카데미의 명예교수로 추대해야 하지 않겠느냐는 얘기까지 나왔다고 한다. 하여튼 무제움에 있으면 미술계 최신 뉴스를 빨리 들을 수 있다.

그런데 아까 그 젊은이가 클림트 선생에게 다가온다, 감히 말이다. 그리고 클림트에게 인사를 하더니 자신을 소개한다. 그는 클림트를 만나기 위해서 며칠 동안이나 이곳에 들렀던가 보다. 예절바른 젊은이답게 공손히 인사를 하지만, 당당하게 옆 의자를 끌어당겨 앉는 자세와 표정에는 여전히 특유의 자신감이 넘친다. 이미 뮌헨 아카데미의 명예회원으로 결정되었고 곧 빈 아카데미의 명예회원이 될 분 앞에서 어떻게 저 나이에 저런 표정이 나올 수 있을까? 그는 선생에게 분명한 음성으로 자기 이름을 소개한다. 에곤 실레…….

이렇게 위대한 두 화가는 이곳 카페 무제움에서 처음 만나게 된다. 이후 빈 미술계의 주역은 클림트에서 점점 다음 세대인 에곤 실레에게로 넘어가게 된다…….

카페 무제움에 앉아 커피를 마시면서 나는 늘 이런 공상을 하곤 한다.

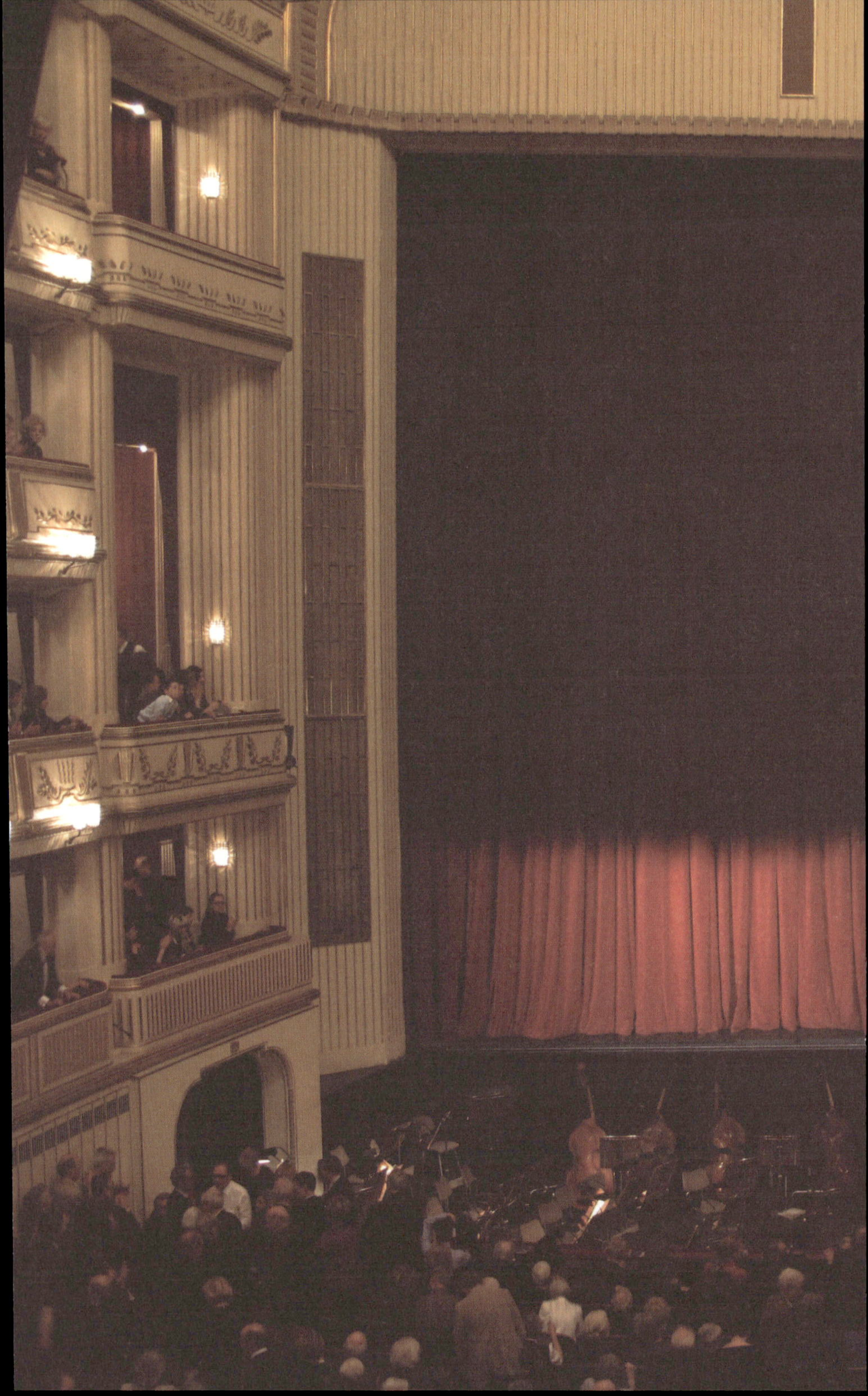

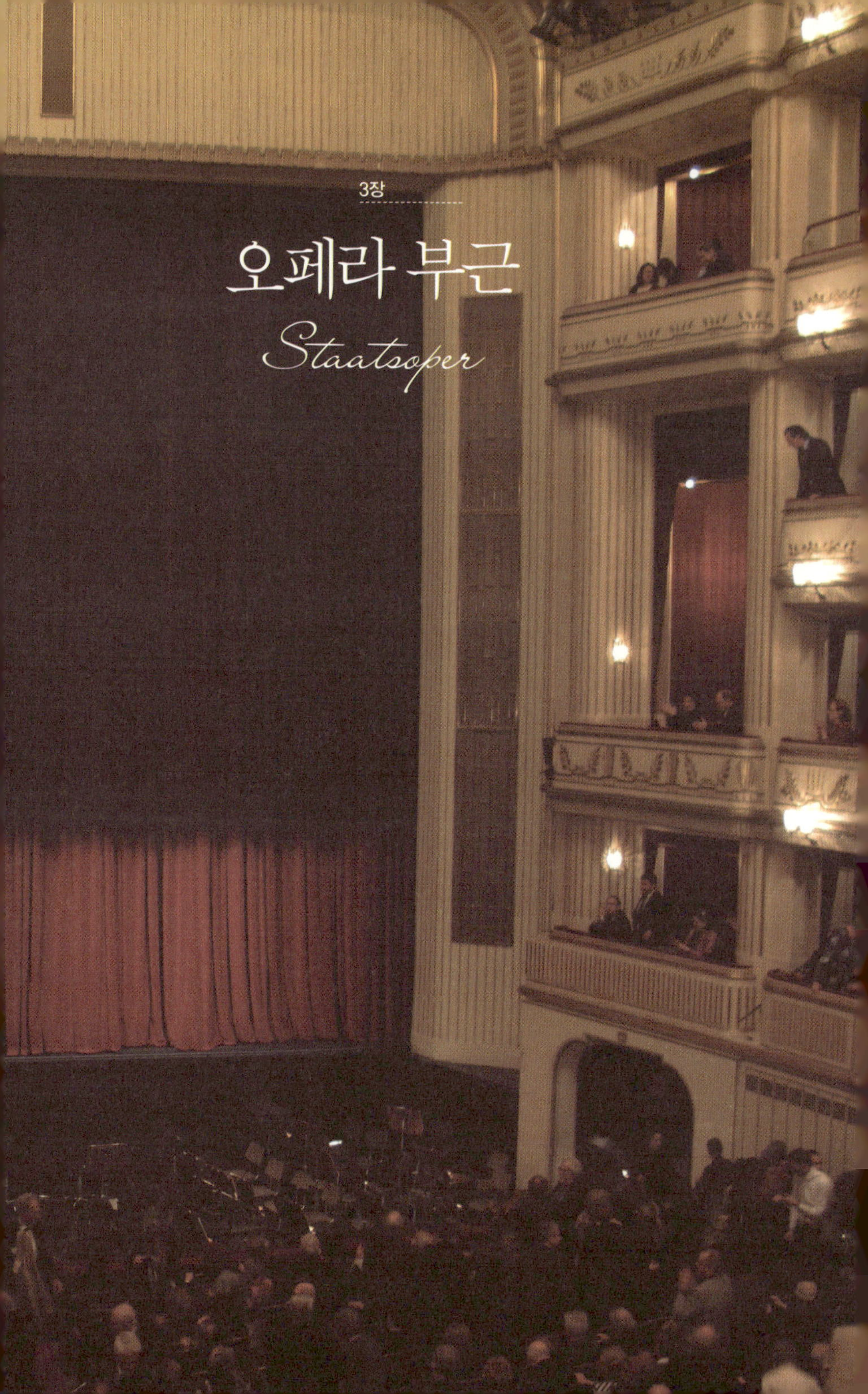

3장

오페라 부근

Staatsoper

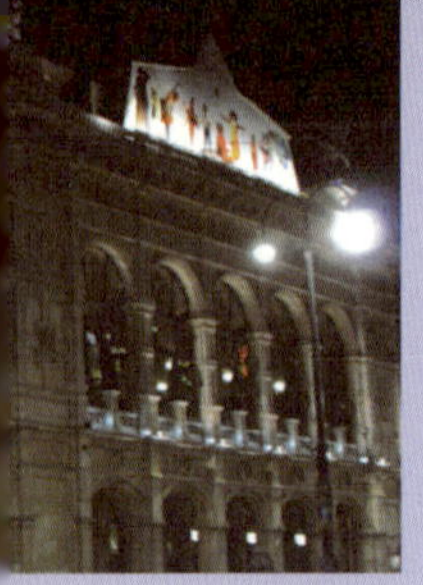

링 슈트라세
빈을 둘러싼 환상 도로

Wien —

오스트리아-헝가리 제국이 19세기 말을 맞이했다. 그 때까지 빈은 성곽으로 둘러싸인 성곽 도시였으며, 성곽의 안쪽이 진정한 도시 빈이었다. 하지만 공업이 발달하고 근대화가 추진되면서, 성곽은 더 이상 근대식 전쟁에서 의미가 없는 것이 되어버렸다. 원래 투르크 군대를 막아내기 위해 빈 시가지 주변을 둥그렇게 둘러쌌던 거대한 성곽은 이제 대포나 총 앞에 별 소용이 없는 장벽이 되었다. 아니, 도리어 위급 사태 때 황실이나 국가 수뇌부가 피신하는 데 장애물이 되어버렸다. 그리하여 정부는 빈의 성곽을 해체하기로 결정했다. 더불어 거대한 성곽과 해자垓字가 있던 자리에 현대적 도로를 만들기로 했다. 그것이 빈을 둥그렇게 둘러싼, 엄청나게 넓은 환상環狀 도로 '링 슈트라세'다.

링 슈트라세, 흔히 '링'이라고 간단히 줄여서 부르는 넓은 도로가 건설될 때 다만 도로만 만들어진 것은 아니다. 도로 주변의 광활한 대지에 거대한 건물들이 들어서기 시작했다. 그 때 세워진 건물들이 지금 빈을 대표하는 건물들의 대부분이다. 그 건물들은 모두 19세기 말에서 20세기 초에 만들어졌다.

그 때 지어진 건물들은 시청사, 국회의사당, 빈 대학, 부르크 극장, 미술사 박물관, 자연사 박물관, 국립 오페라 극장, 제체시

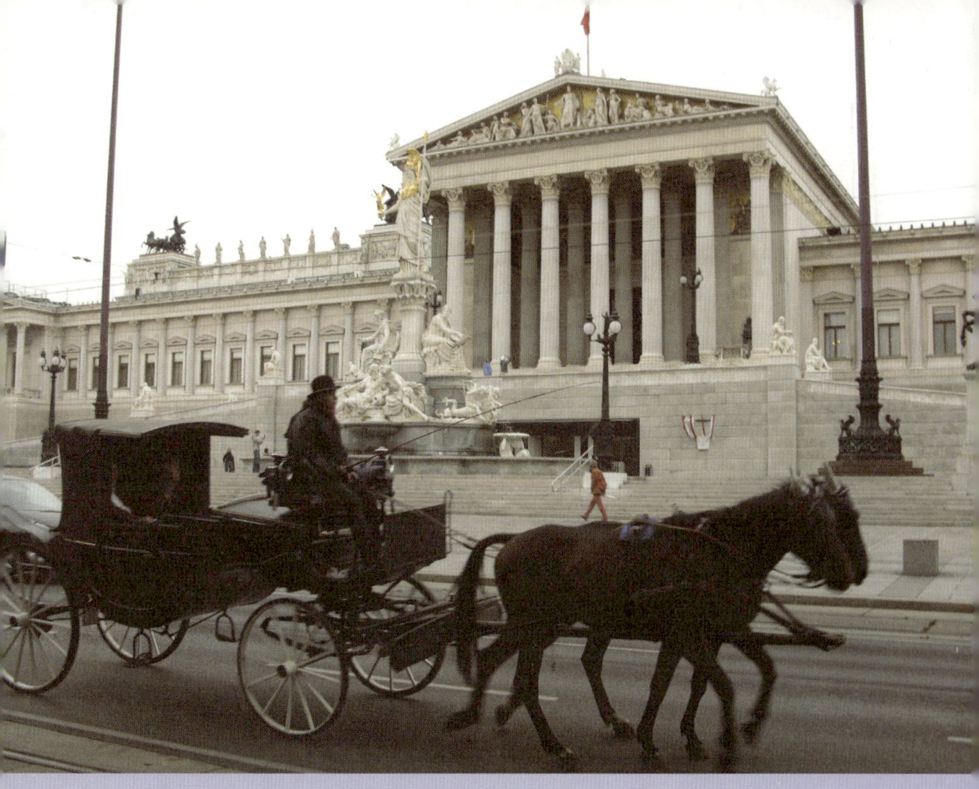

온, 무지크페라인, 콘체르트하우스, 슈타트파르크, 공예미술박물관, 우편저금국 등으로, 이 건물들이 모두 링을 둘러싸고 있다.

더불어 이런 공공 건물들뿐만 아니라 링 슈트라세 주변으로 많은 새로운 주거용 건물들이 들어섰다. 요즘 식으로 말하자면 주상복합건물들이라고 할 수 있는데, 새롭게 부상한 시민 계급들이 링에 거처를 마련할 수 있는 계기가 되었다. 정부가 도로 옆에 생긴 넓은 부지들을 분양하고 시민 계급들이 땅을 사서 그곳에 건물을 지었다. 이런 방식으로 빈의 많은 시민들이 과거의 귀족들처럼 부동산 부자가 되었으며, 이것은 시민 계급이 정치적으로나 문화적으로 영향력을 발휘하는 계기가 되었다.

링 슈트라세의 국회의사당. 오스트리아의 진정한 민주주의는 이 길을 닦은 이후로 시작되었다.

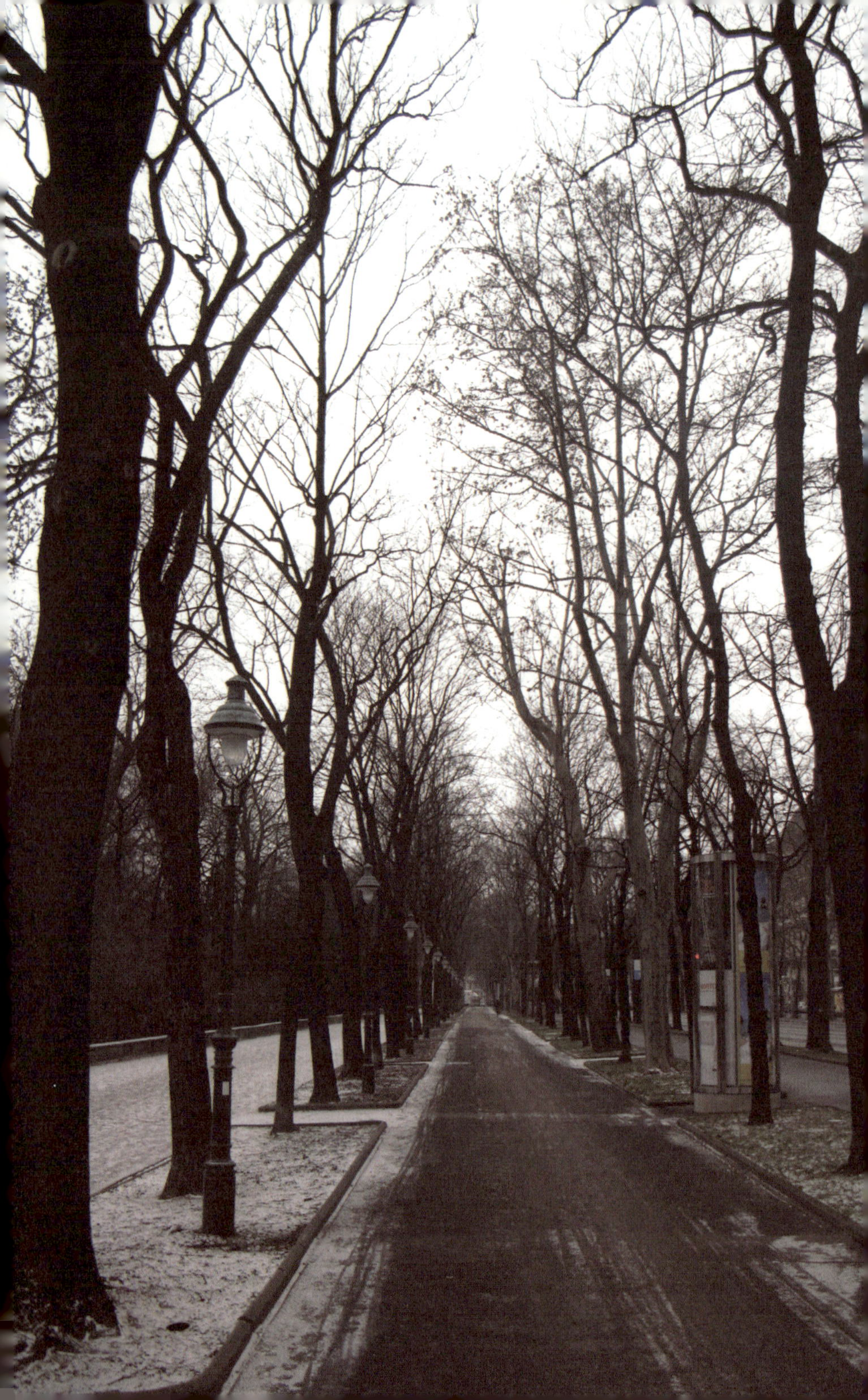

새롭게 건설된 링과 그 주변의 어마어마한 건물 군은 과거의 빈을 완전히 새롭게 만들었다. 아버지에게서 물려받은 세계를 아들들이 새롭게 건설한 것이다. 빈을 보면 마치 바그너의 악극 〈니벨룽의 반지〉에서 조상神에게 물려받은 세상에 아들人間이 새롭고 더욱 아름다운 세계를 건설한 것과 같다. 이제 왕권을 신수神授한 듯한 합스부르크가의 귀족들은 물러가고, 일개 서민 출신들이 나라를 세우게 되었다. 마치 인간 지그프리트처럼.

링 건설은 빈의 주인공이 바뀌는 상징이었다. 지금 당신이 빈을 방문한다면 맨 먼저 링 슈트라세를 걸어보라. 아니면 링을 도는 2번 트램을 타보아도 좋다. 지금도 빈을 돌아보기 위해서는 먼저 링을 돌아보는 것이 순서라고 여기는 사람들이 많다. 빈을 지리적으로 파악하고 빈의 가장 중요한 건물들을 일단 겉으로나마 보기 위해서는 링을 도는 것으로 거의 해결된다. 그러면 짧은 시간 안에 빈의 중요한 건물들을 다 볼 수 있다.

링의 건물들은 단지 아름답기만 한 것이 아니다. 그것들은 세기말 빈의 역사와 정신을 보여준다. 링을 돌아볼 때 당신은 세기말 링의 한가운데 서 있게 되는 것이다.

링은 아름답다. 주변에 네 줄로 늘어선 가로수들 역시 거의 백년이 된 나무들이다. 봄에는 꽃들이 만발하고 여름에는 녹음이 우거진다. 가을은 더 아름답다. 낙엽이 비처럼 쏟아지는 링을 걸으면, 당신은 지금의 당신처럼 그렇게 이 길을 걸었던 옛날의 그들이 된다. 링을 걸을 때 당신은 브람스가 되고 실레가 되고 프로이트도 될 수 있다.

링이 가장 아름다운 것은 아마 겨울일 것이다. 흰눈이 덮인 링을 걸으면 마치 시간이 정지한 것 같다. 어스름 저녁이 되어 노란색 등이 하나둘씩 켜질 때면 숨이 막힐 듯하다.

링을 걷는 당신의 눈에 보이는 건물들은 호프부르크 궁전을 제외하고는 거의 다 링 슈트라세의 건설 시기에 만들어졌을 것이다. 즉, 백 년 전 세기말에 '한꺼번에' 세워진 것이다. 놀랍지 아니한가? 경이와 감탄과 감동으로 몸을 떨 만하지 않은가?

당신은 지금 백 년 전의 거리를 지나가고 있다.

빈 슈타츠오퍼
영광과 수모와 부활의 전당

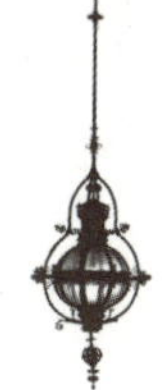

—

링 슈트라세는 원형이 아니라 칠각형이다. 각 변은 각기 이름이 붙어서 그들의 주소로 삼는다. 그중에서도 가장 중심이 되는 곳이 '오페른 링'이다.

오페른 링에 내리면 거대하고 아름다운 건물이 방문자를 맞는다. '오페른' (오페라)이라는 주소를 붙이게 만든 건물 오페라하우스다. 그들이 부르는 정식 이름은 '빈 슈타츠오퍼', 즉 '빈 국립 오페라 극장'이라는 말이다. 이 건물은 빈의 상징적인 건물일 뿐만 아니라, 세계에서 가장 중요한 오페라하우스의 하나이고, 역사

—

빈 슈타츠오퍼는 파리 오페라하우스와 함께 가장 아름다운 오페라 극장의 하나다.

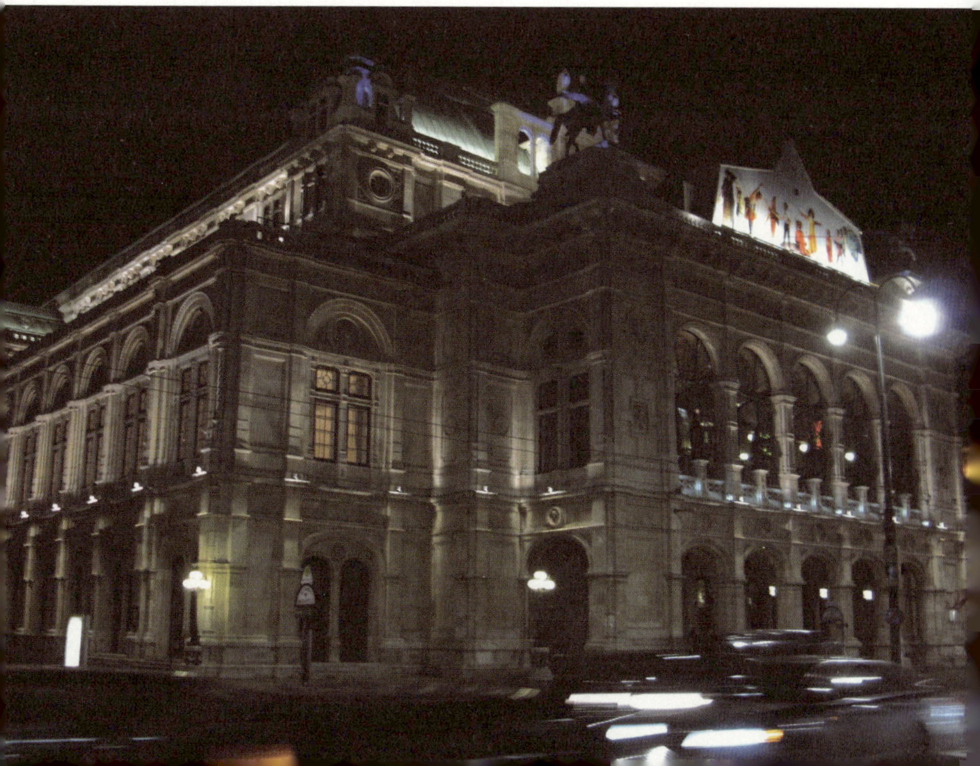

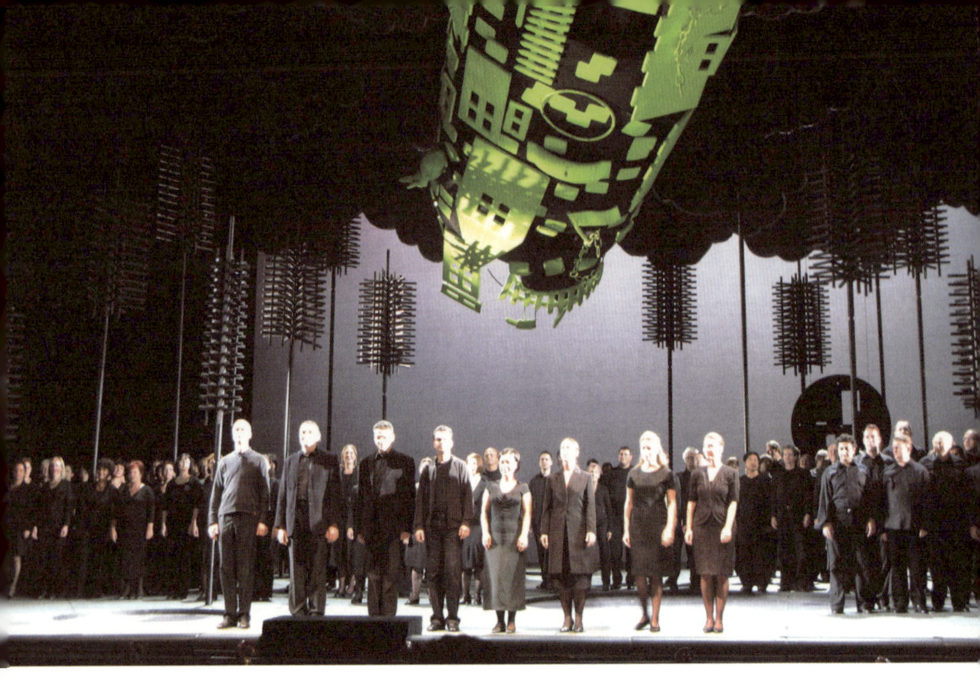

적으로 명 예술가들에 의해 수많은 명연들이 탄생한 장소다.

2005년에 있었던 빈 슈타츠오퍼의 '재개관 50주년 갈라 콘서트' DVD를 보면 이 극장의 권위와 수준을 알 수 있다. 엄청난 규모의 가수들이 동원되고 최고 지휘자 다섯 사람이 한 날 한 무대에 선다는 것은 빈 슈타츠오퍼 정도이니 가능하다. 그런데 그들은 왜 재개관 50주년 기념을 이렇게 대대적으로 했을까?

50년 전, 아니 60여 년 전으로 돌아가자. 음악 도시 빈의 자존심이자 중동부 유럽 최고, 최대의 오페라하우스였던 빈 슈타츠오퍼는 1945년 3월 12일 연합군의 대대적인 폭격으로 단 하루만에 잿더미가 되고 말았다. 그리고 곧 전쟁은 끝났다.

링 슈트라세의 많은 건물들이 파괴되었지만, 빈에서 가장 심혈을 기울여 재건하려고 한 건물이 바로 슈타츠오퍼였다. 오스트리아는 영원히 중립국으로 남기로 했다. 이제 그들은 정치에 휘둘리지 않고 오직 문화와 예술만이 넘치는 나라를 염원했다. 그 상징이 슈타츠오퍼였다. 전후 돈 한 푼 없던 그들은 가장 먼저 국회의사당과 슈타츠오퍼를 지으려 했다.

슈타츠오퍼가 겪었던 영광과 수모와 부활은 바로 빈의 그것과 맥을 같이하는 것이었다. 1955년 11월 5일, 10년 만에 오페라하우스에서 다시 음악이 울려퍼지기 시작했다. 그 곡은 빈에서 초연되었던(극장은 이 극장이 아니라 '테아터 안 데어 빈'이었지만) 자랑스럽고 의미심장한 음악, 베토벤의 오페라 〈피델리오〉였다.

그리고 그 날 이후로 50년이 흘러 빈 슈타츠오퍼 재개관 50주년 갈라 콘서트가 열린 것이다. 그들은 50년 만에 이 극장의 예술과 정신과 권위와 영광을 다시 이루었다. 얼마나 감격적인 날인가?

링 슈트라세는 많은 건물들이 모두 각기 개성을 가지고 올려졌는데, 링 슈트라세의 여왕과 같은 건물이 바로 슈타츠오퍼다. 오페라에 대한 빈 사람들의 유별한 사랑 덕분에 이 건물은 건설 도중에서부터 말이 많았다. 온 시민들이 나서서 모양이 어떻다느니, 어떤 부분이 부족하다느니, 한 마디씩 거들었던 것이다. 그중 몇몇 마니아는 인신공격 수준의 심한 비난을 했다.

이에 공사 도중 건축가인 데어 뉠이 자살을 하고 마는 일이 벌어졌다. 공사는 계속되었지만 혼자서 감독을 도맡아 엄청난 스트레스를 받던 지카르츠부르트마저 심장마비로 세상을 떠났다. 개관을 불과 며칠 앞두고 일어난 일이었다. 당시에 "모든 빈 시민들

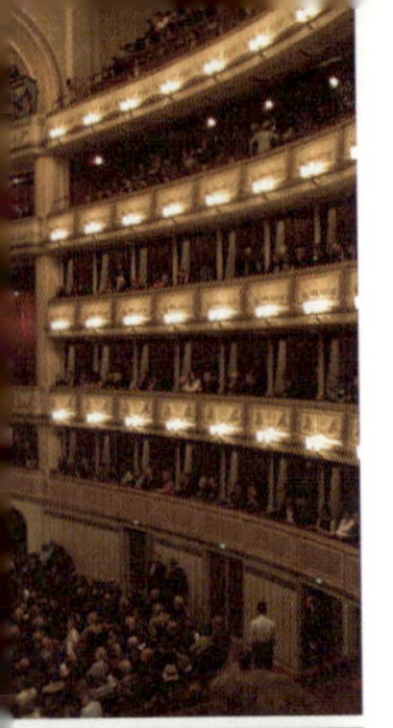

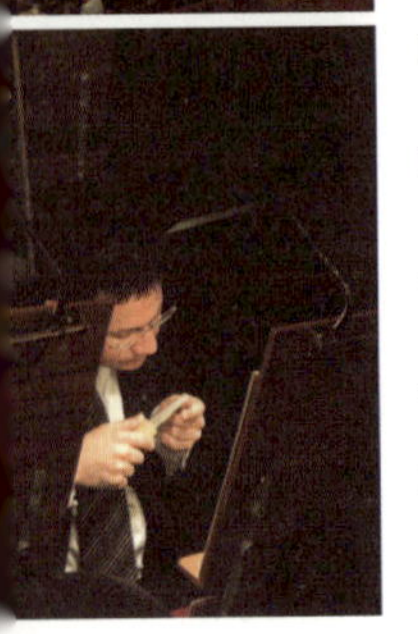

이 오페라의 부감독이다"라는 말까지 나왔다. 오페라에 대한 빈 시민들의 애정을 보여주는 이야기들이다.

이런 우여곡절을 다 겪으면서 슈타츠오퍼는 탄생했다. 1869년 링 슈트라세의 새 건물들 중에서 최초로 낙성식이 거행되었다. 오페라극장인 만큼 개관 의식이 아니라 개관 공연이었다. 빈의 상징적인 작품인 모차르트의 〈돈 조반니〉가 올라갔다. 그리고 이제 이곳은 빈뿐만 아니라 오스트리아, 아니 세계 최고의 오페라하우스 중 하나가 되었다.

이곳을 거쳐 간 지휘자와 예술 감독들은 바로 우리가 존경해 마지않는 지휘자들의 명단과 다르지 않다. 구스타프 말러, 리하르트 슈트라우스, 클레멘스 크라우스, 에리히 클라이버, 오토 클렘페러, 칼 뵘, 헤르베르트 폰 카라얀, 로린 마젤, 오자와 세이지 등이 이곳의 포스트를 맡았다. 공식 직함은 없었지만, 빌헬름 푸르트벵글러, 레너드 번스타인, 카를로스 클라이버, 리카르도 무티 등이 이곳에서 큰 활약을 했다.

지난 2009년 빈 슈타츠오퍼는 140년을 맞았다. 이 극장은 현재 레퍼토리 시스템으로 연 40여 개의 작품을 제작해 연중 300회 이상 오페라 공연을 올린다. 그 외에 발레, 어린이를 위한 오페라도 공연되고, 워크숍과 강연 등도 개최된다.

슈타츠오퍼의 공연은 대부분 자리가 거의 다 찬다. 최고 석은 200유로에 육박하지만, 입석은 2~3유로 정도다. 30유로짜리

당일권도 매일 발매하므로 사실 누구라도 마음만 먹으면 공연을 볼 수 있다.

　그렇다면 빈 슈타츠오퍼의 강점은 무엇일까? 먼저 빈 필하모닉 오케스트라의 모태가 되는 빈 슈타츠오퍼 오케스트라의 힘일 것이다. 대단히 뛰어난 악단임에 틀림없다. 빈 필하모닉의 단원이 되기 위해서는 빈 슈타츠오퍼의 단원이 먼저 되어야 하고, 정단원 경력이 3년 이상 되어야 오디션을 통해 빈 필하모닉의 단원이 될 수 있다. 이 정상급 악단이 매일 저녁 오페라 연주를 하는 것이다.

　슈타츠오퍼의 무대에 서는 가수들은 세계 정상급이 많지만 꼭 그런 것만은 아니다. 그래서 출연자나 작품에 따라 매표 상황이 급변한다. 지금 이곳 최고의 오페라 스타들은 에디타 그루베로바, 안나 네트렙코, 엘리나 가란차, 베셀리나 카사로바 등이다.

　빈은 더 이상 오스트리아-헝가리 제국의 수도는 아니지만 여전히 동유럽 문화의 수도다. 동유럽의 많은 성악가들이 국제적인 명성을 얻기 위해 가장 서고 싶어 하는 곳이 바로 빈 슈타츠오퍼다. 앞으로 스타가 될 동구권의 실력 있는 스타들을 먼저 이곳에서 만나는 것도 흥미로운 일이다. 앞에 언급한 4인의 여성 오페라 스타들도 모두 동유럽 출신으로서, 빈에 와서 세계적인 명사가 되었다. 매일 저녁 세계 최고의 성악가들과 최고의 악단이 오페라를 공연하는 곳, 그곳이 바로 빈 슈타츠오퍼다.

구스타프 말러
최고의 영예와 최악의 불행

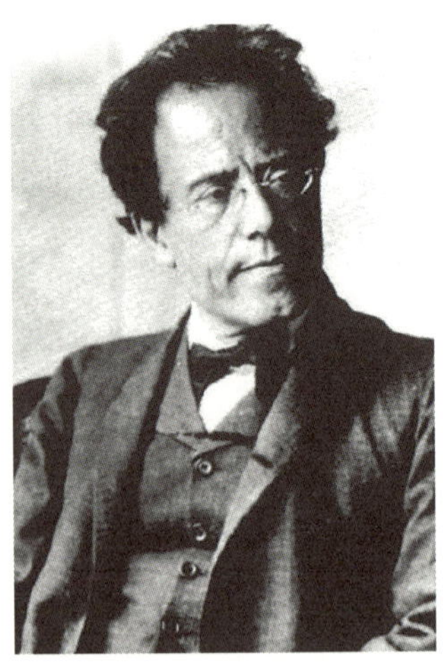

최근 음악계에서 구스타프 말러 1860~ 1911의 인기는 놀라울 정도다. 20세기 말부터 시작된 그에 대한 열광은 마치 미술에서 클림트의 인기를 연상시킨다. 똑같이 구스타프라는 이름을 가진 이 두 사람은 모두 빈에서 살았던 세기 말의 거장으로 한 구스타프는 미술계를, 또 다른 구스타프는 음악계를 대표했다.

빈 음악원을 졸업한 말러는 다시 빈 대학에 입학했는데, 이 시기는 그의 예술 세계에 인문학적인 깊이를 더해주는 기회가 되었다. 빈 대학에서 그는 브루크너의 강의를 들었으며, 철학, 역사학, 음악학 등을 전공했다.

입학이 빨랐던 덕분에 대학을 졸업할 당시 그의 나이는 겨우 20대 초반이었다. 바로 그 때부터 그는 전문 지휘자로 나섰다. 지금 말러는 일반인들에게 작곡가로 인식되어 있지만, 당시에는 가장 뛰어난 직업 지휘자였고 여러 오페라하우스의 지휘를 차례

대로 맡았다.

그러던 말러에게 결정적인 제안이 왔으니, 빈 슈타츠오퍼의 지휘자 자리를 요청받은 것이다. 그의 나이 37세, 대단한 일이었다. 말러가 이 자리에 있는 10여 년 동안 그의 지휘 실력과 높은 예술적 식견으로 빈 슈타츠오퍼는 한 단계 높은 극장으로 발전한다. 레퍼토리도 넓어졌고, 그의 탁월한 해석과 세심한 지도로 공연 수준 역시 비약적인 발전을 이루었다. 오늘날 빈 슈타츠오퍼의 명성이 있게 한 가장 중요한 지휘자의 한 명이 바로 말러다.

그가 작곡을 할 수 있는 시기는 여름의 오페라 시즌 오프 기간의 두세 달 뿐이었다. 하지만 그는 놀라운 집중력을 발휘해 많은 교향곡과 가곡들을 생산해냈다.

말러는 1902년에 알마 쉰들러와 결혼했다. 하지만 자녀의 죽음과 알마의 자유분방함은 말러를 힘들게 했다. 게다가 완벽함을 추구하던 그의 행정 방식은 극장 내부에 적을 만들었고, 그로 인해 그는 심장병과 우울증을 얻었다. 결국 그는 1907년에 극장 지휘자 직을 사임했다.

결정적으로 알마와 젊은 건축가 그로피우스의 밀애 사실이 밝혀지면서 말러는 큰 타격을 입는다. 그 때 말러가 프로이트를 만나 긴 면담을 한 사실은 유명하다. 말러는 새로운 지역에서 새로운 출발이 필요했다. 그곳은 뉴욕이었다. 그는 뉴욕 필하모닉 오케스트라의 초빙에 응했다. 하지만 뉴욕에서 새로운 지휘 생활

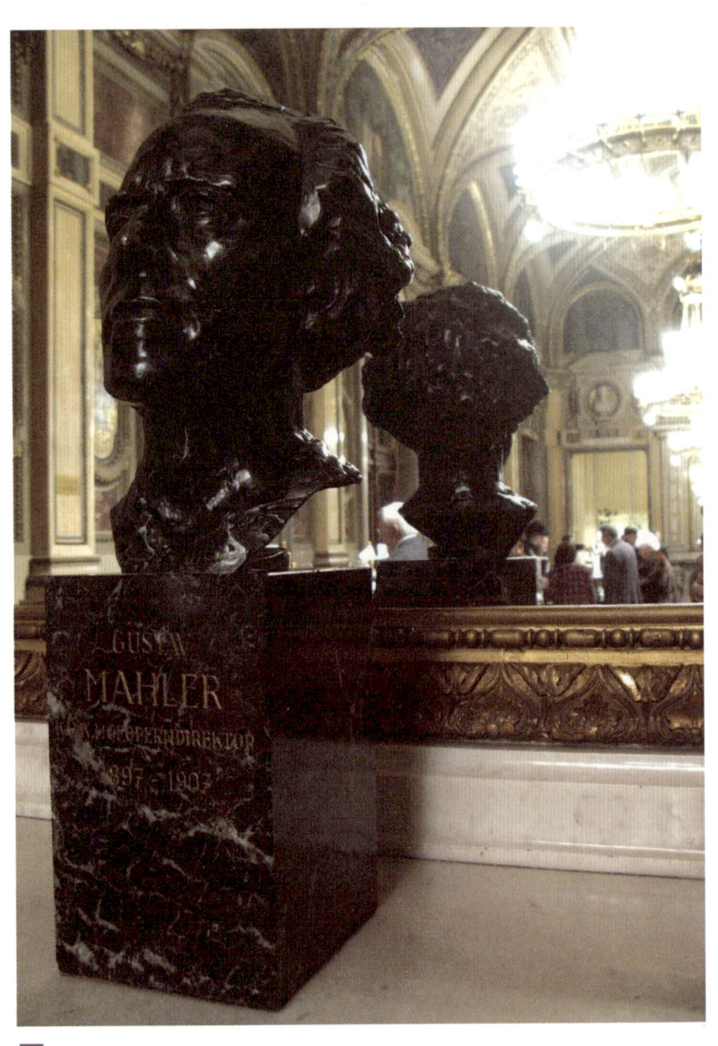

빈 슈타츠오퍼의 2층 중앙 로비에 있는 말러 상.
그의 예민함과 영민함까지 드러나 있는 로댕의 명작이다.

을 시작하려던 차에 쓰러져 쉰이라는 한창 나이에 세상을 떠났
다. 교향곡 제10번을 미완성으로 남겨둔 채, 그는 다섯 살에 세
상을 떠난 어린 딸 옆에 묻혔다. 이것이 그가 '음악가의 묘역'에
잠들지 않은 이유다.

　말러는 사회적으로 최고의 영예를 누리고 가정적으로 최악의
불행을 맛보며 파란만장한 생애를 치열하게 살다 간 예술인이
다. 그가 세상을 떠난 지 이제 백 년. 생전에는 이해받지 못하던
그의 교향곡과 가곡들은 이제 세계의 콘서트홀이나 디스코그래
피에서 가장 인기 있는 클래식 레퍼토리가 되었다.
　구스타프 말러나 구스타프 클림트나, 진정 사랑받기 위해서는
백 년이 필요한 사람들이었던가 보다.

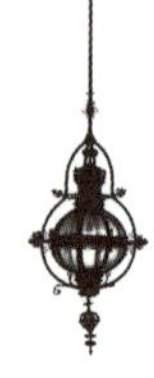

헤르베르트 폰 카라얀
극장과 악단을 평정한 제왕

—

20세기 들어서 오스트리아가 낳은 인물 중에 빼놓을 수 없는 유명인사가 헤르베르트 폰 카라얀1908~1989이다. 그에 대해 음악 팬들이 가지고 있는 느낌은 '가장 많은 찬양과 비난을 동시에 받았던 음악계의 제왕' 정도가 아닐까? 하지만 여기서 그런 것을 논할 생각은 없다.

그의 음악 세계에 관한 것은 호볼호의 문제이며, 싫다면 외면하면 그만이다. 뭐라고 할 필요는 없다. 누가 그의 높은 음악 세계를 비판할 수 있을까? 그의 잘 알려진 명연 음반을 제대로 들어보라. 그것은 일반인이 평가할 수 있는 수준 저 너머에 있다. 다만 그의 화려한 외모와 너무 잘 찍힌 사진들, 그리고 하이테크 놀로지로 무장한 듯한 활동이 그의 예술세계를 가려버리고 있다. 하지만 카라얀만큼 놀라운 음악적 위업을 달성한 사람도 흔치 않고, 그처럼 음악적으로 많은 개혁을 이룬 사람도 일찍이 없었다.

카라얀의 아버지는 잘츠부르크의 저명한 의사였다. 그에겐 두 아들이 있었으니, 형이 볼프강이고 동생이 헤르베르트였다. 전문가 못지않은 음악적 교양을 지닌 아버지 덕에 형제는 모두 어려서부터 음악 교육을 받았다. 두 아들은 피아노 연주를 잘했다.

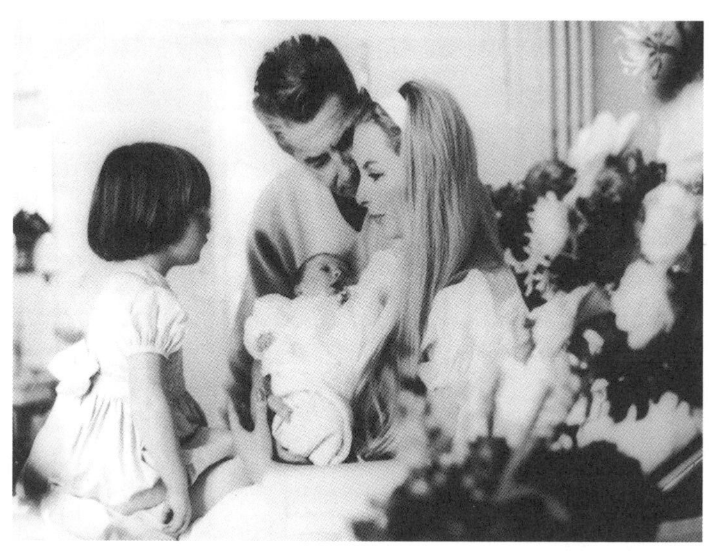

허나 아들들을 음악가로 키울 생각이 없었던 아버지는 두 아들을 모두 빈 공대로 진학시킨다. 아버지의 생각에 앞으로 세상을 이끄는 것은 과학기술이었다.

형은 공대를 졸업한 반면, 동생 헤르베르트는 공대 과정을 모두 마치지 못하고 중도에 빈 음악원으로 옮긴다. 하지만 그의 녹음에 대한 탁월한 식견이나 CD 개발, 영상물에 대한 감각, 스포츠카와 비행기 조종 등의 취미는 젊어서 공학을 전공했던 것과 무관치 않다. 그리하여 아버지의 바람대로 과학자나 엔지니어가 탄생하지는 못했지만, 역사상 테크놀로지에 가장 밝은 지휘자가 탄생할 수 있었다.

학교를 졸업한 그는 21세의 젊은 나이에 전문 지휘자로 나선다. 그 후의 생활은 그야말로 노력과 투쟁이었다. 결국 그의 이름은 점점 유명세를 타 유럽의 모든 극장에서 카라얀을 불렀다. 1937년 카라얀은 29세의 나이로 빈의 슈타츠오퍼에서 바그너의 〈트리스탄과 이졸데〉를 지휘했다. 그리고 불과 4년 후, 그는 베를린 슈타츠오퍼의 음악감독에 취임했다. 하지만 곧바로 독일과 오스트리아는 제2차 세계대전의 화염 속에 휘말린다.

카라얀은 다른 많은 지휘자들처럼 전쟁 도중에 서방으로 망명하지 않고 종전을 독일에서 맞았다. 카라얀의 녹음테이프를 들은 영국 EMI레코드사社에서는 탁월한 지휘자가 나타났음을 직감했다. EMI는 독일 군정청에 청원해 그를 해금시키고 녹음을 하도록 했다. 이렇게 해서 1947년부터 카라얀의 녹음들이 EMI 레이블로 나오기 시작했다.

이후 카라얀은 전후 유럽의 가장 중요한 지휘자로서 연주부터 녹음까지 맹렬하게 활약한다. 그의 활동 중 중요한 것은 1949년부터 시작된 밀라노 라 스칼라 극장에서의 지휘 활동이었다. 거의 매 시즌 계속된 그의 지휘는 대단했던 것으로 평가된다. 그는 당시까지 음악을 중시하던 스칼라 극장에 연출의 중요성을 강조해, 세계적인 가수들에게 혹독한 연기와 리허설을 시킨 최초의 지휘자가 되었다. 그는 비록 오스트리아 인이었지만 이탈리아 오페라에 매우 능숙해 자신의 지휘봉 아래 이탈리아의 대가수들을 제압했다. 역사상 이렇게 독일 오페라와 이탈리아 오페라에 공히 정통한 지휘자는 아마 카라얀이 처음이었을 것이다. 지금도 라 스칼라 극장 팀과 녹음한 〈람메르무어의 루치아〉, 〈라 보엠〉, 〈나비부인〉, 〈카발레리아 루스티카나〉, 〈팔리아치〉 등은 역사상 최고의 명반으로 손꼽힌다.

카라얀은 1954년 베를린 필하모닉의 종신 지휘자가 된다. 그리고 이듬해에 빈 슈타츠오퍼의 예술감독, 이어서 빈 필하모닉의 종신 콘서트 감독이 된다. 빈을 접수한 카라얀은 당시까지 독일 오페라를 이탈리아 어로 번역해 부르던 스칼라 극장에 빈의 정통 독일 가수들을 투입했다. 이제 밀라노의 청중들은 진짜 독일 오페라를 최고 가수들의 음성으로 들을 수 있었다. 또 다른 한편으로 카라얀은 스칼라 극장의 최고 가수들을 빈으로 데려와 베르디와 푸치니를 부르게 했다. 빈 사람들은 비로소 이탈리아 말로 부르는 진짜 오페라의 맛을 알게 되었다. 지금은 너무나 당연한 일이지만, 이렇게 된 것은 양대 극장을 모두 장악했던 카라얀 덕분이었다.

전성기에 카라얀은 베를린 필하모닉, 빈 필하모닉, 그리고 영국의 필하모니아 오케스트라, 파리 오케스트라, 빈 국립 오페라 극장, 밀라노 라 스칼라 극장, 베를린 국립 오페라 극장이라는 일곱 개의 최고 오케스트라를 제 마음대로 주무르고 지휘하는 위치에까지 이르렀다. 그의 실제 보직과 아무런 상관없이.

하지만 카라얀은 빈 당국과의 마찰로 음악적 고향 빈을 떠난

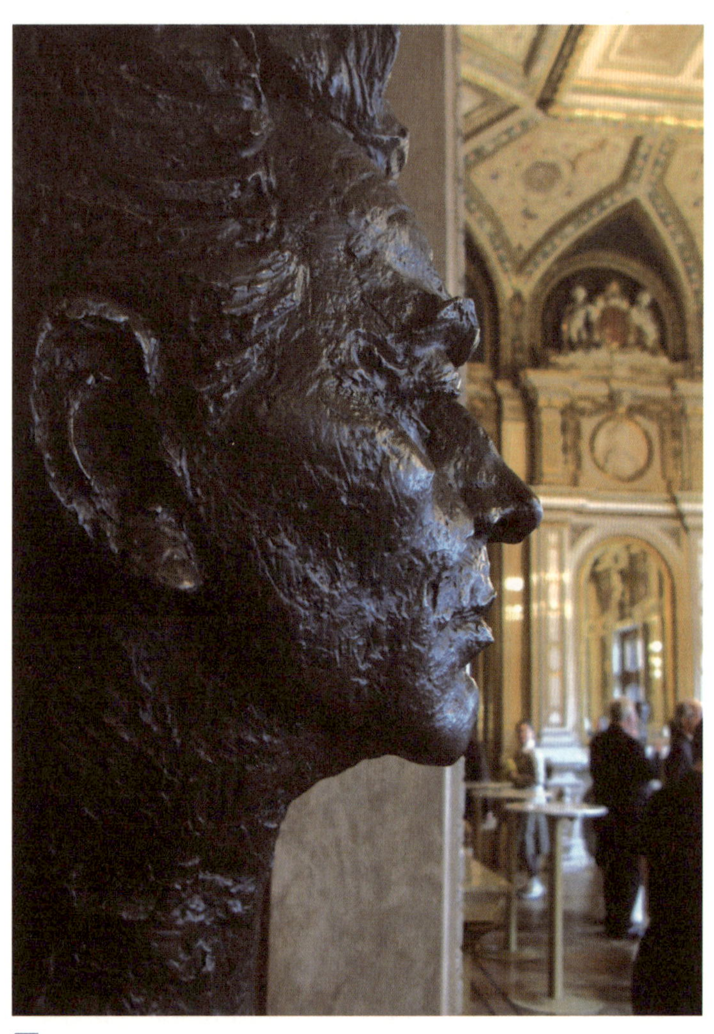

빈 슈타츠오퍼를 호령하던 시기의
카라얀이야말로 그의 에너지가 분출하던
활화산의 시대를 살았다.

다. 그의 열정은 대신 잘츠부르크로 옮겨간다. 카라얀은 잘츠부르크 페스티벌의 감독으로 부임하면서 이 페스티벌을 완전히 혁신했다. 여름 페스티벌 기간이면 세계의 수많은 음악 팬들이 이 작은 도시로 몰려들도록 만든 것도 카라얀이었다.

하지만 여류 클라리넷 주자인 자비네 마이어를 베를린 필에 기용하는 문제로 단원들과 심각한 마찰을 겪고, 결국 그는 1983년 베를린 필을 사임한다. 그리고 다시 빈 필에 주력한다. 그 절정은 1987년 빈 신년 음악회였다. 그러나 그것은 죽음을 앞둔 대가의 회귀였던가, 2년 후인 1989년 그는 잘츠부르크 페스티벌 기간에 급서했다.

빈의 중심에 있는 빈 슈타츠오퍼. 이 위대한 극장을 거쳐 간 무수한 지휘자들이 있지만, 잊을 수 없는 공로자의 한 명이 카라얀이었다. 그리하여 이 극장의 주소는 헤르베르트 폰 카라얀 플라츠광장 1번지가 되었다.

카페 자허
과 자 하 나 로 이 룬 명 문 가

빈의 또 하나의 상징은 '자허 토르테'란 과자다. 빈의 가장 좋은 자리인 오페라하우스, 즉 슈타츠오퍼 뒤편의 번화한 거리 케른트너 슈트라세가 시작되는 입구에 눈길을 끄는 자줏빛 카페가 '카페 자허'다.

그곳을 들여다보면 진풍경이 벌어진다. 다른 카페처럼 편히 앉아서 커피를 즐기고 있기보다는 많은 사람들이 무언가를 계산하려고 줄을 서 있다. 계산대마저도 하나가 아니라 대형 슈퍼마켓처럼 5~6개의 계산대가 모두 바쁘다. 그들이 하나같이 사려고 하는 것은 이 카페에서 만든 케이크로, 이것을 '자허 토르테'라고 부른다.

이곳에서 만드는 자허 토르테는 세계적으로 유명해져서, 빈을 방문하는 사람이라면 자허 토르테 한 번은 먹어보아야 한다는 것이 불문율처럼 되어버렸다. 마치 도쿄에 가면 스시를 먹고 나폴리에 가면 피자를 먹어야 한다는 것과 같은 이치다. 하지만 큰 차이가 있다. 도쿄의 스시 집과 나폴리의 피자 집은 셀 수 없이 많고 여행자들은 각자가 고른 식당에서 스시와 피자를 즐길 수 있지만, 빈의 자허 토르테는 오직 단 한 집 자허에서만 구입할 수 있다는 것이다.

물론 지금 자허 토르테는 빈의 다른 과자점이나 카페에서도 다 만들고 있고 어디서나 같은 이름의 케이크를 구할 수 있다. 자허 토르테가 일반명사가 되어버린 것이다. 하지만 대부분의 사람들은 자허에서 자허 토르테를 구입한다. 특히 일본의 유명한 여행 안내서에는 '빈에 가면 꼭 자허 토르테를 맛보아야 한다'고 적혀 있어, 아주 '말 잘 듣는' 일본 관광객들은 너나 할 것 없이 자허에 줄을 선다.

1810년에 문을 연 카페 자허에서는 1832년에 자허 토르테를 개발했다. 이후 그것은 빈 시내에서 선풍을 일으켰다. 궁정에서 사용하는 대부분의 케이크를 '카페 데멜'에서 독점 공급하고 있을 때였지만, 자허는 이 자허 토르테라는 단 하나의 아이템만으로 데멜에 버금가는 명성을 이루었다.

오랫동안 자허 토르테 제조법은 그야말로 '며느리도 알아서는 안 되는' 가문의 비법이었다. 자허 토르테는 초코를 주성분으로 하나 당근, 호두, 살구 등의 함량에 따라 맛이 달라진다. 오리지널 자허 케이크는 직경 30센티미터 정도의 원통형이며 부채꼴의 조각으로 잘라서 먹는다. 카페 자허에서 내놓는 자허 토르테에는 각 조각마다 '오리지널 자허 토르테'라는 초콜릿 메달이 얹혀 있고 흰 생크림이 따라 나간다. 현재 큰 케이크 한 판 기준으로 하루 평균 2천 판이나 만들어진다. 그리고 그게 다 팔린다!

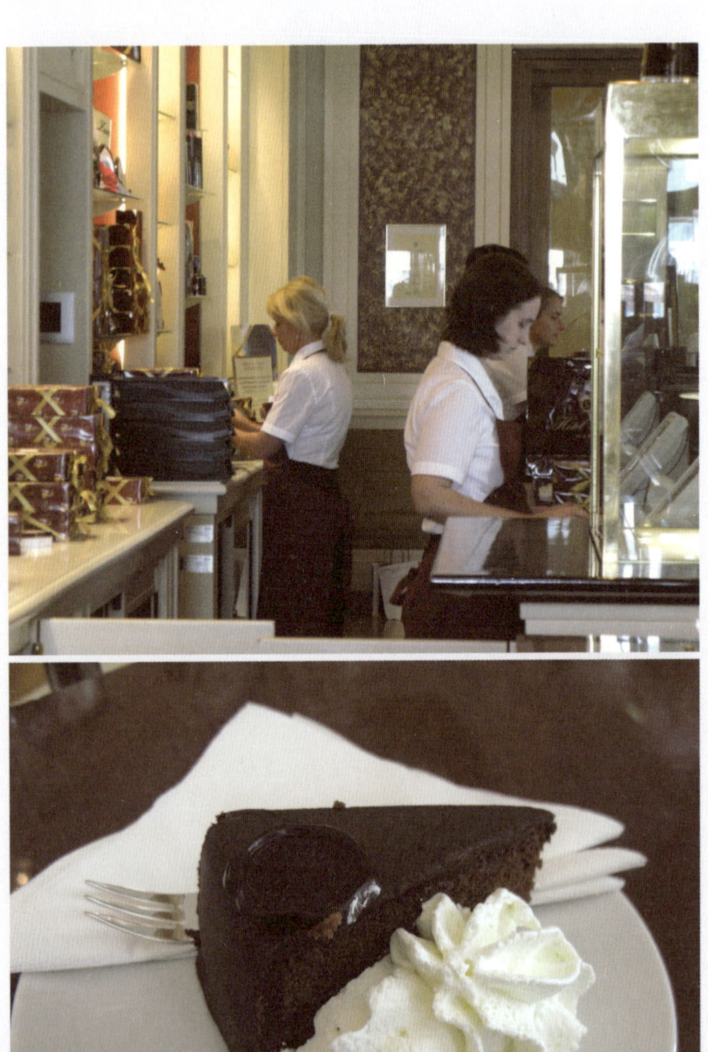

카페 자허가 토르테로 번성했을 때 카페 데멜과의 에피소드는 유명하다. 자허의 아들과 데멜의 딸이 결혼을 하게 된 것이다. 그야말로 제과계가 평정된 것이라고나 할까? 그런데 양가의 결혼 이후 자허의 허락도 없이 데멜에서 자허 토르테를 만들어냈다.

분개한 자허는 데멜을 고소했다. 사돈이자 제과계 양대 거물의 송사訟事는 화제가 되었고 재판은 몇 년을 끌었다. 결국 자허가 이기고 상표권도 획득했지만, 데멜도 자허 토르테를 만들 수 있게 되었다. 또한 긴 재판 동안 토르테의 레시피가 알려져 이제 누구나 자허 토르테를 만들게 되었다. 자허 토르테는 일반명사가 된 것이다. 하지만 아무리 레시피가 알려졌다고는 해도, 역시 자허의 토르테는 다른 곳과는 확실히 구별되는 오리지널일 수밖에 없었다. 그리고 이 사건으로 자허 토르테는 더욱 유명해졌다.

토르테 얘기만 하다가 정작 카페 자허 얘기는 소홀히 할 뻔했다. 카페 자허는 빈의 많은 카페들 가운데서도 기품 있고 세련된 곳이다. 단점은 너무나 유명해서 사람들이 많다는 점일 것이다. 하지만 시간대를 잘 선택한다면 우아한 분위기에서 멋진 시간을 보낼 수 있다. 지금 토르테를 파는 곳은 카페가 아니라 상점이라고 보면 되고, 카페 자허는 호텔 자허의 입구 왼편에 있다.

이전부터 자허는 빈의 상류층과 멋쟁이 신사들이 많이 드나들었던 곳이다. 전체적으로 자허를 상징하는 자주색 천의 인테리어와 같은 천으로 싸인 의자, 테이블 위의 흰 대리석 상판, 하얀

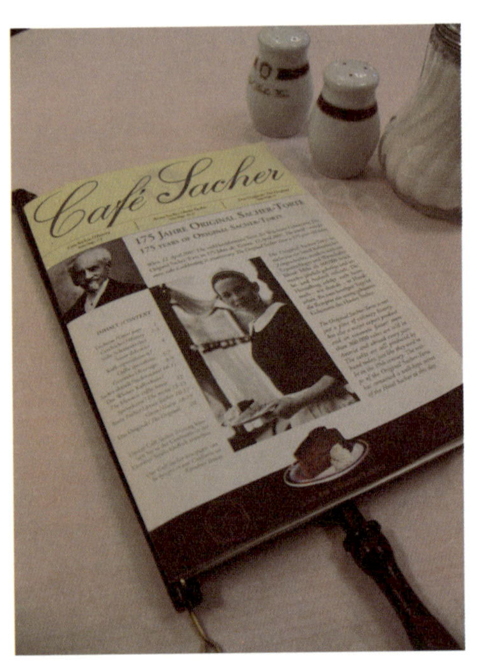

창틀, 그리고 흰 레이스의 커튼이 항상 같은 분위기를 제공한다.

또 하나 자허에서 상징적인 것은 바로 메뉴판이다. 자허의 메뉴는 빈의 상징인 대나무로 만든 신문 틀에서 힌트를 얻어, 메뉴판도 작은 신문 틀 속에 신문처럼 들어가게 만들었다. 신문 틀의 미니어처 같은 것이 테이블마다 놓여 있으니 이것이 자허의 메뉴다.

리하르트 슈트라우스
빈을 그린 가장 작은 빈적인 음악가

나에게 가장 빈다운 음악가를 한 명만 꼽으라면, 단연 리하르트 슈트라우스를 꼽겠다. 그는 독일에서 태어나 독일에서 죽은 독일 사람이다. 하지만 그는 또한 빈 사람이기도 하다. 빈을 주무대로 많은 활약을 했고, 빈 슈타츠오퍼와 빈 필하모닉에 지울 수 없는 자취를 남긴 그의 예술의 세계는 매우 '빈적'이다.

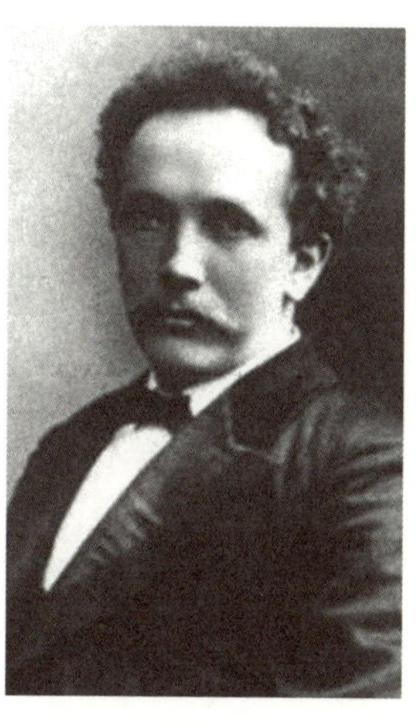

그의 작품들도 무대마저 빈을 떠올리게 하는 것들이 적지 않다. 〈장미의 기사〉, 〈낙소스 섬의 아리아드네〉, 〈아라벨라〉, 〈인테르메초〉 같은 작품들을 보면 누구나 먼저 빈이라는 도시를 떠올리게 된다. 지금도 그의 작품 연주에 어울리는 곳은 빈이며, 그의 음악에 가장 어울리는 악단은 빈 필하모닉이고, 그의 오페라에 어울리는 극장은 빈 슈타츠오퍼다.

리하르트 슈트라우스1864~1949는 뮌헨에서 태어났는데, 아버지는 '호른의 명수'라고 불리던 뮌헨 궁정 오케스트라의 유명 호른 연주가였다. 어린 리하르트는 유복하고 교양이 넘치는 음악적 분위기에서 성장했다. 그의 집에는 많은 음악가들이 내왕하여 리하르트에게 영향을 끼쳤다. 이런 환경에서 그는 긍정적이고 아름다운 예술관을 형성할 수 있었다. 슈트라우스는 네 살 때부터 아버지의 친구로부터 음악을 배워 6세에 작곡을 시작했다. 그 후로 그는 계속 맞춤식 개인교습만을 받으며 성장했다.

그는 한 번도 음악학교나 음악대학을 다닌 적이 없다. 학교도 뮌헨 대학교에 진학하여, 미학과 철학을 전공했다. 이런 그의 일반교양과 인문적 지성의 바탕이 그가 최고의 예술가로 우뚝 서는 기반이 되었음은 물론이다.

리하르트 슈트라우스의 경력은 지휘자로 시작되었다. 지휘자는 그가 평생 동안 가졌던 가장 중요한 직업이었다. 지휘를 통해 그는 선배들의 작품과 악단과 극장에 대한 실전 수업을 했다. 30세의 나이로 바이로이트 지휘대에 섰고, 1894년에 베를린 필하모닉, 1898년에는 베를린 왕립 오페라 극장지금의 베를린 슈타츠오퍼의 지휘자가 되었으며, 1919년에는 드디어 빈 슈타츠오퍼의 음악감독에 취임했다.

그는 24세에 발표한 교향시 〈돈 후앙〉이 성공함으로써, 작곡가로서의 작업도 병행했다. 이후 그의 본령은 교향시交響詩였다. 대표적인 교향시들로는 〈죽음과 변용〉, 〈틸 오일렌슈피겔의 유쾌한 장난〉, 〈차라투스트라는 이렇게 말했다〉, 〈돈키호테〉 그리고 〈영웅의 생애〉 등이다.

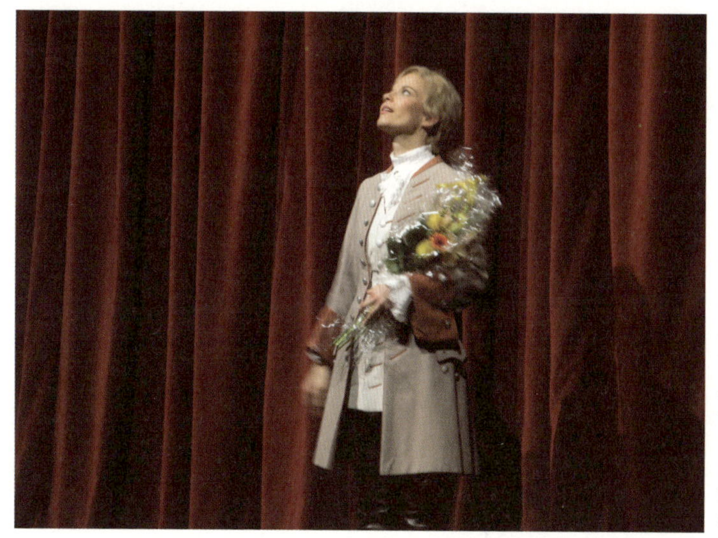

리하르트 슈트라우스의 명작 〈장미의 기사〉 공연이 끝났다. 옥타비안 역을 성공적으로 소화해낸 우리 시대 최고의 옥타비안인 메조소프라노 엘리나 가란차가 빈 슈타츠오퍼의 관객들에게 박수를 받고 있다.

　20세기가 되면서 그의 작곡은 교향시에서 오페라 쪽으로 옮겨 갔다. 1905년에 상연한 세 번째 오페라 〈살로메〉는 대성공을 거두고, 그는 '바그너의 후계자'란 평을 들었다. 그리고 단숨에 바그너를 뛰어넘어, 자신만의 오페라 세계를 구축했다. 이후 그가 발표하는 오페라는 매 작품이 예상을 넘는 창의적인 것이었고, 다양한 예술 세계를 보여주었다. 그는 〈엘렉트라〉, 〈장미의 기사〉, 〈낙소스 섬의 아리아드네〉, 〈그림자 없는 여인〉, 〈인테르메초〉, 〈아라벨라〉, 〈말 없는 여인〉, 〈카프리치오〉 등 많은 명작 오페라를 남겼다.

내가 가장 좋아하는 오페라 작곡가를 고백한다면 그는 리하르트 슈트라우스다. 그의 오페라를 찾아서 세계의 많은 도시들을 배회했다. 하지만 가장 잊을 수 없는 것은 빈의 〈장미의 기사〉였다.

오토 쉔크의 낡은 연출에 의상마저도 해진 것이었지만, 자신들의 도시에서 자신들의 작품을 올린다는 빈 사람들의 자긍심으로 가득 찬 공연이었다. 영상에서 수없이 보았던 무대였지만, 막이 내릴 때 내 가슴에는 형언하기 어려운 여러 감정이 꿈틀대었다. 커튼콜에 나온 옥타비안 역의 엘리나 가란차는 당당한 얼굴로 나를 향해 미소 지었다. 〈장미의 기사〉 속에는 빈의 모든 것이 담겨 있었다. 빛과 그림자, 현실과 꿈, 그리고 에로스와 타나토스가 공존하는 작품……. 그것이 리하르트 슈트라우스였다.

후고 폰 호프만스탈
누 구 나   그 처 럼   될   수   있 지 만 ,
누 구 나   그 처 럼   되 지 는   않 는 다

—

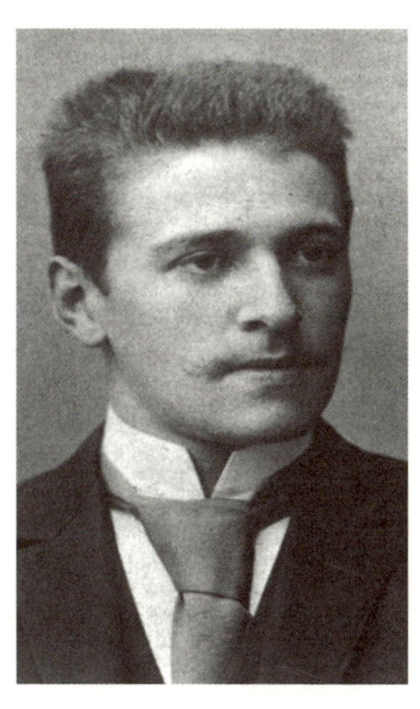

오페라에 관심을 가지게 되어 오페라를 하나씩 탐구하기 시작하면, 당신은 머지않아 후고 폰 호프만스탈1874~1929이라는 이름을 마주하게 된다. 처음에는 다만 한 사람의 대본가 정도로 알다가, 점점 리하르트 슈트라우스에게 영감을 준 비범한 문학가라는 것을 깨닫게 되고, 이윽고는 오늘날 빈의 정신성을 가능케 한 위대한 작가라는 것을 알게 될 것이다.

바그너 이후 최고의 오페라 작곡가였던 리하르트 슈트라우스의 걸작들을 살펴보면 적지 않은 작품들의 대본이 호프만스탈의 손으로 완성되었다는 것을 발견한다. 즉, 호프만스탈과 슈트라우스가 처음으로 만나서 만든 〈엘렉트라〉를 필두로, 〈장미의 기사〉, 〈낙소스의 아리아드네〉, 〈그림자 없는 여인〉, 〈이집트의 헬레나〉, 〈아라벨라〉 등의 명작들이 뒤를 잇는다. 이들 호프만스탈─슈트라우스 콤비가 남긴 오페라는 6편으로서, 이들을 오페라 사상 가장 위대한 콤비로 부르는 데 이견이 없다. 그는 오페라뿐만이 아니라 소설, 시, 수필, 희곡 등을 남긴 작가로서, 당대 최고의 지성이었다.

슈테판 츠바이크는 그를 가리켜 이렇게 표현했다.

'호프만스탈의 출현은 문학사상 하나의 기적이다. 이처럼 젊은 나이에 이토록 정확한 언어를 구사한 예를 찾을 수 없다. 그는 갑작스럽게 세상에 나타났으나, 그의 작품은 이미 완벽하게 완성되어 있는 상태였다.'

호프만스탈은 유복하고 귀족적인 분위기에서 성장했다. 할아버지는 무역으로, 아버지는 은행업으로 큰 부를 이룬 빈의 신흥 귀족 명문가였다. 그는 빈 대학에서 법학과 문학을 공부했는데, 학생 때부터 이미 희곡을 발표했다. 그는 그간의 전통적 스토리텔링적인 요소를 줄이고, 대신 상징주의와 탐미주의로 점철된 새로운 작풍을 보여주었다. 대학을 졸업한 그는 성숙한 작품들을 내놓으면서 빈 정신성의 중요한 부분을 대변했다. 그의 작품들은 '인간의 성숙은 스스로의 성찰에 의해서만 가능한 것'이라는 원칙 아래, 자아의 깨달음을 예술로 표현해낸 것이었다.

그는 동료인 연출가 막스 라인하르트, 작곡가 리하르트 슈트라우스 등과 함께 황제의 허락을 얻어 잘츠부르크 페스티벌을 창설했다. 그는 슈트라우스를 위한 새 오페라 대본 〈장미의 기사〉

로 바그너를 뛰어넘는 지성, 모차르트를 향한 사랑, 그리고 프로이트에 바탕을 둔 높은 심리적 경지를 보여주었다. 그 후로 오페라의 매력에 끌려, 이후 30년 동안은 더 이상 연극 대본을 쓰지 않고 오직 오페라를 위한 대본을 쓰는 데 인생을 바쳤다.

호프만스탈은 이미 지위와 부를 가진 귀족으로서, 편안한 호사가로 살 수도 있었다. 그러나 그는 문학 분야의 밑바닥에서 다시 시작해 자신의 이름을 귀족 이상으로 세운, 삶에 있어서도 진정 위대한 인물이었다. 그는 귀족으로서의 명사名師를 스스로 벗어던지고, 예술가로서의 명성名聲을 찾은 도전적인 인생을 살았다.

호프만스탈은 수많은 감각과 지성과 열정의 화신이다. 하지만 그에게서 내가 가장 많이 느끼는 것은 멜랑콜리다. 연극이나 오페라를 통해 만나는 그는 늘 나를 백여 년 전의 빈이라는 도시로 데리고 간다. 그리고 나는 매번 접한다. 빈의 비처럼 한 편으로는 차갑고 한편으로는 따뜻한 인간과 낭만의 멜랑콜리를……

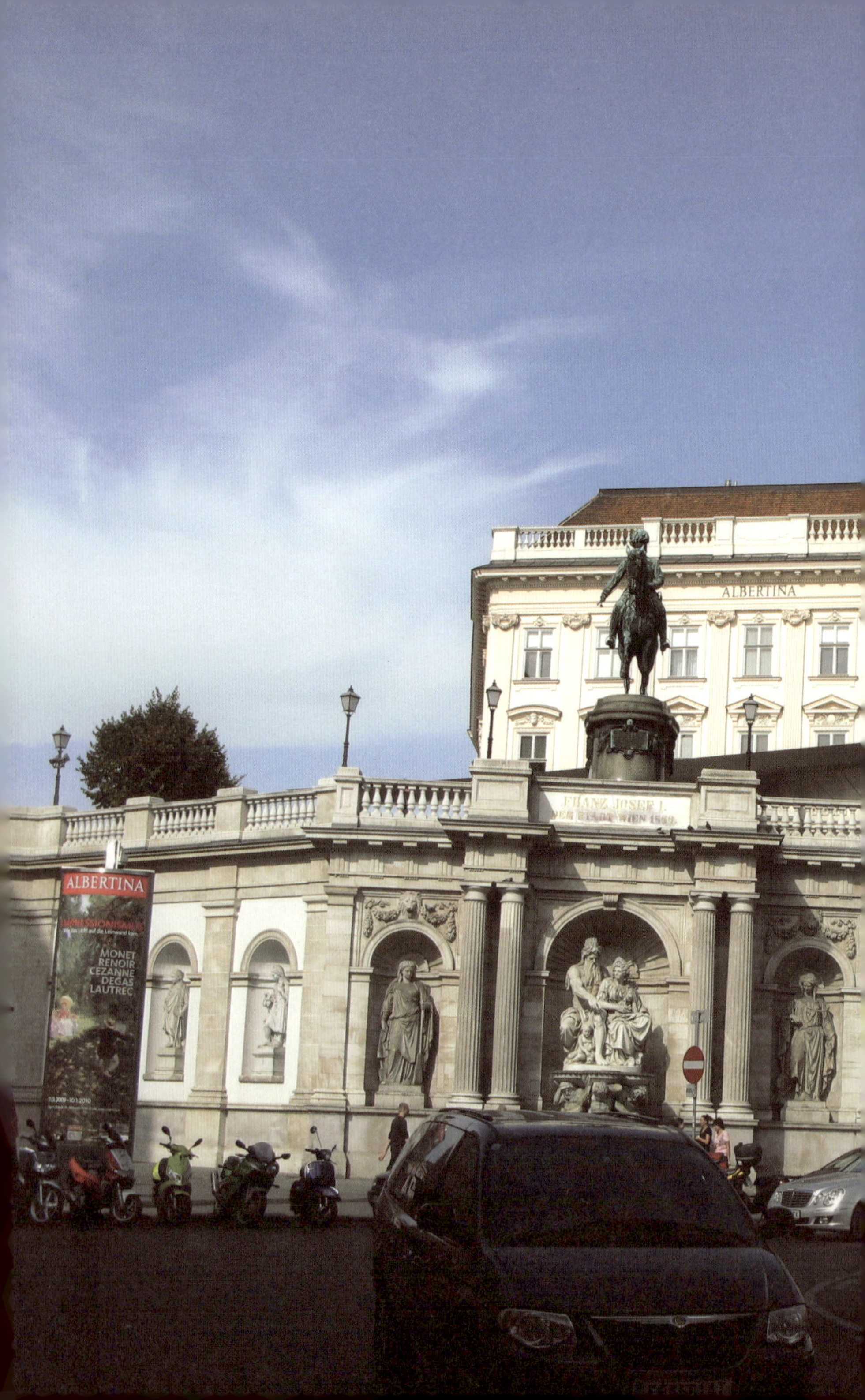

ALBERTINA
FRANZ JOSEF I.
DER STADT WIEN 1869
ALBERTINA
MONET
RENOIR
CEZANNE
DEGAS
LAUTREC

알베르티나 부근
Albertina

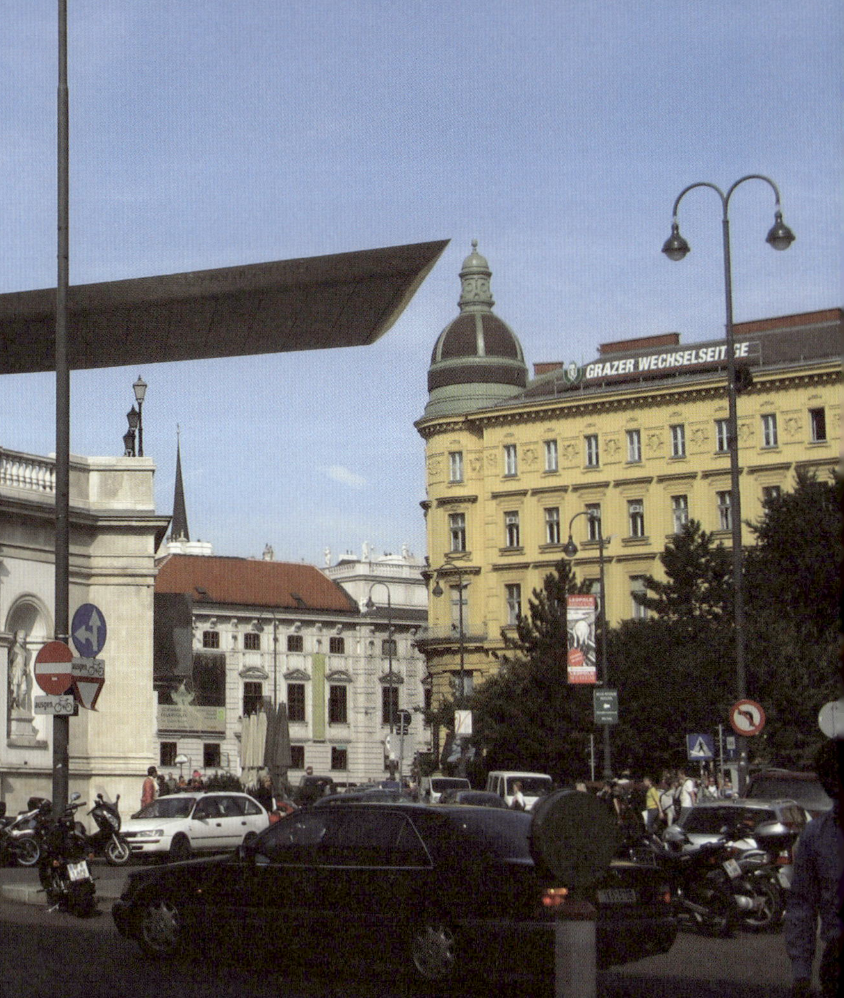

알베르티나
고전과 현대의 우아한 조화

—

빈의 수많은 미술관 중에서 가장 유명한 것은 미술사 박물관일 것이다. 이어 사람들은 벨베데레를 많이 찾는다. 그러나 빈에서 절대로 빠뜨릴 수 없으며 어쩌면 진정 최고의 것일지 모르는 미술관이 있다. 바로 '알베르티나'다.

알베르티나는 마리아 테레지아 여제의 딸인 마리아 크리스티나의 남편 알베르트 공이 살던 궁전이었다. 황궁인 호프부르크의 뒷마당에 아트리움이 있고, 그 뒤에 알베르티나가 있다. 알베르트는 작센-테센의 공작으로 여제의 사위가 되었다. 그는 처가인 빈에서 주로 살았는데, 정치보다는 예술에 관심이 많았다. 대단한 미술 애호가로서 생전에 백만 점이 넘는 작품들을 소장했다. 그의 컬렉션을 중심으로 사후에 미술관이 만들어졌으며, 그 멋쟁이 수집가를 기리기 위해 '알베르티나'란 이름이 붙여졌다. 지금은 오스트리아 국립 미술관의 하나지만 개인 소장품, 즉 프라이비트 뮤지엄으로는 세계 최고로 평가받는다. 또한 회화의 측면에서도 세계에서 가장 중요한 컬렉션의 하나로 여겨진다.

들어가면 먼저 우아하기 이를 데 없는 인테리어가 방문객의 눈을 휘둥그레지게 한다. 이 건물이 궁전이었던 것을 잘 살린 덕

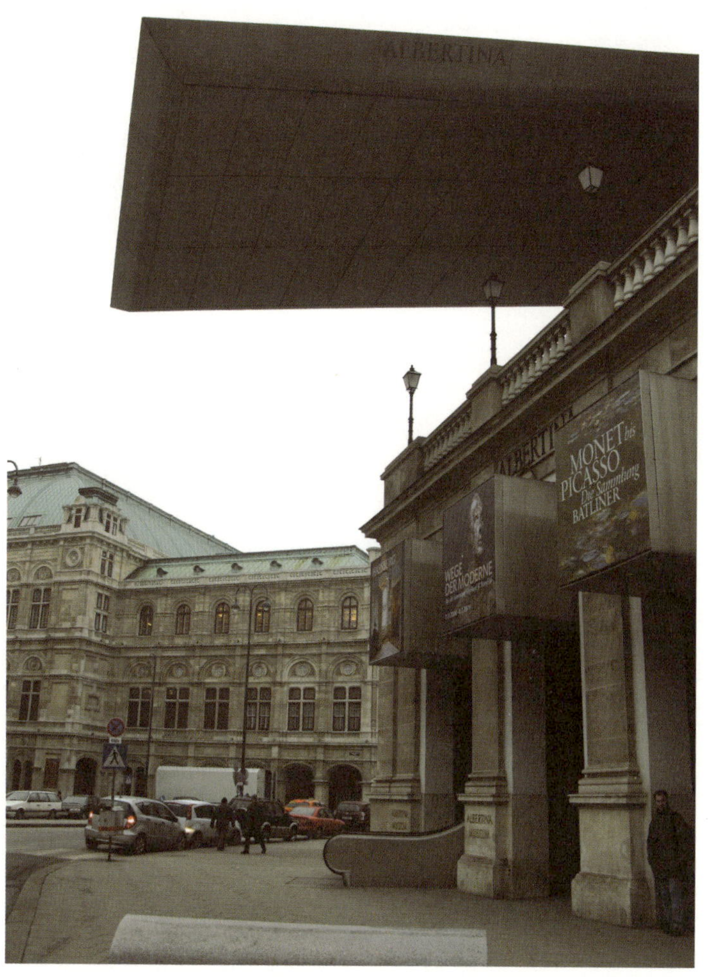

빈 시내의 심장부에 위치한 알베르티나.
고전적인 기마상 옆에 날개처럼 뻗은
현대식 윙이 서 있으니 새로운 미래를 지향하는
빈의 경향을 보여준다.

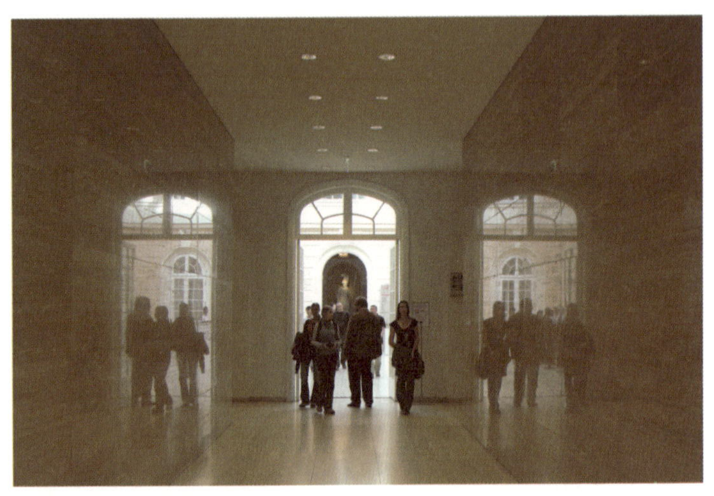

에 과거의 궁전과 현대의 미술관적인 요소가 공존한다. 그야말로 신구, 전통적인 것과 혁신적인 것의 오묘한 조화가 돋보인다.

밖에서부터 눈길을 끄는 것은 날개 모양의 구조물이다. 길 위에까지 뻗어 있는 현대적인 날개는 "이 속을 완전히 고쳤습니다"라고 웅변하는 것 같다. 알베르티나는 2003년 건축가 한스 홀라인이 리노베이션해 새로운 미술관이 되었는데, 날개 역시 홀라인의 작품이다.

15세기의 아름다운 궁전 안에는 지하에까지 초현대식 갤러리가 조화를 이루고 있다. 리노베이션 이후로는 시설 면에서도 세계 최고다. 인테리어와 설비뿐 아니라 시스템과 전시 방식 역시 놀라울 정도다. 나는 빈을 찾을 때마다 꼭 이곳을 들르는데, 볼 때마다 세 가지에 놀란다. 첫째로 엄청난 규모의 전시 기획에 놀라고, 둘째로 매번 새롭고 친절한 전시 방식에 놀라며, 셋째로 매번 새롭게 공개하는 방에 또 놀란다. 물론 그뿐만이 아니라 보관함에도 놀라고, 숍에도 놀라고, 카페와 그곳의 음식에도 놀란다.

나를 휘어잡는 것은 전실前室이다. 둥그렇고 아름다운 방은 그 뒤에 있는 작품들이 범상치 않음을 미리 예견하게 한다. 원래 작은 안마당이었던 곳에 천장을 씌우고 이렇게 아름다운 방으로 리노베이션했다. 나는 늘 이 전실에 놓인 작은 벤치에 한참 동안 앉아서 방을 천천히 감상한다.

안으로 들어가면 15세기 풍의 회랑부터 신고전주의 빌딩 그리고 초현대적인 지하 갤러리까지 여러 가지 스타일의 방을 거치게 된다. 특히 과거 알베르트 공 시대의 양식을 재현한 방들은 우아함 그 자체다. 방들은 각기 빨강, 노랑, 파랑, 초록, 회색 등 색색의 독립된 공간으로 나누어져 있는데, 사람들은 그 속에서 마치 과거의 공주가 된 양 꿈속을 걷듯 미소 짓게 된다.

그곳에 갈 때마다 다양한 전시를 보지만 늘 대단하다. 소장품 중에는 알브레흐트 뒤러의 〈토끼〉가 유명하다는데, 그 작은 그림이 나를 감동시킨 적은 없다. 나는 그 진가를 아직 모른다. 대신 고흐와 모네, 피카소 등의 컬렉션은 훌륭하다. 15세기부터 20세기를 거쳐 현재 생존하는 미술가들의 작품까지 빠짐이 없다.

기억에 남는 것은 2009년에 열린 엄청난 규모의 '인상파 전'이었다. 다음 2010년에 열린 '자동차 전'도 기억에 남는데, 자동차를 전시하는 것이 아니라 자동차를 소재로 한 그림들을 모아서 전시했다. 자동차가 인간의 생각과 생활 그리고 예술에 얼마나 많은 영향을 끼쳤는지 잘 설명되어 있어 고개를 끄덕이게 된다. 대표적인 작가는 슬로바키아 출신의 미국 작가 앤디 워홀이다. 그는 자동차 회사인 다임러로부터 거액의 지원을 받아 자동차 시리즈를 제작했다고 한다. 그래서 대부분의 자동차는 메르세데스 벤츠의 모델들이다.

2011년에는 '윌리엄 켄트리지 전'이 감동적이었다. 이 주목받는 현대 미술가는 자신의 예술 세계를 다섯 개의 테마로 나누고 넓은 알베르티나의 공간을 마음껏 이용해 보여주었다. 특히 그는 모차르트의 오페라 〈마술피리〉와 쇼스타코비치의 오페라 〈코〉를 자신만의 스타일로 표현하여 필름으로 보여주었는데, 음악과 미술의 참신하고 기발한 결합 형태로 찬사를 받았다.

워홀이 그린 자동차들을 보면 이 슬로바키아 출신의 촌사람이 미국사람으로 되어가는 과정이 바로 고급 자동차에 적응하는 과정일지도 모른다는 생각이 든다. 오늘도 나는 워홀 한 점도 사지 못하고 메르세데스도 사지 못한다. 대신에 나는 워홀의 메르세데스가 잘 그려진 조그만 수첩 하나만을 사들고 알베르티나를 나선다. 그래도 기분이 좋고 가슴이 부풀어 오른다.

역시 알베르티나는 방문할 때마다 나를 행복하게 만든다. 배고프다. 뭘 먹을까.

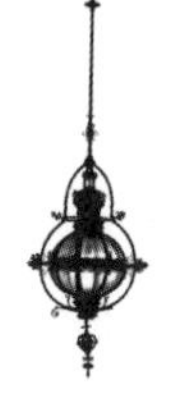

빈 소년합창단
우 리 를 추 억 에 젖 게 하 는 어 린 천 사 들

빈 소년합창단이라면 누구에게나 떠오르는 이미지가 있을 것이다. 귀여운 소년들, 천사의 음성, 세일러 복, 이런 것들이리라.

빈 소년합창단은 합창단이기 이전에 음악학교의 기능을 하고 있다. 그것은 기숙학교로서 세계에 문이 열린 지 오래되었다. 학생들은 합창만 배우는 것이 아니라 음악 전반에 관한 교육을 받으며, 각기 적성에 따라 여러 악기, 음악 이론, 작곡 등도 배운다. 그리고 다른 학과목도 철저히 공부한다.

그곳에 다닌다고 모두 음악가가 되는 것은 아니다. 학교를 졸업하고 나서 여러 고등학교와 대학으로 진학한다. 공대, 법대, 의대 등에도 많이 진학하는데, 지구상 어느 곳, 어느 분야에 있든지 어려서 받았던 음악 교육, 기숙 생활, 궁정 생활은 큰 도움이 될 것이다. 일본에서는 한때 아이들이 빈 소년합창단에 들어가려고 하는 것이 유행이 된 적도 있었다.

이 합창단은 원래 빈의 궁정성당에 소속된 성가대다. 지금 황실은 없어졌지만, 빈 소년합창단은 여전히 매주 일요일 아침 궁정성당의 미사에 참석해 미사곡을 연주한다. 그것이 그들의 주임무이자 여전히 가장 중요한 일이다.

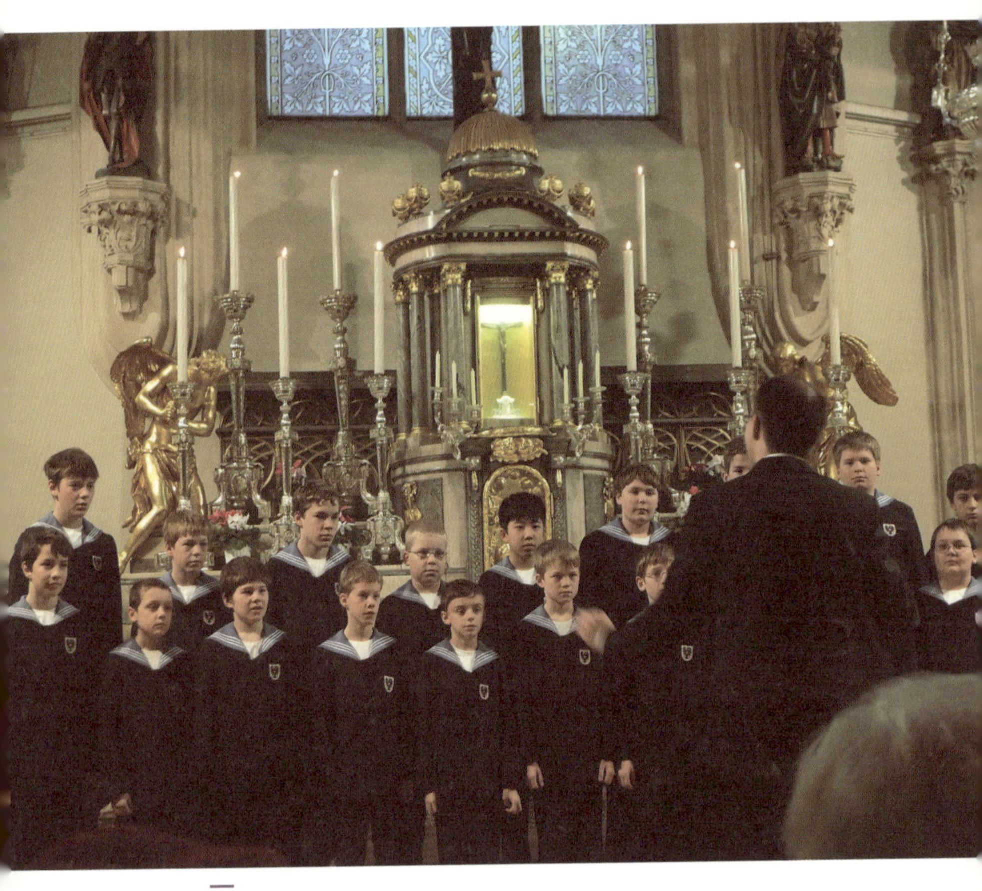

미사 동안에는 얼굴을 보여주지 않는
빈 소년 합창단이 미사가 끝나면
제단으로 나와서 앙코르로 한 곡을 불러준다.
팬 서비스다.

빈 소년합창단은 1498년 황제에 의해서 창설돼 역사가 500년을 넘었다. 당시의 미사에서는 여성들이 노래 부르는 것을 금지했기 때문에, 소프라노와 알토 파트는 변성기가 되지 않은 소년들에게 맡겼다. 성인 남성 합창단은 테너와 베이스를, 소년들은 소프라노와 알토를 담당했다.

그리하여 아이들은 난이도 높은 성악곡들을 소화해야 하므로 강도 높은 음악 훈련을 받게 되고, 더불어 합숙 생활을 했다. 그리고 변성기가 시작되면 합창단을 떠났다. 빈 소년합창단은 역사가 끊이지 않고 계속되어 오다가 1918년에 오스트리아 제국이 멸망하고 공화국이 되면서 활동이 중단되었다,

그러다 과거의 전통을 살리고 궁정 기관이 아닌 종교적 행사와 음악적 공연에만 참여하기 위한 목적으로 1924년에 재창단되었다. 그 때부터 미사나 종교 행사 외에 일반 음악회 공연도 하기 시작했다. 몇 편의 영화에 출연한 것을 계기로 세계적인 주목을 받았으며, 세계 여러 나라로 연주 여행을 다니는 것이 중요한 일정이 되었다. 그 후로 적지 않은 행사와 오페라에도 참여해 왔고, 어린이 합창을 필요로 하는 성악곡 공연에서는 유럽에서 가장 많이 참가하는 팀이 되었다.

빈 소년합창단은 네 개 팀으로 구성되어 있다. 각 팀의 정원은 20~25명 정도. 합하면 대략 100명 안팎이 된다. 그 중에 한 팀은 늘 빈에 머물면서 미사에 참석하고, 나머지 한 팀은 연주회를 하거나 준비하며, 두 팀 정도는 해외 순방을 한다.

역사가 오래된 만큼 빈 소년합창단은 동문들도 화려하다. 대작곡가 요제프 하이든, 프란츠 슈베르트, 빈 필하모닉의 명 지휘자였던 클레멘스 크라우스가 이 합창단 출신이다. 네 개 팀의 이름은 각기 모차르트, 하이든, 슈베르트, 그리고 브루크너다. 하이든과 슈베르트는 빈 소년합창단 출신이고 모차르트와 브루크너는 이 합창단을 위한 작품을 작곡했던 사람들이기 때문에 이름을 따게 되었다.

단원들은 당연히 오스트리아 출신이 가장 많고 독일, 스위스, 미국, 체코, 슬로바키아, 헝가리 등의 소년들이 뒤를 잇는다. 앞에서 얘기했듯이 최근에는 일본을 비롯해 호주, 아프리카 등의 소년들도 있다. 최근엔 한국 소년도 입단했다.

네 개 팀은 모두 스타일이나 실력이 같다고 볼 수 없다. 아이들이 변성기가 되어 나가면 계속 새로 충원되기 때문이다. 따라서 어떤 팀은 나이가 좀 많고 또 어떤 팀은 어린 아이들이 많을 수도 있다. 지도교사들의 스타일에서도 차이가 있다. 그들이 하는 일은 같지만 빈의 음악 애호가들 중에는 지금 어느 팀의 실력이 좋은지 꿰뚫고 있는 사람들도 있다.

빈 소년합창단은 아우가르텐 궁전에서 생활하는데, 이곳에서 음악뿐만 아니라 일반 교과목도 공부하며 다양한 체육 활동도 한다. 학교에서는 팝 음악 밴드 활동을 하기도 하고, 축구와 농구는 물론 오스트리아에서는 흔치 않은 야구와 유도도 배운다.

그들은 지금도 몇 백 년 전에 만들어진 식단을 따른다. 매일 정해진 양의 우유를 마셔야 하는가 하면, 일정량의 와인을 마셔야 하는 규칙도 있다. 합창단의 트레이드마크인 세일러복은 1924년 재건 후에 입혀진 것이다. 그 전 황실에서 운영할 때는 오스트리아 사관생도들의 군복을 입고 칼도 찼다고 한다.

빈에서 빈 소년합창단의 공연을 보려면 황실 미사에 참석해야 한다. 콘서트보다 그들의 본령을 더 잘 볼 수 있으니 빈에서는 당연히 미사에 가보기를 권한다. 물론 빈 체재 기간 중 일요일이 포함되어야 함은 물론이다. 일요일 아침 9시 15분에 시작되는 미사 시간에 맞춰 궁정성당 앞에서 기다려도 되지만, 좋은 자리에 앉으려면 예약을 하는 것이 좋다. 하지만 미사가 집전되는 동안 합창단은 보이지 않는다. 소년들은 뒤편의 2층 합창석에서 노래하기 때문이다.

나는 돌아가신 어머니가 가톨릭 성당에 모셔져 있는 관계로 가끔 성당에 나가기는 한다. 하지만 그날, 유럽의 성당에서 제대로 미사에 참석한 것은 오랜만이었다. 빈의 겨울 아침은 봄처럼 포근하고 날씨가 좋았다. 기분 좋은 일요일이었다.

아침도 제대로 먹지 않고 궁정성당으로 발걸음을 옮긴다. 기분이 좋다. 미사가 시작된다. 그 때 뒤편에서 울려나오는 천사들의 음성…… 빈 소년합창단의 목소리다. 비록 얼굴은 보이지 않지만 이것이 진짜다. 그야말로 공연을 위한 왈츠나 민요를 부르

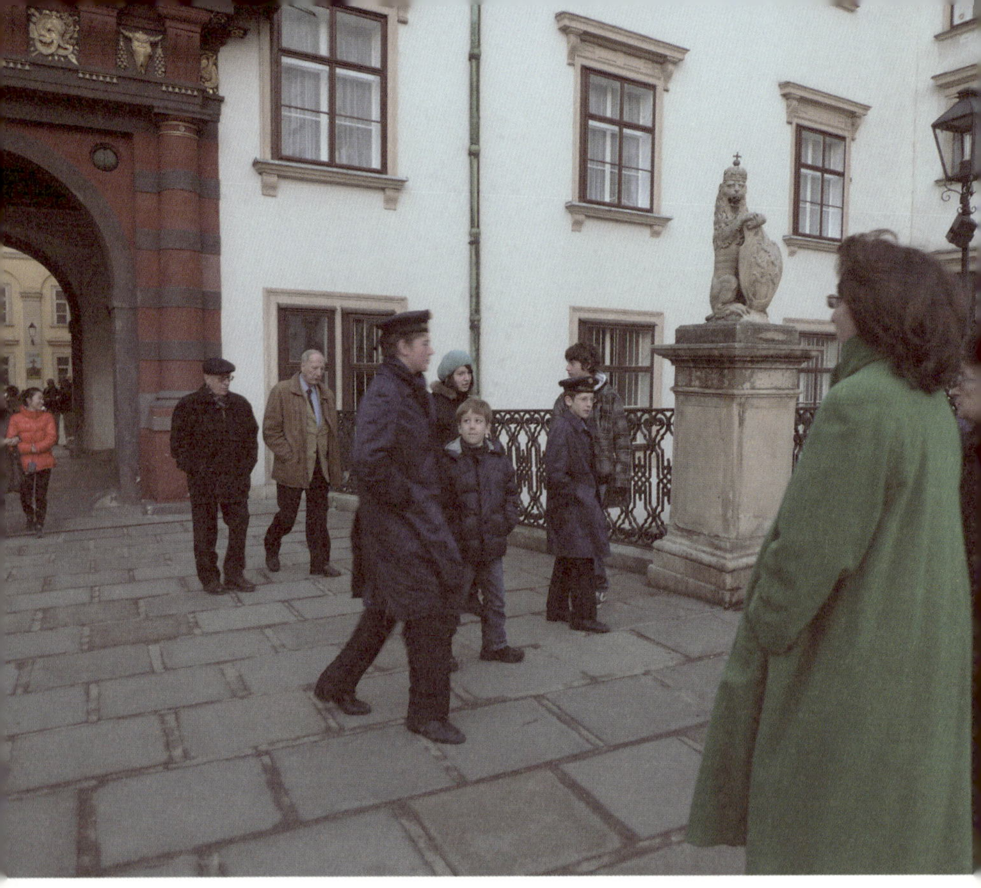

는 것이 아니라 진짜 미사를 위한 미사곡 한 곡을 전편 공연하는 것이다. 곡은 미리 고지되는데, 그날은 하이든의 B단조 미사곡이었다.

기도를 드릴 때는 정말 눈물이 흘렀다. 실제 미사에서 좋은 미사곡과 좋은 연주의 위력을 실감하는 순간이었다. 기도가 끝나고 고개를 드니, 주변 사람들도 모두 눈물을 흘리고 있었다.

미사가 끝나자 합창단이 제단 앞으로 나온다. 대부분의 관광

객들이 제사보다는 젯밥에 관심이 있다는 것
을 아는 성당 측의 배려다. 귀여운 소년들이
나오자 참석자들은 모두 함박꽃 같은 웃음으
로 천사 같은 소년들에게 박수를 보낸다. 몇
번의 인사와 박수가 계속되고, 소년들은 관
객들을 위해 한 곡을 더 불러준다. 팬 서비
스다.

　미사가 끝나고 밖으로 나가면 소년들도 나
온다. 기다리고 있으면 만날 수 있다. 가까이
서 보면 정말 어린 아이들이다. 미사가 끝나
면 소년들은 찾아온 부모님이 있을 경우 함
께 외박을 나갈 수 있다. 우리 같으면 자장면
을 먹으러 나가는 날인 셈이다. 엄마들은 한

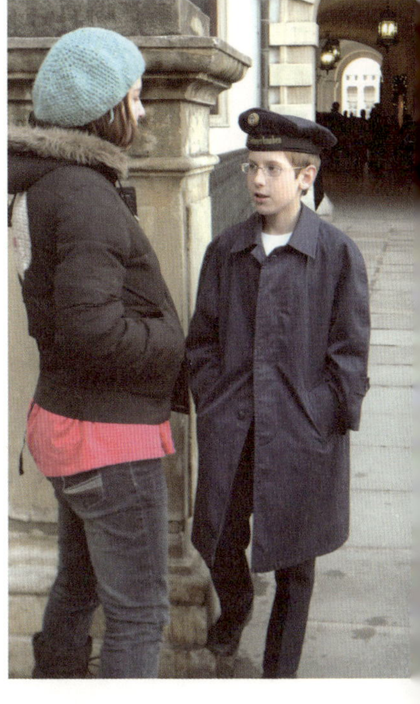

동안 보지 못한 자기 아이를 찾아서 뜨거운 포옹을 한다.

　모자(母子)들을 향해 관광객들의 카메라가 터지기 시작한다. 어
린 아이들은 수줍어하지만, 큰 아이들은 은근히 사진 찍히는 것
을 즐기며 능숙하게 포즈를 취해주기도 한다. 아침 광장에서는
소년들과 가족들과 관광객들이 모두 어울려 즐거운 휴일을 보
낸다.

로스하우스
건물 하나로 권위에 맞서다

—

빈은 음악의 도시 이전에 미술의 도시이며, 미술의 도시이기에
앞서 건축의 도시다. 중세 왕정시대의 건축물은 물론이고 근대
건축의 중요한 건물들이 즐비하다. 빈의 많은 건물들 가운데 근
대 건축의 분수령이 된 중요한 건물의 하나가 '로스하우스
Looshaus' 다.

로스하우스는 '미하엘 광장'미하엘러 플라츠에 위치하고 있다. 광
장을 면하고 있는 건물 중 가장 눈에 띄는 건물이다. 미하엘 광
장은 황제가 살던 호프부르크 궁전의 뒷문이 있는 곳이니, 궁전
의 입구에 해당한다. 광장에 서면 바로크 양식으로 된 궁전의 화
려한 벽과 높은 열주들이 보는 이를 압도한다.

그 가운데에 궁전으로 들어가는 출입문이 있다. '미하엘러 토
르', 즉 미하엘 광장 쪽 문이라고 부를 수 있는 이 문은 지금은 일
반 자동차의 통행이 가능해 택시들이 씽씽 드나들기도 한다. 하
지만 과거에는 황제의 출입문이었다. 황제와 황족들은 공식 행
사가 아니라면 주로 미하엘러 토르 쪽으로 다녔다. 프란츠 요제
프 황제가 대표적인 인물이다. 그는 나들이도 좋아하고 케이크
도 좋아하고 궐 밖에 애인도 많았으니 뒷문으로 나갈 일이 많았
다. 그런 황제가 어느 날부터 그 편리한 뒷문을 놔두고 정문으로

다니기 시작했다. 그것은 바로 미하엘 광장에 새로 세워진 건물, 로스하우스 때문이었다.

로스하우스를 보라. 미하엘 광장에서 눈에 띄는 건물이라고 말했는데, 과연 눈에 잘 뜨일까? 만일 그렇다면 당신은 이미 건축에 관심이 높은 사람이다. 로스하우스는 어쩌면 사실 가장 평범해 보이고 장식이 없는 건물이다. 그러니 눈에 뜨이지 않을 수도 있다. 하지만 그런 건물이 가장 장식적이고 화려한 황궁의 문이 서 있는 광장에 있기 때문에 도리어 눈에 띄는 것이다.

어떤 이는 이 건물을 보고 요즘의 건물처럼 느끼기도 한다. 그렇다. 현대적인 건물이다. 하지만 로스하우스가 완성된 것은 1911년, 벌써 백 년이 되었다. 놀랍지 않은가? 로스하우스는 우리가 말하는 현대적인 건물의 원조이며, 기능성 건축의 시조이고, 과거 건축과 현대 건축의 분수령이다. 또 당시 젊은 건축가였던 아돌프 로스에게 의뢰되었던 가장 중요한 건물이기도 하다.

로스하우스는 처음 세워질 때부터 말이 많았다. 건물의 공사가 한창 진행되고 있던 도중에 당국의 지시로 공사가 중단되었다. 건축가 로스는 경찰서에 불려갔다. 황궁 앞에다 짓는 건물에 장식이 없다는 것을 안 황제가 무척 기분이 상했던 것이다. 경찰에서는 로스가 빈의 아름다움을 몰살이라도 한 것처럼 그를 죄인 취급했고, 건설부도 간섭했다. 언론도 그를 공격했다. 창틀

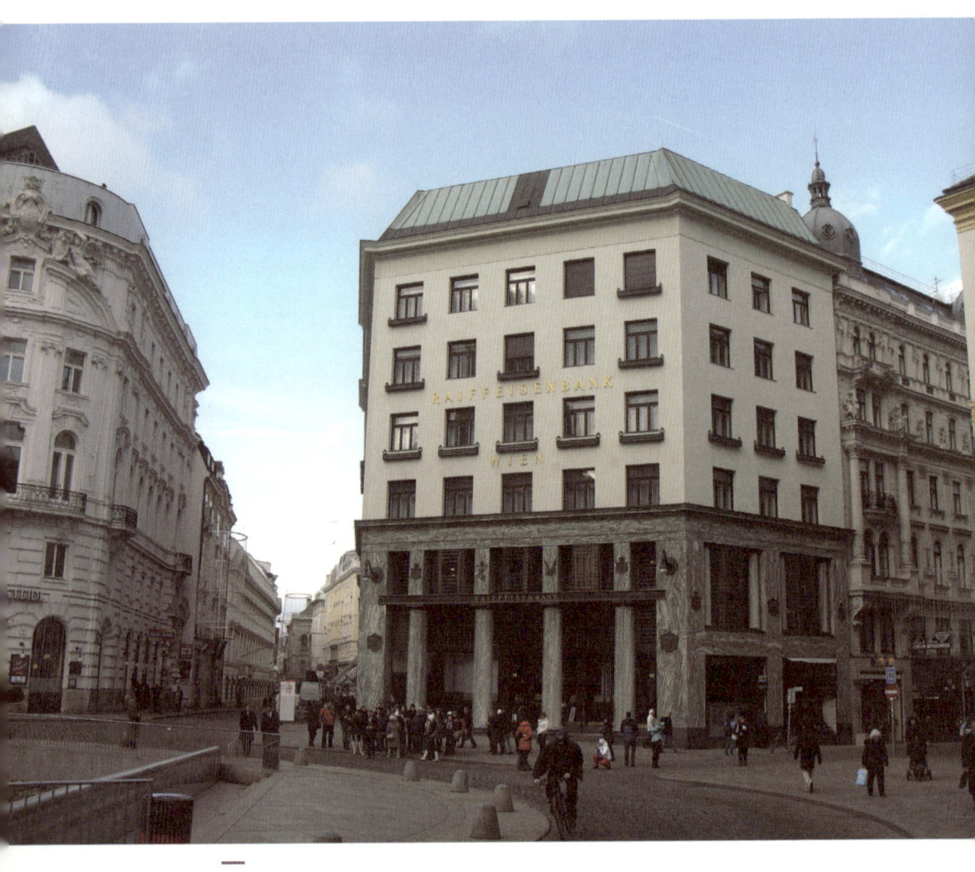

미하엘 광장에서 바라본 로스하우스의 정면.
주변의 건물들과는 달리 유독 장식이 절제된 모습이다.
건립 당시 사람들은 위 네 개 층의 흰 부분을 가리켜
'맨홀 뚜껑'이라고 비꼬았다.

위에 아무런 가리개나 장식이 없는 창을 두고 언론은 '눈썹 없는 건물'이라고 불렀고, 사람들은 네모반듯한 흰 벽에 격자무늬의 창문 스무 개만 있는 파사드를 보고는 '맨홀 뚜껑'이라고 불렀다. 사실 맨홀 뚜껑을 닮긴 닮았다.

경찰서와 건설부의 호들갑은 도리어 이 건물을 유명하게 만들었다. 로스도 훗날 "당국에 감사한다"고 너스레를 떨었다. 장식이 많은 미하엘 광장에 세워진 로스하우스는 장식이 없는 건물의 효시가 되었으며, '건축이란 장식을 위한 장식이 아니라 기능을 위한 형태를 가져야 한다'는 로스 건축 철학의 대명사가 되었다.

결국 경찰은 로스를 기소하지 못했고 건설부는 로스의 고집을 꺾지 못했다. 이 때의 논쟁은 화제가 되어 요즘 식으로 말하자면 이 건물에 대한 토론회 내지는 공청회까지 열릴 정도였다. 로스하우스는 탄생 이전부터 당국이 만들어준 스캔들로 이미 유명해져버린 것이다. 그러니 점점 더 그 건물의 완공을 막을 수가 없었다. 로스는 창문을 꽃으로 장식한다는 조건으로 당국과 합의를 보았다. 완공된 건물의 이름은 '미하엘러 플라츠 하우스'였다. 하지만 누구나 선구적 건축가를 기억하기 위해 '로스하우스'라고 부른다.

장식을 좋아했던 황제는 미하엘러 토르를 나서자마자 보이는 그 건물이 보기 싫어서 그 때부터 일부러 링 쪽의 정문으로 다니기 시작했다.

이 일화는 무엇을 말하는가? 낡은 절대 왕정을 고수하고 싶어 하던 프란츠 요제프 황제는 새로운 시대를, 새로운 기운을, 새 시대의 새로운 예술 사조를 이해하지 못했다. 아니, 그는 이해하고 싶지 않았던 것이다. 그는 모르고 싶었다. 그것은 곧 제국의 멸망을 예고하는 것이었으니까. 오스트리아는 공화국이라는 새로운 세상을 앞에 두고 있었다. 황실의 권위와 권력을 상징하는 장식적 요소는 걷혀가고 있었으며, 구시대의 건축은 사라지고 있었다.

로스의 장식 배제는 다만 장식이 싫다거나 실용적인 것이 좋다거나 하는 문제가 아니다. 시대는 바뀌고 인간의 정신 구조가 변화하고 있음을 보여준다. 로스하우스에 가보라. 지금 우리가 누리고 있는 수많은 요소들이 이미 거기서 비롯되었음을 느낄 것이다.

원래 이 건물은 '골트만과 잘라치'라는 고급 양복점이었다. 지금 로스하우스는 은행 건물로 사용되고 있다. 근무 시간이라면 누구나 들어가서 살펴볼 수 있다. 건물은 6층이다. 양복점으로 1, 2층을 사용했는데, 거기에는 손님을 맞거나 재단하는 방만 있는 게 아니라 재봉실 등 수제 양복을 만드는 전 공정에 따라 그에 해당하는 방이 다 있었다. 3층부터는 주택이다. 요즘 식으로 말하자면 주상복합건물인데, 더 정확히 말하자면 주상공住商工 복합건물인 셈이다.

안에 들어가면 밖에서 보는 것과는 달리 예상 외로 좁다. 하지만 브라운 색의 나무를 주조로 대리석, 유리 등이 적절하게 어우러져 역시 장식이 없는 단순한 아름다움의 극치를 보여준다. 뿐만 아니라 난간, 손잡이, 램프 하나하나가 모두 로스의 작품 세계와 당시 빈의 문화를 얘기해준다. 하나같이 단순하고 우아하며 절제되어 있다. 그리고 그것들이 모여서 어떤 품위를 자아낸다.

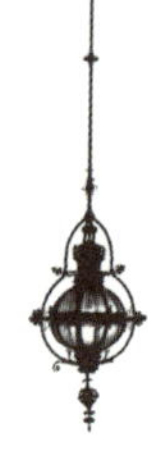

아돌프 로스
건축에 장식 대신 기능을

—

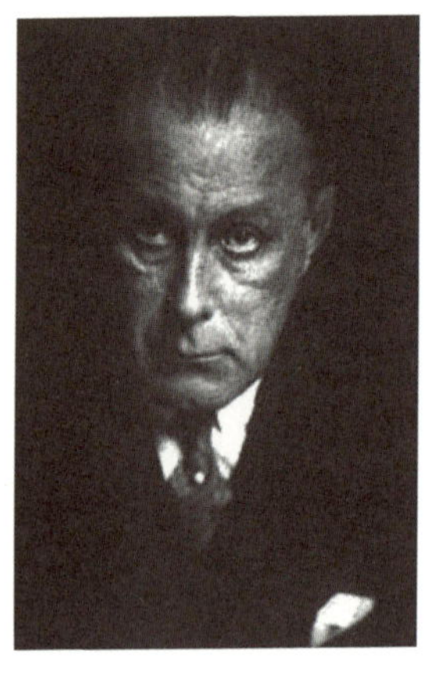

아돌프 로스1870~1933의 아버지는 건축가가 아니라 요즘으로 치면 일개 석공石工이었다. 아돌프는 어려서부터 아버지의 작업장을 보면서 건축에 눈을 떴다. 하지만 아버지는 아돌프가 9세 때 세상을 떠났고, 그 후로 그는 극성스런 어머니에게 교육을 받았다.

아돌프에게는 여전히 돌아가신 아버지의 피가 흐르고 있었다. 그는 보헤미아와 독일에서 건축을 공부한다. 하지만 대학에서 낙제당하고 빈으로 온다. 빈 미술 아카데미에 지원했으나 떨어지고, 더 이상 제도권 교육은 받지 못한다.

그럴 즈음인 1893년, 시카고에서 만국박람회가 열린다. 로스는 홀로 시카고로 간다. 만국박람회 구경을 마친 그는 떠오르는 미국의 산업과 근대화에 감탄한다. 그리고 미국을 더 구경하면서 이곳저곳 전전한다. 그는 새로운 시대인 20세기가 눈앞에 다가왔음을 자각하고, 야망을 품은 채 세기말의 빈으로 돌아온다.

당시에 빈은 이미 유겐트스틸19세기 말에서 20세기 초에 걸쳐서 유럽 및 미국에서 유행한 장식 양식으로, 독일판 아르누보 운동의 양식과 경향에 대한 호칭이다. 의 기운이 돌고 있었다. 건축에서는 대가 오토 바그너를 중심으로 요제프 마리아 울브리히나 요제프 호프만 등의 건축가가 이미 자리를 잡고 있었다. 그런 빈에서 연고도 전혀 없고, 지인도 없고, 학벌도 없는 시골 출신이 건축물을 하나 해보기란 하늘의 별따기와 같았다.

하지만 야심가 로스는 이에 굴하지 않고 자신이 무엇을 할 수 있을지 고심했다. 그가 할 수 있는 것은 글을 쓰는 일이었다. 그리하여 그는 비평가로 나섰고, 지면과 소재를 가리지 않고 문화 전반에 관한 글을 썼다. 그가 쓴 평론은 예술이나 건축은 물론이고 패션, 구두, 모자, 소품, 가구, 건설 자재, 심지어 속옷에 이르기까지 모든 분야를 망라했다. 그의 공격적이고 신랄한 논조는 참신한 것이어서, 그의 글은 화제를 모았다.

그의 평론은 특히 공예와 미술 분야에서 빛났다. 그는 "가장 아름다운 것은 기능적인 것이다. 무슨 물건이든지 원래의 목적에 부합하는 것만이 아름다운 것이며, 목적성을 넘은 장식이란 수준 낮은 것이다"라고 말했다. 인디언을 예로 든 그의 유명한 발언이 있다.

"문화적 수준이 낮은 민족일수록 장식은 과하다. 인디언이나 아프리카의 여자들을 보라. 빈에는 너무나 많은 인디언이 있다. 그들은 말한다. 이 여자는 아름답다. 코걸이와 귀고리를 했으니까. 하지만 우리는 이렇게 말해야 한다. 이 여자는 아름답다. 코걸이와 귀걸이를 하지 않았기 때문에.”

그의 명성은 높아졌다.

그러던 그에게 첫 작품이 주어졌으니, 1899년에 만들어진 ‘카페 무제움’이다. 이후 로스는 건축가로서 알려지기 시작해 건축 의뢰를 점점 더 많이 받았다. 빈에 있는 그의 건축들을 보려면 빈 시내 한복판으로 가면 된다. 빈의 가장 번화한 쇼핑가인 케른트너 슈트라세에서 시작해 그라벤에 있는 양복점 ‘크니체’, 이어지는 콜마르크트 슈트라세에 자리한 서점 ‘만츠’ 등이 그의 작품들이다.

로스는 건축가로 유명해진 이후에도 문필 활동을 계속해 중요한 저술을 남긴다. “우리가 살고 있는 이 시대는 너무 아름다워서, 나는 다른 어떤 시대하고도 바꾸지 않을 것이다”라는 말은 그가 세기말 빈을 얼마나 사랑하고 시대정신에 투철하게 살았는지를 보여준다.

그의 마지막 작품은 죽음을 앞두고 스스로 설계한 수수하기 짝이 없는 자신의 무덤이었다. 자신의 묘비를 통해서도 그는 조용하지만 여전히 자신의 예술관을 웅변하고 있다.

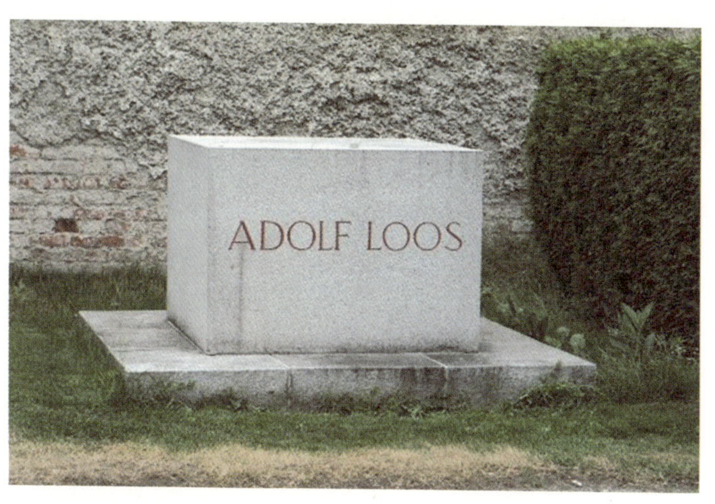

ADOLF LOOS

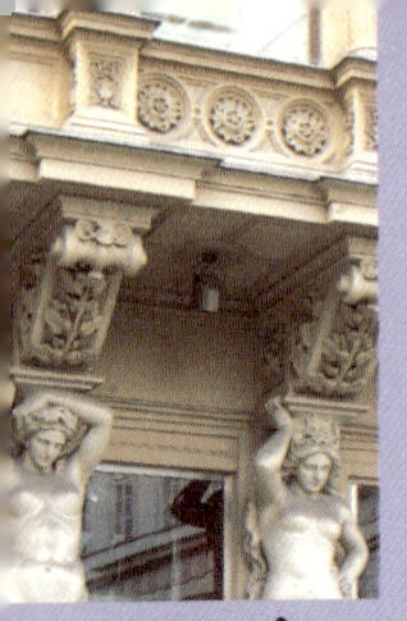

커피,
비엔나에는 비엔나커피가 없다

Wien —

커피가 없는 빈은 상상할 수 없다.

빈에 가서 커피를 마시지 않는다면 빈의 절반도 보지 못한 것이리라. 커피는 단순한 음료가 아니라 빈의 역사와 예술을 보여준다. 빈의 커피는 그야말로 문화다. 당신이 빈에 가는 것은 곧 커피를 마시러 가는 것이다.

빈 하면 떠오르는 것이 '비엔나커피'다. 하지만 '비엔나에는 비엔나커피가 없다.' 빈에 가서 카페에 앉았을 때, '비엔나에 왔으니 비엔나커피를 시켜야겠지?'라고 생각하고 웨이터에게 비엔나커피를 시킨다면 그야말로 꼴불견이다. 비엔나 카페의 메뉴에는 비엔나커피가 없다.

비엔나커피는 그냥 한국에서 말하는 '휘핑크림을 얹은 커피(놀랍게도 이것은 국내 사전에 올라와 있는 비엔나커피에 대한 설명이다.)'로서, 오스트리아의 비엔나와는 아무런 상관이 없다.

이제 빈의 커피들을 살펴보자. 한국의 비엔나커피는 빈의 커피 중에서는 '아인슈패너Einspänner'에 가장 가깝다. 아마도 아인슈패너를 먹어본 미국이나 일본 사람들이 이것을 본국에 알린 것이, 다시 돌고 돌아 우리나라에 건너와서 비엔나커피라는 이름으로 통용되지 않았을까. 하지만 아인슈패너는 우리의 비엔나커피와 같지 않다.

아인슈패너는 긴 유리잔에 담는다. 따라서 글라스 안이 보인다. 글라스 절반 아래에는 커피가 담겨 있고, 위의 절반에는 휘핑크림이 있다. 즉, 아인슈패너는 휘핑크림을 위에다 '얹은' 것이 아니라 잔에 깊숙이 '넣었으므로' 함께 저어서 먹어야 한다. 차가운 크림과 뜨거운 커피를 함께 먹는 것이 묘미다. 또한 시간이 지남에 따라 두 가지가 섞여 점점 다른 맛을 보게 되며, 유리를 통해 잔 속의 변화를 볼 수도 있다.

두 번째로 소개할 커피는 '멜랑주Melange'다. 많은 사람들이 빈의 고유한 커피로 아인슈패너가 아닌 멜랑주를 꼽는다. 모양만으로 보아서는 30년 전의 우리나라 비엔나커피에 가장 가까운 것이 멜랑주다. 도자기 잔에 나온다는 것도 그러하다. 하지만 겉으로 비엔나커피와 유사해 보이는 이것은 아인슈패너와는 내용이 다르다. 커피 위에는 휘핑크림 대신 우유 거품이 올려 있다. 커피 안에도 우유가 들어 있다. 즉, 이탈리아의 카푸치노와 비슷하다. 하지만 카푸치노보다 맛이 더 진하며, 계피나 코코아 가루 같은 것을 얹는 일은 없다.

빈을 방문하는 외국인들에게 가장 인기 있는 커피가 멜랑주인 것 같다. 우리 같은 동양 사람들도 아인슈패너보다는 멜랑주를 더 선호한다. 동양인들이 많이 찾으니 부작용도 있다. 어떤 여행

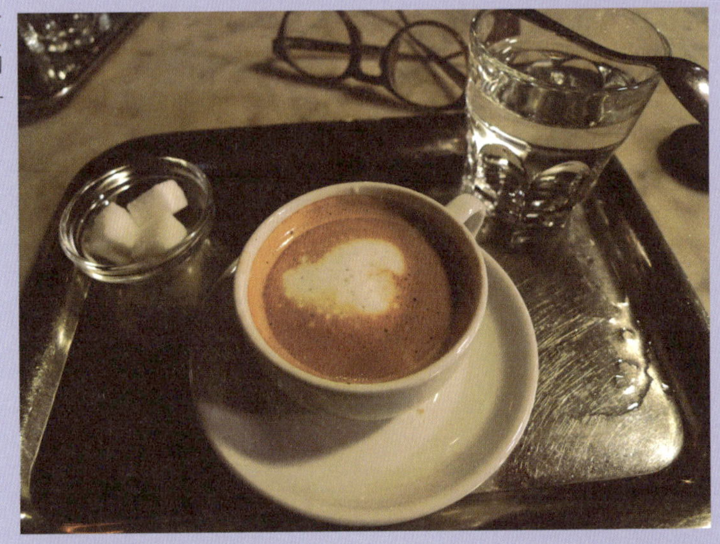

가이드는 관광객들에게 "카페에 가면 무조건 멜랑주를 시키라"
고 권하는 것 같다. 그래서 생긴 일인데, 내가 분명히 "레귤러커
피"라고 말했는데도 웨이트리스가 으레 그랬듯 멜랑주를 가져온
적이 있었다.

다음으로는 '브라우너Brauner'가 있다. 이것은 우리가 많이 쓰
는 도자기 커피 잔에 '정상적인' 커피를 넣은 것이다. 다만 여기
에는 따뜻한 크림이 약간 들어 있다. 우리 식으로 말하자면 보통
커피에 크림만 약간 탄 것과 같은 상태다. 즉, 크림 커피다. 크림
이 거북하지 않은 분이라면 아마 입맛에 가장 맞을 것이다. 잘
만든 브라우너는 정말 맛있다. 크림의 양이 적어서 아인슈패너

나 멜랑주처럼 크림이 커피 맛을 침범하지 않는다.

나는 아침에 카페 하벨카에서 브라우너로 빈의 하루를 시작할 때가 가장 행복하다.

이상의 세 가지 커피가 빈을 대표하는 '3대 빈 커피'라고 할 수 있다. 그리고 이들 세 가지 커피 모두 설탕이 함께 나온다. 어떤 이들은 커피에 설탕을 넣는 것이 촌스럽다는 말도 안 되는 선입견을 가지고 있는데, 그것은 묽은 미국식 커피의 경우에 그렇다. 유럽의 커피에는 꼭 설탕이 따라 나오며, 대부분은 자신의 기호에 따라 설탕을 애용한다.

이상의 세 가지 커피 외에도 빈의 커피는 더 많이 있다. 아무것도 들어가지 않은 검은 커피, 즉 우리 식으로 블랙커피를 원하면 '슈바르처Schwarzer'를 달라고 하면 된다. 커피는 조금 들어가고 크림이 더 많이 들어간 것은 '카페 페어케르트Kaffee Verkehrt'라고 부른다. '역전逆轉된 커피'라는 뜻이다. 밀크 커피라기보다는 따뜻한 커피 우유에 가깝다.

물론 이탈리아 커피 용어로 '카푸치노'를 주문해도 되고 '에스프레소'를 주문해도 된다. 하지만 빈 스타일은 아니다. 빈에 와서까지 이탈리아 커피를 마실 필요는 없다. 우리는 커피만 아주 묽게 탄 것을 '아메리카노'라고 부르지만, 빈에서는 잘 통하지 않는 말이다. 아무리 묽게 타도 당신이 원하는 그 아메리카노는 아니다. 그러니 아메리카노를 기대하지는 말기 바란다. 이와 비슷한

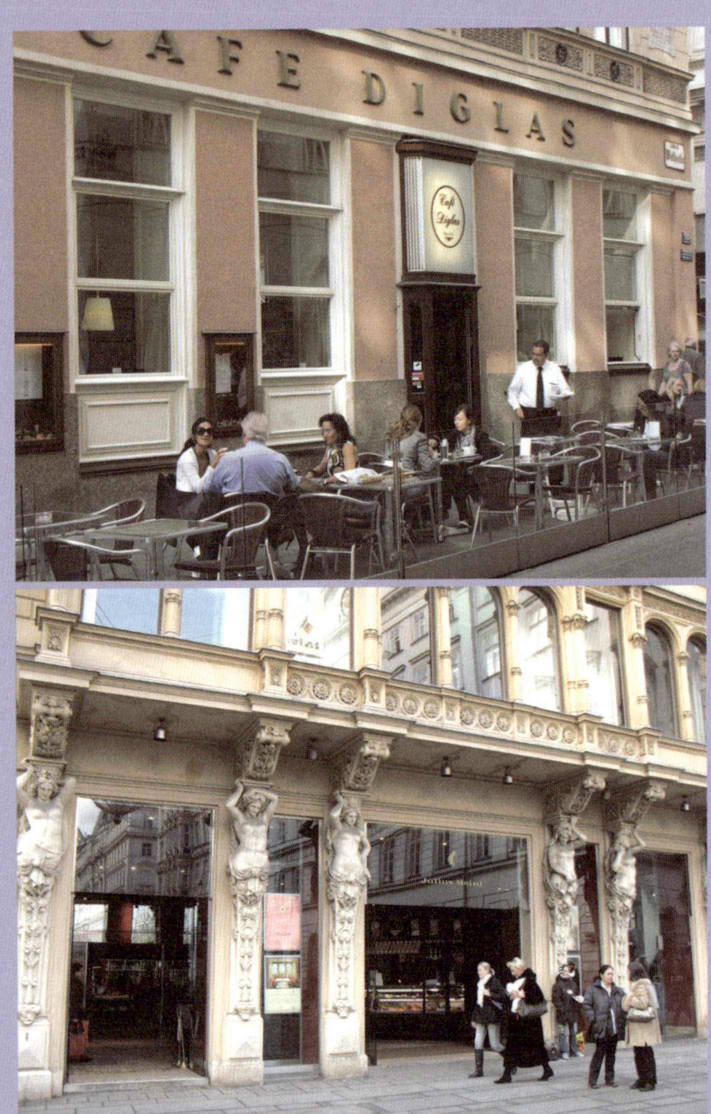

빈에서는 인생이
아름다워진다

경우가 '아이스커피'인데, 여기서는 '아이스카페'라고 부른다. 역시 우리의 아이스커피와는 많이 다르다. 너무 진한 커피에 휘핑크림을 잔뜩 넣어서 주니 권하고 싶지 않다. 빈 커피의 종류는 대략 30가지에 이른다고 한다.

우리나라에서 마시는 것과 거의 비슷한 제대로 된 '레귤러커피'를 빈에서 즐기는 방법이 있기는 하다. 이것을 흔히 '하우스커피Hauskaffee'라고 부른다. 도자기 커피포트 하나에 크림과 설탕 그리고 물이 따로 나온다. 고급 카페에서만 주문할 수 있다. 메뉴에 '하우스카페'라고 적혀 있으면 바로 그것이다. 카페 데멜의 하우스커피는 아주 훌륭하다.

커피가 맛있는 곳으로는 아마도 하벨카가 가장 유명하다. 이어서 데멜, 자허, 마이늘, 첸트랄, 란트만 등 유명한 카페들의 커피도 고급스러운 맛을 준다. 최근 빈의 카페에서 사용하는 대부분의 커피들은 공정무역 커피다. 좋은 식료품점이나 카페에서 판매하는 커피 포장에는 공정무역 인장이 찍혀 있다.

빈에는 카페만 1,200개가 넘는다. 다양한 학문과 예술이 카페에서 탄생했으며, 거기에는 커피가 있었다. 그들은 그 많은 것들을 커피를 마시면서 이루어냈다.

빈은 커피다. 빈에서는 커피를 마시자.

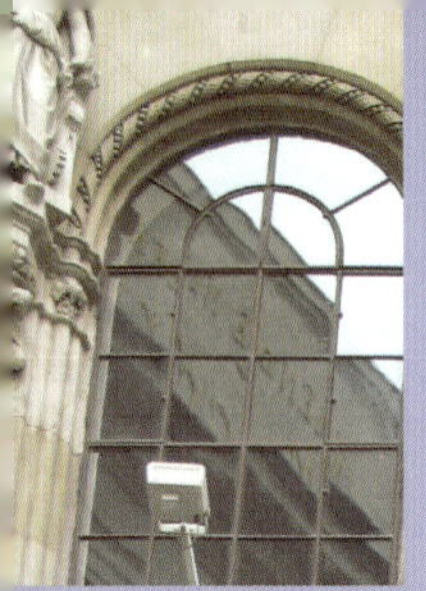

카페
카페는 '제2의 집'이다

Wien —

뼛속까지 시린 날씨에, 구두가 거의 묻힐 만큼 눈이 오고, 하늘은 늘 회색으로 우중충해도, 나는 빈을 걷는다. 이런 빈의 겨울에도 내가 빈을 걷고 또 걸을 수 있는 것은 사실 믿는 구석이 있어서다. 그건 바로 빈의 카페들이다.

사막에는 오아시스가 있어 탐험가들이 그곳에 갈 수 있고, 촌길에도 드문드문 주유소와 휴게소가 있어 초행자도 시골길을 갈 수 있는 것처럼, 빈이 아무리 춥고 쓸쓸하더라도 그곳에는 카페라는 것이 있다. 아니 실은 너무 많다.

빈 골목 골목에 있는 카페들은 단순한 휴게실 이상이다. 오아시스고 주유소다. 유명한 박물관 앞이나 극장 앞, 혹은 스산한 골목길 모퉁이에서도 어디나 어김없이 나그네를 반갑게 맞아하는 것은 카페들이다.

문을 열고 들어가면 일단 그곳은 따뜻하다. 그리고 사람들이 있다. 여기서 말하는 사람이란 종종 태도가 차갑고 서비스가 실종된 빈 카페의 웨이터들을 말하는 것이 아니다. 카페에서 마치 자기 집처럼 시간을 보내고 있는 고객들, 즉 카페 속의 빈 사람들을 말하는 것이다. 카페에 널브러져서 쉬거나 놀고 있는 사람

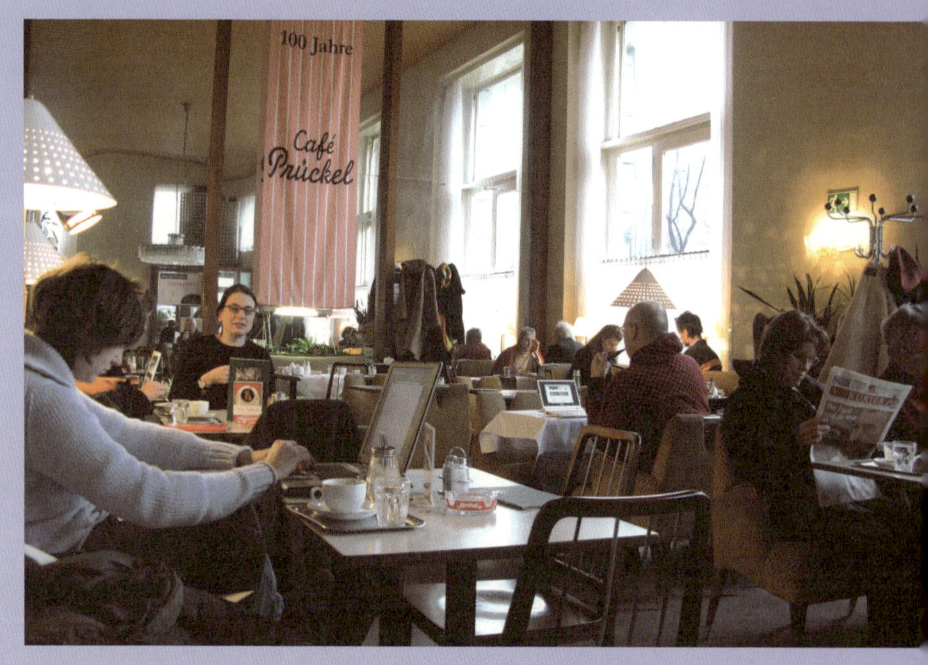

카페를 마치 자신의 집이나 서재처럼 사용하는 빈 시민들의 모습. 뒤에 카페 프뤼켈이 백 년 되었다는 휘장이 보인다.

들은 편안해 보인다. 마치 내가 그들의 가정을 엿보는 것 같은, 그들의 거실에 들어온 것 같은 착각을 불러일으킬 정도다. 빈 사람들에게 카페는 '제2의 집'이다.

카페에서 그들은 사람을 만난다. 서로 이야기하고, 커피를 마신다. 물론 와인도 마시고 간단히 식사도 해결할 수 있다. 카페에는 혼자 가도 좋다. 혼자 온 사람들은 주로 책을 읽는다. 그리고 그곳에 비치된 신문을 읽는다. 집에 있어도 아예 아침부터 출근하여 책이나 신문을 읽는 곳이 카페다.

책은 비치되어 있지 않다. 각자 자신이 읽을 책들을 가지고 간

4장
알베르티나 부근

173

다. 우리나라처럼 '북 카페' 같은 곳은 원래 없다. 그것은 그들의 전문가적 성향 때문이다. 오스트리아나 독일 사람들은 다들 독서광이다. 그리고 각자의 취미에선 전문적인 식견을 가지고 있다. 그들은 축구, 자동차, 클래식 음악, 재즈, 패션, 고고학, 스키, 추리소설, 등산 등 각자 자신이 좋아하는 분야의 책들을 열심히 읽는다. 베스트셀러거나 남이 읽는 책이라고 따라 읽지 않는다. 그러니 카페에 책이 몇 권 있어봤자 별 볼일이 없다. 그들은 늘 자신이 읽을 책을 가지고 다닌다.

대신 카페에 꼭 있는 것은 신문이다. 신문에는 모든 종류의 기사가 다 담겨 있다. 그래서 신문은 아주 많이 비치되어 있다. 보통 큰 카페일수록 신문의 종류는 더 많다. 오스트리아의 신문은 물론이고 독일, 스위스의 신문도 있다. 간혹 이탈리아, 영국, 프랑스의 신문도 보인다. 그들은 어쩌면 신문을 읽기 위해 카페를 찾는 듯 보이기도 한다. 좋은 현상이다. 덕분에 집안에 처치 곤란한 신문은 굴러다니지 않고, 대신 책장에 책만 가득할 것 아닌가? 빈의 시민들에게 크고 유서 깊은 카페는 바로 신문 그 자체이기도 하다.

카페에서 하는 중요한 일의 하나가 편지를 읽는 것이다. 요즘은 많이 줄어들었다고는 하지만, 단골들은 그들의 우편 주소를 아예 카페 주소로 하기도 한다. 카페에 들어가 자리에 앉으면 웨이터가 그에게 온 편지들을 가져다준다. 그러면 그는 커피를 마

시면서 자기에게 온 편지들을 들고 다니는 페이퍼나이프나 아니
면 카페의 포크 손잡이를 이용해 천천히 그러나 능숙하게 하나
씩 뜯는다. 그리고 편지를 읽는다.

  편지를 다 읽은 그는 답장을 쓴다. 펜이든 종이든 카페에서는
다 빌릴 수 있다. 봉투도 있다. 웨이터에게 얻은 카페 봉투에는
당연히 카페의 주소가 적혀 있다. 그리고 편지를 넣은 봉투 몇
개를 웨이터에게 준다. 그러면 웨이터는 이것을 모아 가지고 우
체국에 가서 부친다. 물론 웨이터에게 봉투를 건내줄 때는 당연
히 우표 값은 물론이고 그 이상의 팁을 듬뿍 얹어준다.

  빈 카페들의 중요한 특징의 하나는 그 카페에 모이는 사람들
이다. 즉, 옛날부터 카페마다 모여드는 사람들의 부류가 정해져
있었다. 예를 들어 미술 아카데미 옆의 카페 '무제움'은 클림트
등의 화가들이 모이던 곳으로, 클림트를 만나기 위해 젊은 에곤
실레가 매일 양복을 빼입고 나와 어슬렁거렸다. 부르크 극장 옆
의 '란트만'은 극장 옆이라 빈 최고의 배우들이 모이던 곳이지
만, 프로이트가 매일 들러서 동료들과 커피를 마시며 토론했던
곳으로 더 유명하다. '첸트랄'은 주로 문학가들과 미술가들이 함
께 모여 장르를 넘나드는 예술 토론을 했으며, 작가들이 거기서
글을 쓰곤 했던 곳으로 잘 알려져 있다. 페터 알텐베르크는 카페
'첸트랄'에, 헨리 밀러는 카페 '하벨카'에 출근하다시피 하면서
작품을 썼던 것으로 유명하다.

빈의 카페들은 각기 자신들만의 개성과 전통을 자랑한다. 너무나 유명한 카페들이 많지만, 대표적인 카페들 몇 개만 들어본다.

역시 가장 유명한 '첸트랄'이 있다. 호화로운 실내를 둘러보면 오랫동안 예술가들의 거처였던 관록이 빛난다. '란트만'은 부르크 극장의 배우들이 모여들던 곳이다. '슈페를'은 130년 전의 실내를 완벽하게 보존하고 있는 중후한 곳이다. '데멜'은 케이크로 가장 유명하다. '자허'는 카페 이름과 같은 케이크로 널리 알려져 있다. '하벨카'는 커피 맛이 최고라고 자타가 공인하는 카페다. '슈바르첸베르크'는 150년 역사의 오래된 카페로 종종 클래식 콘서트가 열리기도 한다. '무제움'은 아돌프 로스가 설계한 곳으로 빈 분리파 화가들의 아지트였다. '클라이네스' 카페는 이름 그대로 가장 작은 카페지만 많은 애호가를 거느리고 있다. '하스 앤 하스'는 영국식 티룸이지만 역시 빈 유명 카페의 반열에 오를 만큼 멋진 곳이다. 이상이 내 나름대로 선택하고, 또한 당신의 방문을 위해 선정한 '빈의 10대 카페'다. 다 가보기를 권한다.

이 외에도 '프뤼켈'은 아직도 서민적인 분위기를 간직하고 있다. '디글라스'는 여전히 빈의 시민들로 북적거리는 서민적인 분위기다. '마이늘'은 식료품점이 더욱 유명한데, 빈의 모든 유명한 식재료는 이곳에 다 있다. '프라우엔후버'는 골목 안에 숨어 있지만, 오래된 분위기가 좋다. 주로 레스토랑으로 쓰인다. '임페리얼'은 유명한 호텔 임페리얼의 1층에 있다. '돔마이어'는 시내에서 좀 멀지만, 요한 슈트라우스 2세가 처음으로 자신의 악단을 데리고 연주한 곳이다. '그린슈타이들'은 아르투르 슈니츨러와 후고 폰 호프만슈탈 등 빈 문학가들의 집결지였다. '모차르트'는 위치가 좋아서 관광객들의 눈에 많이 띈다. 영화 〈제3의 사나이〉가 촬영된 곳이기도 하다. '하이너'는 1840년에 오픈한 아주 오래된 카페다. '쇼텐링'은 시내 반대편에 숨어 있지만, 빈 카페의 분위기를 그대로 유지하고 있다. 이상이 내가 꼽는 빈의 20대 카페라고 할 수 있다. '아이다'는 시내 어디서나 볼 수 있는 체인 카페지만, 그리 쾌적하지는 않다. '게르스트너'는 과자와 샌드위치로 유명하다.

빈의 카페에 앉아서 카페를 차지하고 있는 빈 사람들을 관찰한다. 카페에 일단 들어오면 그들은 코트를 벗는다. 모자, 목도리, 장갑도 천천히 확실하게 벗는다. 우리처럼 보조 의자에 쌓아놓거나 하지 않는다. 그러면 다른 사람들에게 방해가 되기 때문이다. 그래서 그들은 벽에 무수히 걸려 있는 옷걸이에 코트를 건다. 그러고 나면 이제부터 카페는 완전히 그들의 집이다.

그들의 중요한 특징은 혼자서 온 사람들이 적지 않다는 점이다. 관광객이 적은 카페일수록 두드러진다. 혼자 온 그들은 대부분 책을 읽거나, 아니면 요즘에는 랩탑을 가지고 컴퓨터 작업을 한다. 함께 와서 큰 소리로 떠드는 사람들은 외국인이거나, 아니면 오스트리아 인이라도 시골에서 온 사람들이 많다. 빈 사람이라면 좀 예외적인 경우다.

하지만 그들은 토론은 좋아한다. 그들의 예술과 학문이 카페에서 꽃을 피운 것에서 알 수 있듯, 카페에서 토론과 연설을 즐기기도 한다. 간혹 카페 한쪽을 빌리거나 전체를 다 이용해 강의를 하는 경우도 보았다.

나도 빈에서 카페를 잘 이용한다. 혼자 가도 눈치를 볼 필요 없고(물론 약간 보이지만), 간단히 요기도 할 수 있고, 겨울 산책 길에 얼어붙은 몸을 녹일 수 있기 때문이다.

그리고 나도 서울에서 가져간 책을 읽는다. 빈의 카페에서 읽은 소설이 제법 많을 것이다.

카페하면 많은 분들이 파리를 연상한다. 하지만 어디나 여행 가이드북을 들고 줄 서 있는 관광객들이 현지인들보다 더 많아 보이는 파리의 유명한 카페들은 나에게 그리 매력이 없다. 굳이 거기서 한국인과 중국인과 일본인과 미국인이 뒤섞여 커피를 마셔야 하나? 게다가 바깥에 줄서서 자리를 기다리는 관광객들을 보면 마음이 급해지고 만다. 그리고 요즘 파리의 유명한 카페들이 하나둘씩 중국인 소유로 넘어가고 있다는 별로 즐겁지 않은 소식도 들려온다.

하지만 빈의 카페들은 그렇지 않다. 물론 그중에서도 '자허'나 '데멜' 같은 너무나 잘 알려진 카페들은 파리와 사정이 비슷하기도 하다. 하지만 자랑스러운 전통에 빛나고 있음에도 카페가 너무나 많아서 그런지 아니면 곳곳에 숨어 있어서 그런지, 아직도

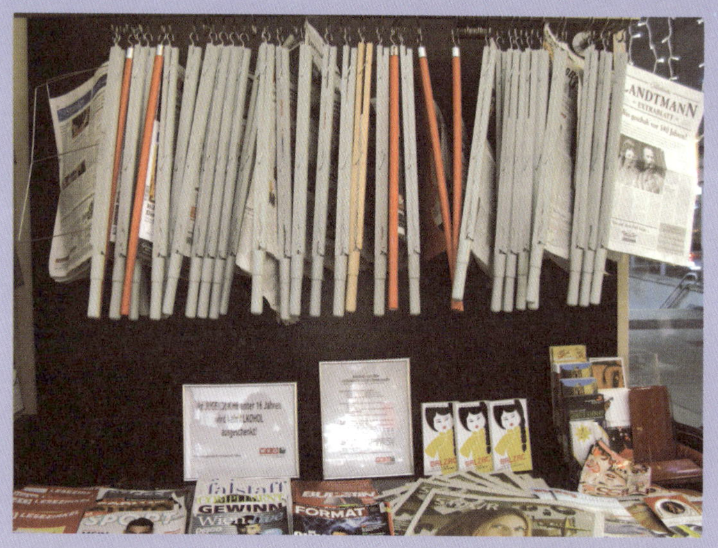

빈 카페의 상징은 신문철이다. 빈 시민들은 카페에 와서 신문을 읽으니, 카페가 클수록 신문의 종류도 많다.

백 년 전의 순수한 모습을 간직하고 있으며 현지인들이 대부분인 카페도 많다.

　빈의 카페를 상징하는 것이 세 가지 있다.

　첫째는 신문철이다. 카페에서는 고객들을 위해 많은 신문을 구독하고, 그 신문들을 얇고 아주 가벼운 나무로 된 프레임에 철해 놓는다. 신문 철이 죽 걸린 벽이 바로 빈 카페의 상징이다.

　프레임으로 된 카페 '자허'의 유명한 메뉴판도 여기서 유래한 것이다.

　두 번째는 테이블의 상판이 대리석으로 되어 있다는 점이다. 그것은 분명 나무보다도 관리하기가 더욱 편리하고 위생적이라는 이유도 있다. 하지만 백여 년 전에 위상이 급격히 높아졌던 빈 부르주아와 인텔리들의 상징이기도 하다. 그들도 그 때부터 귀족들처럼 대리석 판에 커피를 놓고 마셨던 것이다. 주로 흰 대리석을 테이블 상판으로 이용하는 것이 상례다.

세 번째는 가죽 소파들이다. 검거나 갈색의 짙은 가죽 소파들이 벽을 따라서 고정되어 있는 것은 빈 카페의 또 다른 특징이다. 그리고 소파를 건너편에서 마주보고 있는 의자들은 가죽이 아니라 나무로 되어 있다. 우리가 흔히 카페 의자라고 말하는 '벤딩 체어'다. 하지만 전통적인 카페들 중에서 '자허'나 '프뤼켈'처럼 소파에 가죽 대신 그들의 전통적인 색과 문양이 들어간 천을 쓰는 곳도 있다.

빈은 카페다. 빈을 방문하는 것은 카페를 방문하는 것이다. 이제 이 책 속에서 어떤 이야기를 따라가든지 나는 카페에 다다르게 될 것이며, 더불어 당신은 카페를 만나게 될 것이다. 우리는 이야기를 빈 카페에서 나눌 것이며, 우리가 이야기를 하는 그 대상도 바로 카페가 될 것이다.

빈은 카페의 도시다. 아니, 빈은 그 자체로 커다란 카페다.

각기 색깔이 다른 빈의 많은 카페들이 당신을 기다리고 있다.

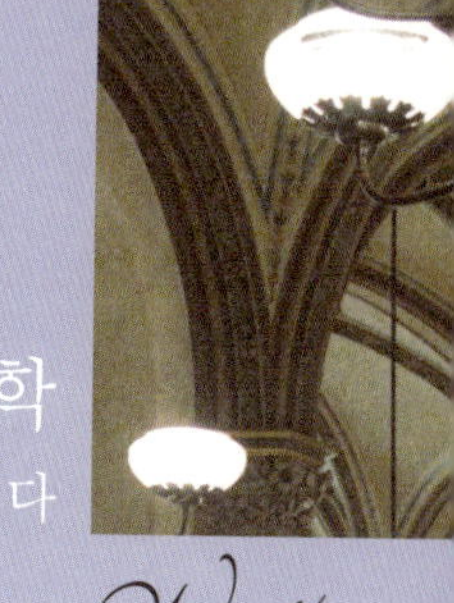

카페 문학
카 페 에 서 예 술 이 탄 생 하 다

역사적으로 빈 카페는 예술의 산실이다. 특히 많은 문학들이 카페에서 탄생했다. 몇 가지 이유가 있다. 첫째, 적지 않은 작가들이 집에 글을 쓸 만한 장소가 없었다. 가난한 작가들 중에는 방은커녕 책상 하나 없는 사람들이 많아서 카페를 서재 겸 집필 장소로 삼았다. 둘째, 카페는 예술가들이 교류하는 곳이었다. 카페에서 그들은 서로 사귀고 소개받고 자신을 알릴 수 있었다. 그리하여 예술관을 같이하는 사람들의 여러 모임이 자연스럽게 만들어졌고, 그들은 늘 카페를 근거지로 삼았다. 셋째, 카페에는 신문들이 늘 있어서 많은 정보를 얻을 수도 있었다. 심지어 백과사전을 비치한 곳도 있었으니 카페는 도서관의 기능도 했다.

카페에서 태동한 카페 문학은 19세기 후반에 그 절정을 이루었다. 이 시대에 문학, 음악, 미술은 예술이었을 뿐만 아니라 사회적이며 정치적 논쟁의 출발점이기도 했다. 그것은 카페에서 시작되었다.

카페에서 그들은 비슷한 취향을 가진 작가들끼리 모임도 만들었다. 그 유명한 '젊은 빈Jung Wien'은 카페 그린슈타이들에서 탄생했다. 대표적인 빈 카페 문학의 작가들로는 이 책에서 자세히 소개될 아르투르 슈니츨러, 후고 폰 호프만슈탈, 페터 알텐베르크, 칼 크라우스, 프란츠 베르펠, 아돌프 로스, 그리고 알프레트 폴가, 에곤 프리델, 요제프 로트 등이 있다.

이들은 1880년경에 모두 그린슈타이들에 모여서 신진 작가들의 모임인 '젊은 빈'을 결성했다. 문학평론가이자 극작가인 헤르만 바르1863~1934가 그들의 정신적인 지도자였다. 이들은 밤낮으로 그린슈타이들에서 만나 문예는 물론 사회의 전반적 현상에 대해 토론했다. 일각에서는 그들을 가리켜 '카페 정신착란' 현상이라고 비웃기도 했다. 하지만 이에 대해 바르는 그린슈타이들을 '플라톤의 아카데미'라고 부르며 응수했다. 바르가 어린 후고 폰 호프만슈탈의 문재를 알아본 것도 그린슈타이들에서였다.

얼마나 많은 아름다운 시와 놀라운 대본, 감명 깊은 책, 날카로운 비평 그리고 가슴을 찌르는 잠언과 독설들이 카페에서 탄생했는지…….

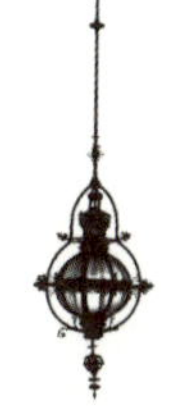

카페 데멜
비엔나 봉봉의 고향

2010년 빈 신년음악회 DVD를 보면, 여든이 넘은 지휘자 조르주 프레트르 옹이 존경스러운 노익장을 과시하고 있다. 이 영상에서 인상적인 곡은 요한 슈트라우스 2세의 왈츠 〈비엔나 봉봉〉이라는 곡이다. 봉봉?

대체 '봉봉'이란 무슨 말인가? 사전을 찾아보면 '사탕'이라고 나와 있지만, 그것만이 전부는 아닌 듯하다. 왜냐하면 사탕이 아닌 많은 다른 과자에도 봉봉이란 이름이 붙어 있다. 실제로 빈에서 말하는 봉봉이란 초콜릿이 들어간 다른 형태의 과자, 즉 '변형된 작은 초콜릿 과자들'을 일컫는 경우가 더 많은 것 같다.

우리나라에서는 많은 사람들이 봉봉이라면 '봉봉 주스'를 연상한다. 내 대학 시절쯤에 나와서 그 무렵 여학생들이 어지간히도 마셨던 것 같다. 하지만 과일을 싫어하는 나는 봉봉, 쌕쌕, 이런 음료는 잘 마시지 않았다. 어느 백과사전에는 봉봉에 대해 '봉봉은 해태음료에서 생산되는 과립 음료로서, 1979년 9월 7일 특허청 상표 출원을 낸 뒤 1981년 11월 출시되었다. 과즙 안에 알갱이를 넣은 게 특징이다'라며 정말 한국적이고 상업적인 설명을 당당히 하고 있다.

내가 어렸을 때 보았던 외국 동화나 만화에도 봉봉이라는 과자가 종종 나오곤 했다. 그래서 누나들에게 "봉봉이 뭐냐?"고 물

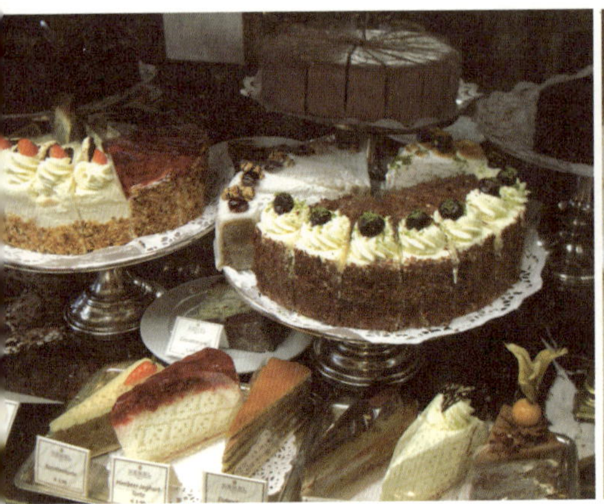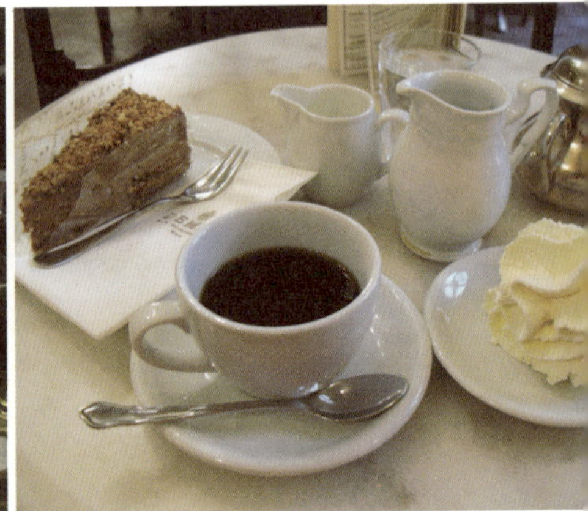

어보기도 했지만 역시 수긍할 만한 대답은 듣지 못했다.

그런데 그 반가운 봉봉이 40년 만에 나타난 것이다. 그것도 빈 신년음악회에서 '비엔나 봉봉'이라는 곡명으로 등장했다. 비엔나도 좋은데 봉봉이라니? 이 음악에 대해서는 별로 할 말이 없다. 그냥 요한 슈트라우스의 즐거운 왈츠다. 다만 중요한 것은 프레트르 할아버지가 지휘하는 모습을 뒤로 하고 카메라가 정말 봉봉 가게로 향한다는 점이다. 카메라는 비엔나 봉봉을 만드는 과정과 진열된 봉봉들을 신나게 보여준다. 카메라가 찾아간 곳, 그곳이 바로 카페 '데멜'이다.

데멜은 빈 최고의 카페이며, 가장 유복하고 가장 화려하며 가장 북적이는 카페의 하나다. 무엇보다도 데멜이 자랑스럽게 내세우는 것은 황실에 과자를 공급했던 집이라는 점이다. 우리말로

하면 궁중 납품 상회인데, 프
란츠 요제프 황제가 특히 데멜
의 케이크를 좋아한 것은 유명
하다. 빈의 가게들 중에서 황
실에 제품을 정기적으로 납품
했던 곳은 상호 아래 'K.u.K'
라고 적혀 있다. 이것은 빈에
서의 KS마크 같은 일류 보증

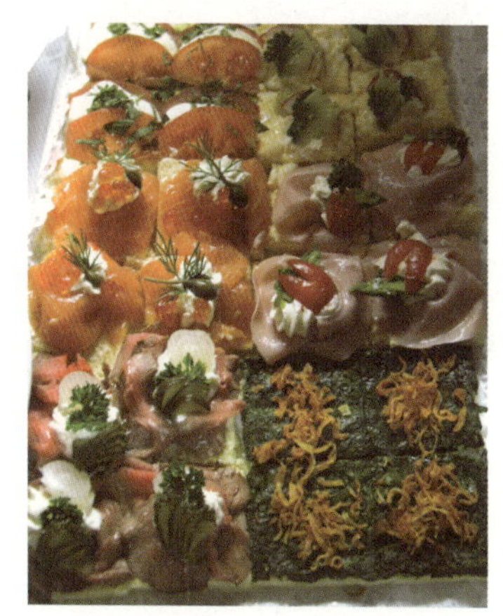

서다. 과학적으로 인정받은 것보다 황제나 황후가 애호한 것이
최고라는 얘기다. 과거 제국의 그림자다. 그러니 지금도
'K.u.K'를 밝히는 그들을 보면, 공화국이 된 지 90년이 되었어
도 과거를 그리는 오스트리아인들의 이중성을 엿볼 수 있다.

데멜에 일단 들어가면 진열되어 있는 그 많은 과자들에 놀라
게 된다. 원래 카페는 커피점이라는 뜻이고 과자점은 '콘디토라
이'라고 하는데, 데멜은 카페면서 최고의 콘디토라이에 해당하
는 셈이다. 오스트리아에서는 아무나 그 이름을 쓸 수 없다. 자
격을 따고 허락을 받아야만 콘디토라이라는 단어를 사용할 수
있다.

데멜 입구에서 왼편으로는 수많은 토르테들이 있다. 우리가
케이크라고 부르는 것들이다. 그 종류가 너무 많아서 가히 놀랄
지경인데, 이름들도 시시 토르테, 에스테라하지 토르테, 보도스

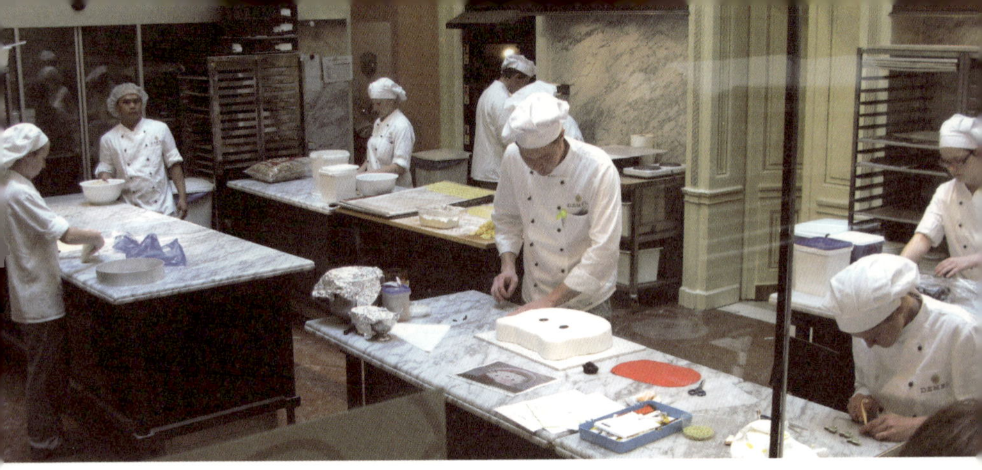

토르테, 린처 토르테 등 끝이 없다.

오른쪽에는 수많은 봉봉들이 진열되어 있다. 어른들도 이곳에 오면 사탕 가게에 들어온 아이처럼 표정이 밝아진다. 어른을 동심으로 돌아가게 하는 과자라고나 할까? 별의별 과자, 초콜릿, 사탕을 구경할 수 있다. 이 모든 것들을 통틀어 그들은 '비엔나 봉봉'이라고 부른다. 그럼 맛은 어떨까? 딱 두 마디로 맛은 촌스럽고, 달다. 요즘 서울의 세련된 과자점들에 비하면 데멜의 과자들은 일단 달고, 고전적이고, 직접적이며, 확실히 촌스럽다.

안쪽으로는 샌드위치가 진열되어 있는데, 미국식의 무식한 사이즈를 상상했다가는 너무 앙증맞아서 놀랄 것이다. 대부분 크래커 한두 조각 정도의 작은 크기이며, 게다가 샌드위치를 덮는 한쪽 빵이 없다. '오픈 샌드위치'라고 부르는 것이다. 이것은 빈의 대표적인 음식으로 다이어트 식품이기도 하다. 오페라하우스에 가면 인터미션 때 빈 시민들이 이것을 한쪽만 들고 날씬한 몸매를 자랑하면서 오물거린다.

여느 카페들이 다 그러하듯, 데멜에서도 진열되지 않은 빈의 많은 전통 식사 메뉴들도 주문이 가능하다. 점심시간이 되면 우르르 몰려든 관광객들을 아랑곳하지 않고 흰 식탁보에 놓인 슈니첼이나 게뷜테 칼프스브루스트를 먹는 노신사나 노부인들을 볼 수 있다. 마치 그들은 "우리 집안은 4대째 여기 것만 먹어"라고 말하는 것 같다.

데멜은 1785년에 창업했으니 2백 년이 넘었다. 프란츠 요제프 황제는 외출할 때 종종 데멜 앞을 지났는데, 때로는 데멜에 직접 들러서 엄청난 양의 봉봉을 먹고 또 고르고 했다고 한다. 반면 황후 시시는 24인치의 허리를 유지하기 위해 데멜 과자를 늘 조금만 먹을 수밖에 없었다.

데멜의 케이크가 달다지만, 사실 빈의 과자들이 전반적으로 모두 달다. 아마 유럽의 도시들 중에서 빈 사람들이 가장 단 것을 좋아할 것이다. 빈은 '가장 달콤한 도시'다.

쌉쌀한 음악을 잘 만들었던 우리의 브람스나 바그너나 말러도 사실은 모두 달콤한 봉봉 애호가들이었다. 달콤한 봉봉이 있었기에 그들이 쌉쌀한 곡을 작곡하며 살 수 있었을지도 모른다. 상상해보자. 케이크를 먹고 입가에 묻은 크림을 혀로 핥으며 흡족해하는 긴 수염의 브람스 선생님을.

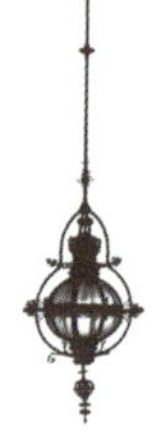

카페 첸트랄
빈 카페의 본좌

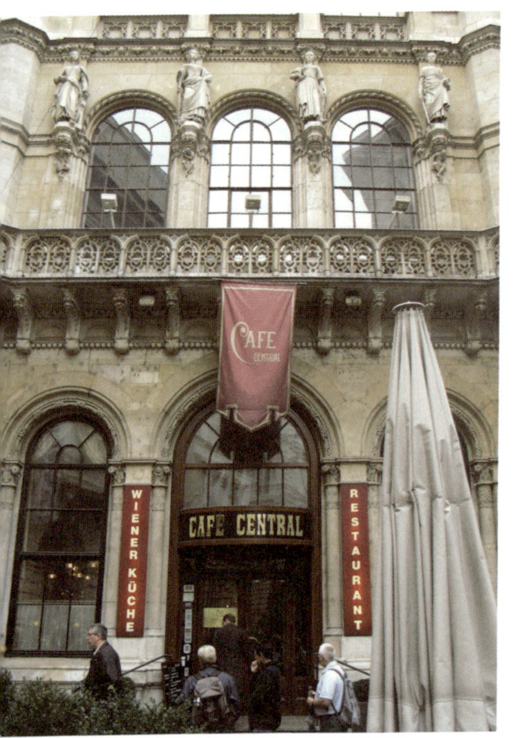

카페의 천국 빈에서 최고의 카페는 어디일까? 물론 빈의 카페들은 각기 색깔이 너무나 다르고, 지향하는 스타일도 다르다. 어디는 커피가 맛있어서, 어디는 케이크가 유명해서, 어디는 예술가들이 모여서, 어디는 오래되어, 어디는 인테리어 때문에, 어디는 커서, 반대로 어디는 작아서, 자신만의 명성을 유지하고 있다.

하지만 보편적으로 빈을 대표할 만한 카페를 추천하라고 하면 결국 이곳이 가장 많은 표를 얻을 것이다. '카페 첸트랄'.

첸트랄은 친절하지도 않고 부드럽지도 않다. 카페도 그렇고 웨이터들도 그렇다. 관광객들은 꾸어다 놓은 보릿자루처럼 앉아 눈치를 봐야 한다. 이 자리에 앉으면 야단맞고, 저 자리로 가려면 눈치도 봐야 한다. 첸트랄의 웨이터들은 뭐가 잘났는지 당당하고 참 뻣뻣하다. 그래서 이곳은 첸트랄Central이다.

사실 오스트리아의 웨이터들은 친절하지 않은 것으로 유명하다. 하지만 불친절하다기보다는 불필요하게 싹싹하거나 굽실거리지 않는다는 말이 맞다. 쓸데없이 비위를 맞추거나 마음에도 없는 미소를 날리지 않는 것이다. 그러니 가식적이고 상업적인 친절 서비스에 훈련된 우리는 당황스러울 수밖에 없다. 하지만 그들은 프로페셔널하다. 전문적인 서비스와 훌륭한 식음료를 제공할 준비가 언제든 되어 있다. 뭘 굽실거려야 하나? 바로 그런 것이다. 장인匠人의 자존심이다.

카페 첸트랄은 그런 자신감이 온 카페에 배어 있다. 그래서 간혹 관광객들은 거기서 주눅 들고, 눈치 보고, 그곳을 불편해할 수도 있다. 하지만 어쩔 수 없다. 그들은 관광객보다는 빈의 시민을 모신다는 자세가 확고해 보인다. 어쩌면 관광객은 이름 그대로 그곳을 한번 구경 온 구경꾼이요, 나그네일 뿐이다.

첸트랄이라는 이름처럼 거대한 문을 열고 들어간다. 화려하기 짝이 없는 스타일의 높고 궁형弓形으로 된 천장이 인상적이다. 원래 이 건물은 페르스텔라의 공작 저택이었다. 그래서 천장이 높고 기둥 간의 사이가 멀어서 넓은 홀을 만드는 게 가능했다. 바로 여기가 공작 저택의 대형 홀이었다. 그것이 카페로 바뀌면서 과거의 건축 형태를 잘 보존하고 있는 곳의 하나가 되었다. 빈의 다른 카페들이 대부분 작고 은밀하며 자신들만의 스토리를 즐기는 곳이었던 반면, 카페 첸트랄은 사람들에게 상당히 넓게 열려

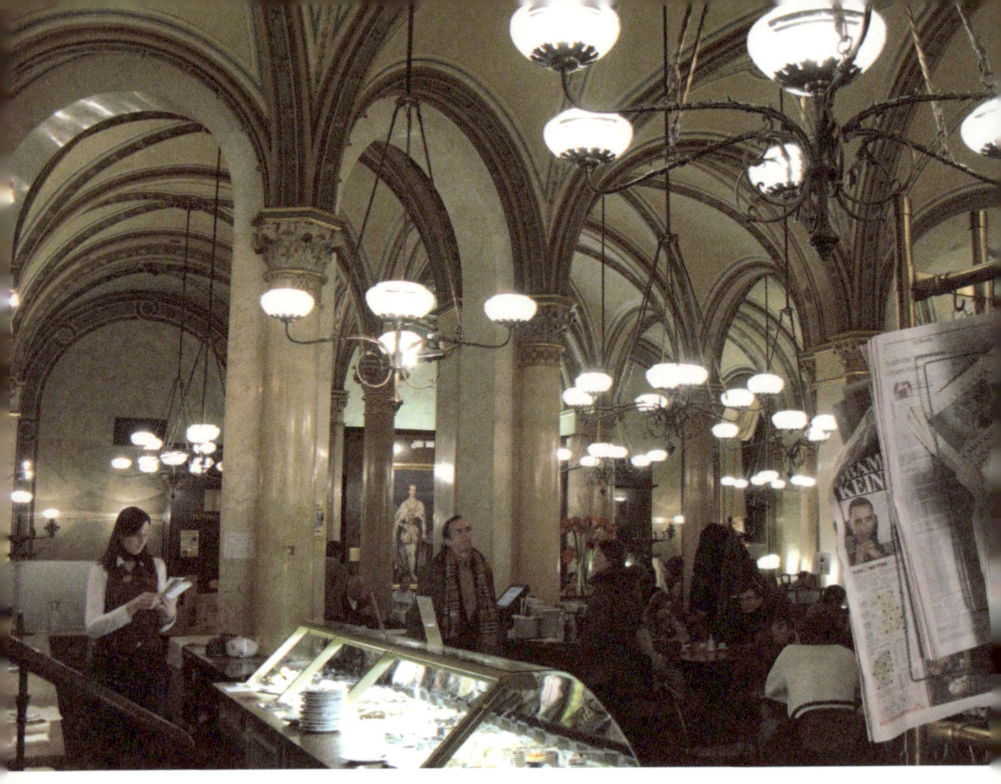

카페 첸트랄은 높고
아름다우며 또한 압
도적인 궁형의 천장
이 상징이다.

있는 곳이었다.

사실 이곳 카페 첸트랄을 빈의 다른 카페들과 비교한다면 첸
트랄의 입장에서는 자존심상 싫어할 수도 있다. 그 정도의 규모
나 위치, 전통으로 볼 때 빈을 대표하는 곳일 수밖에 없으니까.
베네치아의 플로리안, 로마의 그레코, 부다페스트의 제르보 등
과 같은 레벨의 카페랄까.

첸트랄은 예술가들이 애호한 카페이기도 하다. 특히 많은 문
필가, 철학자, 화가들이 드나들면서 대화를 벌이고 격론을 펼치
기도 했다. 그런 점에서도 첸트랄은 가치가 높다. 첸트랄 같은

빈에서는 인생이
아름다워진다

190

장소 덕분에 빈의 예술가들은 자기들만의 골방에 갇혀 있지 않고 밖으로 나와서 다른 예술가들이나 시민들과 만났다. 빈은 음악가들은 음악가들끼리, 화가는 화가들끼리만 어울린 곳이 아니다. 카페 첸트랄과 같은 곳을 중심으로 철학자, 소설가, 시인, 극작가, 작곡가, 연주가, 화가, 건축가, 비평가 등 여러 분야의 사람들이 상호 교류했다. 그러면서 서로 간에 영향을 미치고 영향을 받으면서 빈의 문화는 발전했다. 첸트랄은 단순한 카페가 아니라 그 이상의 무엇, 즉 예술의 산실이었다.

클림트, 코코슈카, 로스, 비트겐슈타인, 쇤베르크, 슈니츨러, 츠바이크 등이 이곳을 즐겨 찾았던 대표적인 인물들이었다. 귀족들과 시민들 중에도 이곳을 사랑한 사람들이 많았다. 그들은 문학이든 건축이든 그림이든 음악이든 간에 새로운 작품이 나올 때마다 이곳에서 논쟁을 벌였다. 상대가 잘 알려진 사람이든 시민이든 그들은 첸트랄에서 웅변을 펼치고 토론을 했다. '세기말 빈의 3총사'라고 불리던 3대 달변가 페터 알텐베르크, 카를 크라우스, 아돌프 로스도 이곳을 그들의 사랑방으로 삼았다.

첸트랄의 재미있는 일화가 있다. 아돌프 로스가 첸트랄에서 커피를 마시고 있었는데, 다른 카페 카사 피콜라의 주인 딸인 카롤리네가 옆으로 지나가다가 그만 로스가 아끼던 담배 케이스를 떨어뜨렸다. 부서진 담배 케이스를 보고 당황한 그녀가 "어떻게 변상하면 될까요?"라고 물었다. 그러자 달변가 로스는 "결혼해주십시오"라고 말했다. 그녀는 로스의 두 번째 부인이 되었다.

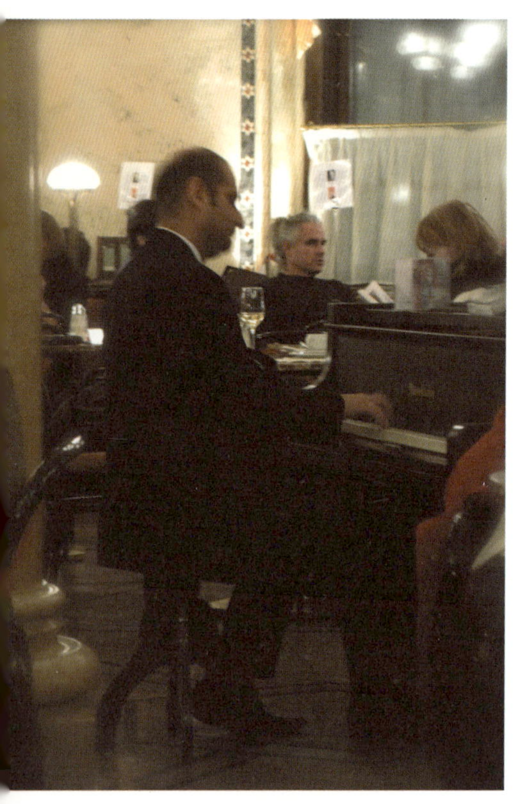

카페 첸트랄에 들어가면 첫 번째 테이블에 한 남자가 앉아 있다. 자세히 보면 사람이 아니라 인형이다. 작가 페터 알텐베르크의 등신상은 마치 살아 있는 것 같다. 테이블에는 커피도 한 잔 올려져 있고 책도 놓여 있다.

알텐베르크는 매일 첸트랄을 드나들면서 이곳을 자신의 작업실처럼 애용했다. 이곳에서 글을 쓰고, 사람을 만나고, 식사와 차를 해결했다. 그의 책 속에 있는 저자의 주소도 첸트랄로 되어 있다. 그의 작품들은 첸트랄의 커피와 담배 연기와 빈 지식인들의 유머와 신랄함과 독특한 악센트 속에서 탄생했던 것이다. 단골손님을 기리며 인형을 만들어준 첸트랄의 치기도 재미있다. 다만 장사가 목적이었다고 하기엔 카페 첸트랄은 너무도 중요한 문화의 산실이었다.

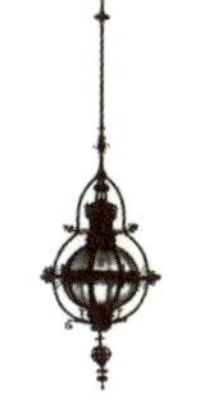

페터 알텐베르크
인생을 예술처럼 살았던 빈의 바보

—

지금도 인형이 되어 카페 첸트랄을 지키고 있는 페터 알텐베르크1859~1919. 그곳을 드나들 때마다 그의 인생이 생각난다.

알텐베르크는 빈 법대와 의대를 다녔지만 졸업을 못 하고 중도에 그만두었다. 그 때부터 그는 다만 글을 쓰고 자유로운 생활을 하는 방랑자의 길을 걸었다. 그는 평생 결혼도 하지 않았고, 가정을 꾸리지도 않았다. 변변한 연애조차 한 적이 없었다.

다만 그는 카페의 테이블에 앉아 오고가는 여인들을 바라보면서 그들의 미모를 감상하고 글로 옮기는 작업을 했다. 자신의 여자가 아닌 지나가는 여인들을 관찰하고 글로 쓰는 행위는 분명 독특한 것이었다. 아름다운 꽃을 꺾어서 자기 방의 꽃병에 꽂지 않고, 다만 들판과 길섶에 그대로 둔 채 마냥 서서 들여다보기만 하겠다는 것이 아닌가? 권리도 포기하고 대신 책임도 회피하는 그만의 보헤미안다운 인생철학이랄까? 그는 늘 자유로운 인생을 살면서 여성들을 구경만 했다.

그가 빈의 카페와 거리에서 여인들을 관찰한 글을 모아 소책자로 발간하면서 이름이 널리 알려지게 되었다. 그는 주로 술집이나 카페, 카바레 등을 거처로 삼아 글을 썼다. 물론 가장 애용한 곳은 카페 첸트랄이다.

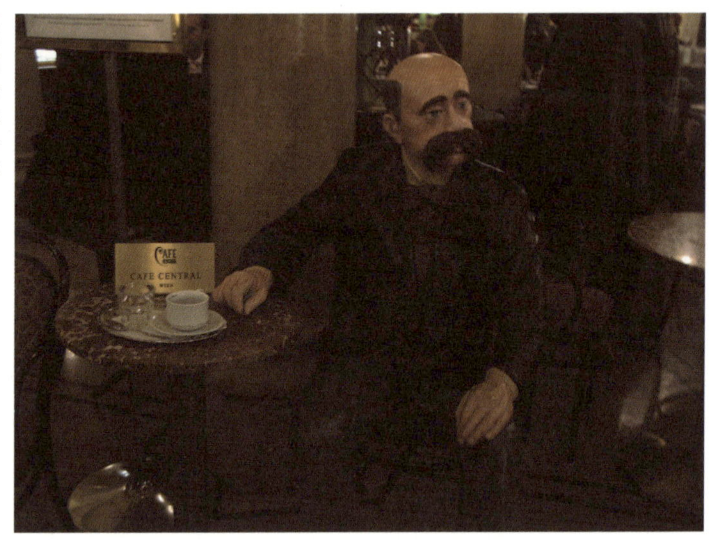

카페 첸트랄을 자기 집처럼 드나들면서 평생 이곳에서 글을 썼던 작가 알텐베르크의 상이 지금도 카페 첸트랄을 지키고 있다.

그가 카페에 가기를 즐겼던 이유는 가난 때문이었다. 그는 문구류를 살 돈이 없어서 카페에 있는 맥주잔 종이 받침이나 카페에 비치된 그림엽서 등에 짧은 잠언이나 경구 등을 쓰곤 했다. 그것들은 꽤 인기가 있어서 팔려 나가기도 했고 책으로도 나왔다. 나중에는 빈의 유명 인물이나 문화 현상에 대한 비판도 썼다. 그만의 논설이었다. 그는 보통 시인으로 알려져 있지만, 특유의 격언과 단문을 비롯해 소설, 수필 등도 남겼다.

그는 평생 돈을 벌지 못했지만 돈 버는 일에 관심도 없었다. 그래서 카페에서 그를 만나는 다른 사람들이 그의 찻값과 술값과 밥값을 내야 했다. 그는 빈 전체의 거지이자 식객이었다. 심지어는 생활비와 집세까지도 구걸 내지는 후원으로 해결했다. 하지만 그를 돕는 빈 시민들은 늘 즐겁게 그 일을 했으며, 그 역시 당당하게 그것을 받았다.

카페 첸트랄의 인형을 보면 알 수 있듯이 그는 외모도 괴짜였다. 괴팍한 수염에 머리는 벗겨졌다. 체격도 볼품없다. 늘 쓰고 다녔던 모자와 망토는 그의 트레이드 마크였다. 하지만 여자 같은 흰 손가락으로 늘 작은 엽서에 여자처럼 예쁜 글을 끼적이던 그였다.

알텐베르크는 카페를 드나드는 빈의 문화인들과 친분을 많이 쌓았다. 음악가 구스타프 말러, 작가 아르투르 슈니츨러, 카를 크라우스, 건축가 아돌프 로스, 화가 구스타프 클림트 등이었다. 하지만 그의 행동과 습성 때문에 그를 싫어하거나 비난하는 사람들도 적지 않았다. 사람들은 여자를 관찰하는 그를 도착증이 있는 기인으로 보기도 했고, 어떤 이들은 정신병자나 알코올중독자 취급을 하기도 했다. 빈이라는 사막 한가운데에 선 방랑자 알텐베르크가 받았던 오해였다.

알텐베르크의 가까운 지기 중 한 사람이 작곡가 알반 베르크였다. 베르크는 알텐베르크가 카페의 그림엽서에 쓴 글들 중 다섯 개를 모아서 가곡집을 작곡했다. 이것이 〈페터 알텐베르크의 그림엽서 글에 붙이는 다섯 개의 오케스트라용 가곡집〉으로서 흔히 〈알텐베르크 가곡집〉으로 불린다. 베르크로서는 최초로 오케스트라 반주를 붙인 짧은 가곡집인데, 대편성의 장대한 음향은 말러나 쇤베르크를 연상시킨다.

1913년 3월 빈에서 있었던 신 빈 악파 3인 연주회에서 〈알텐베르크 가곡집〉의 곡들이 초연되었다. 〈알텐베르크 가곡집〉이 연주되자 객석은 술렁였다. 그렇지 않아도 신 빈 악파의 무조 음악에 화가 나 있었던 관객들은 알텐베르크의 '낙서 같은 글'들이 연주되기 시작하자 고함을 지르기 시작했다. 결국 콘서트에 경찰이 출동하는 소동이 벌어졌다. 그렇게 스캔들을 일으킨 〈알텐베르크 가곡집〉은 시인의 생전에는 다시 연주되지 못했고, 전곡 연주가 실행된 것은 1952년에나 가서였다.

빈의 영원한 보헤미안이었던 알텐베르크는 가고 없다. 하지만 그는 인형이 되어 카페 첸트랄에 앉아 있으며, 빈에서 가장 유명한 술집인 아메리칸 바에도 그의 초상화가 걸려 있다. 그는 죽어서도 카페 첸트랄과 아메리칸 바를 여전히 지키고 있는 것이다. "인생을 예술적으로 사는 것이 인생의 예술이다"라고 말했고 그렇게 살았던 그의 별명은 '빈의 바보'였다.

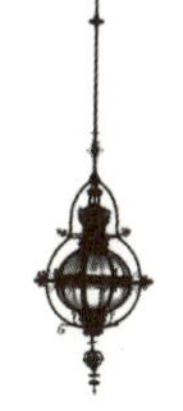

아메리칸 바
가장 작지만 가장 매혹적인 술집

아메리칸 바는 빈에서 가장 작은 바의 하나다. 하지만 가장 유명한 바다. 호텔의 바도 아니고 유명 식당도 아닌 작은 바 하나가 이렇게 널리 알려지기는 분명 쉽지 않은 일이다. 왜 이렇게 유명할까? 이곳을 디자인한 사람이 대건축가 아돌프 로스이기 때문이다. 로스가 만든 가장 귀엽고, 가장 완벽하고, 가장 성공한 장소일 것이다. 아메리칸 바가 유명한 또 한 가지 이유는 1907년에 만들어진 이 술집이 백 년이 지난 지금도 원래의 모습을 간직하고 있기 때문이다.

여기까지 말하고 보니 많은 관광객들이 줄을 서서 이곳을 찾을 것만 같다. 하지만 그렇지 않다. 놀랍게도 입구는 늘 조용하고 '대체 영업을 하긴 하는 거야?'라는 생각이 들 정도로 문 앞은 한가하다. 기웃거리는 사람도 별로 없다. 최근에는 모르겠는데, 얼마 전까지 이 바의 문 앞에는 '이곳은 관광지가 아닙니다'라는 딱딱한 문구가 붙어 있어, 그 메모가 관광객들을 내쫓았는지도 모른다. 하지만 사람들이 없을 수밖에 없는 또 다른 이유는 이곳이 카페도 식당도 아니기 때문이다. 이곳은 술집이다. 낮에 문 여는 곳이 아니다.

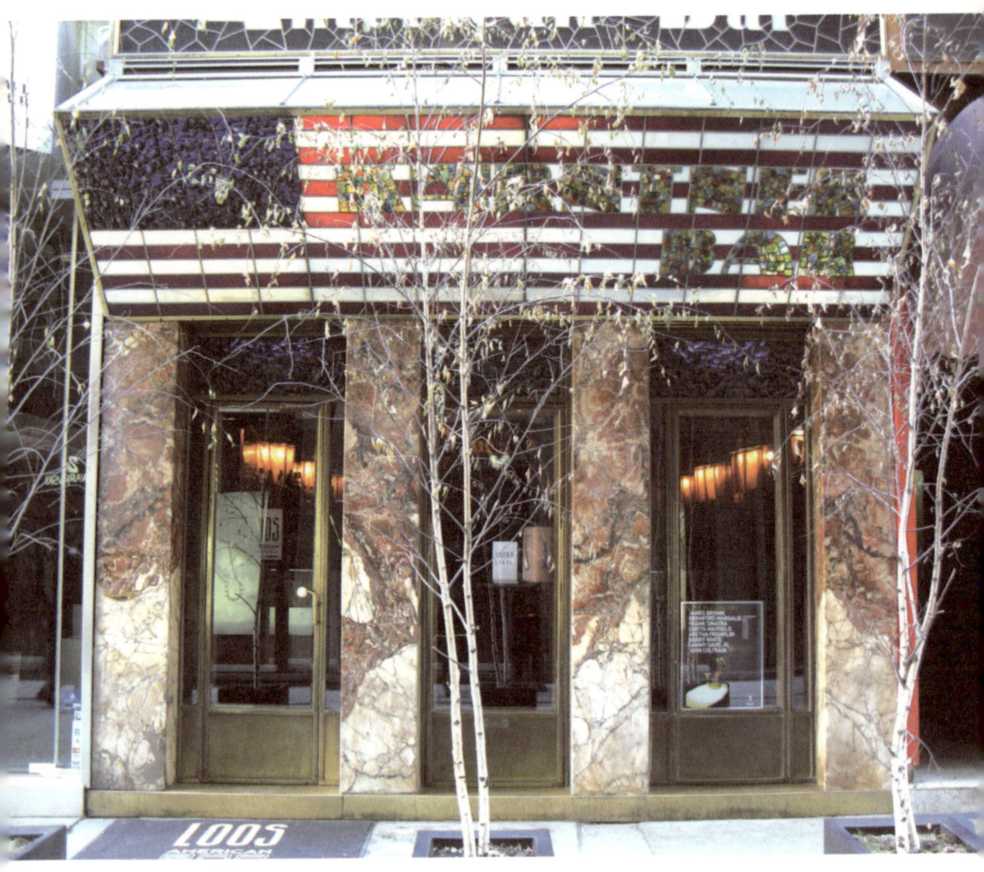

아메리칸 바 정면 모습.
이 세련된 카페가 백 년 전에 지어졌다는 것도 놀랍고,
이 작은 술집이 그렇게 유명하다는 것도 대단하다.

그러니 아메리칸 바의 참모습을 보고 싶다면 저녁에 가야 할 것이다. 늦은 저녁 나는 큰마음 먹고 그곳엘 가보기로 한다. 빈을 방문할 때마다 혼자 술집에 갈 용기가 없어 늘 지나치며 눈도장만 찍다가 모처럼 동행이 생겼을 때다. 저녁까지 잘 먹은 우리 셋은 '딱 한잔'을 하기로 작정하고 그곳을 찾는다.

아…… 놀라워라. 들어갈 수가 없다. 사람들이 너무 많다. 그야말로 중학교 다닐 때 등하교를 하면서 부대꼈던 입석버스의 모습 그대로다. 늦은 봄날 따뜻한 저녁이었던 덕분에 아메리칸 바의 문과 창문은 모두 열려 있다. 사람들이 얼마나 꽉 찼는지, 열린 창문으로 튀어나올 것만 같다.

입구에서 어쩔 줄 모르고 있다가 "에라 모르겠다. 우리도 들어가자!"라고 용기를 내어 들어간다. 마치 이 지하철을 놓치면 지각이라는 심정으로 열차에 몸을 밀어 넣는 것 같은 결의다. 작은 공간을 가득 채운 사람들은 한 손에 술잔을 들고 엄청나게 떠들어댄다. 빈에도 이런 모습이 있었구나! 모두들 너무나 즐거운 모습이다. 거의 몸을 움직일 수 없을 정도에다 앉는 자리도 별로 없어 서 있는 사람들이 많다. 그런데도 다들 즐거워 보인다. 아니, 빈에 술집이 이곳만 있지는 않을 텐데, 모두들 이곳을 좋아하는 것 같다. 백 년 된 인테리어가 그대로 남아 있는 곳이라지만, 술을 마시고 있는 사람들은 대부분 20~30대로 보이는 젊은 이들이다.

안은 열 평 정도나 될까? 아니면 그보다도 좁아 보인다. 어찌

되었거나 인상적인 것은 메인 테이블이 단 두 개라는 점이다. 들어가면 내부가 안으로 길쭉하게 파여 있고 왼편에 길게 스탠드 바가 놓여 있다. 인테리어는 로스답게 짙은 갈색의 목재로 마감했고, 단순하면서도 세련미가 넘친다. 뒤편 벽에는 로스의 친구이자 이곳의 단골이었던 알텐베르크의 초상화가 걸려 있다. 세 명이나 되는 바텐더들이 열심히 칵테일을 만들고, 생맥주를 따른다. 그러면서도 고객들과 대화를 멈추지 않는다. 다들 행복하다.

아메리칸 바는 백 년 전 유명 건축가가 만든 유적이 아니었다. 지금도 여전히 살아서, 밤마다 빈의 젊은이들로 넘쳐나는 역동적인 현장이었다.

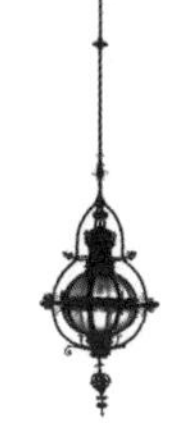

카페 하벨카
빈 의 하루는 하벨카의 커피로 시작된다

빈에 카페들은 실로 많고 또 다양하다. 그런데 그들이 자랑하는 역사나 개성을 떠나서 커피만 생각해보자. 누군가가 나에게 "빈에서 커피가 가장 맛있는 집이 어디냐?"고 묻는다면 뭐라고 대답할까? 물론 내가 빈에 있는 모든 카페의 커피를 다 맛본 것도 아니고, 커피에 대한 취향도 사람에 따라 모두 다르다. 하지만 그 집 커피 맛에 경의를 표할 만한 곳으로 나는 '하벨카'를 꼽고 싶다. 하벨카는 일반적으로도 커피가 가장 맛있는 집으로 통한다.

하벨카는 후미진 곳에 있다. 소문을 듣고 찾아가려고 해도 찾기가 쉽지 않다. 쉬운 방법은 슈테판 성당 앞의 광장에서 그라벤으로 들어가다가 왼편으로 두 번째 골목을 들여다보면 오른편에 하벨카가 보인다. 아니, 사실은 잘 안 보인다. 혹시 보인다 하더라도 들어가기가 만만치 않을 것이다. 낡은 입구에선 이런 생각이 들 것이다. '뭐 이런 데가 있어? 너무 허름한 거 아냐? 영업은 하고 있나? 이젠 더 이상 예전의 하벨카가 아니라 쇠락해버린 거 아닐까?' 그럼에도 일단 용기를 내어보자.

문을 한번 빼꼼히 열어본다. 그러면 물론 사람들에 따라 반응은 다들 다르겠지만 여러 가지 놀라운 충격에 빠질 것이다. 왜냐고? 너무 더럽거나, 너무 어둡거나, 너무 시끄럽거나, 너무 사람이 많거나, 아니면 안개처럼 담배 연기가 자욱할 것이기 때문이다. 그러니 당연히 안으로 들어가지 못하고 주춤거릴 수밖에 없다.

손님이 문에서 주춤거린다면 카페로서의 영업은 글러버린 거나 다름없다. 그런데 이 카페는 입구부터 폐쇄적으로 보이고 왠지 거부하는 듯 보인다. 카페에 대한 사전 정보가 없는 사람이라면 열의 아홉 들어가지 않을 곳이다. 이곳은 관광객을 원치 않는다. 물론 원하는지 아닌지 알 길은 없지만, 관광객에게 친절하지 않은 것만은 분명하다. 이곳은 관광의 도시 빈에서 빈 사람들이 자기들끼리만 모여 그들만의 이야기를 나누고 싶어 하는 곳이다.

그럼에도, 나는 촌스런 관광객임에도, 아시아인의 얼굴임에도, 눈총을 무릅쓰고 이곳에 들어간다. 이유는 바로 하벨카이기 때문이다. 빈 사람들이 빈 시내의 많은 카페들 중에서 가장 커피가 맛있는 곳이라고 말하는 그 하벨카다. 빈을 떠나 외국으로 간 빈 사람들이 가장 그리워하는 그들의 카페 하벨카, 빈 사람들이 시내에 나오는 날은 이곳에 들러서 커피 한 잔부터 마시고 난 후라야 볼 일을 보기 시작한다는 그 하벨카다.

영미 쪽에서 출간된 권위 있는 여행 가이드북들을 펼쳐보면, 빈을 소개하는 사진에 거의 빠지지 않고 나와 있는 것이 바로 하벨카다. 그 사진에는 보통 노인이 한 명, 또는 두 명이 서 있다.

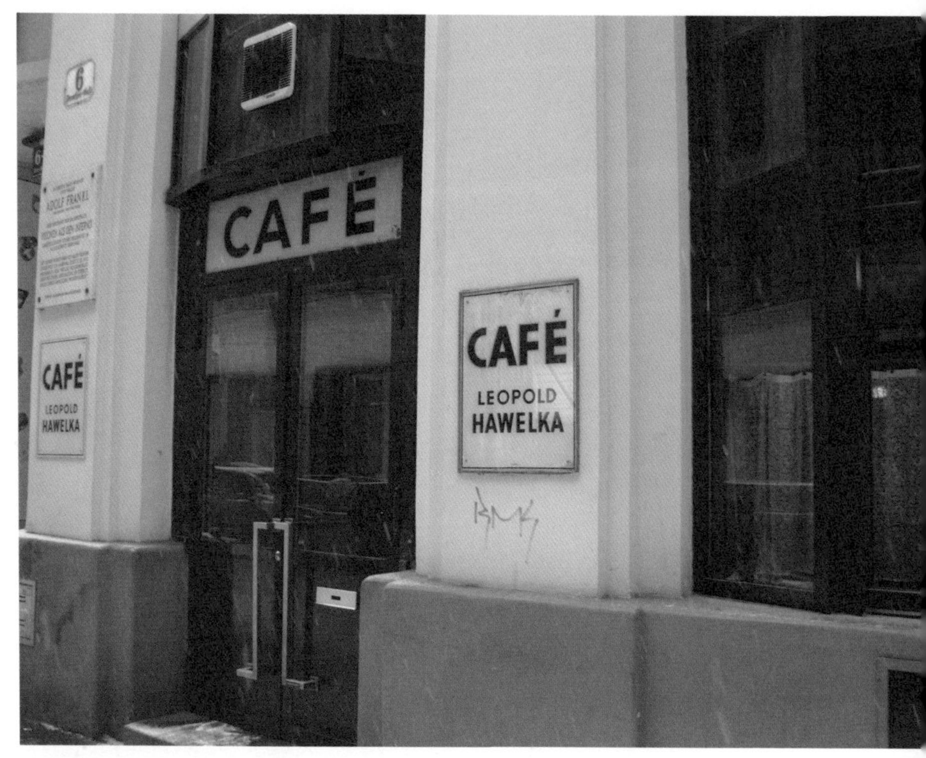

한 명은 주인이고, 다른 한 명은 그의 오랜 친구이자 웨이터다. 둘 다 한참 노인이지만, 나이 든 것이 자랑스러운 듯 그들은 거만하고 당당하다.

사람이 많으니 하벨카에는 보통 아침 일찍 가는 것이 좋다. 점심시간 이전까지가 가장 한가하다. 아침에 들어가면 마음 약한 나는 혹시 내가 불청객은 아닌지 먼저 확인한다. 그리고 명당인 창가에는 절대 앉지 않는다. 물론 4인석에도 앉지 않고 한두 명

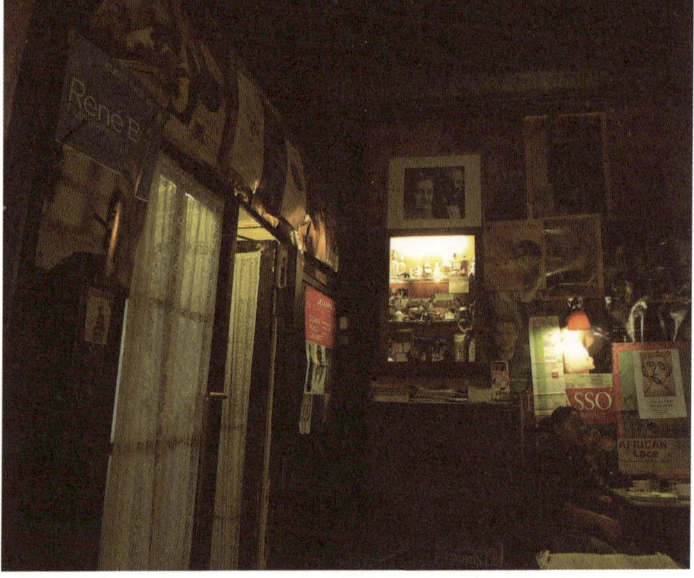

밖에 앉지 못할 불편한 자리에 조심스럽게 앉는다. 그 다음 가방을 의자에 놓고 코트를 벗고 앉는다. 커피를 주문한다. 이 집에서는 멜랑주나 아인슈패너 같은 것은 시키지 않는 것이 좋다. 이 집의 최고 커피는 단연 브라우너다. 만일 크림이 아주 싫으면 "슈바르처"라고 말해도 좋다. 그러나 일단 브라우너를 먹어보아야 한다. 왜? 여기는 하벨카니까.

우리는 어느 카페를 가든지, 자신이 알고 있거나 좋아하는 커피를 시킨다. 그것은 적어도 우리나라에서는 통한다. 왜냐하면 어디나 똑같은 유명 브랜드의 커피집들이 있고, 그런 곳의 커피 맛은 이미 알고 있다. 하지만 빈의 유명 커피하우스들은 그들만의 커피가 있다. '이미 간을 쳐 놓은 명품 커피', 즉 그들의 레시피를 자랑한다. 이미 자신들이 생각하는 최고의 배합으로 커피에 크림까지 섞어 놓은 것이다. 그것이 빈의 커피 문화다. 심지어는 설탕까지 넣는 곳들도 있다. 이런 배합은 이미 수십 년 이상 최고의 맛을 내는 것으로 검증되었으며, 그 비율로 카페의 브랜드를 만들어냈다. 그러니 당연히 그것을 맛보아야 하지 않을까? 특히 하벨카의 브라우너는 유명하다.

웨이터가 다가오면 "브라우너"라고 말하라. 그러면 웨이터가 물을 것이다. "그로서? 클라이네?" 큰 잔을 원하면 "그로서", 작은 잔을 원하면 "클라이네"라고 답하라. 커피가 나오면 설탕을 취향대로 넣는다. 우리가 흔히 먹는 브라운 슈거나 각설탕, 심지어 말도 웃기는 커피 슈거 같은 것은 진짜 커피 집에는 없다. 커

피 맛이 변하지 않도록 백 년 전부터 변함없이 지켜온 하얀 정백
당을 넣는다. 정말 맛있다.

커피의 원두는 단 한 가지다. 모든 커피는 브라질 산으로, 늘
최고급 원두를 주인이 직접 고른다. 오직 그것만을 쓴다. 아마
이 집에서 '최고급'이라는 말이 붙은 것은 오직 원두밖에 없을
것이다. "하지만 그거면 충분하지 뭐"가 이 집의 신조다.
그리고 또 하나 유명한 것이 이 집에서 직접 만든다는 케이크
다. 가운데 딸기가 들어 있는 좀 촌스러운 것이다. 나는 절대 먹
지 않는다. 케이크를 좋아하지만 여기서는 먹지 않는다. 하벨카
에서 나올 때까지 내 입 속에 하벨카의 커피 향이 그윽하게 남아
있기를 바라기 때문이다.

지금 이 글을 쓰면서도 하벨카의 짙은 커피 맛이 내 입 안 어디
선가 살살 돈다. 하벨카는 일단 들어오면서 놀라고, 그 다음 커
피에 놀란다. 그러고 나면 그제야 카페 내부가 보이기 시작한다.
낡은 천장에 낡은 전등은 정말 언제 것인지 알 수도 없다. 허름
한 벽에는 수십 년 된 포스터가 떼지도 않은 채 덕지덕지 붙어
있다. 그런데 그 위에 지금 열리는 전시 포스터가 또 붙어 있다.
벽에는 코코슈카의 그림이 하나 걸려 있는데, 나는 이 집의 위세
에 눌려 그것이 진짜일지도 모른다고 생각한다. 그 외에도 정체
불명의 그림들이 여기저기 붙어 있다.

하벨카도 작가들이 와서 글을 쓰거나 토론을 하던 곳으로 유명하다. 첸트랄 다음 시대를 잇는 문학 카페가 지금은 없어진 헤렌호프였고, 그 다음이 하벨카였다. 《북회귀선》의 작가 헨리 밀러는 미국 태생이지만 유럽을 너무 좋아했고, 중년 이후 대부분의 작품을 유럽에서 썼다. 그런 그가 빈에서, 아니 유럽에서 가장 좋아했다는 카페가 하벨카다. 밀러는 그림도 그렸는데, 이 하벨카에서 빈 분리파 화가들과 교류하면서 그렸다.

많은 작가와 화가들이 늘 구석진 자리에 모여 담배 연기와 커피 향 속에서 담론을 펼쳤던 예술의 현장이 이곳 하벨카다. 그들의 명작들을 탄생시킨 것이 이곳의 커피라는 게 하벨카의 자부심이다.

빈의 번화가가 아닌, 뒷골목의 작은 카페에서 나는 백 년 전의 화가들과 작가들을 만난다. 그들에게로 잠시 돌아갔다가, 최면에서 풀리듯 현실로 돌아온다.

진짜 빈을 느끼고 진짜 빈 커피를 마시려면 하벨카로 가라. 그곳에는 관광객들을 위해 짙은 분을 바르고 화사하게 가짜 미소를 짓는 빈이 아닌, 정말 촌색시 같으나 옷을 벗기면 훨씬 에로틱한 빈이 당신을 기다리고 있다.

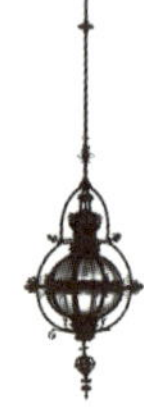

카를 크라우스
그의 글은 시대의 모든 것을 다루었다

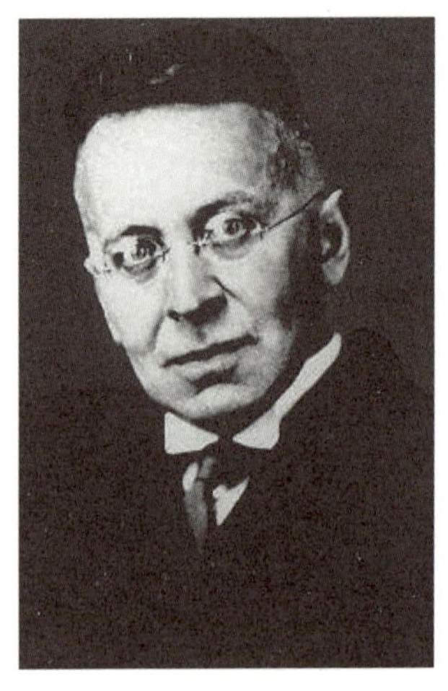

세기말 빈의 예술가들은 한 사람이 다양한 장르를 넘나드는 경우가 많았다. 그중에서도 독특한 인물이 카를 크라우스1874~1936다. 그의 직업을 뭐라고 해야 할까? 그는 작가로 분류되지만 정말 여러 가지 글을 많이도 남긴 인물이다. 그야말로 펜 하나로 빈을 온통 휘젓고 다닌 사람이 크라우스였다.

크라우스는 빈 대학교 법학부에 진학했다. 하지만 문학과 예술에 관심이 더 많았다. 대학 시절부터 '빈 문학신문'에 글을 게재했다. 결국 3학년 때 전공을 철학과 문학으로 바꾸었다. 그러다가 아예 학교를 그만두었다. 그 때부터 크라우스는 혼자서 엄청난 양의 독서를 하면서 닥치는 대로 글을 쓰는 문필가의 생활을 시작했다.

크라우스는 당시 빈 젊은 문학가들의 운동인 '젊은 빈Jung Wien'에 가담했다. 그 때부터 '젊은 빈'의 멤버인 후고 폰 호프만슈탈이나 페터 알텐베르크 등과 교류했다. 그러면서 극장에도 관심이 커서 배우와 연출가로도 활동했다.

그 후로 그는 '젊은 빈'마저 탈퇴하고, 자신만의 문필활동을 했다. 1899년 잡지 《횃불Die Fackel》을 창간하여, 이 잡지를 통해 여러 분야에 걸친 수많은 평론을 게재했다. 그의 평론은 문학, 예술은 물론이고 정치, 경제, 사회, 그리고 빈의 여러 유명 인사들에 대한 개인적인 비평 등으로 좌충우돌했다. 그의 논조는 사회적 정의와 도덕성을 옹호하는 것이었다. 《횃불》은 점차 유명해지면서 많은 인사들이 글을 기고했다. 대표적인 인물로는 하인리히 만, 페터 알텐베르크, 프란츠 베르펠, 오스카 와일드, 프랑크 베더킨드, 아돌프 로스 등의 문인과 평론가들은 물론이고, 오스카 코코슈카, 아르놀트 쇤베르크 등 미술과 음악의 지성인들까지 망라되어 있었다. 가장 많은 글을 올린 이는 단연 크라우스 자신으로서 그의 글은 900편이 넘었다.

크라우스의 글 중에서 가장 많은 것은 서평書評이었다. 비평이라기보다 해설에 가까운 형태가 많았다. 서평은 문학에 대한 길잡이로서의 그의 위상을 탄탄하게 했고, 그의 집필 세계의 중심을 차지했다. 고전과 현대문학을 대중에게 쉽게 전달하는 데 탁월해 그의 많은 해설서와 강연들은 매우 인기가 높았다.

크라우스는 나치를 반대하는 몇 편의 글을 게재했다. 그 마지막 글이 〈발푸르기스의 세 번째 밤〉으로, 여기서 히틀러의 집권과 야욕을 예견했다. 하지만 이 글을 끝으로 《횃불》은 발행되지

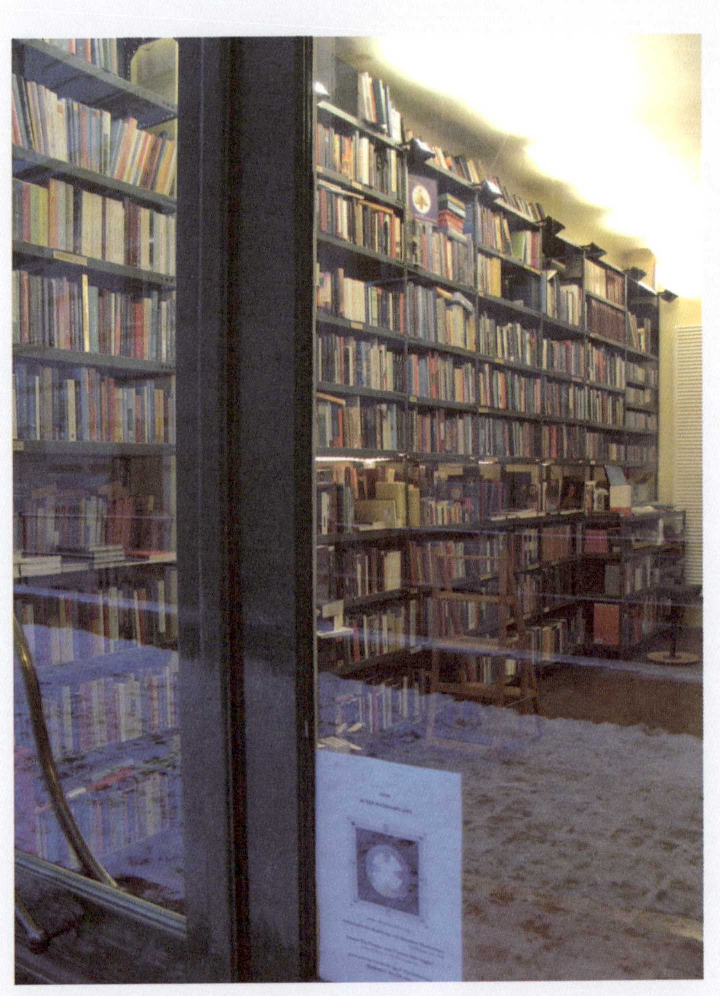

않았고, 그의 글도 끊겼다. 얼마 지나지 않은 1936년 그는 세상을 떠났다.

크라우스는 평생 결혼하지 않았고 가족도 없었다. 하지만 시도니 나드헤르니 남작 부인과 아주 가까운 관계를 유지했다. 남작 부인은 그에게 글을 쓸 수 있는 성城을 제공하는 등 아낌없는 지원을 했고, 크라우스는 많은 시와 책을 그녀에게 헌정했다.

크라우스는 한때 나의 멘토였다. 내가 좌절할 때면 그의 행동을 거울로 삼았고, 새로운 길을 시작할 때마다 그의 길을 표상으로 삼았다. 그는 해설과 강연이라는, 당시로서는 거의 없었던 새로운 분야를 개척한 사람이다.

그는 예술을 창작하는 것만이 예술가의 일이라고 여기던 시절에 시민들에게 예술을 해설하고 안내하는 일의 가치를 세상에 알린 사람이었다. 나 역시 우리 사회에 거의 없었던 해설을 쓰고 강연을 할 때마다 그의 개척자 정신을 나의 등불로 떠올린다.

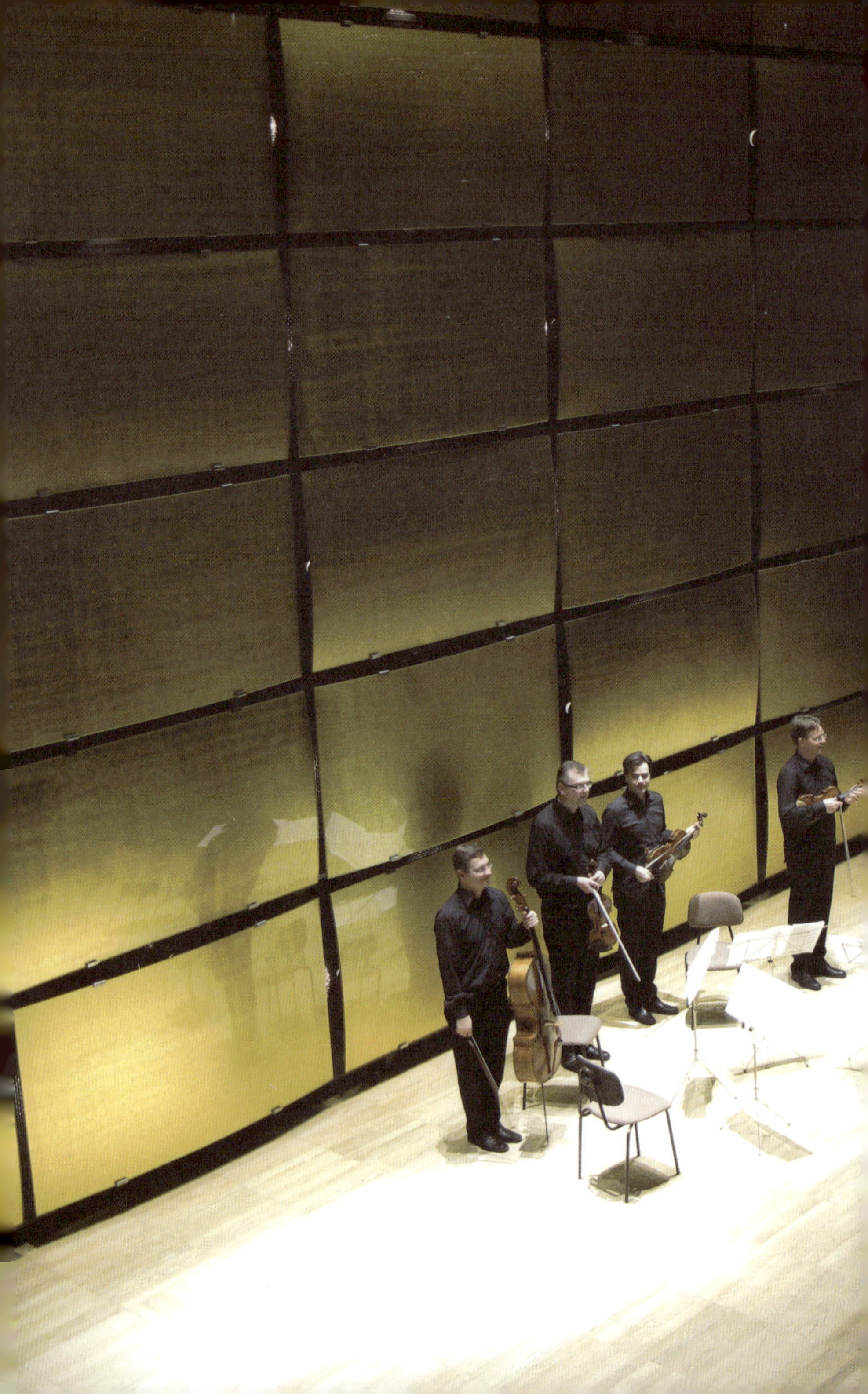

5장

무지크페라인 부근

Musikverein

무지크페라인
음악 도시 빈의 뜨거운 심장

클래식 음악을 좋아하는 사람이라면 빈에서 가장 가보고 싶은 곳이 '무지크페라인'이 아닐까? 빈에는 음악과 관련한 많은 장소들이 있지만, 세계의 주목을 받는 연주회를 찾아 그 현장을 방문하는 것이야말로 흥분되는 일일 것이다. 적어도 나는 그렇다.

빈의 유명한 연주장은 일일이 다 열거하기가 힘들 정도로 많다. 그중에서도 가장 널리 알려졌으며, 가장 권위와 전통이 있고, 그 연주 수준도 최고인 대표 연주장은 무지크페라인이다. 클래식 팬에게는 연주의 메카라고 해도 과언이 아니다.

무지크페라인은 사진이나 영상으로 많이들 보아왔던 곳이다. 파르테논을 연상시키는 외양에 붉은 채색이 독특하다. 장소는 역시 링으로서, 이것 역시 링 슈트라세의 일부로 건설되었다.

안으로 들어가보자. 먼저 다가오는 느낌은 아마 로비가 생각보다 좁다는 것이리라. 예술의 전당처럼 화려하고 널찍한 로비만을 상상한 분이라면 적지 않게 실망, 아니 놀랄지도 모른다. 다만 비좁은 로비 전실前室의 천장만은 금박으로 장식되어 화려하다.

이어 베토벤이나 슈베르트 같은 흉상들이 눈길을 끌겠지만 그것만 보지는 말기 바란다. 로비에서 더 인상적인 것은 기둥과 벽이다. 그 동안 무지크페라인을 위해 도움을 아끼지 않은 기부자

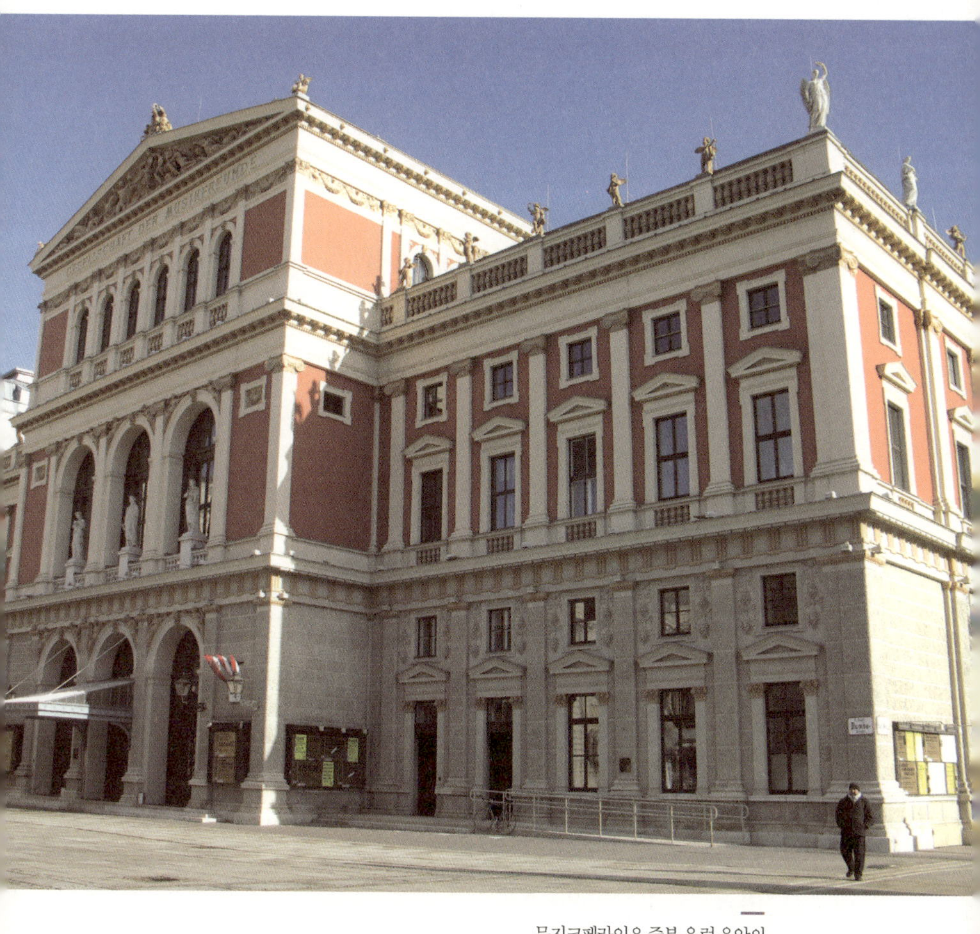

무지크페라인은 중부 유럽 음악의
메카라고 불러도 과언이 아니다.

들의 이름이 현판마다 빼곡히 적혀 있다. 특히 일본의 기업체들이 많은데, 한 면 전체가 일본인들과 일본 기업들의 이름으로 채워져 있는 것도 있다. 일본의 어지간한 유명 회사의 이름은 다 보인다. 많은 생각을 하게 한다. 빈 시내의 어지간한 간판에 다 걸려 있는 유수한 한국 기업의 이름을 이곳 무지크페라인에서는 아직 본 적이 없다.

1층에는 로비만 있고, 연주장은 양쪽 계단을 따라 위로 올라가야 나온다. 위에는 두 개의 연주장이 같은 층에 자리 잡고 있다. 큰 홀이 '그로스 잘'이고 작은 홀이 '브람스 잘'이다.

그로스 잘은 흔히 '황금홀'이라고 불리는 유명한 연주장이다. 직사각형으로 이루어진 구식 콘서트홀이다. 뒤쪽은 무대가 멀고, 양편 발코니는 옆으로 앉아야 하니 불편하며, 앞쪽은 무대가 높아서 시야가 가린다. 그럼에도 이 아름답고 전통이 깃든 홀에서 한 번 정도는 콘서트를 감상하기를 권한다. 아마도 독일-오스트리아 클래식 음악의 유구한 전통에 참여하는 감동적인 순간이 될 것이다. 얼마나 많은 명연이, 얼마나 많은 명반이 이곳에서 연주되고 녹음되었던가?

홀의 높은 벽에는 창문이 있어서 자연광이 직접적으로 들어온다. 콘서트 장으로서는 무척이나 특이한 점이다. 우리 같으면 방음 등의 문제로 감히 생각도 못할 일이다. 게다가 유리창에는 커튼도 없다. 그러니 마티네 콘서트낮에 하는 음악회에서는 햇빛을 그대로 받으면서 연주하고, 수와레 콘서트_{저녁에 하는 음악회}에서는 밤하늘과 별이 그대로 보이는 가운데 연주한다.

홀의 전면과 측면을 돌아가면서 기둥에는 똑같은 여신상이 조각되어 있다. 모두 황금색으로 칠해져 황금홀 분위기의 근간을 이룬다. 여신상은 36개로서 음악의 전당을 돌아가며 지키는 수호신 같다. 실내는 모두 나무로 되어 있는데, 작은 나무 판들을 붙여서 만들었다. 마루도 여전히 옛날 나무 마루 그대로다.

역시 나무로 된, 좀 불편한 의자에 앉아서 내부를 찬찬히 살펴보자. 주변은 모두 소박하고 낡은 것들이다. 하지만 보수도 하지 않고 그대로 두는 것은 나무야말로 세상에서 가장 자연스러운 소재이기 때문이라고 한다. 음향은 훌륭하다. 아주 적당한 울림으로 소박하고 정갈하며 결코 관객을 압도하지는 않는다.

당연히 이곳을 홈그라운드로 사용하는 팀은 빈 필하모닉 오케스트라다. 원래 설립 당시에도 '빈 악우협회'가 이 건물과 빈 필하모닉을 가지고 있는 형태였다. 건물의 정면에도 무지크페라인이 아니라 빈 악우협회라고 적혀 있다. 이곳에서 열리는 빈 필의 정기 콘서트는 한 달에 한 번 정도다. 그렇다고 단 하루로 끝나는 것은 아니고, 보통 공개 리허설 한 번과 두 번의 정식 연주로서 한 프로그램을 세 번 연주하는 셈이다.

빈 필하모닉만이 이곳을 사용하는 것은 아니다. 빈 심포니 오케스트라나 통킨스트러 오케스트라 등 오스트리아의 대표적인

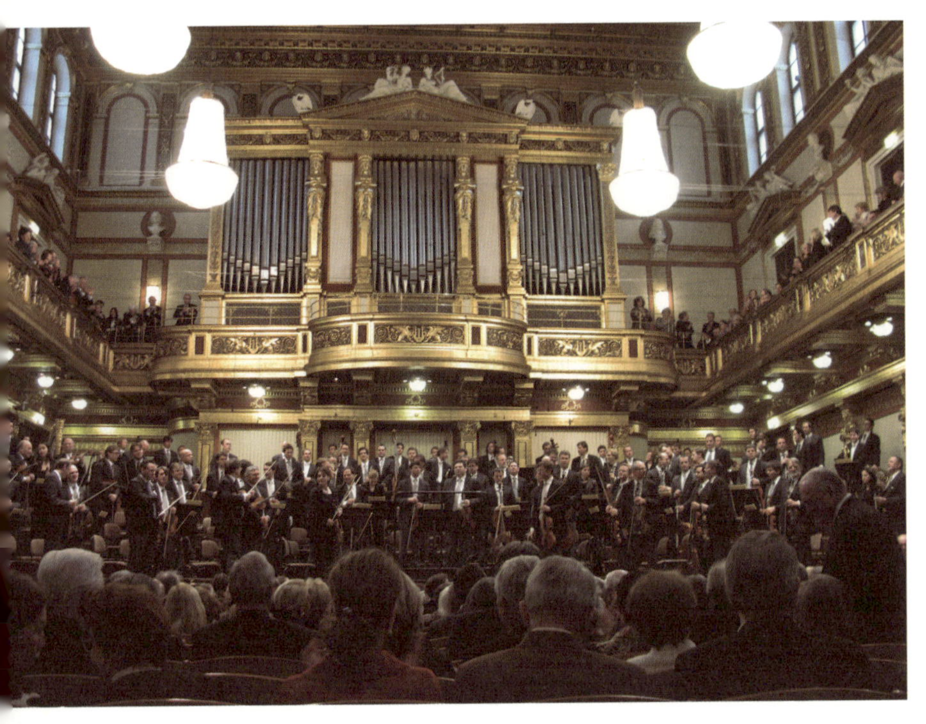

악단들도 여기서 연주회를 정기적으로 열며, 베를린 필 등의 게스트 오케스트라도 자주 이곳을 방문한다. 연중 비어 있는 날이 거의 없다고 할 수 있다.

그로스 잘 옆으로 또 하나의 홀이 있으니 바로 '브람스 잘'이다. 이곳 빈 악우협회장으로 활약했던 위대한 작곡가 브람스를 기리기 위해 붙인 이름이다. 그로스 잘이 주로 오케스트라 콘서트를 위해 사용된다면, 브람스 잘은 실내악 연주를 위해 사용된다. 실내악을 듣는 데 이만큼 정감 어린 장소도 없으리라. 빈에 오면 그로스 잘만 고집할 것이 아니라 브람스 잘의 음악회도 꼭 체크해보기 바란다. 바로 앞에서 세계 정상급의 연주자들이 숨소리를 내며 연주하는 실내악의 묘미를 놓치지 마시라.

많은 사람들이 이상의 두 방이 무지크페라인의 전부인 줄 알지만 그렇지 않다. 지금까지 얘기한 무지크페라인의 모습은 그야말로 빙산의 일각이랄까, 겉으로 드러난 것에 지나지 않는다. 무지크페라인의 지하에는 상상을 초월하는 현대적 시설이 들어서 있다. 네 개의 새로운 홀이 그것이다. 그중에서도 '글래스너 잘'은 혁신적인 형태의 홀로서, 이곳에서는 현대음악 등을 공연한다. 연주 형태에 따라 객석의 다양한 변환이 가능하다. 황금빛 유리가 벽면을 장식하고 있어서 이곳을 글래스너 잘_{유리홀}이라고 부른다_{212쪽의 사진}. 그 외에 슈타네르너 잘, 홀처너 잘, 메탈레너 잘 등 작지만 초현대적인 시설들이 있어서 강연, 세미나, 연습 등의 다양한 음악 활동에 다각적으로 사용되고 있다.

무지크페라인은 하룻저녁에 서너 개 정도의 연주회가 동시에 열리기도 하는 놀라운 곳이다. 내가 방문했던 어느 날, 그로스 잘에서는 빈 필이, 브람스 잘에서는 빈 트리오가, 글래스너 잘에서는 현대음악의 세계 초연이 동시에 이루어지고 있었다. 무지크페라인은 선택을 위한 즐거운 고민에 빠지게 만드는 진정한 음악의 전당이다.

빈 필하모닉 오케스트라
전통과 실력을 자랑하는 최고의 악단

빈에서 가장 비중이 높은 악단은 단연 빈 필하모닉 오케스트라다. 베를린 필하모닉과 함께 세계 최고의 명성을 양분하며, 그 전통으로나 유명세로나 오케스트라의 상징과 같은 악단이기도 하다. 흔히들 줄여서 '빈 필'이라고 부른다.

빈 필은 오토 니콜라이라는 지휘자가 창설한 악단이다. 그는 1842년에 음악회를 기획해 임시로 오케스트라를 조직했는데, 당시 빈 궁정 오페라극장지금의 슈타츠오퍼의 단원들을 중심으로 새 악단을 만들었다. 이것을 빈 필의 효시로 보고 있으니, 2012년이면 빈 필의 나이는 170세가 된다.

이 악단의 창설에는 몇 가지 중요한 역사적 의미가 있다. 첫째, 당시까지 대부분의 오케스트라들은 왕족이나 귀족 또는 교회에서 만든 악단들이며, 궁정이나 궁정극장에서 귀족들을 위해 연주했다. 이에 반해 이 악단은 최초의 본격적인 대규모 민간 악단이었다. 둘째, 그러므로 시민 계급을 위한 음악 감상, 즉 순수 음악 연주가 주목적이었고, 궁정 악단처럼 궁정의 '행사'를 위한 악단이 아니었다는 점이다. 이것은 악단의 기량이 발전하는 데 중요한 요소였다. 셋째, 악단의 운영을 음악을 사랑하는 시민들의 모임인 '필하모니 협회'음악을 사랑하는 친구들, 즉 '악우樂友 협회'로 일본인들이 번역해왔다.가 관장해왔다는 점이다. 이상 세 가지 점에서 빈 필은 최초의 근대적이고 민주적이고 예술적인 시스템을 갖춘 오케스트라였다.

빈 필을 맡았던 상임지휘자들 가운데 중요한 인물들로는 한스 리히터, 구스타프 말러, 펠릭스 폰 바인가르트너, 빌헬름 푸르트뱅글러, 클레멘스 크라우스 등을 들 수 있다. 상임지휘자는 아니지만 빈 필과 깊은 관계를 맺고 지휘한 사람들로는 리하르트 슈트라우스, 브루노 발터, 칼 뵘, 헤르베르트 폰 카라얀, 레너드 번스타인 등이 있다. 이 거장들 중 많은 사람이 비록 빈 필의 상임은 아니었지만 빈 필과 밀접한 관계를 맺고 있는 빈 슈타츠오퍼의 지휘자로서, 이 악단을 자신의 악단처럼 아끼면서 지도, 지휘하여 빈 필의 전성기를 만들었다.

1954년 이후로 빈 필은 공식적으로 더 이상 상임지휘자를 두지 않고 필하모닉 협회가 선정한 객원 지휘자들로만 콘서트를 꾸려오고 있다. 빈 필의 연주는 대단히 많다. 하지만 가장 중요한 것은 여름을 제외한 시즌 내내 열리는 정기연주회로서 한 달에 한 번, 연간 약 10회 정도 거행된다. 이 정기연주회는 같은 레퍼토리를 사흘간 연속 연주하는데, 당연히 3회 모두 거의 매진되는 것으로 유명하다. 게다가 빈 필하모닉 회원들이 티켓을 선점하기 때문에 관광객이 좋은 티켓을 구하기는 만만치 않다.

지금 이 정기연주회에 초빙되는 지휘자들은 비록 객원 지휘자이지만 사실상 빈 필의 공동 지휘자라고 해도 과언이 아니다. 그들은 바로 니콜라스 아르농쿠르, 주빈 메타, 로린 마젤, 리카르도 무티, 조르주 프레트르, 프란츠 벨저 뫼스트, 다니엘 바렌보임, 발레리 게르기에프, 크리스티안 틸레만, 마리스 얀손스 등 10여 명으로서, 이들의 명단 자체가 세계 지휘계의 지형도를 알려주는 셈이다. 그 외에 빈 필은 매년 여름 잘츠부르크에 한 달 가까이 체류하면서 잘츠부르크 페스티벌의 호스트 오케스트라 역할을 한다.

빈 필의 중요한 특징은 단원들이다. '빈 필 단원'이라는 말은 대단히 특별한 의미로 사용된다. 빈 필 단원들은 그들만의 공통점이 있다. 아니 있었다. 첫째로 모두 빈 사람이고, 둘째로 모두 남자이며, 셋째로 모두 빈 슈타츠오퍼빈 국립 오페라극장의 단원이라는 점이다. 이 중요한 3대 특징 중 앞의 두 가지는 최근 허물어지고 있지만, 그럼에도 빈 필의 보수성은 여전하다.

빈 필은 처음에는 '빈의 남자'가 아니라면 들어갈 수 없는 악단이었다. 그것이 오스트리아의 남자, 그리고 오스트리아나 독일 사람(남자든 여자든)으로 완화되기는 했다. 또한 그들은 여전히 빈 사람 아니면 적어도 오스트리아나 독일 출신을 쓰려고 한다. 그래야만 빈 음악적 전통이 몸에 배어 있어서 전통적인 연주법과 예술적 감각을 제대로 계승할 수 있다고 믿는다. 하지만 이제는 적지 않은 여성들과 외국 출신들이 들어와 있다.

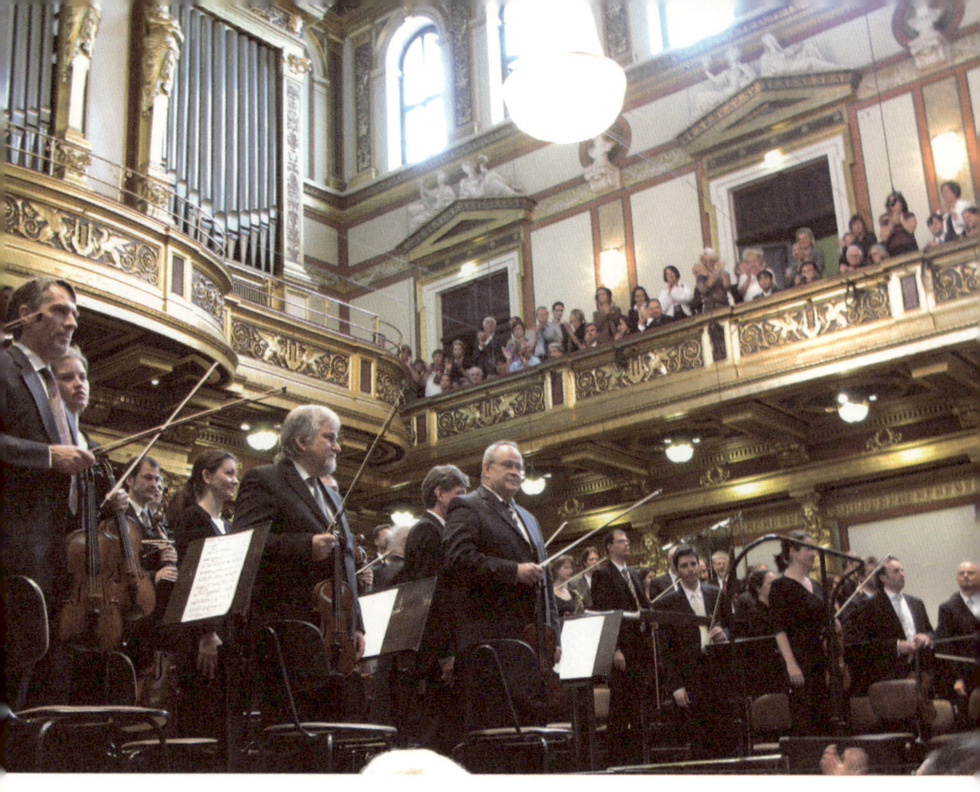

빈 필에 오디션을 보기 위한 전제조건은 바로 빈 국립 오페라 극장 오케스트라의 단원이어야 한다는 것이다. 이 조항은 지금 도 엄격하다. 즉, 빈 필의 단원이 되려면 먼저 빈 국립 오페라극 장에 시험을 쳐 들어가야 한다. 그리고 빈 국립 오페라극장에서 정단원으로 3년 이상 연주 경력을 쌓은 사람에게만 빈 필의 오디 션을 볼 수 있는 자격이 주어진다. 빈 필 오디션에 합격할 만한 경력과 실력이 된다 하더라도 빈 필의 단원이 되기는 쉽지 않다.

빈 필 단원의 정원은 136명이다. 일단 결원이 있어야 사람을 뽑고, 새 단원이 된 사람도 당분간은 인턴 단원으로서 활동한다. 그 기간에 그가 연주를 잘 해도, 자기 악기 파트의 다른 단원들

빈 필하모닉 오케스 트라의 가장 큰 장점 은 일관된 전통과 단 원들의 자긍심일 것 이다.

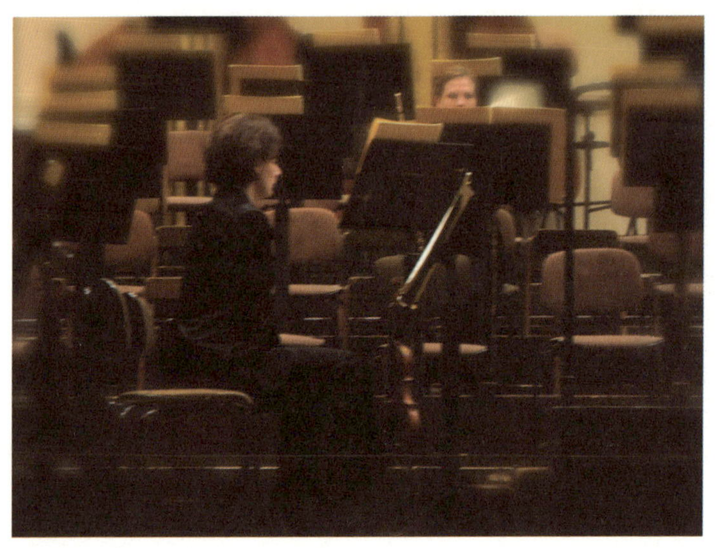

과의 음악적 앙상블이나 인간적 조화에 문제가 있다고 판단되면 짐을 싸는 경우가 허다하다. 그 판단은 기존 단원들이 한다.

빈 필의 단원이 되었다 하더라도 여전히 그는 빈 국립 오페라극장 오케스트라의 단원으로서의 책임과 의무를 함께 진다. 즉, 빈 필의 단원은 모두가 여전히 빈 국립 오페라극장 오케스트라 단원들이다. 하지만 빈 국립 오페라극장 오케스트라의 단원이라고 모두 빈 필의 단원인 것은 아니다. 이 복잡 미묘한 관계는 빈을 대표하는 두 음악 단체의 유기적인 협조와 발전을 전제로 한다. 또 이런 관계는 두 단체의 공통된 발전을 꾀하기도 한다.

이 두 악단의 단원들 스케줄 관리는 무척이나 복잡하고 힘들

다. 예를 들어 빈 국립 오페라극장 오케스트라의 클라리넷 단원
이 여섯 명이라면, 그들의 스케줄은 모두 다르다. 누구는 오늘
오전에 열리는 빈 필 연주회에 나가고(저녁에는 그들이 오페라극
장으로 가야 하기 때문에, 콘서트를 아침에 많이 하는 전통이 자리
잡았다.), 누구는 저녁에 오페라 〈카르멘〉 공연에 나가야 한다.
또한 그 사이에는 며칠 후 있을 〈로엔그린〉 공연 연습에 나가야
하고, 다음 달에 올려질 〈아이다〉의 파트별 리허설에도 참석해
야 한다. 주말 콘서트의 리허설에 참여할 때도 있다. 물론 개인
적인 연습은 각자의 몫이다. 그러므로 그들은 매일 일일이 시간표
를 보면서 자신의 위치를 확인해야 하며, 같은 클라리넷 단원이라
하더라도 몇 달이나 서로 얼굴을 보지 못하는 경우도 생긴다.

　이렇듯 전체 빈 국립 오페라극장 오케스트라의 규모는 어마어
마하다. 그들은 사실 세 개의 공연을 동시에 해치울 인력을, 그
것도 같은 수준의 인력을 확보하고 있는 것이다. 누구누구는 아
침의 콘서트에, 누구누구는 저녁의 오페라에, 그리고 또 누구는
극동 순회 연주에, 다른 또 누구는 녹음에 참석한다. 그 외에도
삼삼오오 앙상블을 만들어서 실내악 연주도 하며, 몇몇은 솔리
스트로서의 활동과 교수로서의 레슨이나 강의도 한다. 그래서
빈 국립 오페라극장의 공연에 나가보면, 연주 전에 직원이 나와
서 스케줄 표를 들고 출석을 체크하는 광경을 목격하게 된다. 또
같은 첼로 주자들끼리 오랜만에 만난 듯 반갑게 악수하는 모습
도 보인다. 빈 필에서만 볼 수 있는 진풍경이다.

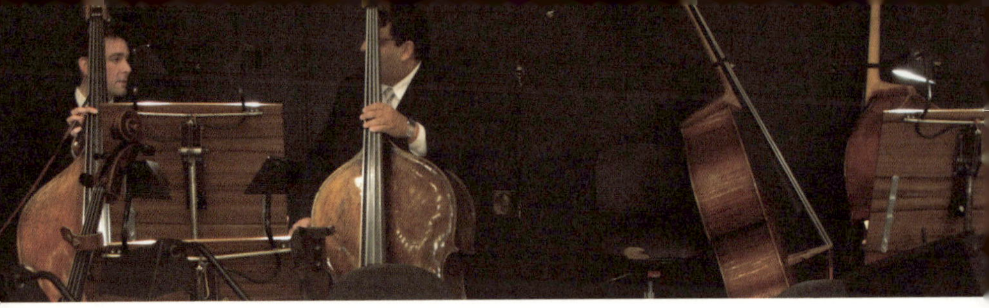

"야, 요하네스, 오랜만이야. 2주 전에 〈투란도트〉 같이 하고는 처음 보는 거 야냐?"

"아냐, 저번 〈박쥐〉에서 봤지. 나 그 동안 극동 콘서트 투어에 다녀왔어."

"야, 재미있었어?"

"말 마. 지휘자가 그 영감이잖아? 이제 은퇴해야 할 것 같은데, 내년에는 뽑지 말자."

"어휴 난 안 끼길 잘 했네. 난 그냥 오페라 할 때가 제일 편한 것 같아."

"하지만 그래도 가끔 콘서트에 나와야 얼굴을 팔지."

"그건 그래. 하지만 저번에 프랑크가 또 4중주 같이 하자던데 어떡할까 고민 중이야. 음반 녹음할지도 모른데."

"그래? 그나저나 나 오늘 할 〈돈 카를로〉 연습을 제대로 안 해서 지금 좀 해봐야 해."

"무슨 소리야. 오늘 〈라 보엠〉이야!"

"앗, 그래? 어, 잘 됐다. 놓여 있는 악보를 보니 그러네."

그들은 악보를 들고 다니지도 않는다. 너무 많아서 개인이 들고 다닐 수도 없다. 악보계가 다 챙겨 놓으면 그걸 보고서야 자신이 무얼 하는지 안다.

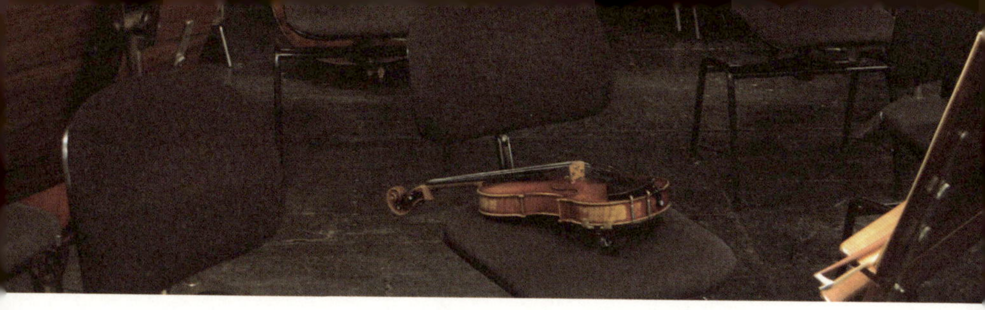

"이거야 카라얀 때부터 하도 많이 해서 눈 감고도 할 수 있지. 그나저나 오늘 지휘자가 프레트르 아니야?"

"헉, 그 영감 지난주에 입원했잖아. 몰랐어? 오늘 뭐라고 하더라. 하여튼 나폴리에서 젊은 이탈리아 지휘자가 아침에 도착했대. 그 촌뜨기는 완전히 긴장하겠지만, 우린 신경 쓰지 말고 그냥 하던 대로 하자고. 어이, 알베나! 더 예뻐졌는걸. 영국 투어 갔다가 잘 돌아왔어? 헤헤."

공연이 시작되기 전 늘 반갑게 인사하며 내가 못 알아듣는 말로 떠드는 그들을 보면서, 나는 이런 말도 안 되는 상상을 해본다.

죄송합니다. 빈 필이었습니다.

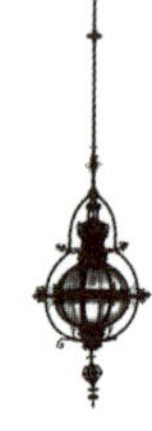

빈 신년 음악회
세상에서 가장 유명한 음악회

—

예전엔 신정 연휴면 TV에서 '빈 신년 음악회'라는 프로그램을 위성 중계하곤 했다. 보신 분이라면 화려하게 꽃장식된 황금색 연주장에서 왈츠의 향연이 펼쳐지던 장면을 떠올릴 것이다. 세계 최고의 오케스트라인 빈 필하모닉 오케스트라의 연주와 빈 국립 오페라극장 발레단의 멋진 발레 모습은 아주 볼만했다. 이것이 바로 매년 초 전 세계를 향해 신년의 시작을 알리는 오프닝 콘서트 '빈 신년 음악회'다.

빈 사람들이 이것을 '세계에서 가장 유명한 음악회'라고 부르는 것도 과언은 아니다. 정기적인 클래식 음악회 중에서 빈 신년 음악회 말고는 더 기억할 수 없는 사람도 많을 것이다. 지금은 세계 여러 도시에서 신년 음악회가 열리고, 우리나라만 하더라도 지방자치단체의 거의 모든 공연장에서 신년 음악회를 열고 있다. 하지만 어느 것이나 다 빈 신년 음악회가 그 모델이다.

빈 신년 음악회는 매년 1월 1일 오전 11시를 전후해 무지크페라인에서 열린다. 이것은 '세계적으로 가장 유명한 정기 콘서트'일 뿐 아니라, 현존하는 단일 음악회로서는 세계에서 가장 오래된 최고最古의 콘서트이기도 하다.

이 날은 항상 빈 필하모닉이 연주를 하는데, 곡목은 전통에 의

해 요한 슈트라우스 일가의 왈츠를 중심으로 엄선해서 구성한
다. 이 콘서트는 매년 새해의 시작을 알리는 의미 깊은 콘서트지
만, 프로그램이 단순한 것이 단점이기도 하다. 그렇더라도 이 콘
서트의 절대적인 비중과 의미가 손상된 적은 없었다.

이 콘서트는 1848년을 그 기원으로 잡고 있다. 하지만 당시의
콘서트는 지금과 형태가 달라서 그 때를 기원으로 잡는 데는 무
리가 있어 보인다. 어쨌거나 그들은 빈 신년 음악회가 160년이
나 되었다고 우기고 있다.

지금처럼 형태가 제대로 갖추어진 것은 1941년이다. 오스트
리아의 대지휘자였던 클레멘스 크라우스가 지휘를 맡아서 콘서
트의 토대를 만들고 발전시켰다. 따라서 어떤 사람들은 1941년
을 사실상 제1회 빈 신년 음악회로 꼽기도 한다. 1945년에 전쟁
으로 단 한 차례 음악회가 열리지 않았고, 다음 해인 1946년에
는 요제프 크립스가 지휘를 했다. 1947년부터 1954년까지는 크
라우스가 지휘봉을 잡았다.

그러다가 1954년에 크라우스가 연주 여행 도중 사망, 신년 음
악회는 당시 빈 필의 악장이었던 빌리 보스코프스키가 계승하게
되었다. 보스코프스키는 생전의 요한 슈트라우스 2세를 연상케
했는데, 직접 바이올린을 들고 지휘하는 모습으로 인기를 누리
면서 신년 음악회의 전성기를 구가했다. 음악회는 1959년부터
TV로 중계되기 시작하면서 세계적으로 유명해졌다.

무려 25년 동안 신년 음악회의 대명사였던 보스코프스키가 1979년을 끝으로 은퇴하자, 1980년부터 1986년까지 로린 마젤이 7년 동안 지휘봉을 잡았다. 그러다가 1987년에 여든을 바라보는 헤르베르트 폰 카라얀이 자신으로서는 처음이자 마지막으로 신년 음악회의 지휘를 맡는다. 당시 미국의 소프라노 캐슬린 배틀이 성악가로서는 전무후무하게 출연해 요한 슈트라우스 2세의 〈봄의 소리〉를 부른 것은 유명하다.

카라얀 이후로는 한 명의 지휘자가 계속해서 지휘하는 방식이 사라지고, 지금처럼 최고의 지휘자들이 번갈아 가며 지휘를 맡는 방식으로 바뀌었다. 카라얀 이후의 신년 음악회는 클라우디오 아바도, 카를로스 클라이버와 흔히 '3M'으로 불리는 주빈 메타, 리카르도 무티, 로린 마젤이 주로 맡았다. 지금처럼 다양한 지휘자들이 번갈아 가면서 동원된 것은 2001년부터다. 기존의 3M은 물론이고, 그 외에 니콜라스 아르농쿠르, 오자와 세이지, 조르주 프레트르, 다니엘 바렌보임, 프란츠 벨저 뫼스트가 지휘를 맡았다.

한동안 음악회의 시작은 요한 슈트라우스 2세의 왈츠 〈빈 숲 속의 이야기〉였다. 그리고 슈트라우스 일가의 왈츠나 폴카로 꾸려졌다. 앙코르 곡으로 가장 유명한 왈츠 〈아름답고 푸른 도나우 강〉이 연주되는 것은 크라우스 때부터의 전통이다. 마지막은 늘 요한 슈트라우스 1세의 〈라데츠키 행진곡〉으로 장식하는 것이

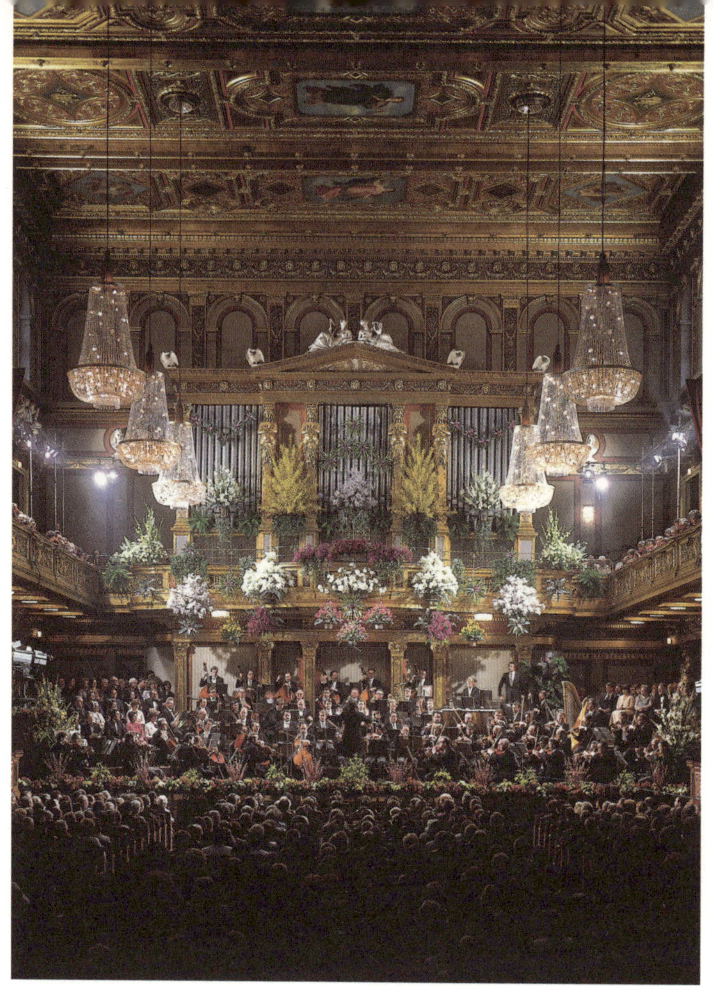

상례화되었다. 특히 이 〈라데츠키 행진곡〉에서는 지휘자의 지휘에 맞추어 관객들이 함께 박수를 치면서 새해맞이의 즐거움을 나누는 것으로 알려져 있다.

비록 간단하고 쉬운 왈츠 곡들이지만 최고 악단의 기품 있고 경지에 오른 연주는 정갈하고 우아하다. 이제 이 신년 음악회는 새해를 따뜻하게 맞고 싶은 세계인들에게 기쁨을 주는 세계적인 축제가 되었다.

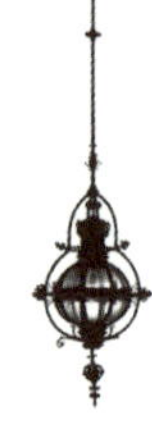

콘체르트하우스
또 하나의 세계, 정상의 콘서트홀

무지크페라인이 빈에서 콘서트의 메카로 알려져 있지만 이에 못지않은 또 하나의 중요한 콘서트홀이 있다. 빈 콘체르트하우스다.

콘체르트하우스는 네 개의 공연장에서 매일 저녁 공연이 올려진다. 7, 8월의 오프 시즌을 제외하고도 연간 750회 이상 공연을 하는, 공연의 양에서나 질에서나 세계 최대, 최고 공연장의 하나다. 매일 저녁 아무 때나 들러도 공연이 있고, 늘 일정 수준 이상을 유지한다. 음악 팬이라면 빈에 와서 한 번은 들러보아야 할 곳이다.

들어가면 무지크페라인과는 대조적으로 넓은 로비가 눈에 들어온다. 1층에는 두 개의 공연장이 있다. 340석의 '슈베르트 잘'과 700석의 '모차르트 잘'이다. 거대한 계단을 따라 2층으로 올라가면 큰 연주장이 나타난다. 콘체르트하우스의 대표적이고 중심이 되는 공연장 '그로서 잘'이다. 좌석은 1,800석이다.

1913년에 개관한 콘체르트하우스는 이후 빈의 가장 중요한 작품들을 가장 중요한 연주자들이 공연하는 장소가 되었다. 최근에는 현대 음악과 재즈 등을 공연하기 위해 제4의 공연장을 새롭게 열었다. '베리오 잘'이다. 베리오 잘을 중심으로 콘체르트하우스는 재즈 또한 그들의 레퍼토리에 포함시키는 포용력을 보

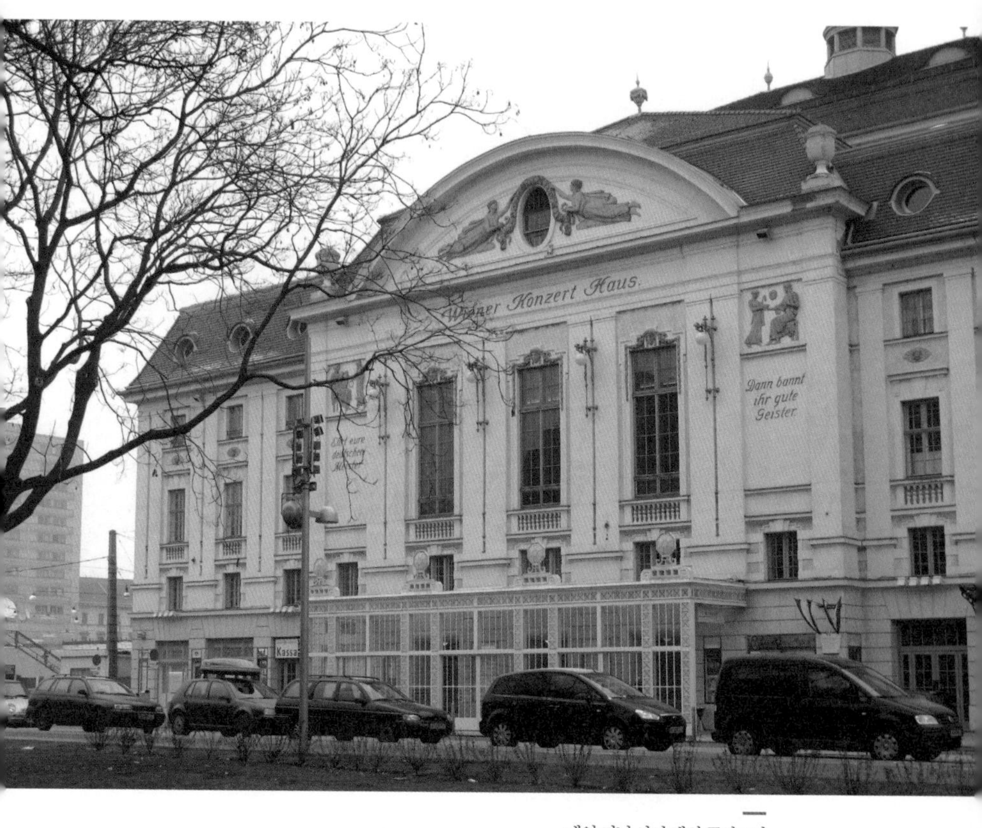

매일 저녁 서너 개의 콘서트가
동시다발적으로 열리는
유서 깊은 빈 콘체르트하우스.

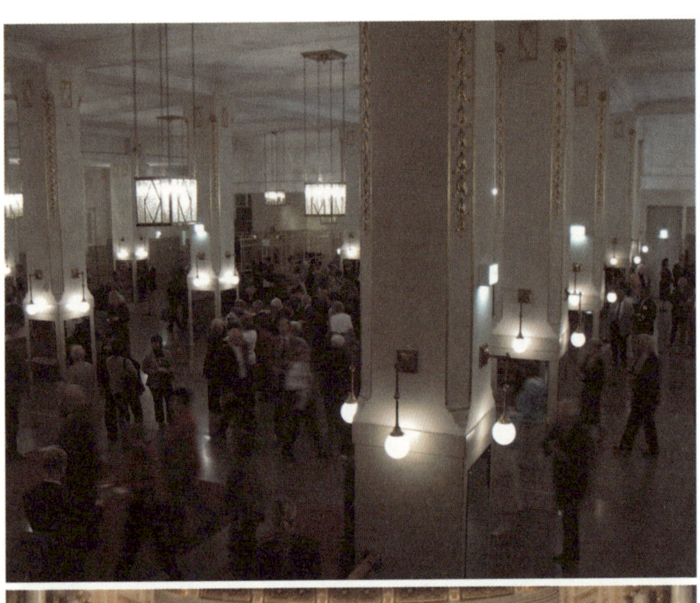

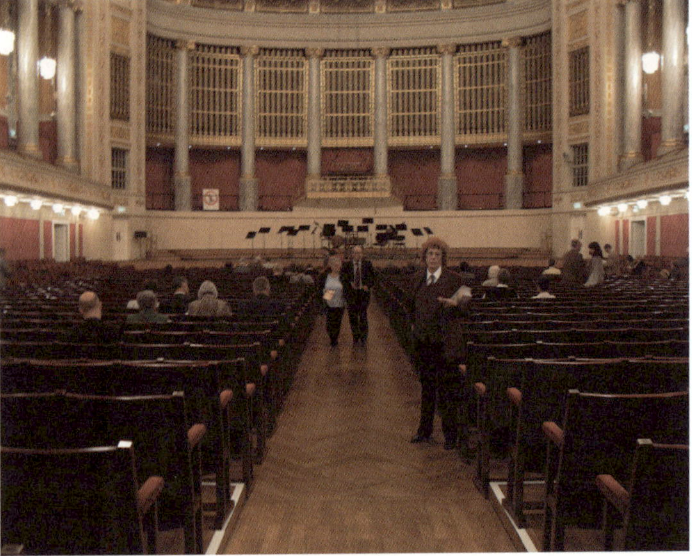

이고 있다.

이렇게 빈에서는 콘체르트하우스와 무지크페라인 두 곳만 해도 하루 저녁 일곱 개의 콘서트가 동시에 열릴 수 있다. 정말 빈은 음악의 도시라는 사실을 실감하게 된다. 어느 연주회를 택해야 할지 갈등하는 날이 적지 않다.

한번은 콘체르트하우스와 무지크페라인 두 군데에서 놓치고 싶지 않은 공연이 동시에 올라간 적이 있었다. 고민을 거듭하다가 결국 마음의 결정을 못한 채 티켓을 모두 사버렸다. 공연 당일, 내 머릿속에 번뜩이는 아이디어가 떠올랐다. 나는 콘체르트하우스의 그로서 잘에서 빅토리아 뮬로바와 콘첸투스 무지쿠스 빈이 협연하는 바흐의 바이올린 협주곡 제1, 2번을 들었다. 그리고 인터미션이 되자 제2부의 비발디를 포기하고 콘체르트하우스를 나와서 빠른 걸음으로 걷기 시작했다. 무지크페라인에 도착했을 때는 막 제2부가 올라가는 중이었다. 겨우 자리에 앉자마자 바로 눈앞에서 빈 심포니의 쇼스타코비치 교향곡이 울려 퍼지고 있었다. 후후훗……

파울 비트겐슈타인
한 손을 잃은 피아니스트

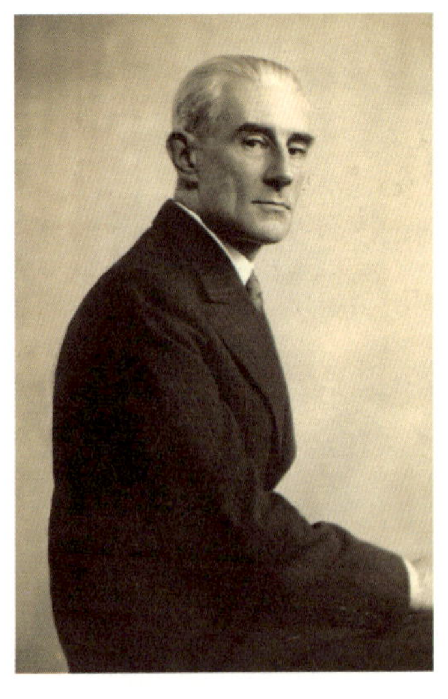

빈 출신의 위대한 피아니스트 한 사람이 있다. 파울 비트겐슈타인1887~1961이다.

그의 아버지인 카를 비트겐슈타인은 철강왕으로서, 오스트리아에서도 손꼽히는 부자였다. 파울은 8형제 중 일곱째로 태어났다. 아버지는 아이들에게 홈스쿨링을 시켰으며, 모든 아이들은 각자의 특성에 맞게 최고의 가정교사들에게 품성 교육을 받고 재능을 개발했다. 형제들은 모두 예술에 뛰어난 감각이 있었지만, 그중에서도 음악에 관한 한 파울이 가장 뛰어났다.

그는 어려서부터 피아노에 소질을 보여 집중적인 교육을 받았다. 특히 예술 애호가인 아버지와 친교를 맺고 있던 브람스, 말러, 리하르트 슈트라우스 등이 수시로 찾아와 파울에게 많은 영향을 끼쳤다. 파울은 어려서부터 브람스나 말러 등과 함께 2중주를 하기도 하면서 대가들의 영혼과 가까이에서 호흡했다. 그는

26세에 피아니스트로 데뷔했다.

그러나 얼마 가지 않아 제1차 세계대전이 일어났다. 파울은 군에 입대해 참전했다. 그런데 폴란드 전선으로 나간 그는 러시아와의 전투에서 큰 부상을 당했다. 결국 야전병원에서 오른팔을 절단하는 수술을 받았다.

전쟁은 끝났고, 장래가 촉망되던 젊은 피아니스트는 오른 팔이 없어진 채로 팔 대신 무공훈장을 가슴에 달고 빈으로 귀향했다. 팔이 없는 피아니스트가 무엇을 할 수 있을 것인가? 그는 너무나 힘들었다. 하지만 좌절하지 않고 일어섰다.

사실 그는 굉장한 부자였고, 할 줄 아는 것도 많았고, 하고 싶은 것도 많았다. 즉, 얼마든지 다른 길을 찾을 수도 있었다. 하지만 그는 가족들과 오랜 회의를 한 끝에 놀랍게도 피아니스트로서의 길을 계속 가기로 결정했다. 그 길이 아무리 험난하다 할지라도 피아노를 버릴 수는 없었던 것이다. 이리하여 역사상 최초로 한 팔만 가진 직업 피아니스트가 탄생했다.

그는 피아노 스승이었던 요제프 라보르와 함께 기존의 피아노 곡들을 왼손만을 위한 곡으로 편곡했다. 그리하여 준비된 곡들을 가지고 '왼손만을 위한 피아노 리사이틀'을 개최했다. 바로 빈의 콘체르트하우스에서였다.

공연은 성공이었고, 그의 연주는 예술로서만 아니라 그 행위 자체로서 전쟁에 지친 빈 시민들에게 희망과 용기를 불어넣어주었다. 그는 유명 작곡가들에게 일일이 편지를 써서 자신을 위해 왼손만을 위한 피아노곡을 작곡해주기를 부탁했다. 반응은 기대 이상으로 뜨거웠다. 리하르트 슈트라우스, 브리튼, 힌데미트, 코른골트, 프로코피에프, 스크리아빈 등이 그를 위해 왼손만을 위한 피아노곡을 만들었다. 그리고 그들 대부분이 자기가 만든 곡을 이 희망과 불굴의 의지를 가진 피아니스트에게 헌정했다. 그 중에서도 가장 유명한 것은 라벨이 작곡한 〈왼손을 위한 피아노 협주곡〉일 것이다. 파울 비트겐슈타인은 무대에 서는 것만으로도 전후 빈의 희망이었으며, 가족을 잃고 부상당하고 집을 잃은 시민들에게 위로가 되었다.

하지만 나치는 그가 유대인이라는 이유로 일체의 활동을 금지했다. 피아노를 연주할 수 없게 된 파울은 결국 조국을 떠났다. 미국으로 간 그는 음악 교수가 되어 평생 자신이 가진 예술성과 경험을 후학들에게 나누어주었다.

그 존재만으로도 사람들에게 감동과 용기를 준 위대한 인간 파울 비트겐슈타인. 그는 음악가로서 최악의 역경을 이겨낸 가장 위대한 피아니스트였다. 그는 남은 평생 후학들을 가르치며 살다가 1961년 뉴욕에 묻혔다.

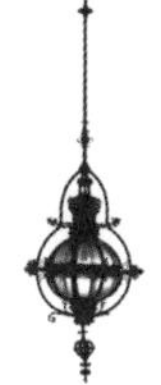

루드비히 비트겐슈타인
말이 아닌 몸으로, 철학을 살았던 진정한 현자

—

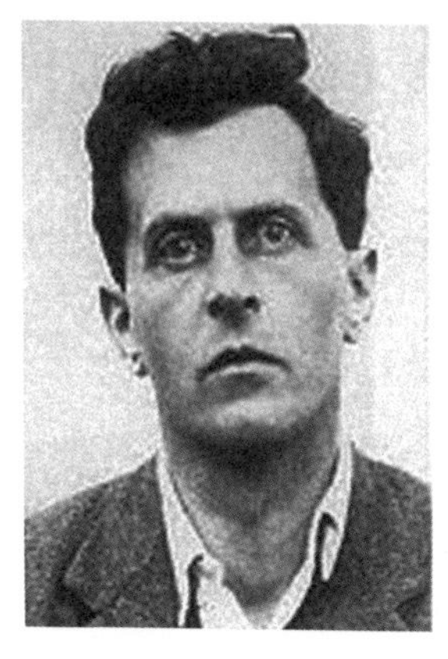

철학사에서 빼 놓을 수 없는 인물이며, 영국의 철학계뿐만 아니라 일반 지성계에 완전히 새로운 사고의 패러다임과 새로운 삶을 제시한 인물이 루드비히 비트겐슈타인1889~1951이다.

비트겐슈타인 형제는 모두 여덟이었는데, 일곱째가 앞서 이야기한 피아니스트 파울 비트겐슈타인이며 루드비히는 막내였다. 형제들은 모두 부모로부터 풍부한 지적 능력과 예술적 감성을 동시에 물려받았다.

루드비히 역시 14세 때까지는 학교를 다닌 적이 없었다. 대신 부모님이 정해준 가정교사들로부터 모든 교양의 밭을 갈았다. 비행기에 관심이 많았던 그는 19세의 어린 나이에 영국으로 유학했다. 런던 항공학연구소를 거쳐 맨체스터 대학에서 비행기를 연구했다.

공기 역학의 문제를 풀던 그는 벽에 부딪힐 때마다 수학을 다시 공부해야겠다는 생각을 하게 되었다. 그러던 중 버트란트 러셀 경의 《수학의 원리》를 읽고 충격을 받았다. 그는 당장 맨체스터대학의 '비행기 공장'을 버리고, 러셀이 있던 케임브리지로 대학을 옮겼다.

케임브리지에서 러셀을 만난 비트겐슈타인의 일화는 유명하다. 비트겐슈타인은 물었다. "제가 비행사가 되어야 할까요? 철학자가 되어야 할까요?" 러셀의 대답은 이러했다. "자네는 비행사가 되면 안 되겠네." 비트겐슈타인은 이 한 마디에 전공을 철학으로 바꾸었다. 수학적 사고에서 출발한 러셀의 철학이 비트겐슈타인의 언어 철학으로 이어지는 순간이었다.

그러나 케임브리지에서 러셀과 함께 논리학과 철학을 연구하던 그는 '혼자서 철학에 집중하기 위해' 학교를 떠난다. 그리고 시골에 칩거하면서 홀로 철학에 몰두한다. 그러다가 제1차 세계대전이 발발하자 결연히 조국으로 돌아와 오스트리아 육군에 자원입대한다.

그는 러시아 전선에서 포병으로 복무하면서 논리학과 철학 문제들을 연구했다. 포탄 속에 노트를 들고 다니며 생각을 정리했다. 그러다 포로가 되었는데, 포로수용소에서도 작업을 계속해 정리된 원고를 영국의 러셀에게 보냈다. 전쟁이 끝난 후 영국으로 돌아온 그는 1921년 《논리철학 논고》를 출판했다. 이 책이 크게 인정을 받으면서 철학자 비트겐슈타인은 세상에 알려졌다.

그러나 《논리철학 논고》를 낸 비트겐슈타인은 철학자라는 타이틀을 벗고 다른 직업을 구했다. 초등학교 교사로 재직하기도 하고, 수도원의 정원사로 일하기도 했다. 일상인으로 돌아온 비

트겐슈타인은 아버지가 물려준 막대한 재산마저 포기했다. 그는
자신이 유산을 포기한 이유에 대해 "돈 때문에 접근하는 친구들
이 생길까봐"라고 반 농담으로 말했다. 그는 사실 편안과 사치를
싫어한 사람이었다. 그의 생활방식은 무척 단순하고 검소했다.
그는 자신이 가진 남은 재산마저 주변의 어렵거나 젊은 예술가
들에게 다 나누어주었다. 그리고 가구 하나 없는 소박한 방에서
살았다고 한다.

그러던 비트겐슈타인은 1929년 다시 케임브리지로 돌아왔다.
케임브리지에서 그는 강의만 하고 책은 쓰지 않았다. 하지만 학
생들이 받아 적은 강의 노트를 통해 그의 철학은 강력한 영향을
미치게 되었다. 그의 강의를 들은 사람들은 모두 그의 지성, 열
정, 진지함, 신선함에 반해 깊은 인상을 받았다.

1939년 비트겐슈타인은 케임브리지 대학의 정교수가 되지만,
제2차 세계대전이 일어나자 다시 대학을 떠나 병원에서 직원으
로 근무했다. 전쟁이 끝나자 그는 "교수 생활이란 살아 있는 죽
음"이라고 말하고 교수직을 사임했다.

마지막 저서인 《철학적 탐구》를 완성하는 데 모든 시간과 정
력을 바치고 싶었던 그는 아일랜드 해안가의 오두막을 빌려서
살았다. 1949년 자신이 암에 걸렸다는 사실을 알았으나 담담하
게 받아들였다. 그리고 2년 뒤 죽음이 그를 연구로부터 떼어 놓
을 때까지 혼신을 불태워 정열적으로 작업을 계속했다.

그는 대단한 예술적 소양을 지닌 지성인이었다. 클라리넷을 잘 연주했으며, 어린 시절에는 집으로 찾아오던 브람스, 말러, 리하르트 슈트라우스 같은 당대 최고 음악가들과 친하게 지냈다. 형 파울과 그들은 실내악을 연주하기도 했다. 그는 클림트 같은 화가들과도 교제했으며, 카페 첸트랄에서 예술가들과 어울리곤 했다.

그는 철학을 연구했다기보다는 철학을 살았던 사람이었다. 그리고 평생에 걸쳐 철학을 실천한 지성인이자 현자(賢者)였다. 온몸으로 자신의 철학을 살았던 철학자 비트겐슈타인이 세상을 떠나면서 남긴 유언은 "내 삶은 멋있었다고 전해 달라"였다.

평생 사리사욕이라고는 없었으며, 주변 사람들에게 관대했고, 그러면서 자신에게는 평생 가혹했던, 그리고 사람들은 이해할 수 없는 용감한 행동을 서슴지 않았던 천재 비트겐슈타인. 하지만 누구보다도 아름다웠던 비트겐슈타인은 그렇게 빈 지성계의 전설이 되었다.

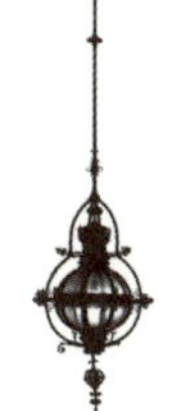

신 빈 악파
20세기 세계 음악계를 흔들어 놓은 단 3인

'신 빈 악파'를 얘기하려고 하면 대부분의 사람들은 먼저 "아, 현대음악은 어려워"라는 반응을 보인다. 하지만 신 빈 악파는 이미 현대음악이 아니다. 그들의 음악이 무조음악無調音樂이라고는 하지만, 그들이 활동한 시기는 20세기 초반이었다.

쇤베르크의 무조에 의한 표현주의 작품들은 주로 1910년에서 1930년 사이에 작곡되었으니, 백 년이 다 되어간다. 이젠 '근대음악'이라고 부르는 것이 옳을 것이다. 연대로는 미술의 에곤 실레나 오스카 코코슈카와 같은 세대인데, 미술에서는 누구도 실레나 코코슈카를 현대미술가라고 말하지는 않는다.

신 빈 악파는 20세기 세계 음악계의 좌표를 제시한 가장 중요한 음악 유파다. 쇤베르크와 그의 두 제자이자 동료인 베르크, 베베른의 3인으로 형성된, 음악사적으로 독특한 그룹이다. 하지만 그들은 빈에서 태동하여 빈을 중심으로 활동하면서 빈의 새로운 음악을 탄생시켰다. 그들은 '음악에서의 빈 분리파'다.

그들은 대중에게 이해가 되고 안 되고를 떠나서, 세계 음악계에 엄청난 영향을 끼쳤다. 지금 우리가 접하는 모든 현대음악은 이들 단 3인에서 비롯된 것이라고 해도 과언이 아니다.

아르놀트 쇤베르크1874~1951는 유대인이었다. 하지만 그의 아버지는 쇤베르크가 어렸을 때 천주교로 개종했다. 쇤베르크는 10대에 다시 개신교로 개종했지만, 나치가 집권하자 파리로 망명했다. 그리고 그는 파리에서 다시 유대교로 개종했다. 이런 신앙적 편력을 나열하는 것은 그를 이해하는 데 종교가 필수이기 때문이다. 쇤베르크는 평생 신앙적 번뇌를 했고, 그것은 그의 작품 세계의 기저를 이룬다.

쇤베르크의 아버지는 구둣방을 했으며, 음악적 교양이 없는 평범한 서민이었다. 쇤베르크는 어려서부터 음악을 공부할 환경에서 자라지 못했다. 게다가 16세 때 아버지가 세상을 떠나자 가계를 책임져야 했다. 그는 학교를 그만두고 은행에 취직했다. 은행에서 근무하는 동안에 그는 독학으로 작곡을 공부했으며, 아마추어 오케스트라 활동도 했다. 그런데 그 악단의 지휘자가 알렉산더 쳄린스키1871~1942였다. 쇤베르크의 재능을 알아본 쳄린스키는 그에게 작곡을 가르쳐주었다. 쳄린스키는 쇤베르크 평생의 유일한 스승이었다. 결국 쇤베르크는 은행을 그만두고 나와서 가난한 음악가의 길을 선택했다.

하지만 작곡만으로 밥을 먹을 수 없어 편곡과 지휘 등을 했다. 그 시기에 작곡된 것이 현악 6중주곡 〈정화된 밤〉, 성악대곡 〈구레의 노래〉, 교향시 〈펠레아스와 멜리장드〉 등이다. 그는 음대 출신이 아니니, 교수 자리를 넘볼 수도 없었다. 그래서 그는 생계를 위해 문하생을 구한다는 광고를 신문에 냈다. 그리하여 두 명의 제자가 생겼으니, 그들이 바로 베르크와 베베른이다. 이후

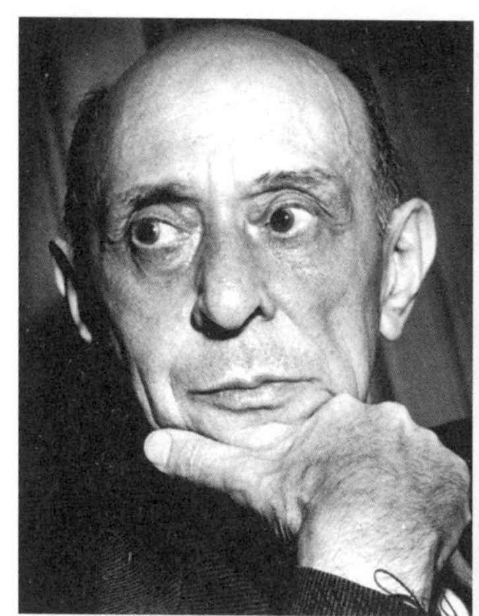

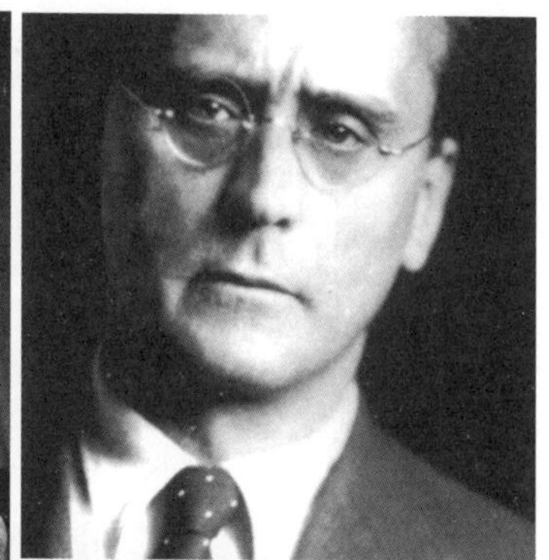

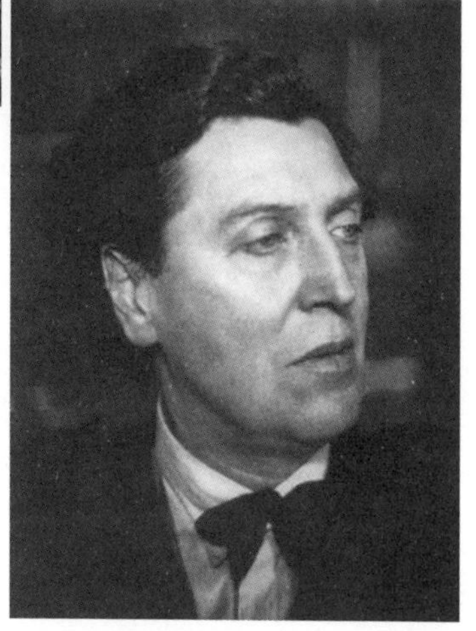

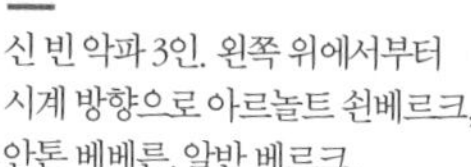
신 빈 악파 3인. 왼쪽 위에서부터
시계 방향으로 아르놀트 쇤베르크,
안톤 베베른, 알반 베르크.

이 세 사람은 스승과 제자 사이를 넘어서, 음악사상 그 유래가
없는 긴밀한 정신적 유대관계를 이루게 된다.

그는 1920년에 국제 말러 협회의 회장으로 선출되어 경력의
정점에 선다. '12음 기법'을 창안한 것은 바로 그 때다. 쇤베르
크의 딸은 나중에 이탈리아 현대음악의 대가 루이지 노노와 결혼
한다. 그러니 말러의 아내 알마가 쳄린스키의 연인이었다는 점을

생각하면, 말러-쳄린스키-쇤베르크-노노로 이어지는 20세기 음악계의 계보가 완성된다.

그러나 쇤베르크는 1933년에 나치에 의해 모든 직책을 박탈당하고 망명한다. 그는 유대교로 개종한다. 그리고 평생에 걸친 종교 편력을 집대성하여 만든 대작 오페라 〈모세와 아론〉을 발표, 신앙의 문제에 대해 정면으로 도전한다.

그는 화가에 못지않은 미술적 재능도 가지고 있었으며, 많은 그림을 남겼다. 생전에 전시회를 열기도 했던 그는 코코슈카를 연상시키는 표현주의적 화풍을 가진 훌륭한 화가였다. 또한 뛰어난 문학적 재능도 가지고 있었다. 오페라 〈행복한 손〉과 〈모세와 아론〉의 대본은 모두 자신이 직접 쓴 것이다.

그렇게 쇤베르크는 20세기 초반의 가장 위대한 음악가일 뿐만 아니라 음악, 미술, 문학의 세 부분에서 최고의 재능, 즉 3재三才을 다 가진 진정한 예인藝人이었다. 하지만 그는 세상을 떠날 때까지 유대인, 천식, 생활고라는 3고三苦로부터 벗어나지 못했던, 늘 불행한 인간이기도 했다.

안톤 베베른1883~1945은 아버지가 광산기사로 생활의 어려움은 모르고 성장했다. 어려서부터 개인 레슨으로 피아노, 첼로, 작곡 등을 공부했다. 빈 대학에서는 음악학과 철학을 전공했다. 대학을 다니던 중 그는 쇤베르크가 낸 수강생 모집 광고를 보고 그를 찾는다. 쇤베르크와의 운명적인 만남은 음악가가 되는 결정적인

역할을 한다. 그는 쇤베르크와 9년밖에 나이 차이가 나지 않는
다. 둘은 스승과 제자로서, 동료이자 조력자로서 새로운 빈 음악
을 만들어간다.

졸업한 베베른은 전문 지휘자의 길을 가기 시작한다. 그런데
그는 1913년 정신병 내지는 신경쇠약에 걸린다. 그 후로 그는 이
상한 사람으로 평가받곤 했는데, 정신병이나 인격장애와 더불어
우울증을 앓았을 것이다. 그 특유의 꼼꼼한 작곡 스타일이 이런
정신적 특성과 관계 있을 것으로 보인다.

제대 후에 그는 프라하로 가서 도이치 오페라하우스 지휘자가
된다. 그는 성악곡에 천착해 많은 성악곡들을 남긴다. 하지만 나
치가 집권하고 독일이 오스트리아를 합병하면서, 나치는 베베른
을 '타락한 예술가' 목록에 올리고 모든 자리를 박탈한다. 그리하
여 그는 제2차 세계대전 동안에는 아무런 직책 없이 칩거하면서
악보 교정 같은 아르바이트로 근근이 살았다.

그는 전쟁이 끝나기 직전 잘츠부르크 부근의 시골로 옮긴다.
그러다가 전쟁이 끝나기 불과 며칠 전에 미군 병사의 오인 사격
으로 허망하게 죽음을 당한다.

베베른은 작품 수가 적으며, 작품 번호를 붙인 것이 31곡에 불
과하다. 그중 성악곡이 17곡을 차지하는데, 기악곡이 창궐하던
20세기 초반으로서는 예외적인 경우였다. 베베른은 쇤베르크의
12음 기법을 가장 철저하게 사용한 작곡가였으며, 가장 철저한
악보를 만들어낸 것으로 알려져 있다.

지휘자이자 작곡가인 피에르 불레즈는 베베른을 가리켜 "침묵 속에서 작품을 만드는 난해한 수도승"이라고 표현했다. 그의 음악을 들을 때마다 나는 그가 세상으로부터 물러나 홀로 침잠한 구도자란 느낌이 다가온다.

알반 베르크1885~1935는 빈에서 나서 빈을 사랑하다가 빈에서 생애를 마쳤다. 그의 다방면에 걸친 지적, 예술적 수준은 아버지의 부유함과 어머니의 교양이 없었다면 불가능했을 것이다. 그는 어려서부터 문학, 음악, 미술에 조예를 보이던 조숙한 수재였다. 하지만 15세 때 아버지가 갑자기 죽으면서 가계가 급속하게 기울었다. 이후 가족들이 집을 빈 외곽으로 옮겼지만, 빈을 떠나기 싫었던 베르크는 혼자 시내에 남았다. 그리고 그 때부터 인생을 걸고 독학으로 작곡을 습득했다.

베르크는 종종 돌출적인 행동을 했다. 김나지움에 낙방하자 자살 소동을 벌이고, 17세 나이에 하녀에게 아이를 낳게 했다. 그런 그를 보다 못한 형이 동생이 늘 끼고 살던 습작 악보를 몇 개 들고 쇤베르크를 찾아갔다. 형이 가져온 악보를 본 쇤베르크는 베르크를 문하생으로 받는다. 이리하여 베르크는 쇤베르크의 수제자, 즉 빈 악파의 제3석을 차지하게 되었다. 집안의 미운 오리 새끼가 빈 악단의 어린 백조가 되는 순간이었다.

하지만 평생 동안 몇 가지 결점이 늘 그를 방해했다. 하나는 천식이었다. 그가 23세에 처음 일으켰던 천식 발작은 평생 그를 괴롭혔는데, 그는 발작이 시작된 나이인 23을 숙명의 숫자로 여겼다. 그래서 23을 사용한 곡들이 많다. 다음은 끊임없는 연애본능이었다. 그는 어려서부터 만년까지 늘 연애를 해야만 했다. 연애는 그를 고무시키기도 했고 괴롭히기도 했다. 특히 만년에 유부남이었던 그는 역시 유부녀와 지속했던 비밀 연애로 큰 고통을 겪었으며, 그 때의 경험이 그의 여성관을 지배해 유작 〈룰루〉를 통해 드러나기도 했다.

베르크를 세계적인 작곡가로 만든 것은 두 편의 오페라 〈보체크〉와 〈룰루〉다. 두 편 모두 상연됨과 동시에 최고 문제작이 되었다. 1925년 베를린에서 초연된 〈보체크〉는 무조無調로 이루어진 최초의 대규모 오페라로서, 현대 오페라의 고전이 되었다. 〈보체크〉는 냉혹한 인생의 현실과 비참하고 천박한 인간 군상이 적나라하게 그려져 있다.

〈룰루〉 역시 한 여성을 통해 추악한 인간의 모습과 소외받는 계층을 그렸다. 하지만 베르크는 작곡 도중에 암으로 절명하고 만다. 1937년 생전에 완성된 2막판만이 취리히 오페라하우스에서 초연되었다. 이 작품은 미망인인 헬레네가 제3자에 의한 악보의 보필을 금지함으로써 미완성으로 남았다. 하지만 미망인이 사망하자 1979년 프리드리히 체르하가 준비한 보필 완성판이 파리 오페라하우스에서 발표되었다. 베르크가 사망한 지 44년 만의 일이자, 지금으로부터 불과 30여 년 전의 사건이다. 베르크는 단 두 편의 오페라로 현대 오페라의 방향을 제시했다.

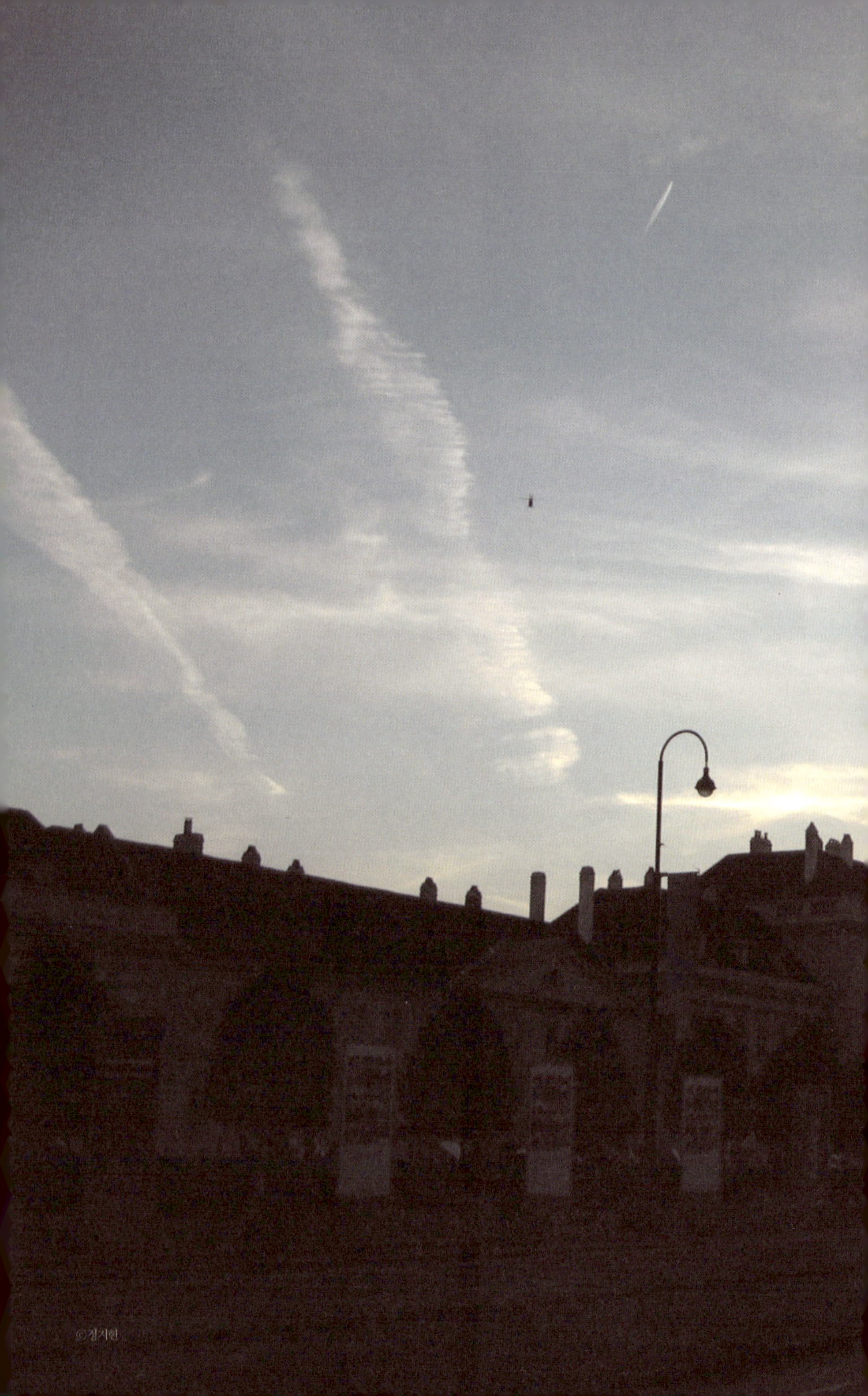

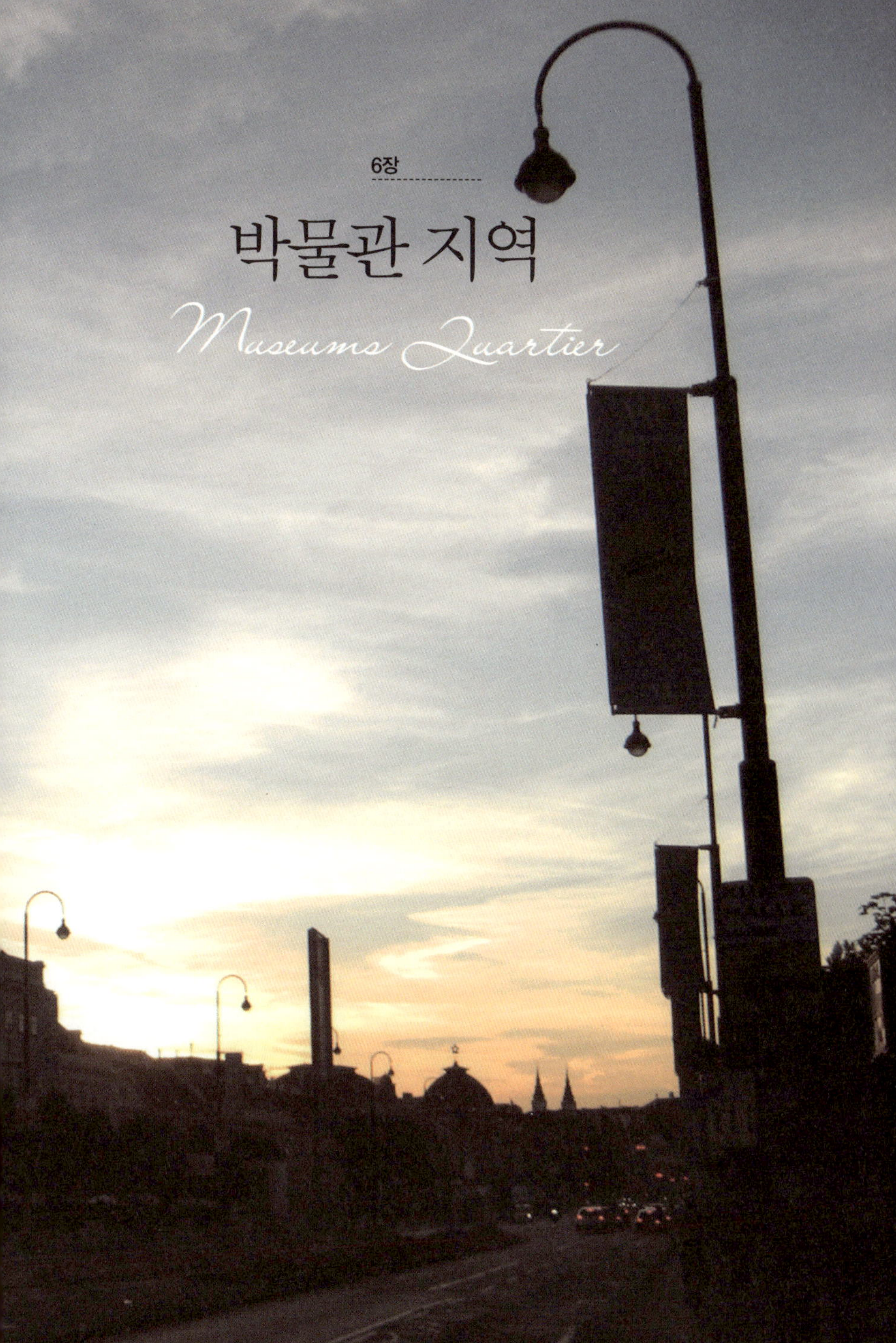

6장
박물관 지역
Museums Quartier

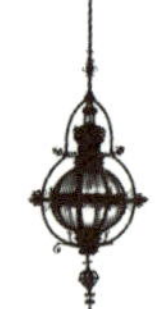

빈 미술사 박물관
유 럽 최 고 의 컬 렉 션

빈에는 박물관이나 미술관이 많이 있지만 가장 대표적인 곳을 든다면 미술사 박물관이다. 이곳은 미술과 미술품 수집에 관한 빈의 전통과 관록을 보여주는 상징적인 장소다.

오스트리아 황제가 살았던 호프부르크 황궁의 위압적이고도 아름다운 대문은 링 슈트라세의 남쪽을 향하고 있다. 그 링을 건너면 다시 광장이 나타나는데 마리아 테레지아 광장이다. 가운데에 앉아 있는 위풍당당한 부인이 마리아 테레지아 여제다. 여제는 좌우 양쪽 대칭으로 된 두 개의 쌍둥이 건물을 거느리고 있다. 동쪽에 있는 것이 미술사 박물관, 서쪽의 것이 자연사 박물관이다. 1881년에 함께 완성된 두 건물은 독일 드레스텐의 오페라하우스를 건축하기도 한 당시 유럽 최고의 건축가 고트프리트 젬퍼가 설계했다.

나는 동쪽의 미술사 박물관으로 향한다. 이 미술관은 파리의 루브르, 마드리드의 프라도와 함께 유럽 3대 미술관으로 알려져 있지만, '3대'라는 것은 늘 예술에서는 웃기는 말이며 반박당하기에 가장 좋은 소재니 더 따지지는 말고 넘어가기로 하자.

이곳의 작품들은 원래 합스부르크 황실에서 수백 년간 컬렉션

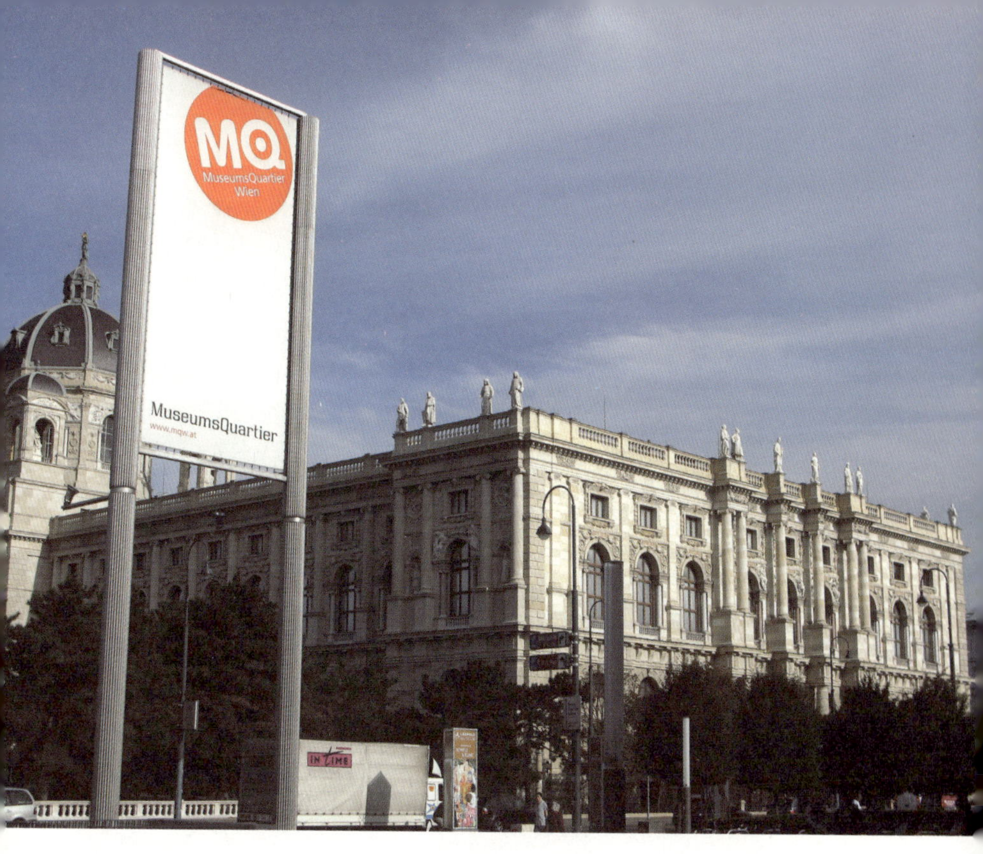

했던 황실 소장품을 바탕으로 구성된 것들이다. 이전까지 호프부르크 궁이나 쉰브룬 궁, 벨베데레 궁 등에 산재해 있던 것을 모아서 체계적으로 정리하기 위해 건물을 지었으니, 미술사 박물관이다. 그리고 다른 곳의 소장품들을 완전히 이전하고 다시 10년간 정리, 1891년 미술관으로 개관했다.

컬렉션은 대단히 방대하다. 고대 이집트나 메소포타미아 예술품에서 중세를 거쳐 근대까지의 작품들을 망라, 연대순으로 체계적으로 전시하고 있다. 근대 이후의 작품들은 없다. 이곳 최고의 작품들은 회화다. 그 수가 7천 점 정도라고 하는데, 질에 있어

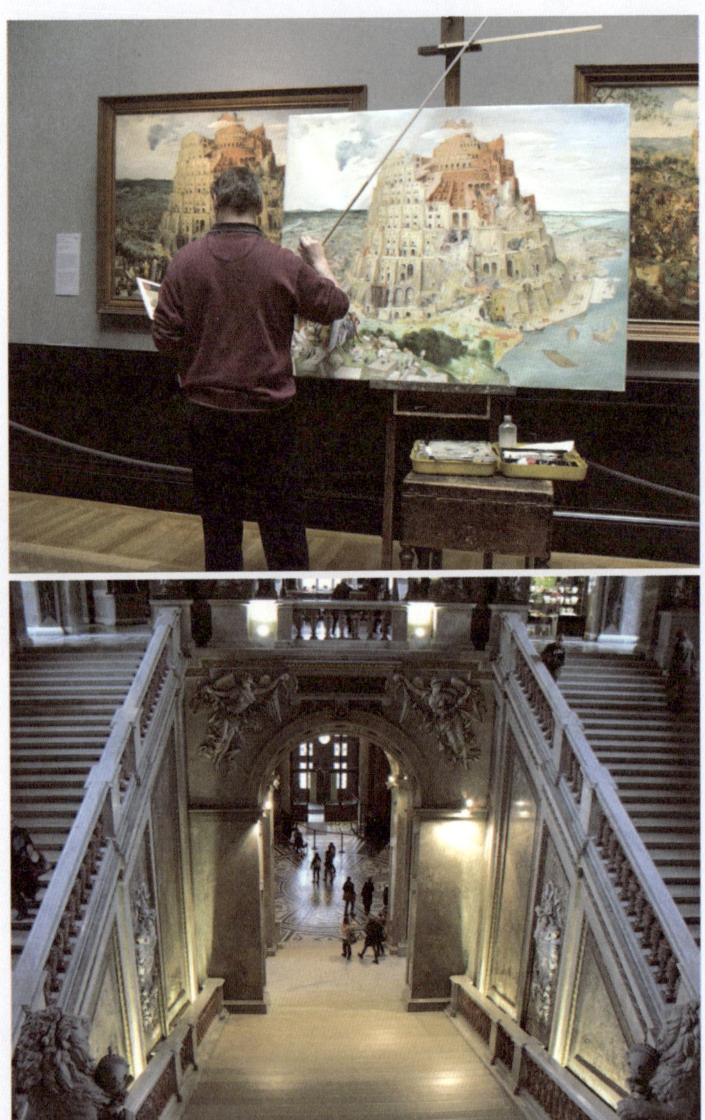

서는 세계 최고 수준이다. 정말 그림을 좋아하는 사람이라면 하루 종일 이곳에 머물러도 지루하지 않을 것이다.

거대한 이중문을 열고 들어가면 너무나 아름답고 당당한 중앙 계단이 방문자를 맞는다. 그 계단의 중간에는 사실적이고 생동감 넘치는 대형 대리석 조각이 있다. 안토니오 카노바의 〈켄타우로스를 잡는 테세우스〉다. 이 작품을 여기에 놓은 깊은 뜻에 대하여는 이미 앞에서77쪽서 얘기했다. 이 조각처럼 새로운 빈은 다만 전통으로 이어진 것이 아니라, 1900년을 전후로 아버지를 죽이고 탄생한 것이다. 이 조각상 위로 천장 한쪽 구석에 그림을 그린 클림트가 나중에 빈을 대표하는 작가가 될 줄 당시의 그들은 미처 몰랐을 것이다.

미술사 박물관에는 빈의 작품들만 있는 것이 아니다. 렘브란트를 위시한 네덜란드 화가의 그림들, 주세페 아르침볼도 같은 이탈리아 화가의 작품들, 그리고 플랑드르, 프랑스, 스페인, 영국의 대표적 화가가 그린 명화들이 많다.

그중에서도 가장 끌리는 것은 페터 브뤼겔의 풍속화들이다. 브뤼겔의 그림들은 큰 방 하나를 다 채우고 있는데, 나는 이 브뤼겔의 방이 늘 편안하다. 가운데 있는 소파에 앉아서 이쪽 그림의 가을을 감상하고 저쪽 그림 속 겨울을 느낀다. 그림에 등장하는 500년 전 사람들의 순진해 보이는 동작들을 보면, 그들이 마치 사람이 아니라 인형들 같다. 나는 그 속에서 한때 사랑했지만 나이가 들면서 점점 잊게 된 동화 속의 인물들을 찾는다.

이 안에 있으면 밖에 비가 오든 눈이 오든 모른다. 어려서부터 화집 뒤적이는 것을 좋아했던 나는 이제 진짜 그림을 본다. 60년대 국내에서 만들어진 조잡한 인쇄의 도록들을 보면서 상상력을 동원할 수밖에 없었던 그림들……. 그 그림들이 지금 내 눈앞에 숨결을 헐떡이며 벽 가득 붙어 있다. 아무리 보아도 볼 그림은 많다. 이곳은 까먹을 사탕이 끝도 없이 많은 행복한 사탕가게다.

이곳에서는 그림만을 볼 수 있는 게 아니다. 어린 시절 학교에서 배웠던 것들이 다시 살아나고, 그 때의 친구들이 다시 생각나고, 중학교 때 미술 교과서에서 오려 보관했던 허접한 색채의 사진들이 주마등처럼 떠오른다. 그 사진들이 30여 년이 지나 내 눈앞에 진짜 작품 위로 겹쳐진다. 나는 중학교 때 나를 귀여워해주신 미술 선생님을 떠올리고, 단골 화방의 주인 할머니를 떠올리며, 밤늦게까지 미술실에 앉아서 화집을 베끼던 그 해의 여름을 떠올린다. 영원히 함께 갈 것 같았던, 한동안 잊었던 미술부 형들과 친구들을 여기서 다시 만나고, 잃어버린 옛 사랑과 다시 대화를 한다.

도끼자루 썩는다. 그림을 보러 왔다가 나는 시간 여행을 하고 있다.

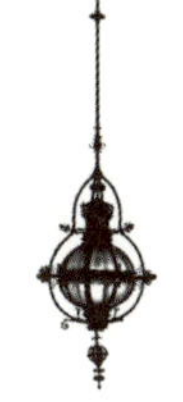

무제움스 쿠바르티어(MQ)
예술의 작은 바다

예상치 않은 만남은 더욱 놀랍고 기대하지 않은 만남은 더욱 감동적이다. 내가 처음 빈을 갔을 때는 불행하게도 어떤 가이드북이나 책에도 빈에 관한 언급이 없었다. 그리 오래되지 않은 일이지만, 정말 빈이나 오스트리아 대한 우리의 관심은 미약했던 것이다.

미술사 박물관에서의 감동에 젖어 그곳 카페에서 한참 동안 책도 읽고 커피도 마셨지만 여전히 시간이 남아 있는 오후였다. 나는 박물관을 나와서 링의 반대편으로 걷기로 했다. 그런데 길을 건너니 크고 노란 건물이 하나 있었다. 외형으로 그 건물의 용도를 생각해보았지만 알 수 없었다. 고개를 갸웃거렸다. 그 앞에는 마치 견본 시장이나 장터에서 보는 것과 비슷한 깃발들이 휘날리고 있었다. 거기에서 단 두 자, 'MQ'가 적힌 깃발이 눈에 띄었다. 바람에 휘날리는 'MQ', 무슨 말일까? 나는 그곳으로 들어갔다.

놀라지 않을 수 없었다. 그곳은 수많은 미술관과 갤러리, 예술가들의 아틀리에가 모여 있는 엄청난 콤플렉스였다. 콤플렉스라면 코엑스몰이나 롯데월드, 아니면 센트럴시티 같은 천편일률적인 상업 공간만 연상하는 서울 사람에게 오직 예술만으로 이루어진 콤플렉스가 주는 충격은 대단한 것이었다.

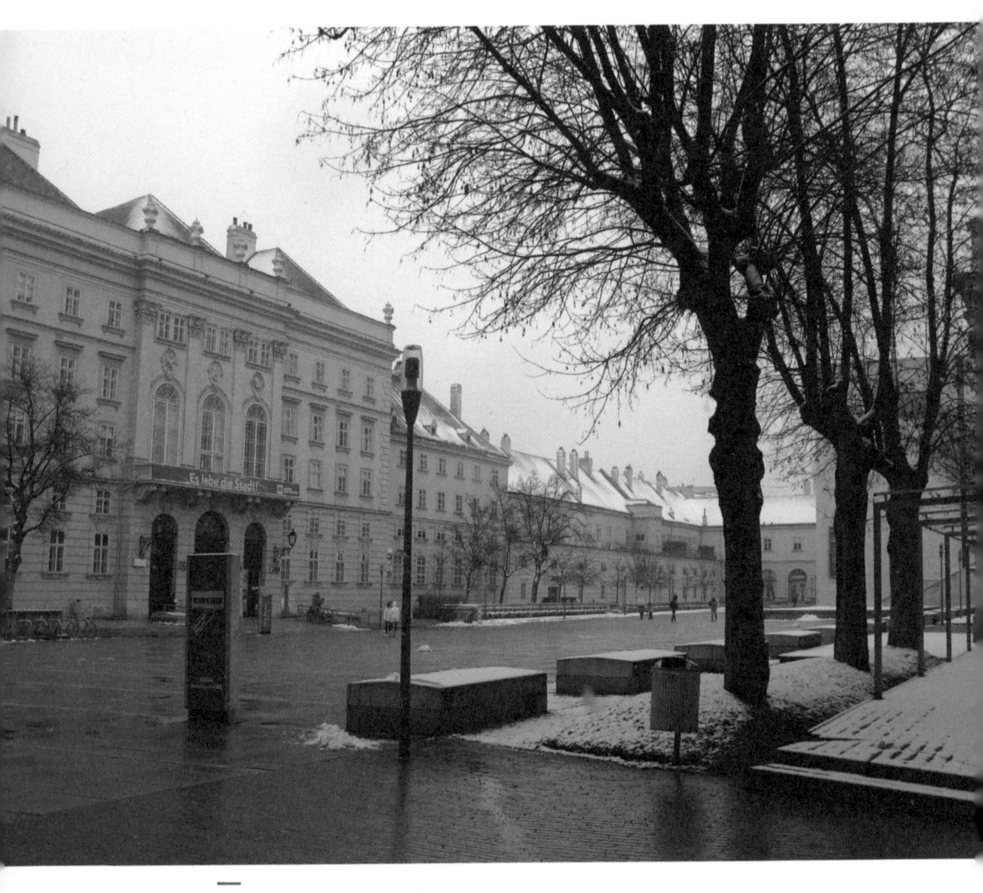

무제움스 큐바르티어의 안마당.
황실의 마구간은 이제 세계 최고의
문화 복합 공간이 되었다.

입구의 안내문에서 MQ의 정체를 제대로 짐작한 다음, 나는 감격에 북받쳐 한동안 그곳에 들어가지를 못했다. 나는 안마당에서 전체를 조망하면서 그 감격을 즐겼다. 어쩌면 이런 생각을 할 수 있었을까? 궁극적으로 내가 꿈꾸었던 가장 이상적인 공간이 이런 데가 아니었을까? 이것이야말로 도시가 만들 수 있는 궁극이자 최상의 테마 파크가 아닐까? 하는 생각들이 내 가슴을 요동치게 했다.

MQ는 '무제움스 큐바르티어'무지엄스 콰티에르라는 이름 그대로 박물관들만이 모여 있는 곳이다. 그렇지 않아도 박물관과 미술관으로 넘쳐나는 빈에 또 새로운 곳을 만들었으니 이곳에는 20세기, 즉 1900년 이후의 미술에 관한 것만 모여 있다. '현대미술과 현대문화에 관한 세계에서 가장 큰 콤플렉스의 하나'라는 그들의 소개 그대로다.

이곳은 에곤 실레 컬렉션으로 세계 최대를 자랑하는 레오폴드 뮤지엄, 무목(MUMOK)이라고 흔히 부르는 루드비히 현대미술관 Museum of Modern Art Ludwig Foundation, 그리고 현대미술관인 쿤스트할레Kunsthalle 등이 주축을 이루고 있다. 그 외에 오스트리아 현대무용의 중심인 탄츠큐바르티어 빈Tanzquartier Wien, 오스트리아 건축박물관Azw, 담배 박물관 등도 있다.

또 하나 이곳에서 높은 평가를 받고 있는 것은 어린이들을 위한 현대예술 박물관이다. 그것도 하나가 아니라 춤ZOOM 어린이 박물관, 빈 엑스트라킨더인포, 빈 어린이 극장 등 첨단 시설의 여러 어린이 예술 시설들이 있다.

그러나 박물관만이 MQ의 전부는 아니다. 이곳에서 가장 놀라운 것은 '큐바르티에 21'이라는 건물 동棟이다. 현대미술, 디지털 예술, 디자인, 패션 등 오스트리아에서 엄선된 전위적인 공방 55개가 입주해 있다. 호프만과 모저 등이 직접 이끌었던 백 년 전 빈 공방의 정신을 계승한 것이다. 이것은 MQ가 단지 작품을 전시하고 감상만 하는 곳이 아니라, 여전히 건강한 허파를 씩씩거리면서 세계 최고의 작품들을 생산하는 공장이라는 뜻이다. 그러니 이곳은 예술가들과 시민들이 함께 어울려서 함께 밥 먹고, 맥주 마시고, 강연하고, 평가하고, 토론하는 예술의 현장이다.

빈은 21세기에도 문화 예술의 중심 도시로서의 지위를 유지하고 자라나는 어린 세대들에게 최고의 예술 경험과 교육을 제공하기 위해 유럽 최대의 미술관 지구를 개발했으니, 그것이 곧 MQ다. 6만 평방미터의 놀라운 면적은 빈 시내의 모든 미술관을 합친 면적에 상응할 정도라고 한다. MQ는 빈이 21세기에 만든 최대의 프로젝트였다.

이 MQ는 원래 마구간이었다. 오스트리아 황실은 1713년 황실에서 쓰는 많은 말들과 마차들을 사육하고 관리하기 위한 시설을 만들었다. 이 시설에서는 200여 년 동안 황실의 말들이 거주했지만, 자동차의 발달로 점차 말들이 줄어들었다. 그리하여

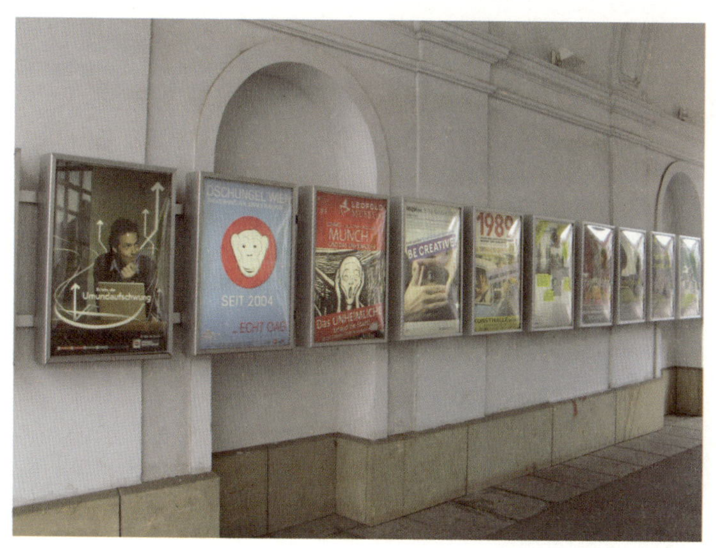

무제움스 큐바르티
어에는 수많은 공방
에서 여러 행사들이
끊임없이 열린다.

황실은 1921년 마구간을 완전히 옮기고 이곳을 전시장 등으로
사용했다.

빈 당국은 1980년부터 이곳을 최대의 박물관 지역으로 만드
는 구상을 했다. 그리고 2006년에 드디어 MQ가 최종 개관했다.
MQ는 바로크 풍의 과거 건물이 전체 캔버스를 둘러싸고 있고,
그 안에 최신형 건물들이 들어서 있다. 그야말로 신구의 조화다.
전위도 고전에서 나온다는 진리를 MQ는 스스로, 무언으로 웅변
하고 있다.

MQ에 들어온 사람은 하루 종일 수많은 예술의 바다 속을 즐
기면서 감성의 자유를 만끽할 수 있다. 아니, 다 본다는 것은 하

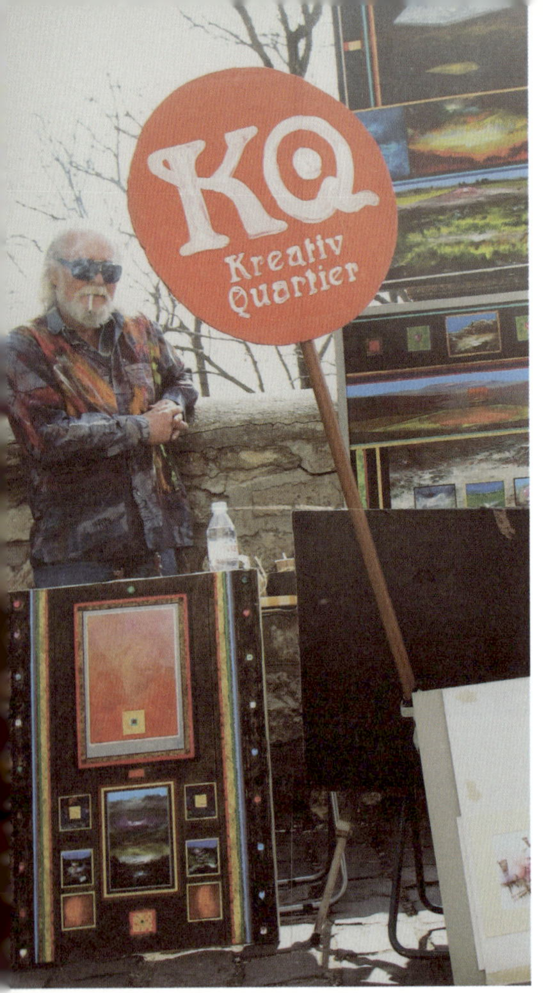

루만으로는 불가능하다. 그냥 몇 번이고 여기 와서 즐기면서 시간을 보내야 한다. 그러면서 저절로 안목과 생각이 깊어지는 것은 당국이 제공한 멋진 선물이다.

그 넓고 볼 것 많은 MQ에서 최고의 장소는 MQ의 넓은 안마당이다. 널려 있는 현대적인 작품들 속에서 반바지만 입고 누워 하루 종일 책을 보는 소녀들……. 그녀들은 책을 손에서 놓지 않는다. 종일 사색하면서 누구의 눈도 의식하지 않고 책을 보면서 샌드위치를 먹고, 맥주를 마시다가 잠이 들고, 다시 깨어나 책을 본다. 이 건강한 소녀들을 보면서, 문화 대국 오스트리아의 힘은 과거에만 있는 것이 아니라 지금도 창조되고 있다는 것을 뜨겁게 느낀다.

반면 우리나라의 콤플렉스들은 어떤가? 어디나 똑같은 브랜드들로 가득한 쇼핑몰, 같은 맛의 체인점으로 가득한 식당가, 어디나 같은 영화를 하는 멀티플렉스 영화관에 길들여진 우리 청소

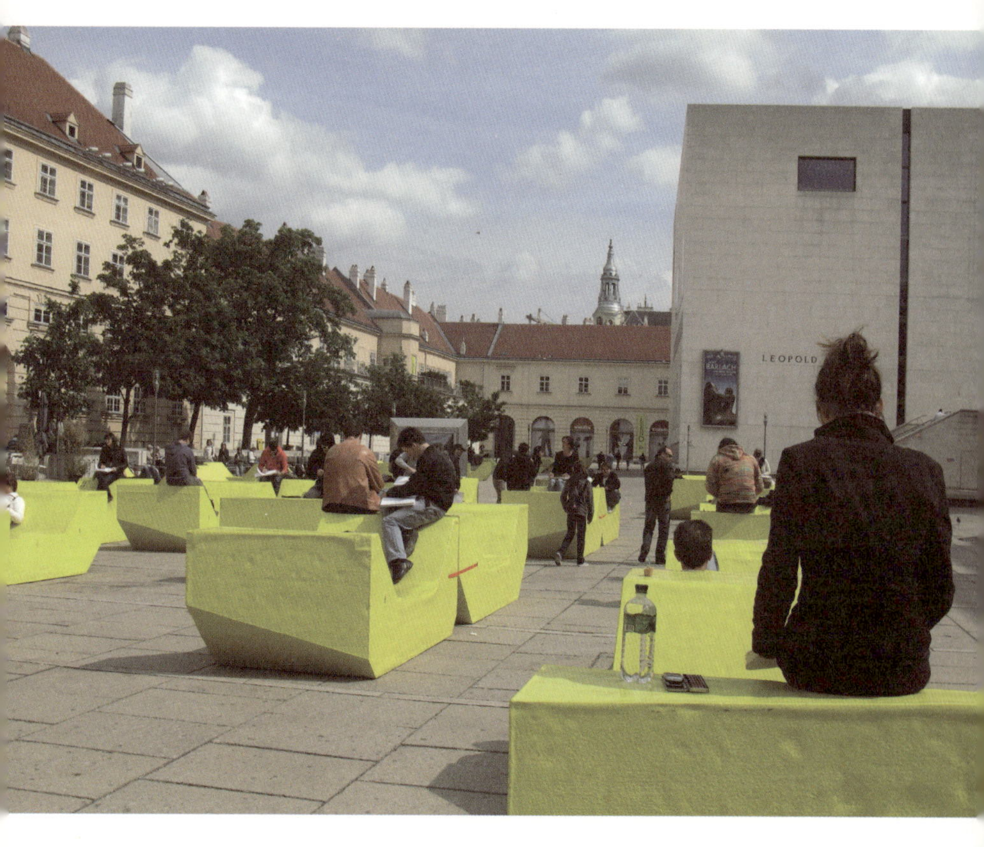

년들을 생각한다. 창의성과 예술성이 대체 어디에서 나올 수 있
을까? 빈의 젊은이들이 부럽다는 말만으로 나의 안타까운 심정
을 어떻게 다 표현할 수 있을까?

레오폴트 박물관
에곤 실레의 보고

무제움스 큐바르티어MQ에는 수많은 미술관들이 있지만, 그중 베스트는 두 말 할 것 없이 '레오폴트 무제움'이다. 일단 건물부터가 눈에 띈다. 커다란 아이보리 빛깔의 사각형 건물은 무척 단순하지만 결코 평범해 보이지 않는다. 분명 어떤 내공이 느껴진다. 그 건물의 아름다움은 놀랍다. 화려하지도 않고 장식도 없지만, 석회석의 단순함 속에서도 세련됨을 느낄 수 있고 비례의 아름다움이 보인다.

그 아름다운 건물에 눈이 휘둥그레져 안으로 들어가면 쾌적하고 친절한 환경에 다시 한 번 놀란다. 그리고 세 번째로는 방대한 컬렉션에 감탄한다.

건물과 소장품에서 모두 세계적인 수준인 레오폴트 무제움은 한 개인의 컬렉션으로 창립된 미술관이다. 이곳은 유럽에서 가장 중요한 미술관의 하나이며, 세계에서 가장 중요한 개인 미술관이고, 20세기 오스트리아 미술품 소장으로 세계 최고의 미술관이다.

레오폴트 무제움은 오스트리아의 의사이자 미술품 수집가인 루돌프 레오폴트 박사가 평생 모은 작품 5천여 점을 바탕으로 세워졌다. 1994년에 5천400평방미터의 전시 공간을 자랑하는 현대적이고 쾌적한 레오폴트 무제움이 완공되었다. 1900년 전후

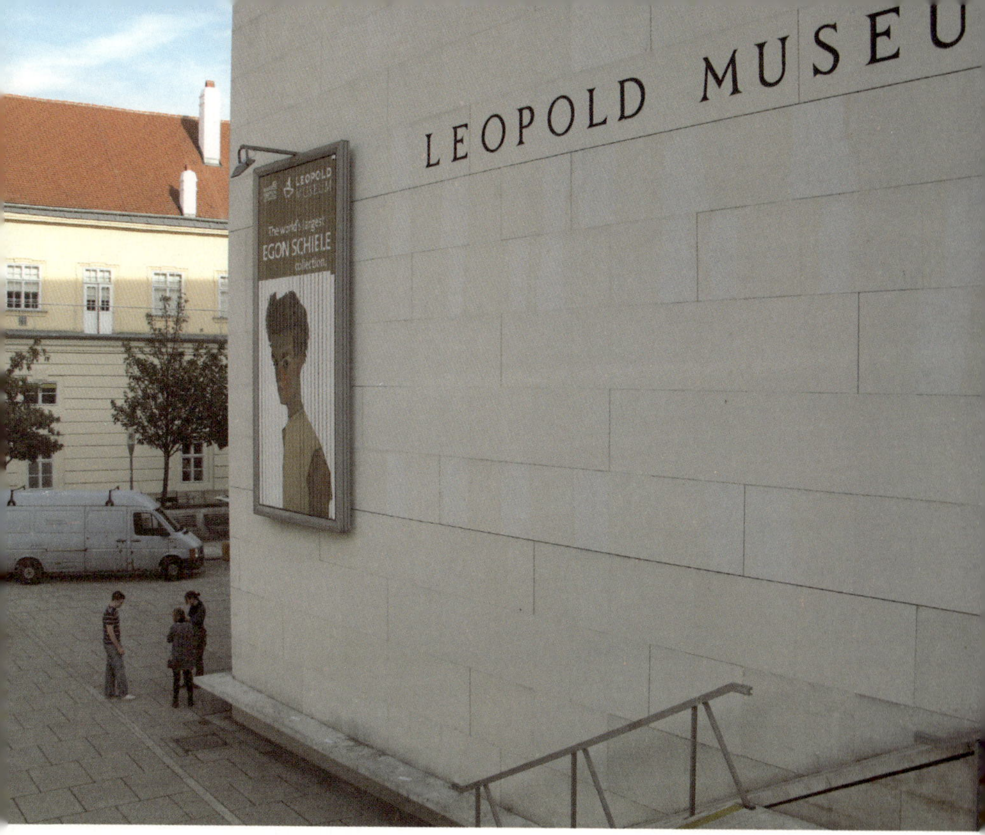

의 빈 분리파 작품들이 주종을 이루는데, 구스타프 클림트, 오스카 코코슈카 등의 작품들이 있으며 특히 에곤 실레의 작품은 세계 어느 미술관보다 많이 소장되어 있다. 실레에게 관심이 있는 사람이라면 결코 빼놓을 수 없는 곳이다. 실레를 잘 모르는 사람들도 이곳에서 안타깝게 요절한 한 천재의 일생과 예술 세계를 충분히 느껴볼 수 있다.

분리파의 많은 전시 작품들 중 특히 볼 만한 것은 건축가 오토 바그너의 작품들이다. 물론 건물은 전시할 수 없지만 설계도, 사진, 슬라이드, 건물에 사용한 제품들이 흥미로운 전시 방법으로

전통적인 무제움스 큐바르티어 안에 자리 잡은 초현대식 건물 레오폴트 박물관은 참으로 아름다운 건물이다.

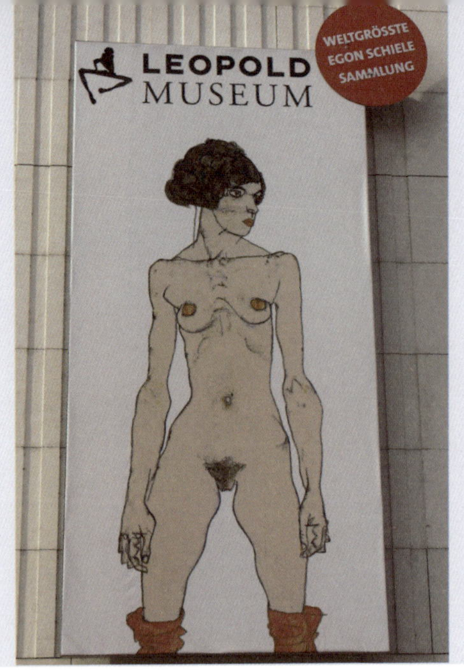

눈길을 끈다. 빈 시내를 다니면서 바그너의 작품을 제대로 이해
하지 못한 사람이라면, 이곳의 슬라이드나 모형 등을 통해 바그
너를 이해하고 직접 시내로 뛰어나가 다시 건물들을 보고 싶은
마음을 불러일으킬 수 있다.

한 전시실을 들어가면 흑백의 대형 그림들이 벽 가득히 걸려
있다. 클림트다. 그런데 왜 흑백일까? 구스타프 클림트가 빈 대
학의 의뢰를 받아 그린 천장화들 중 〈의학〉과 〈법학〉이다. 학문
에 대한 그의 파격적인 묘사 때문에 스캔들을 일으켰던 작품들
이기도 하다. 하지만 안타깝게도 그 프로젝트는 미완성으로 끝
나 작품들이 남아 있지 않다. 대신 이 미술관에서 그 그림들을
흑백으로 복원, 일부나마 느낄 수 있게 해주고 있다.

그 방에는 둥근 소파가 하나 놓여 있다. 나는 여기에 잘 앉는

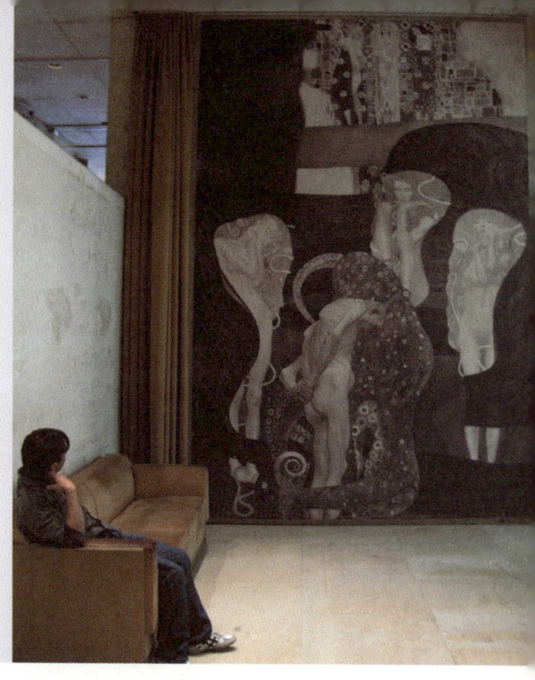

다. 소파가 둥그니까 어깨만 돌리면 여러 그림들을 볼 수 있다. 소파 뒤에는 헤드폰이 놓여 있다. 헤드폰을 머리에 끼운다. 음악이 나온다. 아, 말러의 교향곡 6번이다. 그 어떤 미술관이 이런 센스와 배려를 보여줄까?

클림트의 벽화를 보면서 말러의 교향곡을 듣는다. 클림트의 그림과 말러의 음악은 다른 것이 아니다. 이 두 가지는 결국 같다. 한참이나 앉아서 말러를 듣는다. 서울에 돌아가면 얼마든지 말러를 들을 수 있겠지만, 클림트를 보면서 동시에 말러를 듣는 사치는 이곳에서만 누릴 수 있다.

클림트의 거대한 〈법학〉 속에서 하늘로 올라가는 여인들이 말러에 맞추어 춤을 춘다. 저 멀리 창문 밖엔 주홍색의 MQ 지붕 위로 회색 구름이 지나간다.

에곤 실레
신화로 남은 28년의 짧은 생애

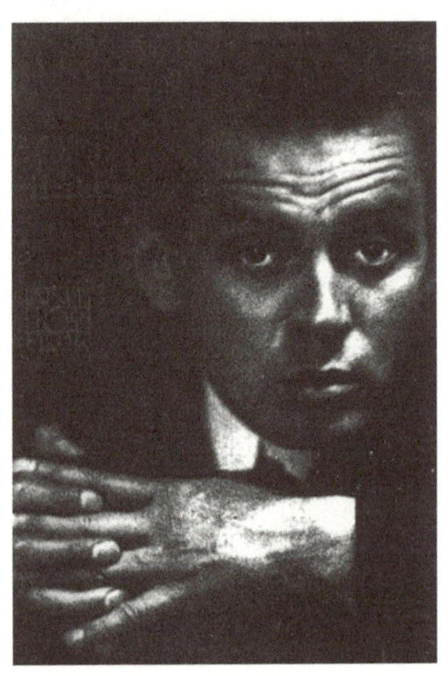

에곤 실레1890~1918의 아버지는 작은 역의 역장이었다. 에곤은 역이 놀이터였으며, 철도 옆에서 자랐다. 어린 시절부터 그림을 잘 그렸으니, 드로잉 중에서는 기차 그림을 많이 찾아볼 수 있다. 에곤의 아버지는 직장에서 이상한 행동을 해 쫓겨났다. 그의 광기는 뇌매독 때문이었다. 그는 결국 자신이 가졌던 모든 주식과 채권을 불 속에 던져 넣고 죽었다. 에곤의 나이 열다섯 살이었다. 아버지의 광기와 죽음은 에곤 실레의 인생과 예술 세계에 큰 영향을 미쳤다. 아버지의 죽음은 실레에게 충격이었지만, 자신이 화가가 되는 것을 반대했던 아버지로부터의 해방이기도 했다.

실레는 열여섯 살 때 빈으로 왔다. 그리고 빈 미술 아카데미에 진학했지만 적응하지 못했다. 전통적인 작풍을 강요하는 교수들은 실레를 인정하지 않았고, 실레의 독창성 역시 그들에게 복종

하거나 타협하지 못하는 것이었다. 결국 그는 학교와 이별하고 만다. 천재란 결별이며, 기존 것과의 결별 없는 천재는 있을 수 없다.

실레는 아틀리에 겸 숙소를 얻었다. 이미지에 무척이나 신경을 썼던 그는 작업실의 가구와 인테리어에 아이디어뿐만 아니라 상당한 돈을 투자했다. 실레의 친구이며 예술 평론가이자 저널리스트였던 뢰슬러는 실레의 방 풍경을 이렇게 묘사했다.

'실레의 방에 들어서면…… 검은 상자들, 검은 테이블, 검은 의자, 검은 커튼, 검은 보자기, 검은 쿠션, 검은 칠기, 검은 재떨이, 검은 책, 검은 선반 위의 검은 도자기, 검은 액자 속의 흑백 일본 판화……. 검정의 합창 가운데에 수도승이나 입는 듯한 하얀 가운(당시 이런 작업용 가운을 유행시킨 것은 클림트다.)을 입은 젊은 화가가 검은 이젤 앞에 서 있다. 그리고 이젤에 놓인 캔버스에는 보석과 꽃 같은 찬란한 색채들이 작열했다……'

이 글은 실레가 어떤 사람인지를 잘 보여준다. 그는 자신을 포장하고 보여주고 싶어 했다. 화가란 관음증적이어야 하지만 실레는 노출증적이었다. 클림트는 평생 거의 자화상을 그린 적이 없지만, 실레의 세계에서는 자화상이 중요한 부분이었다. 그의 자화상은 자기애적이고 노출증적인 정신을 그대로 드러낸다.

다음으로 실레의 관심은 아동들이었다. 실레의 그림에서는 마르고 비틀린 아이들의 모습을 많이 발견할 수 있다. 빈민가의 여자아이들이었다. 그런 아이들에게 관심을 갖기 시작한 실레는

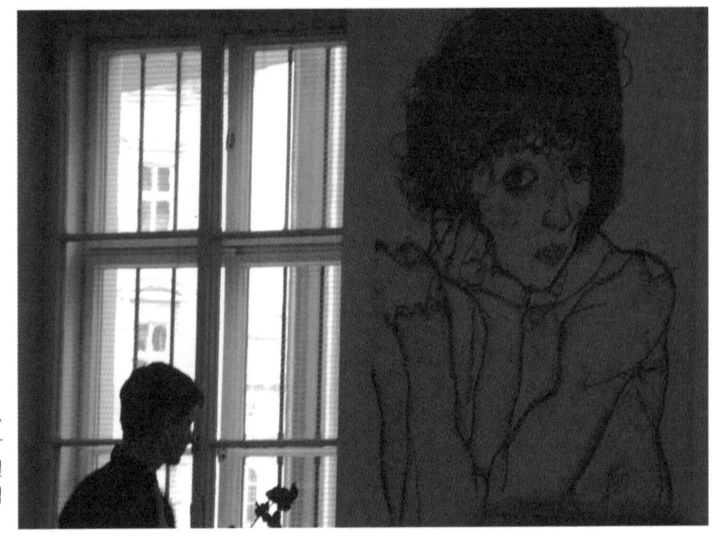

아이들을 스케치하기 위해 빈민가를 드나들었다. 그는 거기서 아이들을 그리는 데서 끝내지 않고 자기 작업실로 데려갔다. 그의 작업실은 마치 버려진 아이들의 고아원 같았다. 누구의 말처럼 그곳은 마치 동물원 같았고, 아이들은 음흉한 화가의 계산에 넘어간 것 같았다. 그림 속 소녀들의 얼굴은 순진하지만 표정은 음탕함과 성적 흥분으로 가득하다.

사람들은 실레의 그런 그림들을 일컬어 문란한 성생활의 부산물이라고 말했다. 하지만 실레로서는 당시 빈 사회를 고발하려는 의도도 있었다. 그는 '냄새나고 음란하고 포르노와 매춘이 만연하면서도 겉으로만 완고한 빈 사회'를 혐오했다. 하여튼 실레의 그런 행동과 그림들은 아동에 대한 약취 및 성추행의 의심을 사기도 했다. 실레는 아동을 납치한 혐의로 구속되기도 하는 등 적지 않은 스캔들을 일으켰다.

다음으로 그는 영혼과 죽음 등을 주제로 한 작품 세계에 천착한다. 상징적인 스타일의 작품들은 어둡고 무섭지만, 에로틱한 주제보다 훨씬 더 인간 원형에 접근하고 있다. 〈죽은 어머니〉, 〈임신한 여인과 죽음〉, 〈나의 영혼〉 등이 그렇다. 1912년 전후를 분기점으로 실레는 전 유럽에서 유명해지기 시작한다. 더불어 그의 작품 세계 역시 훨씬 더 높은 차원, 즉 종교적이거나 정신적인 차원을 보여준다. 〈추기경과 수녀〉, 〈고통〉, 〈은둔자〉 등이 대표적이다.

제1차 세계대전이 끝나자 실레를 기다리고 있는 것은 명성이었다. 실레는 오스트리아 화단에서 클림트의 계승자로서 대우받았다. 1918년 제49회 분리파 전시회에서 실레는 가장 중요한 초대작가가 되었다. 그가 제작한 전시회 포스터를 보면 마치 〈최후의 만찬〉을 연상시키듯 사람들이 테이블에 둘러앉아 있다. 그 중앙, 즉 예수의 자리에 있는 것이 실레다. 스스로 자신의 위치를 인정하는 자신감에 넘친 그림이다. 그의 반대편 자리는 비어 있는데, 그것은 클림트를 위한 자리다. 명성을 얻고 결혼도 한 이후로 실레의 작품들은 편안하고 따뜻해진다. 대작인 〈가족〉, 〈포옹〉, 〈화가의 아내〉 등이 이 시기의 대표작이다.

그 해 빈에서는 인플루엔자가 창궐했다. 1918년 2월 6일 클림트가 인플루엔자에 걸려 죽어갈 때, 실레는 그 소식을 듣고 달려가 죽어가는 클림트를 그렸다. 그는 석 장의 드로잉을 완성하면서 죽어가는 대가의 다음 자리는 자기 것임을 느꼈을 것이다.

하지만 실레도 인플루엔자를 피하지 못했다. 먼저 아내가 인플루엔자로 세상을 떠났다. 실레의 아이를 임신한 상태로. 그리고 불과 사흘 후 실레 역시 인플루엔자로 세상을 하직했다. 유럽 최고의 화가가 될 문턱에서 무릎을 꿇은 것이다. 그의 나이 28세, 너무나 젊은 때였다.

전해지는 그의 마지막 말은 이랬다.
"세계 어느 미술관에서나 내 그림을 볼 수 있게 될 것이다."

지금 그는 클림트 이후 가장 유명한 오스트리아 화가가 되었다. 28세 이전, 그토록 어린 나이에 이미 생전에 유명했다는 것은 미술사상 유래를 찾기 어려운 일이었다. 그가 떠난 지 백 년도 되지 않았지만 이미 그는 신화가 되어버렸다.

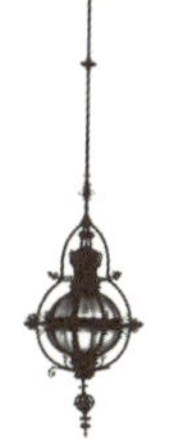

무목
현 대 미 술 의 창 고

—

무제움스 큐바르티어(MQ)에서 레오폴트 무제움 다음으로 눈길을
사로잡는 건물은 레오폴트 무제움의 대칭점에 있는 진회색 건물
이다. 흔히 무목MUMOK 또는 현대미술관이라고 부르기도 하는데,
정식 명칭은 '빈 루드비히 재단 현대미술관'Museum of Modern Art
Ludwig Foundation Vienna이다. 밝은 레오폴트 무제움과는 달리 짙은

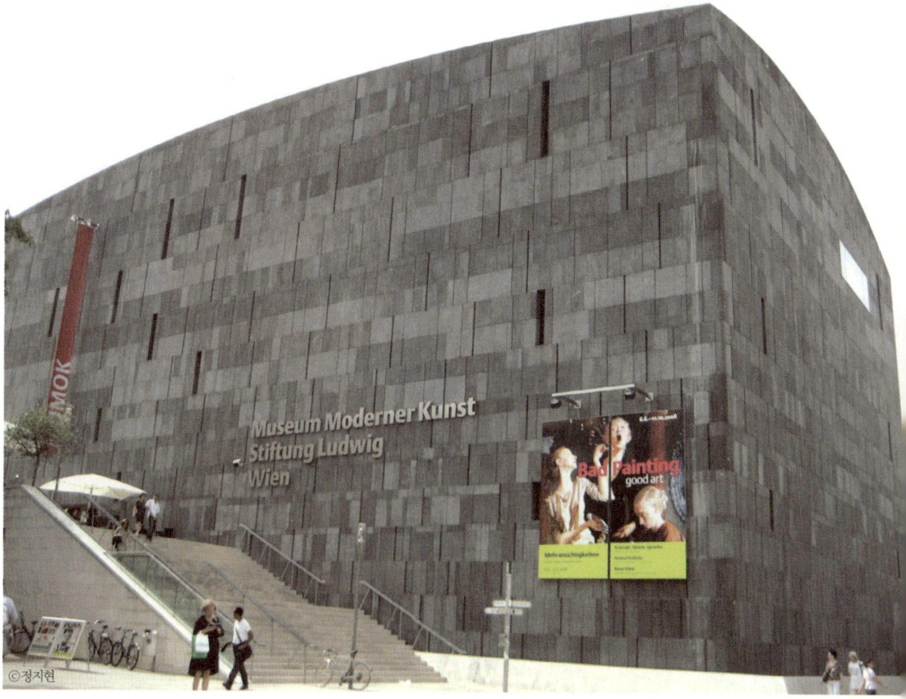

ⓒ정지현

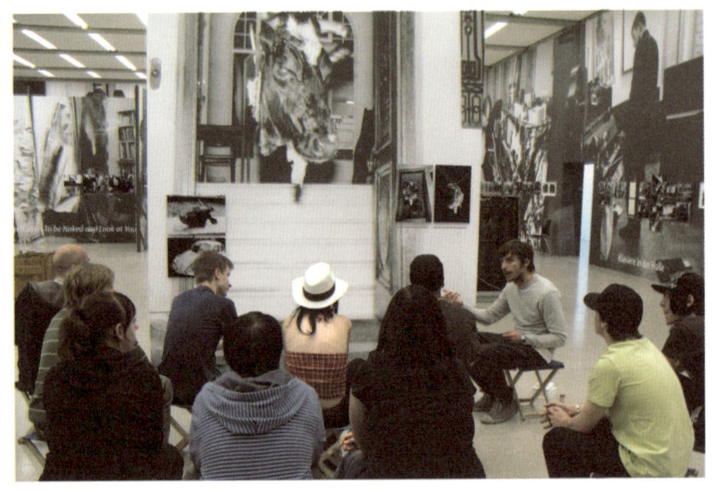

회색 건물은 창문도 없어 암석같이 육중한 덩어리가 진지하게
다가온다.

　이곳은 오스트리아뿐만 아니라 중부 유럽 전체에서 가장 큰
현대 미술품 컬렉션을 가진 미술관이다. 4천500평방킬로미터의
전시 면적에 수많은 소장품을 보유하고 있으며, 전시 형태 역시
소장품 전시뿐 아니라 늘 새롭고 획기적인 기획전을 선보인다.
　현대미술로서는 이제 고전이라고 할 수 있는 칸딘스키, 클레,
피카소, 자코메티, 워홀, 리히텐슈타인 등을 당연히 이곳에서 만
날 수 있다. 즉, 입체주의, 미래주의, 초현실주의 같은 고전적인
현대미술 사조부터 시작해 팝아트, 플럭서스, 누보레알리즘 등
더 최근의 사조도 볼 수 있으며, 생존 작가들의 작품도 많다.

또한 이곳에는 '무목 팩토리'라는 것도 있다. 아직은 무명이지만 현대미술 분야에서 정진하는 젊은 작가들이 직접 작품을 기획, 제작할 수 있는 공간이다. 관객들은 자유롭게 그들의 작업 현장을 구경할 수 있다. 그야말로 현대미술의 공장이다.

내가 방문했을 때는 백남준 기획전이 열리고 있었다. 무목을 가득 채운 백남준의 많은 작품들을 보면서 나도 몰랐던 그 방대한 양과 다양함에 놀랐다. 백남준의 작품마다 대학생들이 모여 앉아서 교수의 강의를 열심히 듣고 있었다. 나도 잘 모르는 백남준에 관한 이야기일 텐데, 진지하게 임하는 그들의 대화 현장을 보면서 우리의 예술 상황에 대해 많은 생각이 들었다. 대체 우리는 우리의 미술에 대해 얼마나 알고 있을까?

그 큰 무목 속을 한참 동안 돌아다니면서 잠시나마 바깥세상을 잊고 있었다. 밖으로 나오니 MQ의 안마당, 즉 무제움 플라츠 1번지 위에는 커다란 무지개가 떠 있었다.

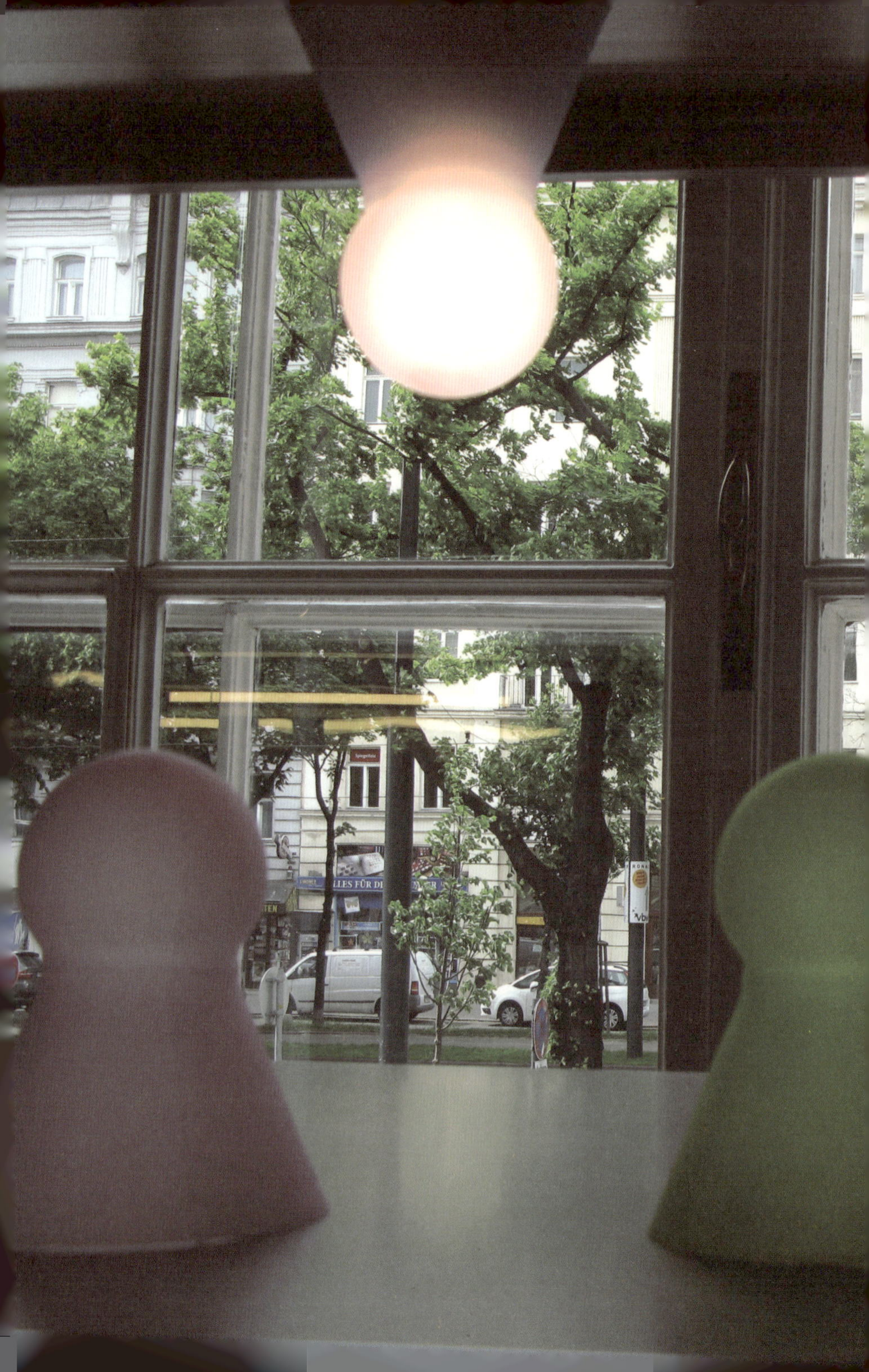

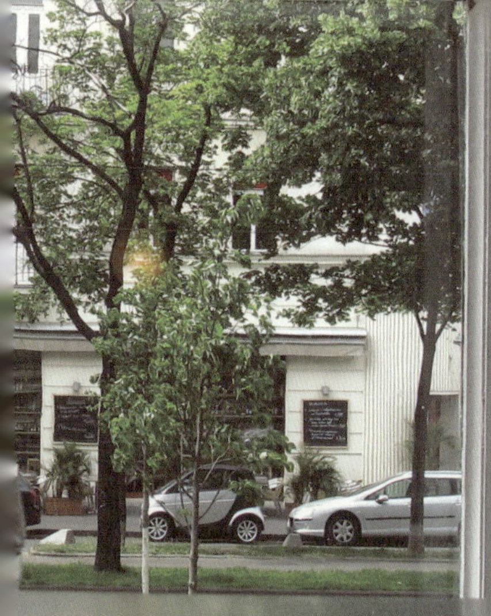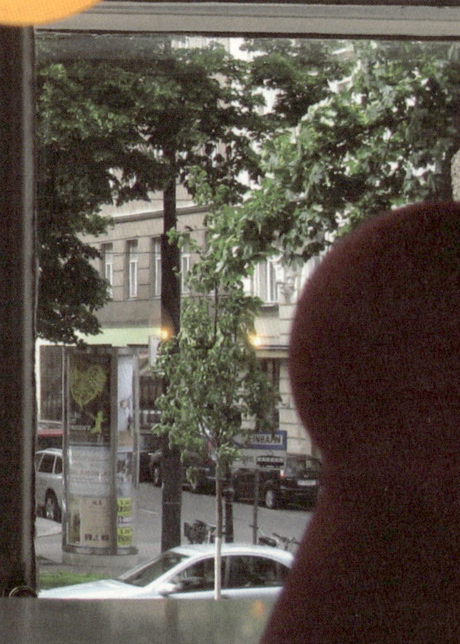

막 부근

Museum
für Angewandte Kunst

막(MAK)
응용 미술의 본가 빈의 자존심

—

빈에서는 보아야 할 곳이 많지만, 빠뜨릴 수 없는 곳이 '막MAK' 이다. 정식 명칭은 '오스트리아 응용미술 박물관'Österreischer Museum für Angewandte Kunst이다. 이렇게 이름이 기니 '막'이라고 줄 여서 막 말해도 용서해주어야 할 것 같다. 과거에는 종종 '공예 박물관'이라고 번역하는 경우도 있었다.

링 슈트라세를 지나가다 보면 슈타트파르크 북쪽으로 아름답 고 정교하게 지어진 붉은 벽돌 건물이 눈에 띈다. 섬세하면서도 장엄한 위용을 보여주며, 지붕이나 처마를 유심히 보면 장식이 정말 세심하고 멋지다는 생각이 드는 건물이다. 그런데 그 앞에 는 전혀 어울리지 않게 원색의 네온사인으로 'M, A, K'의 석 자 만 빛나고 있다.

1864년에 설립된 화려한 르네상스식 붉은 건물은 들어갈 때 부터 흥미진진해진다. 입구에는 건물과는 영 조화가 안 되는 아 주 오래된 문이 서 있다. 이것 역시 전시품으로서 방문객을 만나 는 작품 제1호인 셈이다.

네온사인 번쩍이는 문을 열고 들어가면 이건 마치 클럽으로 술 을 마시거나 춤추러 들어가는 듯한 기분이 든다. 하지만 일단 안 으로 들어가면 드넓은 방에 짙푸른 색의 장들이 끝없이 펼쳐진

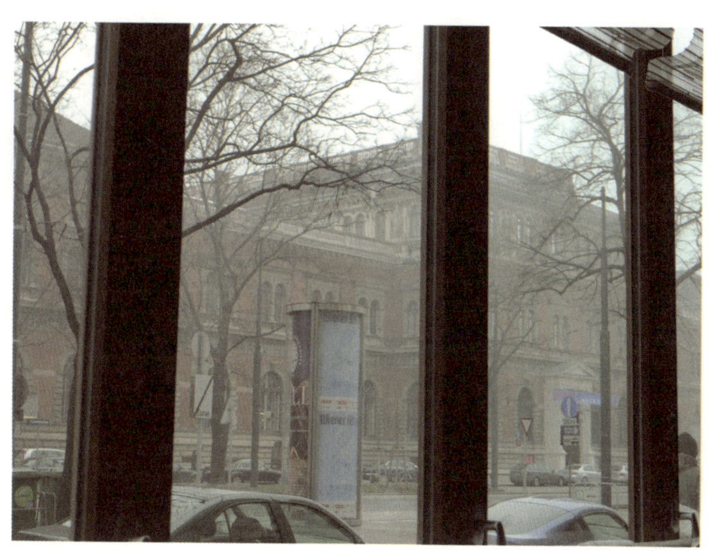

것을 보게 된다. 이것은 방문객을 위한 물품 보관함인데, 그 색깔
에서부터 박물관의 감각이 범상치 않음을 느끼게 한다.

안으로 계속 들어가면 가운데에 커다란 홀이 눈에 들어온다.
3층까지 완전히 다 뚫려 있고 2, 3층 발코니에서 아래를 다 내려
다볼 수 있는 구조다. 흔히 여기를 '벽이 없는 홀'이라고 부른다.
과연 사방으로 기둥들만 좁게 서 있고, 그 기둥들 사이로 상당히
장식적인 인테리어들이 눈에 들어온다. 르네상스 양식이라고는
믿기지 않을 정도로 다양하고 세련된 형식들이 혼재되어 있다.
홀 중앙에는 커다란 테이블과 커다란 의자들, 때로는 소파나
벤치들이 놓여 있다. 몇 번을 가보았는데 의자들이 종종 바뀐다.

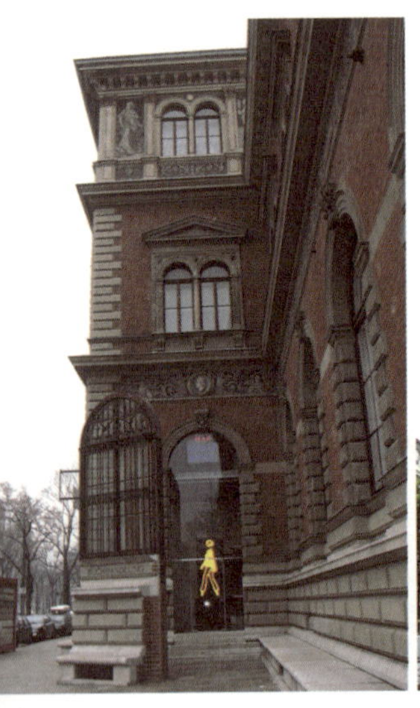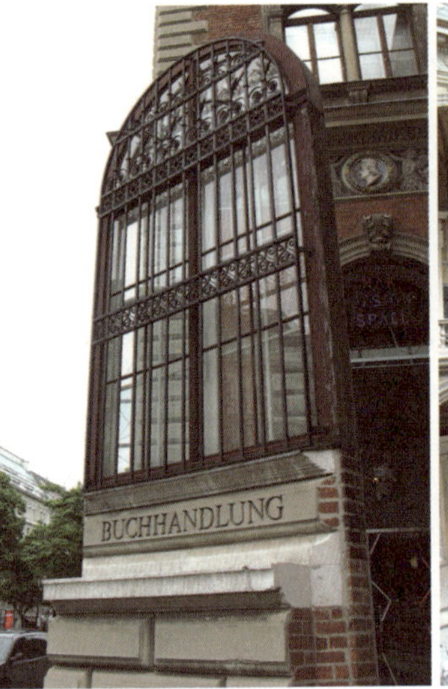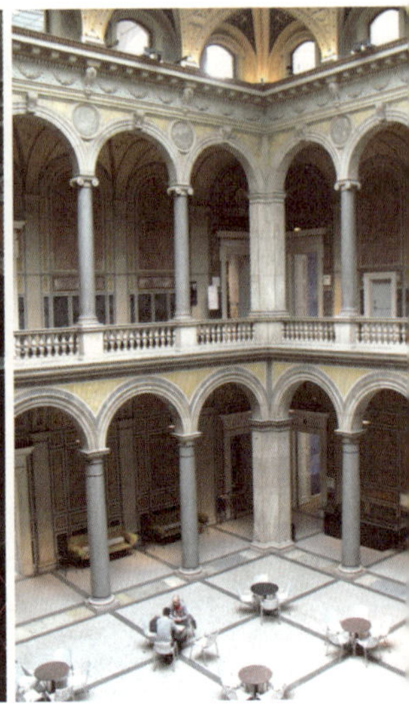

얼핏 보아도 대단한 디자인들이다. 지친 나그네가 좀 앉고 싶지만 빈 자리가 없다. 모든 의자마다 사람들이 차지하고 있다. 다들 학생들이다. 대부분 여학생들인데 열심히 공부 중이다. 수다도 떨지 않고, 고개도 들지 않는다. 일반 학생들도 있지만 바로 옆의 공예학교 학생들이 많은 듯하다. 하루 종일 앉아 있어도 아무도 시비를 걸지 않는다. 이런 곳에 앉아서 종일 공부하고, 책에 나오는 작품들을 바로 옆에서 육안으로 확인할 수 있으니 그들의 환경이 부럽다. 한국에서 디자인 공부를 하는 사람이 어릴 적부터 이런 환경에서 생활해온 아이들과 경쟁하는 것은 쉽지 않을 것만 같다. 게다가 이 학생들은 바로 옆의 공예학교 학생들이니 클림트의 후배들인 것이다.

1993년에 막은 대대적인 변신을 했다. 외양은 그대로 두었지만 내부를 완전히 새로운 콘셉트로 바꾸었다. 빈을 대표하는 디자이너들을 몇 명 선정해 각기 하나씩 전시실을 맡아 모두 다른 개성을 갖도록 만들었다. 즉, 최고의 디자인하우스를 최고의 디자이너들이 디자인한 것이다.

정말 각 방에 들어가면 어디는 너무나 단순하고 현대적이며, 어디는 19세기 궁전에 들어온 것 같고, 또 어디는 그림자를 이용한 독특한 전시를 보여주는 등 디자인의 도시 빈의 찬란함을 느낄 수 있다.

이 박물관 컬렉션의 원천은 역시 합스부르크가였다. 황실에서 가지고 있던 다양한 컬렉션들, 즉 가구, 집기, 그릇, 의자 등등을 중심으로 박물관이 만들어졌다. 하지만 나중에는 빈의 부호 콜렉터들이 기부한 중요한 수집품들도 전시되었다. 독일의 유명한 가구업자였던 다비트 뢴트겐이 수집한 가구들이나, 에스테르하지 가문의 도자기와 가구 컬렉션들도 있다.

또한 우리가 흔히 '카페 의자'라는 무식한 말로 부르는 의자들, 즉 동그란 나무를 동그랗게 굽혀서 만든 의자 '벤트우드 체어'의 모든 종류들이 완벽하게 전시되어 있다. 벤트우드 의자는 1830년경 빈에서 나무를 굽히는 기술이 발달하면서 나온 것으로, 디자이너 미카엘 토네트1796~1871에 의해 크게 히트했다.

그 외에도 각종 소파, 책상, 문구, 식기, 집기, 도자기, 카펫 등

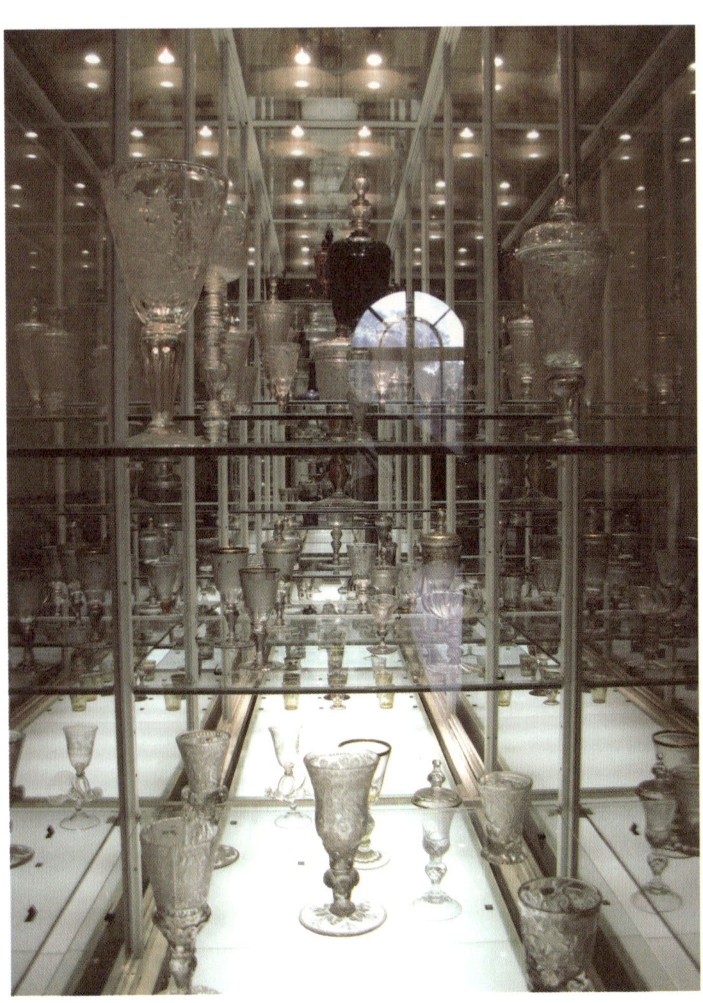

에서부터 주택의 미니어처까지, 미처 우리가 상상하지 못했던 것들이 총망라되어 있다. 특히 비더마이어 시대의 방을 재현한 곳도 있고, 저명한 수집가들의 귀한 수집품들을 통째로 옮겨 놓은 곳도 있다. 또 중요한 곳 중의 하나가 '빈 공방'의 물건들을 모아 놓은 '빈 공방 컬렉션'이다.

클림트는 권위 있는 빈 미술 아카데미에 들어가지 못했다. 일개 공인工人의 아들이었던 그는 대신 빈 공예학교에 진학해 공예를 배웠다. 하지만 그는 분리파를 창설하고 위대한 빈의 디자인을 선도했다. 그리하여 지금 막 옆이 바로 빈 공예학교 건물로, 클림트의 후배들이 이곳에서 매일 디자인을 연구하고 있다. 공부를 하다가 뒤편 개울 옆에 있는 발코니에 나와서 머리를 식히는 학생들의 모습을 볼 수 있다.

막을 다 보고 나오면 박물관이나 전시실을 보았다기보다는 꼭 공예학교나 건축학교에 들어가서 실컷 공부를 하고 나온 기분이다. 너무나 많이 보았다. 머리와 가슴에 포만감이 밀려온다. 하지만 뒷맛은 아주 좋다.

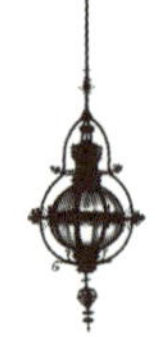

빈 공방
총체예술의 상징

—

빈에 가면 가구나 소품에서 독특한 디자인들을 많이 볼 수 있다.
주로 흰 바탕에 검은 테두리가 둘러져 있는 것들이 많아서 눈에
뜨인다. 게다가 로고조차도 흰 바탕에 검은 테두리 글자가 뚜렷
한데, 그것은 두 개의 W 자가 겹쳐져 'WW'로 도안된 것이다.
바로 '빈 공방'Wiener Werkstätte의 로고다.

1900년에 열린 제8회 분리파 전시회는 건축가 요제프 호프만
1870~1956과 디자이너 콜로만 모저1868~1918가 책임을 맡았다. 그들
은 글래스고 출신의 영국 디자이너 찰스 매킨토시의 작품 세계
에 감동을 받고 그를 초대했다. 전시회가 끝난 이후에는 매킨토
시의 스타일과 정신을 계승하면서도 빈만의 개성을 가진 총체적
예술을 위한 제도를 마련해야 한다는 생각에 이르렀다.

이제 예술은 단지 회화나 조각만이 아닌 시대가 되었다. 건축
과 그 안에 들어가는 모든 집기가 통일을 이루어야만 제대로 된
총체적 예술이 된다는 것이 그들의 철학이었다. 집을 예로 들면
가구는 물론이고 커튼, 벽지, 조명, 카펫, 침구, 식기, 소품 등도
같은 디자인으로 통일을 이루어야 했다.

그것을 실현하기 위해 호프만과 모저는 1903년 체계적인 디
자인과 생산 공정을 갖춘 빈 공방을 창설하게 된다. 빈 공방은

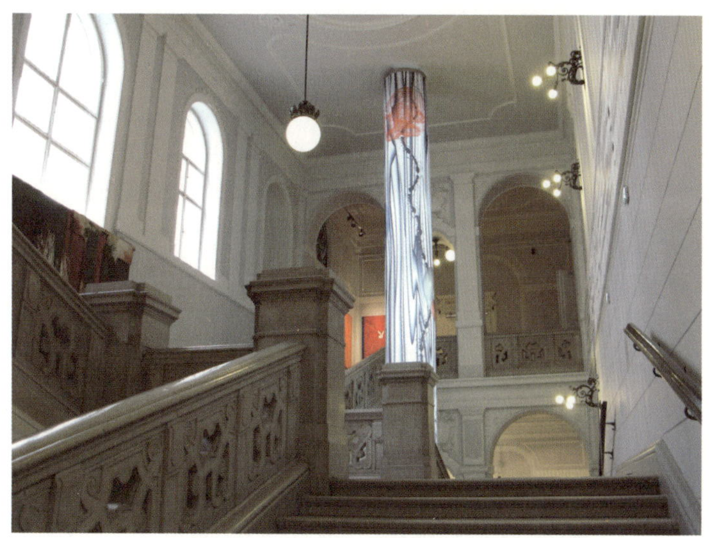

일상의 모든 것을 제작해, 당시의 빈은 물론이고 유럽의 혁신적
이고 세련된 공예 문화 전반을 주도했다.

빈 공방의 최고 작품이자 상징적인 작품이 브뤼셀에 세워진
'슈토클레트 저택'이다. 벨기에의 부호였던 슈토클레트 부부는
빈을 방문한 길에 빈 분리파 지도자들 중의 한 명이자 유명 건축
가인 오토 바그너의 저택을 보고 감동을 받았다. 그들은 바그너
로부터 빈 공방을 소개받았다.

1905년 슈토클레트 저택이 건설되기 시작했다. 당시 슈토클
레트가 빈 공방에 제시한 백지수표는 화젯거리였다. 저택의 건
축에서부터 실내의 모든 것들, 심지어 화병과 식기까지 빈 공방

A former imperial supplier and supplier to the Wien
engaged artists who produced an extensive and sing
course of several decades. The original works in this a
tected from the destruction of the First and Second Wor
exceptional document of the unbelieveable productiv
Wiener Werkstätte. With these originals, Backhausen al
products, which are sold with great success in forty (

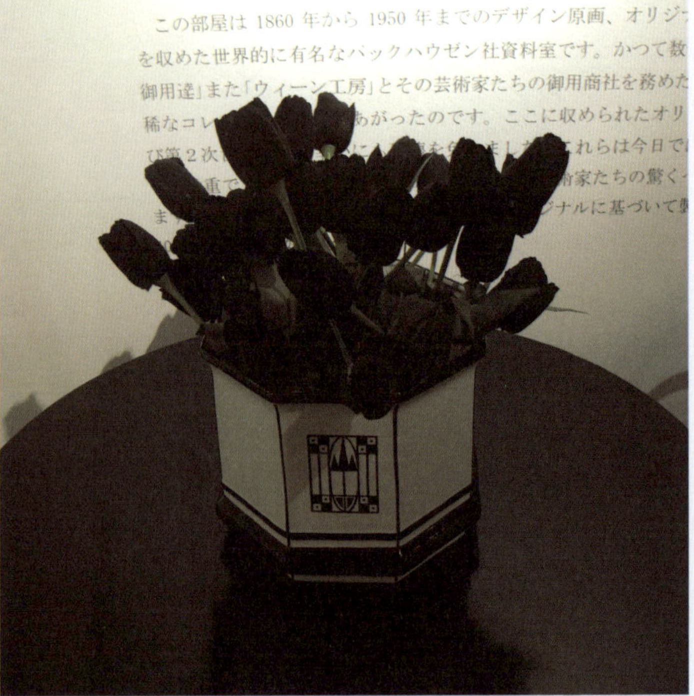

빈 공방에서 만든 작품들은
진품과 재현품들을 모두 구할 수 있다.
지금도 여전히 아름다운 빈 공방의 화병.

에서 제작되었다. 그 엄청난 비용과 놀라운 작품들 모두 유명해졌다. 특히 클림트가 제작한 식당의 벽화는 장식적, 예술적 가치가 동시에 높다. 슈토클레트 저택은 1911년 마침내 완성되었다. 이 저택은 그야말로 빈 공방이 이룬 장식성의 통합이자, 여러 예술 장르가 함께 어우러져야 한다는 총체總體예술의 상징이며, 빈 공방 그 자체였다.

빈 공방의 전성기는 1903~1910년이라고 할 수 있다. 빈 공방은 전위적인 공예의 주도적인 기관이었다. 당시 유럽의 전위 미술은 프랑스, 독일, 오스트리아가 중심이었다. 그리고 또 그 중심에 빈 공방이 있었다. 사실 오스트리아가 시각예술 분야에서 세계의 중심에 있었던 적은 그 이전에도 이후에도 없었다.

당시의 빈 공방은 수많은 장인들을 거느리고 실내의 모든 장식은 물론 식기, 의상, 장신구까지 뛰어난 작품들을 생산했다. 또한 그림엽서, 포스터, 책의 장정도 제작했고, 코코슈카의 화집 등 책을 직접 출간하기도 했다.

하지만 그 후 너무나 높은 제품 가격과 지도층 사이의 갈등으로 빈 공방은 점점 내리막길을 걷게 되었다. 특히 1918년 빈을 강타한 인플루엔자로 그 해에 클림트, 모저, 실레 등 대표적 예술가들이 한꺼번에 죽는 비극이 발생했다. 이어 제1차 세계대전이 일어나 많은 예술가들이 해외로 망명하는 등 흩어져버렸다. 그 이후로 재정적인 갈등과 사업의 어려움을 겪으면서도 일부

지도자에 의해 존속되던 빈 공방은 대공황을 맞아 1933년에 해체되었다.

하지만 빈 공방은 총체예술의 정신에 큰 귀감이 되었다. 공예와 미술의 합리주의, 생산주의 및 근대주의에 결정적인 영향을 끼쳤으며, 이후 독일의 바우하우스 설립의 모델이 되었다.

빈에 있으면 뜻하지 않은 곳에서, 즉 카페의 커피 잔이나 재떨이나 건물의 벽장식에서 빈 공방의 제품을 보게 된다. 하다못해 포스터나 엽서, 수첩에서도 빈 공방의 마크를 본다. 지금 보아도 아름답다. 빈 공방의 'WW' 마크는 여전히 나에게 영원한 빈의 상징이다.

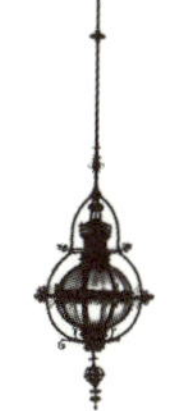

오토 바그너
초부르주아적 정신으로 빈을 건설한 건축가

당신이 빈에 간다면 가장 많이 보게 되는 예술가는 누구일까? 그건 모차르트도 클림트도 아니다. 바로 오토 바그너1841~1918다. 거짓말 좀 보태자면 열 발짝만 걸어가면 바그너가 보이고, 고개만 돌려도 바그너가 눈에 들어온다.

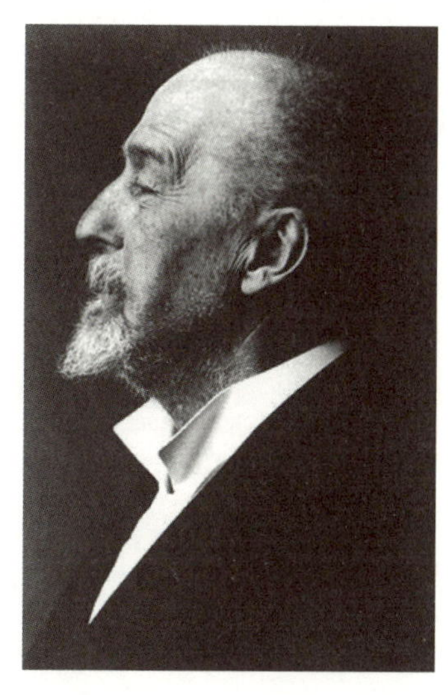

작곡가 리하르트 바그너는 다른 사람이다. 오토 바그너는 빈의 대표적인 건축가다. 바그너는 빈의 많은 건축물들을 만들었다. 참으로 아름답고 세련된 건물들이다. 하지만 주택이나 아파트 또는 공공건물 이상으로 많은 것이 그가 만든 전철 역사들이다. 그는 빈 시내에 30개에 달하는 많은 역사들을 설계했고, 그중 대다수가 그 모습 그대로 남아 있다. 그것만이 아니다. 다리, 철교, 고가도로, 터널, 댐, 수문, 그리고 당신이 유유히 빈을 걸어갈 때 무심히 기대거나 손을 잡는 거리의 난간까지, 대부분 바그너의 것들이다. 그러니 당신은 자신도 모르는 사이 바그너의 작품들을 만지고 사용하게 되는 것이다.

빈에 있다는 것은 바그너와 함께 생활하고 있는 것이며, 빈을 걷는다는 것은 바그너 위로 바그너를 붙잡고 걷는 것이다. 바그너는 최고의 조형 예술가지만, 그의 작품들은 다른 화가들이나 조각가들처럼 그 작품이 거대한 박물관 속에 박제로 남아 있지 않다. 아직도 우리는 그의 작품 위를 걷고 있고, 그의 작품으로 전철이 다니며 자동차가 달린다. 그러기에 바그너는 더욱 가깝고 다정하며 더욱 위대한 미술가다.

바그너의 많은 작품들은 아름다운 초록색이다. 그 색의 기원은 청동의 부식된 색에서 비롯되지만, 그게 아니어도 그는 그것들을 애용하며 그 초록을 세련되고 아름다운 색으로 발전시켰다. 그가 만든 구조물들 중에서 철제로 된 부분에는 이 색이 많이 사용되었다. 정확히 말하자면 '라이트 프탈로 그린'에서 '리프 그린' 사이의 색깔인데, 덕분에 빈에는 유달리 그 색이 많다. 그래서 빈은 나무나 풀들이 아니더라도 그린의 도시다. 그 십중팔구는 바그너의 작품들이라고 보면 된다.

빈 공대와 빈 미술 아카데미를 졸업한 오토 바그너는 일찍 결혼을 했는데, 상대는 어머니가 점찍은 여성이었다. 그는 부인에게 애정이 없었던 것 같다. 어머니가 돌아가시자마자 기다렸다는 듯 17년의 결혼생활을 청산했기 때문이다. 그리고 그는 오랫동안 남몰래 사랑해왔던 여성과 결혼했다.

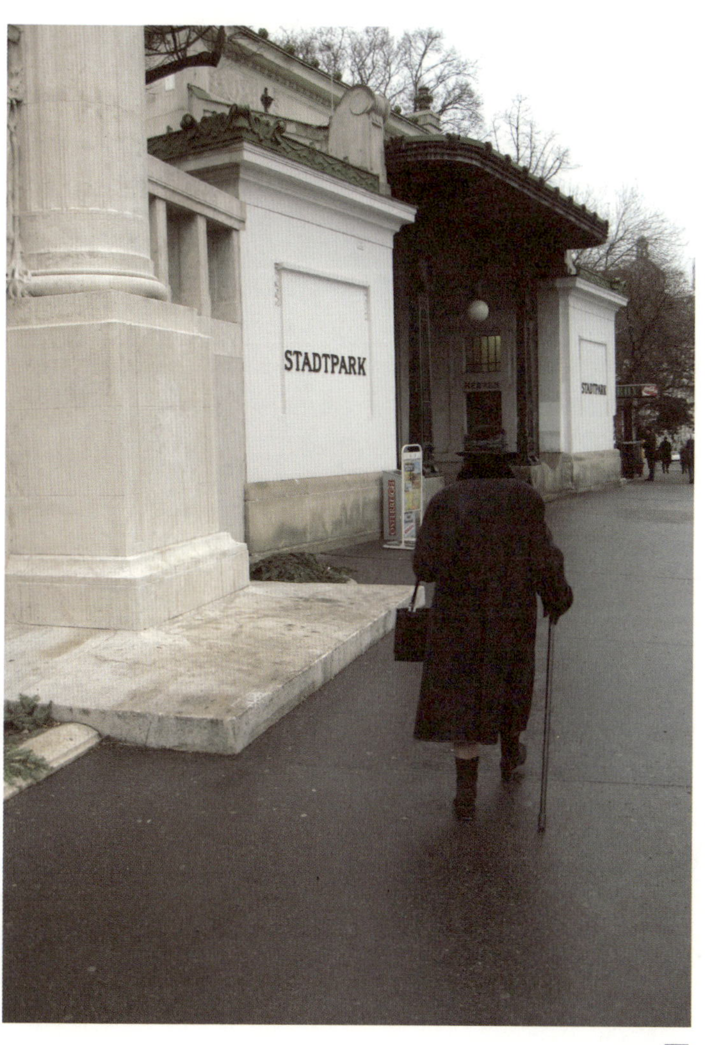

빈 시내의 많은 전철역들이
오토 바그너의 작품들로서
도시의 품격을 더해주고 있다.
그중 균형미와 기품이 넘치는 슈타트파르크 역도
바그너의 작품이다.

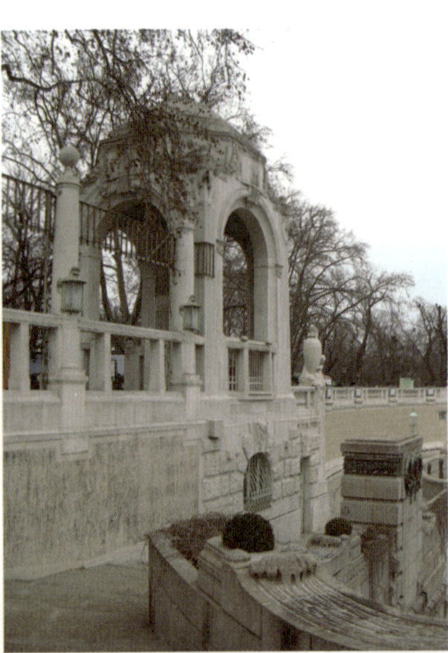

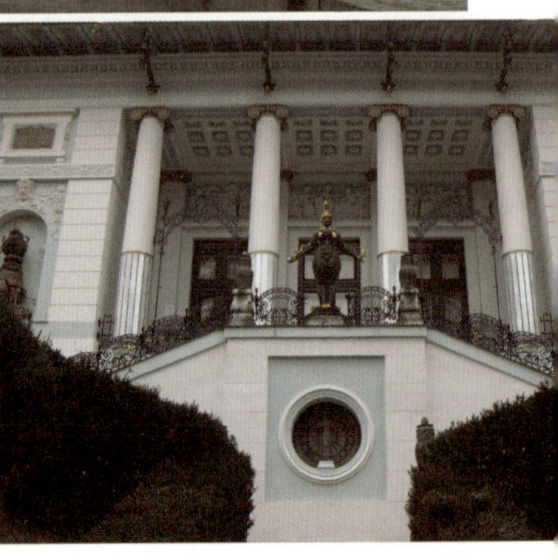

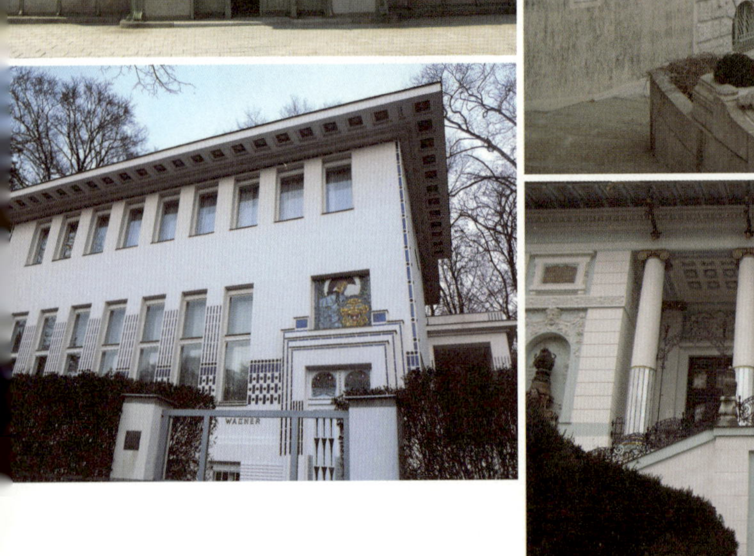

오토 바그너의 작품들.
왼쪽 위에서부터 시계 방향으로 칼 플라츠 역,
슈타트파르크 그리고 두 채의 바그너 빌라.

건축가로서 바그너의 입신은 두 번째 결혼 이후였으니, 사랑했던 여성과의 안정된 결합이 창의력과 추진력에 엄청난 동력을 달아주었던 것이다. 그는 링 슈트라세의 건설로 엄청난 건축 수요가 생긴 빈 시내에 많은 아파트와 주택들을 건설했다. 경제적인 안정은 물론이고 명성도 높아져갔다.

그러던 그에게 결정적인 영향을 끼친 인물이 나타났으니 바로 화가 구스타프 클림트다. 그는 클림트의 분리파 정신에 감동을 받았다. 클림트는 바그너보다도 스물한 살이나 어린 후배였지만 바그너는 상관하지 않았다. 늘 젊고 진취적으로 살아가는 바그너는 나이를 잊은 사람이었다. 사랑하는 두 번째 아내도 18세 연하였으니…….

링 슈트라세가 완성되었지만 그곳에 지어진 대형 건물들은 바그너에게 구태의연한 것으로 보였다. 이후 그는 클림트의 영향을 받아 뒤늦게 새로운 건축을 펼치기 시작했다. 그의 나이 51세였다. 그 때 바그너가 남긴 유명한 말이 있다.

"건축가의 나이는 50부터 시작한다."

50세가 넘어가면서 비로소 자신만의 건축 세계를 이루어낸 것이다.

바그너는 1894년 시내 전철의 설계를 의뢰받았으며, 이어 도나우 운하 정비 공사에서는 댐, 선착장, 수문통제본부 등 많은 부분을 설계했다. 빈이 '생활 속의 아름다운 도시'가 되는 데 결정적인 기여를 한 것이다.

바그너는 세상은 변하고 기득권층이 내려놓을 것은 내려놓아야 한다는 사실을 깨닫고 실천한 사람이었다. 열여덟이나 어린 부인과 살았고, 스물여섯이나 어린 울브리히와 평생 동업자였으며, 스물한 살 연하인 클림트에게 동조한 그는 분명 진취적인 사람이었다. 그런 그는 분리파에 가담하기로 결정함으로써 역사상 처음으로—아니 그 이후로도 없었던 일이지만—세계 예술의 중심에 서볼 수 있었다.

바그너는 사랑하는 아내가 세상을 떠나자 더 이상 예술 활동을 하지 않고 스케치북을 덮었다. 대신 그는 매일 노트에 죽은 아내에게 보내는 편지를 썼다. 그리고 3년 후인 1918년 세상을 떠났다. 클림트가 죽은 해와 같은 해였다. 빈을 개혁한 분리파의 두 거인이 사라진 1918년, 오스트리아 제국도 700년의 화려했던 막을 내렸다. 이제 진정한 새로운 현대가 시작된 것이다. 그들의 선각(先覺)에 의해서.

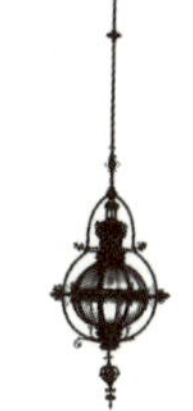

우편저축은행
백 년 전을 그대로 느낄 수 있는 우체국

—

유럽에 가면 역이나 우체국 건물이 의외로 크고 아름다운 것을 느낄 수 있다. 교통과 통신의 가치를 중요하게 여기는 그들의 사고가 엿보인다. 빈의 우체국도 그러하다. 아니, 정말 최고다. 당신이 죽기 전에 꼭 보아야 할 우체국 열 개를 꼽는다면("죽기 전에 꼭 우체국을 보아야 하는가?"라고 묻는다면 할 수 없지만.) 분명 빈의 우체국은 첫 번째 아니면 적어도 상위 2~3위에는 들어갈 것이다(내가 세상의 우체국을 다 본 것은 아니니까).

이름이 '우편저축은행'이니 우체국과 은행의 통합 형태다. 오토 바그너가 설계해 1912년에 완공되었으니까 꼭 백 년이 되었다. 이 건물은 그 위용, 미관, 실용성, 의의라는 네 가지에서 모두 압도적으로 뛰어나다.

나는 빈에 갈 때면 보통 한 번은 우편저축은행을 찾는다. 왜냐고? 서울로 소포를 부치기 위해서다. 여행 일정이 좀 길어지면 별 수 없이 짐이 많아진다. 쇼핑을 최대한 절제하려고 노력하지만, 좋은 책이 있으면 꼭 사야 하고 좋은 공연이 있으면 꼭 보아야 직성이 풀려 책, 팸플릿, 프로그램 같은 것들이 점점 쌓인다. 특히 책은 무게가 상당해 다음 여정이나 항공기 탑승에 지장을 주기도 한다. 그래서 나는 수집한 책들과 그동안 쌓인 빨래 같은

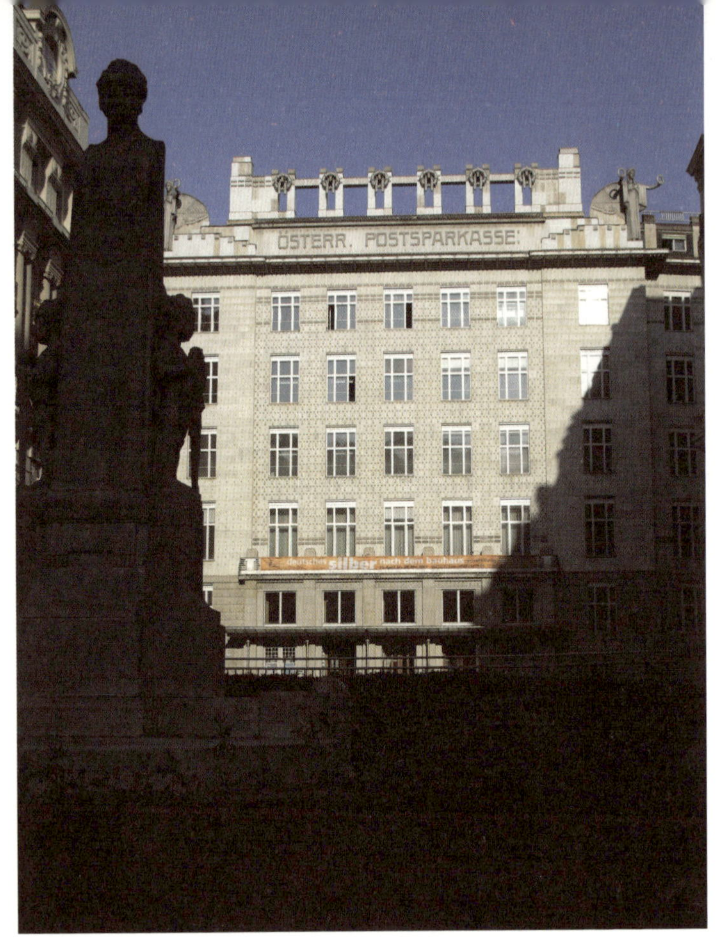

것들을 아예 소포로 부치곤 한다.

일정이 끝나고 떠나는 날 아침에 여행 가방에서 짐을 빼고 대신 책을 모두 집어넣는다. 그리고 그것을 질질 끌고는 우체국으로 간다. 멀더라도 우편저축은행까지 찾아가 소포를 부치는 것이다. 바그너가 지은 우체국을 직접 이용해보기 위해서다. 빈 우체국에 갈 때마다 그 건물의 기능과 건축가의 숨은 의도를 더욱 실감한다.

건물의 외부는 단순하지만 당당
하다. 장식을 자제했지만 아름다움
이 느껴진다. 내부는 더욱 아름답
다. 천장에는 유리로 채광창을 만들
어서 자연광이 실내로 들어온다. 바
닥에는 유리를 재료로 한 타일을 붙
여 하늘에서 들어온 빛이 바닥에 은
근하게 반사된다.

실내에서 눈에 뜨이는 것은 물받
이 같은 파이프라인들이다. 난방용
파이프들로서 역시 기능성에 더해
일부러 만든 듯 아름답고 세련된 맛
을 준다. 바그너는 우체국 안의 크
고 작은 집기들도 직접 디자인했다.

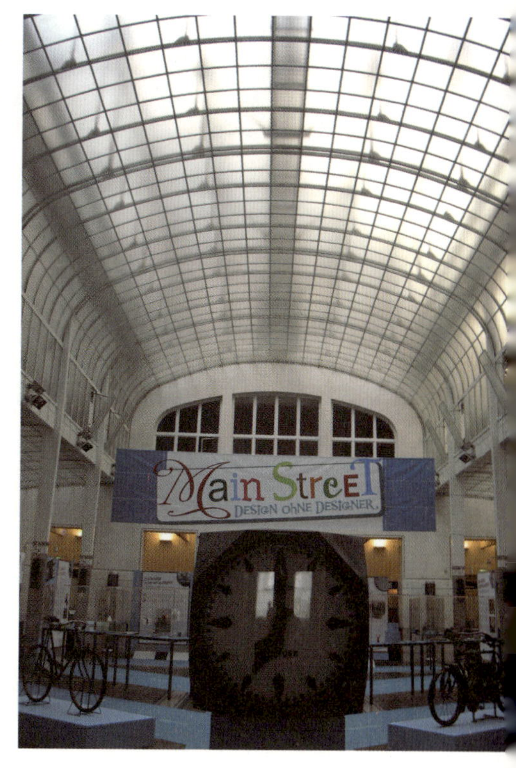

고개를 숙이고 돈이나 통장을 내밀게 되는 창구의 작은 구멍, 직
원들이 앉는 의자, 고객을 위한 안내판 하나하나가 모두 백 년
전 바그너가 직접 디자인한 것들이다. 그야말로 총체예술의 살
아 있는 현장이다.

내 주위의 모든 것들이 분리파 디자인의 정수들이라는 생각이
우체국에서 짐을 싸는 내내 나를 들뜨게 한다. 책을 넣고, 상자
를 포장하고, 서류를 작성하고, 무게를 달고, 송료를 치르는 동
안 나는 내내 행복하다.

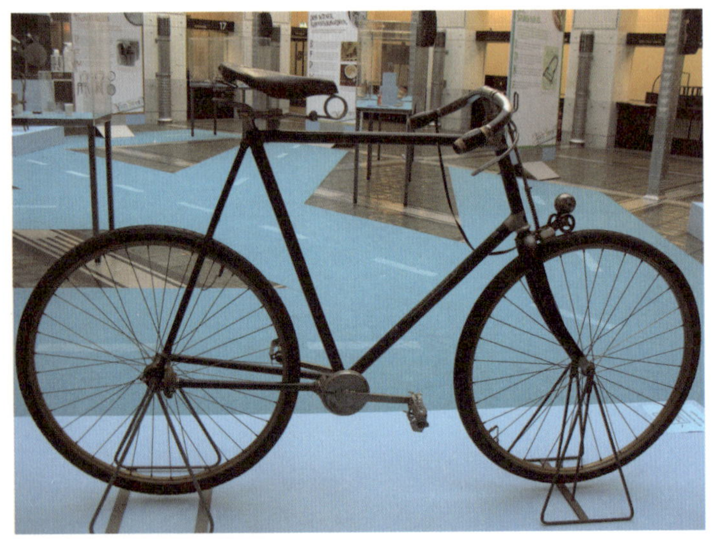

이 우체국을 설계한 오토 바그너는 유독 편지를 좋아했다. 그는 사랑하는 아내가 세상을 떠나자 3년간 매일 죽은 아내에게 편지를 썼다. 하지만 한 번도 자신이 만든 이곳에 와서 편지를 부치지 않았다. 부칠 수 없었던 것이다.

나는 아직도 소포를 부칠 집이 있어서 행복하다. 물론 돌아가서 내가 열어볼 것들이지만. 돌아갈 집이 있기에 여행은 또한 행복한 것이리라.

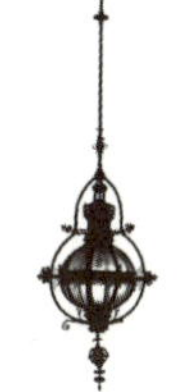

암 슈타인호프 교회
소외된 이들을 위한 걸작

—

택시는 빈 교외의 산길을 끝도 없이 헤맨다. 빈에 20년을 살았다는 기사도 가본 적이 없다는 곳이다. 이런 곳을 아는 내가 그는 마냥 신기한가보다. 눈길임에도 찾아가주는 기사가 고맙다.

겨우 정문에 도착했다. 엄청난 크기의 대문이다. 척 보아 오토 바그너의 것이라는 게 느껴진다. 정문이 전체 규모를 짐작하게 한다. 상상 이상으로 크다. 정신병원이라는 것은 알고 왔지만, 이렇게 클 줄은 몰랐다. 이곳은 오스트리아 전국에서 가장 큰 정신병원인 '레오폴드 병원', 정식 이름은 '슈타인호프 병원'이다.

유럽 여행에서는 뜻하지 않게 의료시설을 접하는 경우가 생긴다. 그 때마다 나는 그들의 병원을 훔쳐보면서 충격과 부러움이 교차한다. 사람을 최우선으로 생각하는 그들의 사고는 의료진이나 시스템은 물론이고 시설과 건물의 형태마저 규정짓는다. 유럽에 사는 한국인들을 만나면 간혹 유럽의 의료 시스템을 무시하는 발언을 듣게 되는데, 시설이 상업적이 아니라 낙후된 것일 뿐 나는 그들의 오랜 인본주의적 사고를 느낀다.

많은 병동들이 언덕 기슭에 늘어서 있다. 겨울이라서 그렇지 여름이라면 건물들이 잘 보이지 않을 것이다. 이 건물에서 저 건물도 역시 보이지 않을 것이다. 병동의 건물들은 4층 정도인데 주홍색 벽돌로 지어졌다. 다들 소박하지만 잘 보면 공들여 디자인한 유겐트스틸풍의 명작들이다.

커다란 안내판에 지도가 그려져 있다. 대충 보아도 병동이 30개는 넘을 것 같다. 마치 대학 캠퍼스 같다. 우리나라의 정신병원처럼 큰 건물 하나로 지은 것이 아니라, 크지 않고 적당한 건물들을 많이 지었다. 안으로 들어가 보지 않아도 내용은 짐작할 수 있다. 각 병동이 하나씩 독립된 커뮤니티를 이루고 있을 것이다. 그래야 환자들의 사회성도 유지되면서 정서적 안정도 주기 때문이다. 오스트리아의 경제력뿐만 아니라 의료 수준은 이렇게 인간 친화적임을 느낀다. 그리고 무엇보다 놀라운 것은 병원이 세워진 지 백 년도 더 되었다는 점이다.

자동차는 건물 사이를 달려 언덕 위로 올라간다. 아, 보인다. 저것이다. 눈 속에 황금색과 초록색의 돔이 나타난다. 그 거대하고 화려하고 압도적인 위용! 밑에서 올려다보니 더 감동적이다. 사진에서 보았던 것보다도 훨씬 크고, 박물관의 모형에서는 느낄 수 없었던 진품의 감격이 밀려온다. 해발 310미터에 서 있는 자태, 그 거대한 덩어리가 주는 양감, 아름다운 돔과 건물의 균형미에 감동한다. 주위에 있는 많은 조각들과 황금빛으로 빛나는 장식들의 섬세함에 다시 한 번 감탄한다.

이 교회는 '키르헤 암 슈타인호프'이니 우리말로 '암 슈타인호

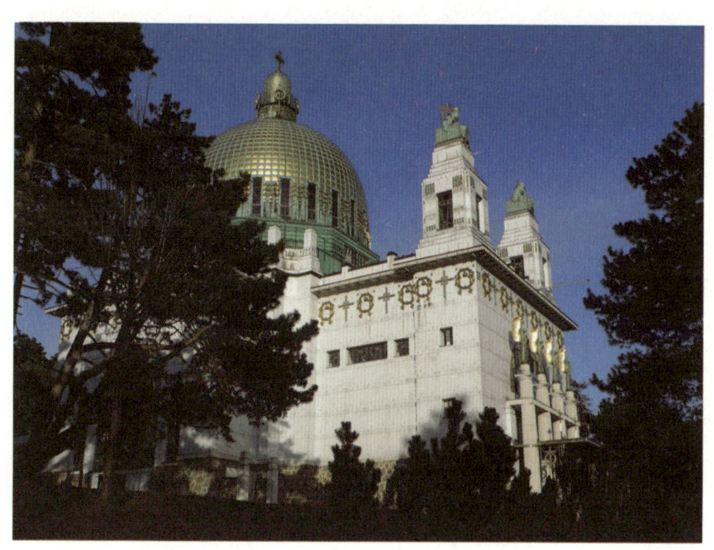

프 교회', 즉 '슈타인호프 병원에 있는 교회'라는 뜻이다. 이 병원에 입원해 있는 환자들, 정신과 환자들을 위해 만든 교회인데 궁전의 교회 이상으로 훌륭하다.

어찌 정신병원의 교회가 이렇게 생길 수 있단 말인가? 절대 왕정의 권위주의가 이제 땅에 떨어지고 인본주의가 세상에 일어섰음을 천명하는 상징이다. 이것이야말로 예술가의 시대정신의 반영이다. 세기말 빈에 들어와 예술은 그 의의가 바뀌었다. 일부 특권층만 향유하는 유희가 아니라 모든 시민 계층에게 봉사하는 공익을 위한 것이어야 한다고.

그것을 한눈에 보여주는 것이 이 교회다. 그들은 정신병원에 들어온 소외되고 힘없는 환자들을 위해 이런 것을 만들었다. 이

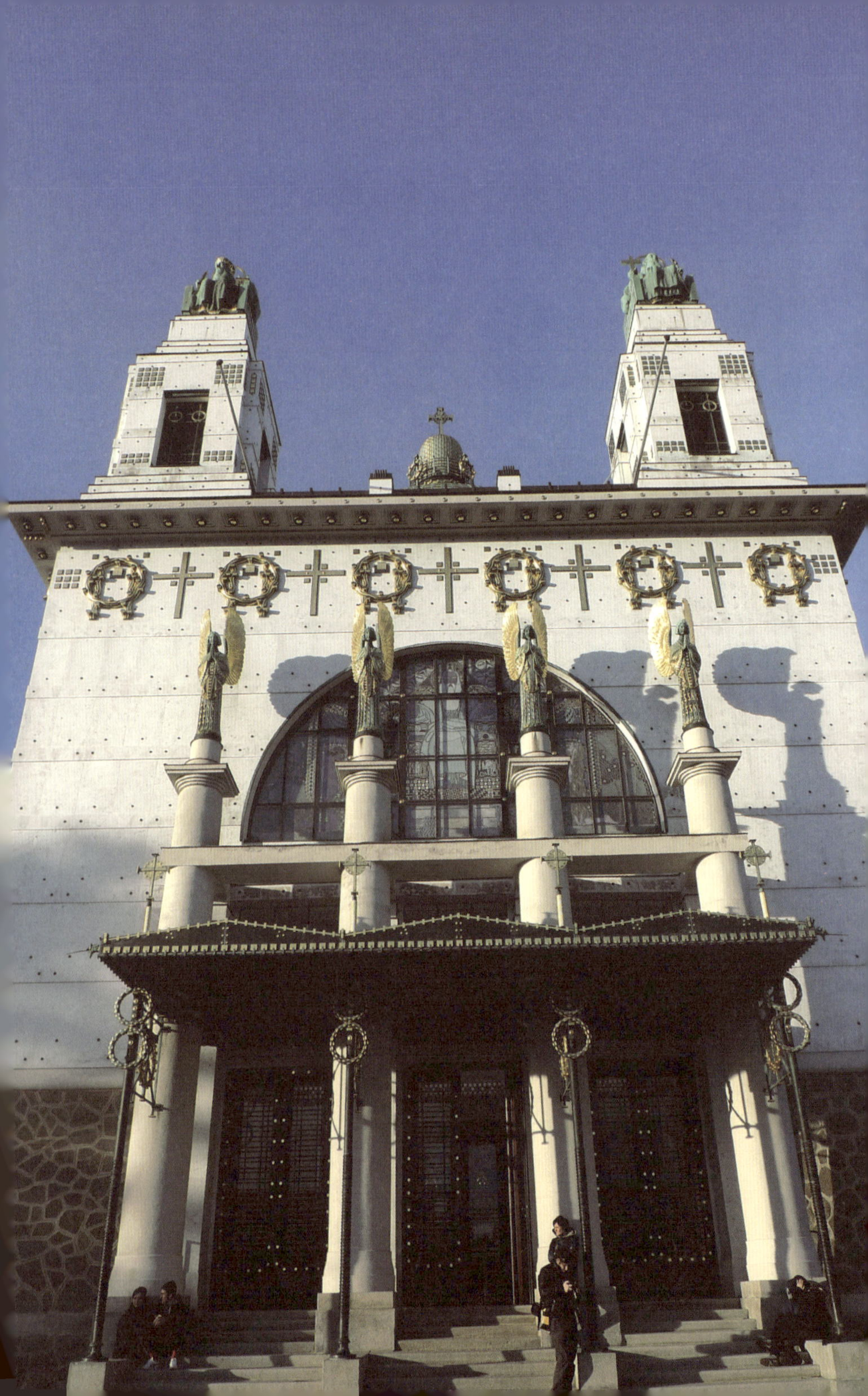

곳의 환자들이야말로 가장 순수한 영혼들이며, 가장 위로받아야
할 인격들이고, 하늘나라에 가장 가까운 존재가 아니던가?

이것은 19세기 말 빈 유겐트스틸의 대표적인 건축물로 오토
바그너가 1907년에 완성한 전대미문의 교회다. 교회 건물은 바
그너가 설계했지만 다른 동료들도 참여했다. 창문의 스테인드글
라스는 빈 공방의 창시자인 콜로만 모저가 만들었고, 정면의 천
사상들은 조각가 오트마르 쉼코비츠의 작품이다.

이 교회는 오랫동안 일반에게 공개되지 않고 있다가 대대적인
보수공사를 거쳐서 2006년 가을부터 공개되고 있다. 토요일인
가 단 한 번 있는 예배에는 일반인들도 참석할 수 있다.

처음 내가 이곳을 찾아간 날은 평일이었다. 나는 교회를 지키
는 사람에게 이걸 보러 멀리서 일부러 찾아왔다고 간절히 사정
했다. 그리하여 잠시 그 안에 들어가도록 허락을 받았다. 문을
열고 들어가니 생각보다 크고 넓은 공간이 펼쳐졌다. 교회의 천
장과 벽을 바라보면서 한참 넋을 잃었다. 당시 나의 감격은 어떤
표현으로도 모자랄 것이다.

내가 더 감격한 것은 규모나 아름다움이 아니었다. 정신과 환
자들을 위해서 저렇게 엄청난 교회를 짓도록 허락해주고 예산을
집행해준 당국의 태도였다. 예술 작품은 예술가의 사상을 대변
하고, 동시에 시대의 정신을 대변한다. 어떻게 그들에게 존경을
표하지 않을 수 있을까?

그리헨바이슬
예술가들의 흔적이 어린 식당

—

이탈리아를 여행하면 이탈리아 음식을 맛보아야 하고, 프랑스를 여행하면 프랑스 음식을 맛보아야 한다. 나는 이탈리아나 프랑스에서는 그 나라 음식 외에는 먹지 않으려고 애쓴다. 하지만 독일이라면 경우가 다르다. 전반적으로 독일 음식은 별로라는 인식이 지배적이다. 그래서 독일에 가면 꼭 가봐야 할 명소가 아니라면 독일 식당은 되도록 가지 않는 게 현명하다.

그러나 오스트리아는 다르다. 나도 종종 오스트리아 음식과 독일 음식을 혼동하지만, 독일 음식과 오스트리아 음식을 같이 논하면 화를 내는 빈 사람들이 있다. 오스트리아 음식은 독일보다는 훨씬 프랑스나 이탈리아 음식에 가깝고, 맛도 있고 멋도 있다. 그러니 빈을 여행하면 오스트리아 음식에 도전해볼 일이다.

빈에는 비장의 전통 식당이 몇 개 있다.

그중에는 음악을 좋아하는 분이라면 한번 들러볼 만한 곳도 있다. 무엇보다도 많은 음악가들이 스쳐갔던 곳이다. 그리고 그들의 흔적들이 벽면에 수많은 서명들로 채워져 있다. 그 외에도 이 식당이 유명한 이유가 있으니, '아마도' 빈에 있는 식당들 중 가장 오래된 곳이라는 점이다.

건물이 1447년에 세워졌으니 570년이 넘었다. 참으로 오래된

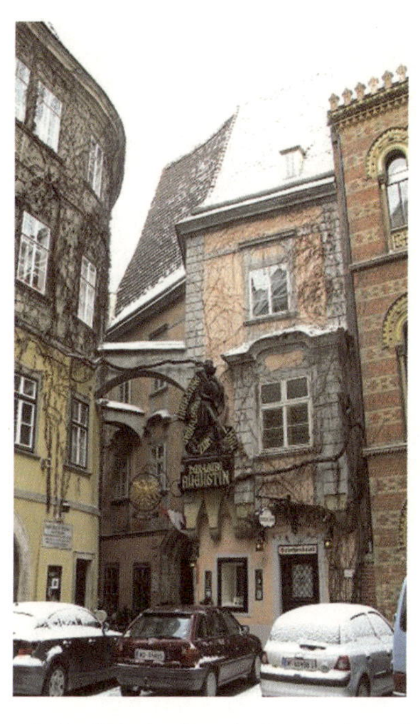

건물임이 분명하다. 아주 고색창연하다. 처음 들어갔을 때 '그냥 돌아가버릴까' 하는 생각이 들 정도로 입구부터 쾨쾨한 분위기였다. 난 이런 데를 별로 좋아하지 않는다. 멋지고 아름다운 것만 봐도 시간이 모자란데……. 냄새가 날 듯한 건물에 삐걱거리는 좁은 계단, 바람이 들어올 듯한 낡은 문과 문틀……. 하지만 이런 것들이 이곳 사람들의 자긍심이 되기도 한다.

입구에서 보면 식당 이름보다 노래 가사가 더 크게 적혀 있어서 몇몇 사람들은 그것이 식당 이름인 줄 안다. 유랑가객이 이 식당에서 작곡했다는 노래 〈사랑하는 아우구스틴〉이다. 우리나라 초등학교 음악책에도 나오는 노래로, 〈동무들아 오너라〉로 변역되었다. 이 노래 때문에 세계 여러 나라 사람들이 이 식당 '그리헨바이슬'을 찾아온다.

그런데 이 식당이 널리 유명해진 데는 또 다른 이유가 있다. 우리 같은 관광객들이 아닌, 많은 음악가들이 이곳을 찾았다는 점

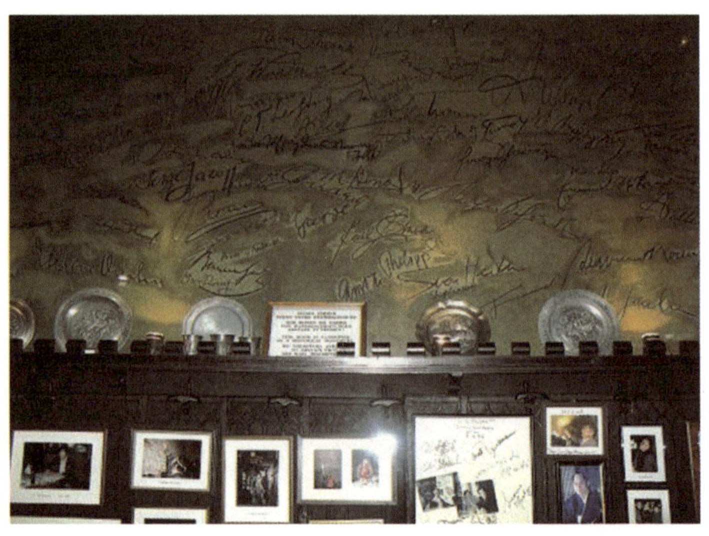

이다. 그것은 벽면에 적힌 서명들로 확인할 수 있다. 그중 모차르트의 이름은 이 식당의 오랜 역사를 증명한다.

그 외에도 유명 인사들의 서명이 있는 방에서 모차르트, 베토벤, 슈베르트, 브람스, 바그너, 리하르트 슈트라우스, 요한 슈트라우스, 표도르 샬리아핀, 루치아노 파바로티, 리카르도 무티 등 많은 음악가들의 이름을 찾을 수 있다. 에곤 실레도 있다. 또 내가 모르는 적지 않은 문인들의 이름도 있다. 특히 마크 트웨인이 이 식당을 좋아했다고 하는데, 물론 그의 서명도 있다. 그래서 이 방의 이름이 '마크 트웨인의 방'이다.

그러나 식당이니만큼 무엇보다도 음식이 훌륭하다. 심사숙고 끝에 고른 음식은 멧돼지다. 완전 대성공이다. 그야말로 야생의, 거칠고, 와일드한 멧돼지, 산돼지다. 함께 배추를 구워서 주는데 예술이다. 곁들인 오스트리아 레드 와인이 더더욱 풍미를 더해 준다.

브람스와 바그너도 같은 곳에서 같은 것을 먹었을 것이라는 나만의 상상을 한다. 밖에는 또 눈이 내리기 시작한다. 영하의 빈, 낡은 식당에서 잠시 몸과 마음을 녹인다.

클라이네스 카페
가장 후미지고 가장 소박한 카페

—

클라이네스 카페는 이름 그대로 작은 카페다. 참으로 작다. 위치도 아주 후미진 곳에 있다. 찾기가 쉽지 않다. 지금 뭐라고 설명을 한들, 오게 되면 결국 다시 더듬더듬 찾아야 할 것이다. 빈이라는 놀라운 세상에는 멋지고 훌륭한 카페도 너무 많지만, 내가 사랑하는 카페들 중 하나는 이 작은 카페, 클라이네스 카페다.

모든 것이 작고, 게다가 꼬질꼬질한 게 더 마음에 든다. 의자도 작고, 테이블도 작고, 찻잔과 접시마저도 다른 집보다 더 작게 느껴진다.

커피는 맛있다. 그러나 유명할 정도는 아니다. 빈에서 이 정도 맛의 커피하우스는 얼마든지 있다. 그래도 이곳은 유명하다. 여러 가지 이유로 이곳을 아끼는 사람들이 여전히 많다.

작다는 것이 오히려 통했는지 이젠 꽤 알려졌다. 하지만 내가 찾아갔을 때 사람이 많았던 적은 한 번도 없었다.

이곳에 앉아 있으면 관광 가이드북을 들고 혼자서 찾아오는 사람들을 볼 수 있다. 그들의 표정은 대부분 '찾느라고 혼났다'거나 '와, 이제야 찾았다' 하는 것 같다. 하지만 클라이네스 카페는 그냥 빈 시내를 이리저리 걷다가 우연히 마주치면 더 멋질 것

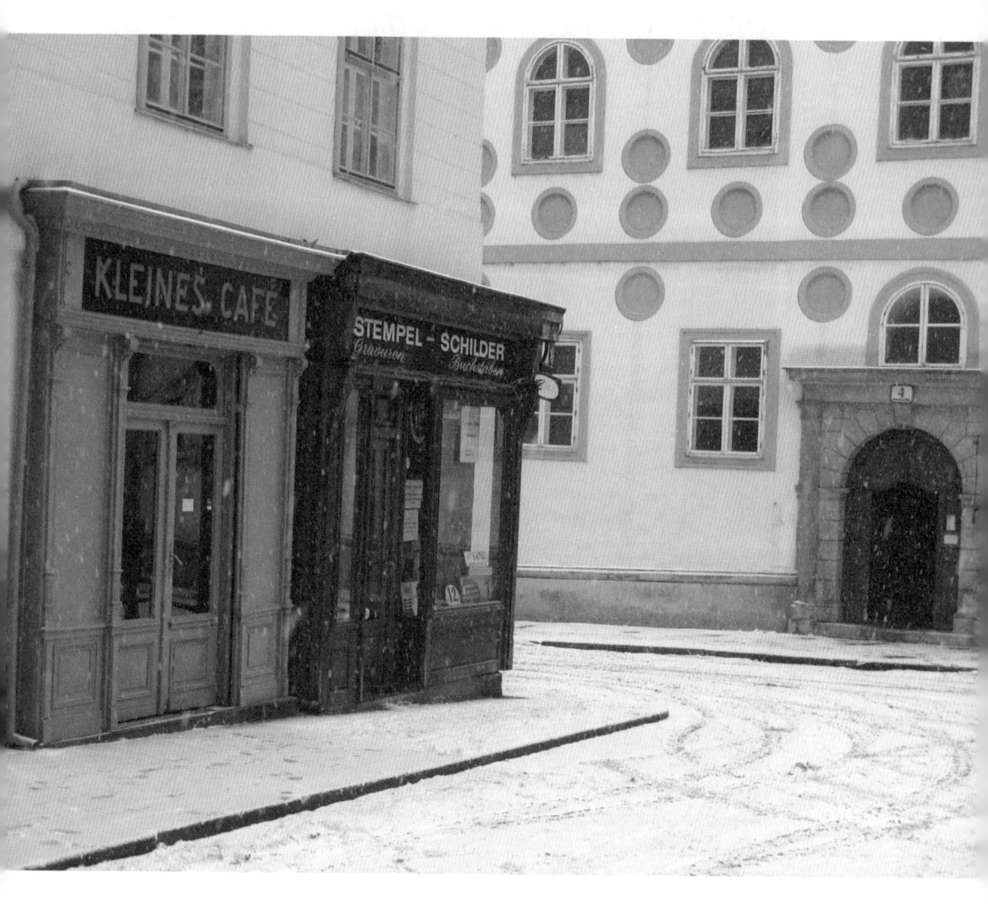

KLEINES CAFÉ
STEMPEL - SCHILDER
Gravuren
Buchstaben

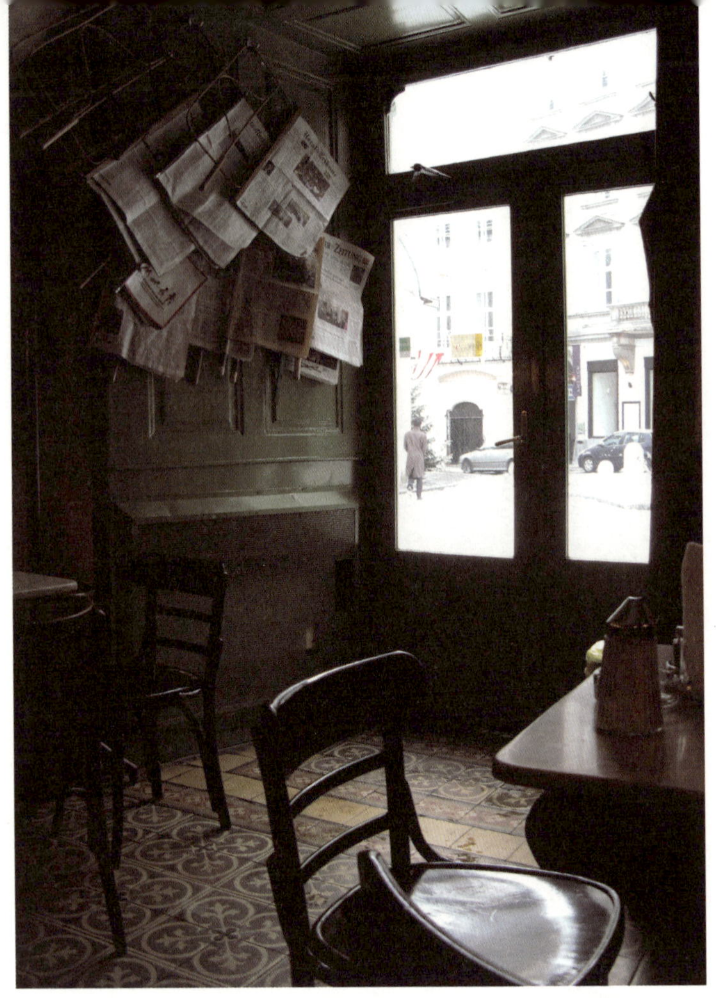

이다. 이것이 클라이네스 카페를 만나는 데 더 어울리는 방식이다. 나도 그렇게 찾았다. 그래서 더욱 반가웠다. 숲 속에서 보물을 찾은 듯 더욱 소중했다. 당신도 그렇게 찾기를……

그러나 아무리 유명해져도 이름이 '작은 카페'이니 더 확장할 수도 없다. 여기서는 그것이 비극도 아니고 아이러니도 아니다.

그냥 그런 일일 뿐이다. 큰 카페에서는 볼 것이 많지만 클라이네스 카페에서는 볼 게 없다. 창문도 작으니 바깥도 잘 보이지 않고, 보인다고 한들 뒷골목이니 별로 볼 만한 게 없다. 겨울엔 건너편 큰 나무가 내리는 눈 속에서 그림 속의 하얀 크리스마스트리가 되어간다는 것 정도랄까. 오고 가는 사람도 많지 않다.

그렇게 볼 것이 없으니 나를 본다. 찻잔도 비어버리면 그냥 나만 바라본다. 독어도 모르니 신문도 읽지 못하고, 주인이 영어를 못 하니 간단한 농담도 할 수 없다. 그래서 더 좋다. 폭설이 내려서인지 찾아오는 사람도 없다. 덕분에 눈치 안 보고 계속 앉아 있을 수도 있다. 내일 폭설이 내려 도시를 삼킨다고 해도 여기 앉아 있는 나는 알 수도 없다. 세상과 단절된 듯하다. 그냥 커피 향기 속에 앉아 있는 게 다다. 그렇게 있으니 서울에서는 보이지 않던 내가 보인다. 여행에서 얻는 가장 큰 소득은 나를 본다는 것일 게다. 세상은 도처가 청산이고 어디나 내겐 학교다.

빈에는 음악도 있고, 미술도 있고, 건축도 있고, 연극도 있고, 오페라도 있고, 내가 원하는 모든 것이 다 있다. 하지만 그것만이 다가 아니다. 바로 내가 있다. 나는 그곳에서 나를 본다.

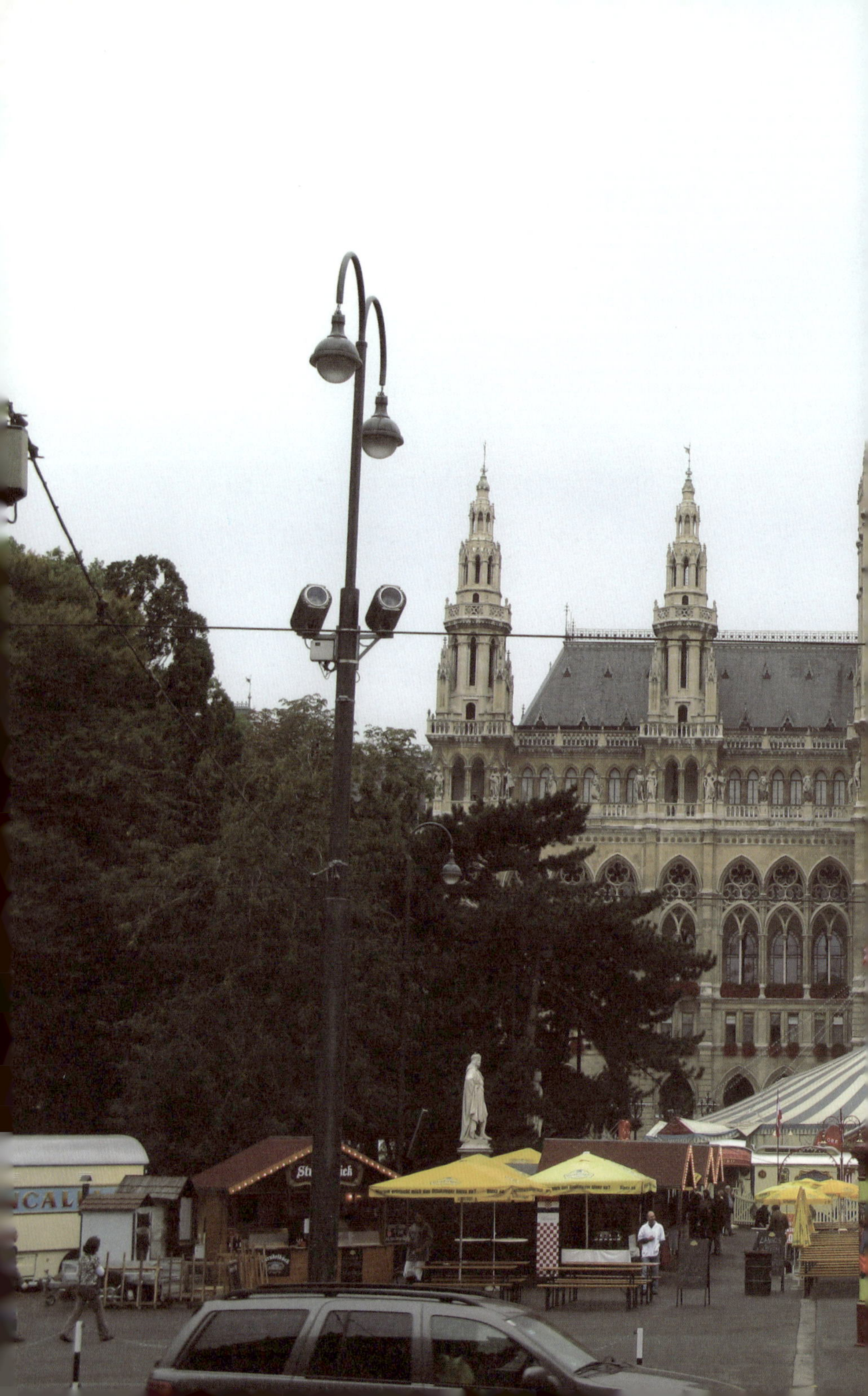

8장

시청 광장 부근

Rathaus platz

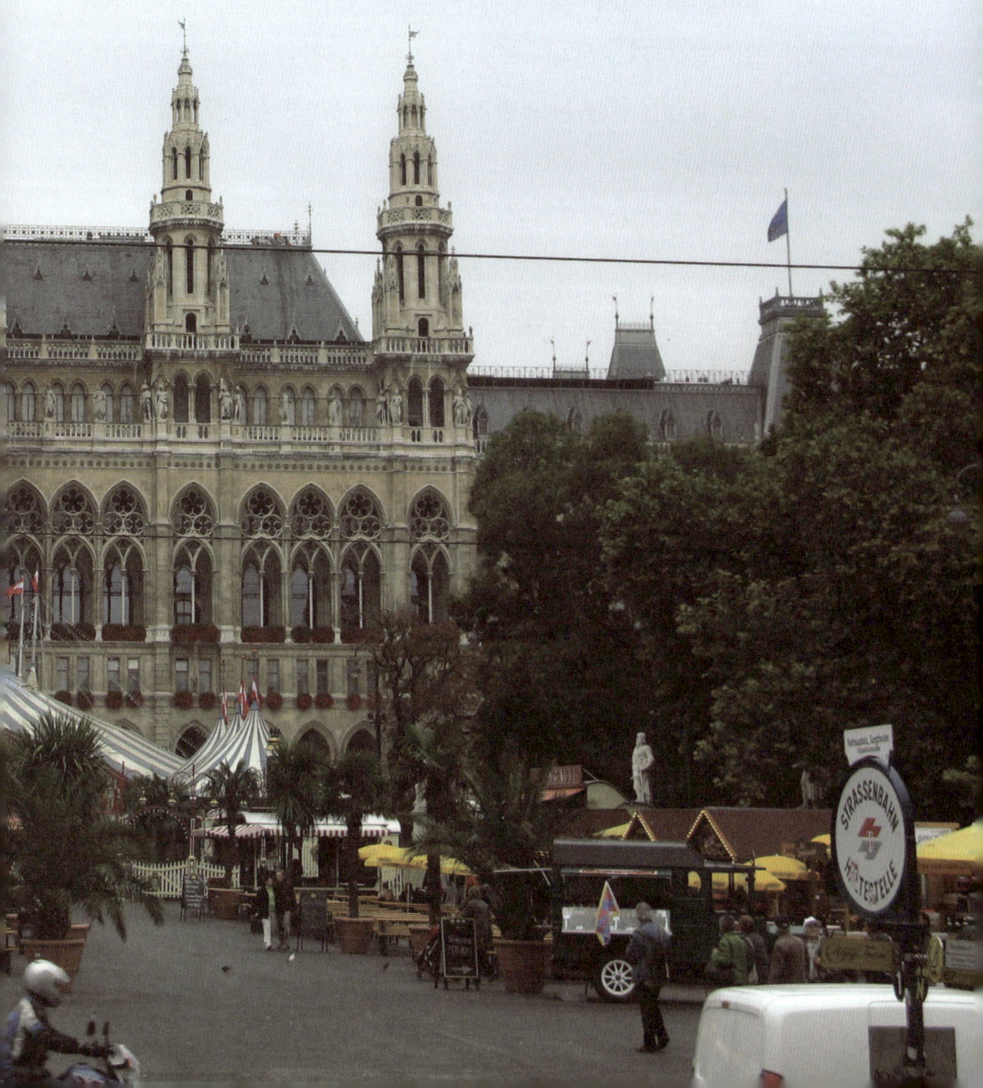

시청 광장
정치와 문화의 사변형

—

링 슈트라세가 만들어질 때, 각 건물을 어떻게 지을 것인가 하는 것보다 중요한 문제는 건물을 어디에 배치할 것인가 하는 것이었다. 건물 배치는 그 건물의 정신을 말하며, 건물 배치에 따라 그 건물의 기능이 더욱 중요한 것으로 부각될 수 있다. 링 슈트라세의 건물 배치를 보면 당시 19세기 말 빈의 정신성을 알 수 있다.

링 슈트라세를 건설할 때 지역에 따라 각각의 기능을 분할했다. 그중에서도 중요한 지역이 지금의 '라트하우스 플라츠'를 중심으로 하는 링의 서부 지역이었다. 이름 그대로 '시청 광장'이라고 번역되지만 여기에 시청만 있는 것은 아니다.

이 지역을 처음 개발할 때 지금의 플라츠_{광장}인 큰 지역을 사각형으로 비워두고, 주위 네 개의 변에 네 개의 건물이 서로 마주보도록 계획했다. 즉, 서쪽에는 시청_{라트하우스}을 배치하고 시청을 마주보는 동쪽에 부르크 극장_{궁정극장}을 배치했다. 또한 남쪽에는 국회의사당을 세우고 북쪽에는 빈 대학을 지었다.

이렇게 사각형의 네 변을 차지한 네 건물은 무엇을 뜻하는가? 행정, 입법, 학문, 예술을 의미한다. 다른 도시에서는 시청이나 의사당이 중앙을 차지하는 경우가 많다. 또 대학과 극장을 함께

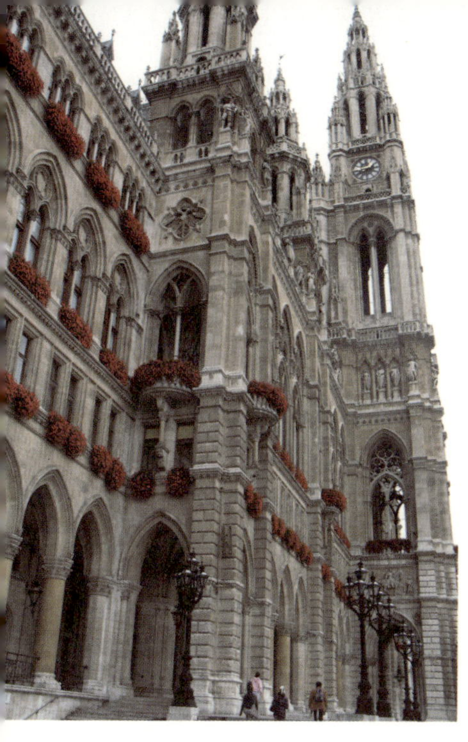

배치하는 일은 흔치 않다. 새로운 빈, 새로운 오스트리아를 소망하던 그들의 염원과 사상을 알 수 있다. 그들은 '시민들을 위한' 행정, 그리고 민주주의와 학문과 예술이 함께 꽃피는 20세기의 새롭고 이상적인 도시를 꿈꾸었던 것이다.

네 건물은 각기 다른 세계적인 건축가들에게 의뢰되어, 각기 다른 양식과 다른 형태로 지어졌다. 그리하여 건축에서부터 개성과 조화를 동시에 이루는 새로운 형태를 만들고 있다. 19세기 이전이라면 상상하기 어려웠을 시도였다. 네 건물이 각각 행정, 입법, 학문, 예술 분야에서 중요한 족적을 남겼으며, 건축학적으로도 중요한 유산이 되었다.

문화사학자 카를 쇼르스케는 이곳을 단순히 시청 광장이 아니라 '정치와 문화의 사변형'이라고 일컬었다.

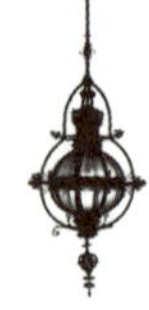

국회의사당
건축가가 민주주의를 예견한 건물

—

국회의사당을 찾는다. 세계적인 건축가 테오필 폰 한젠1813~1891
이 건설한 신고전주의 건물이다. 그는 덴마크 출신이지만 링 슈
트라세 건설 때 빈으로 와서 이 도시에 다섯 개의 건물을 지었
다. 그중에서 단연 최고의 건물이며 그의 대표작이 국회의사당
이다.

그리스의 파르테논 신전을 본뜬 헬레니즘 양식으로 멀리서도
눈에 뜨인다. 굳이 그리스 신전을 본뜬 것은 '민주주의는 그리스
에서 시작되었다'고 생각한 한젠의 아이디어였다. 그는 덴마크
에서 태어났지만 어려서 아테네에서 살아 민주주의의 유산 속에
서 성장한 사람이기도 했다.

코린트식 열주列柱가 떠받치고 있는 박공에는 여러 사람들이
조각되어 있다. 원래 거기에는 오스트리아-헝가리 대제국을 호
령하던 프란츠 요제프 황제가 제국에 속한 17개 민족들을 향해
헌법을 공포하는 장면을 조각하기로 되어 있었다. 하지만 막상
완성되고 보니 그 속에는 교묘하게 민주주의를 향한 열망이 들
어 있었다. 박공 속의 사람들이 귀족이 아니라 그리스의 정치가,
학자, 시인, 군인, 시민들의 모습이었다. 이미 시대의 열망이 변
하고 있음을 건축가는 느꼈던 것이다.

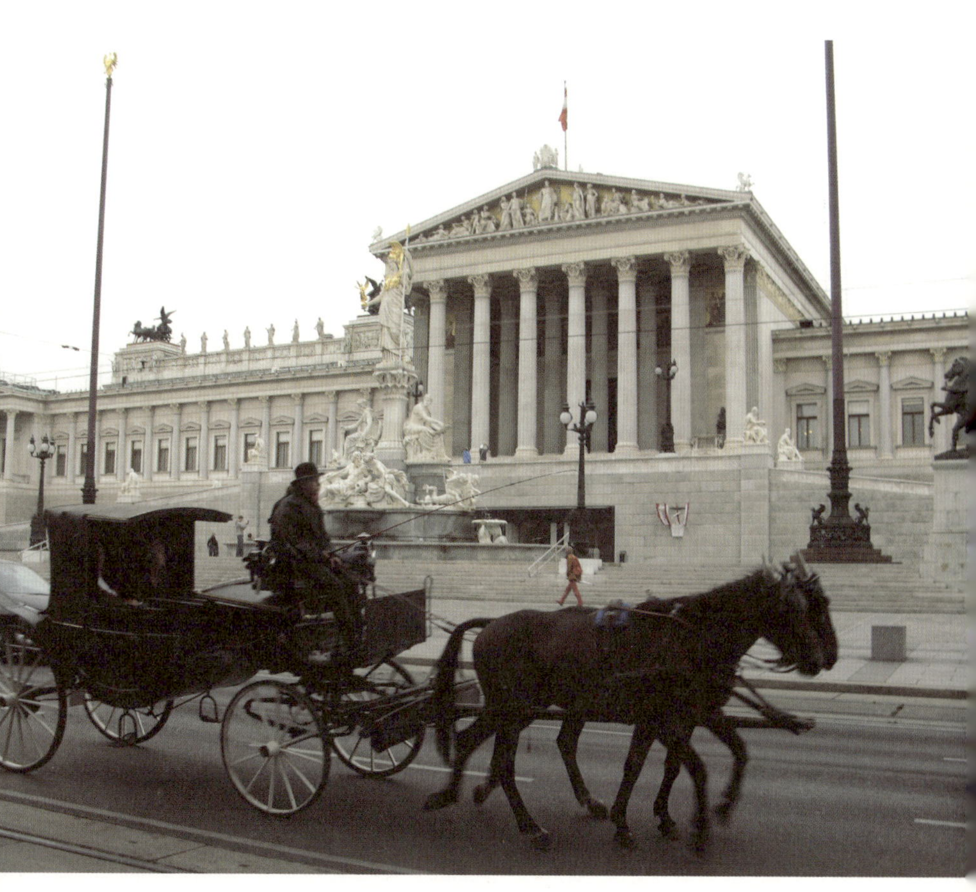

파르테논 신전을 연상시키는 국회의사당 건물.
비록 짧은 오스트리아의 민주주의 역사지만,
미래를 향한 그들의 굳은 의지가 엿보인다.

한센은 앞날을 내다보았으니, 미래의 오스트리아는 귀족의 제국이 아니라 평민들의 나라가 될 것임을 예측한 것이다. 그의 예감은 맞았다. 건축이 되는 동안에 오스트리아는 입헌군주제가 되었고, 건물이 완성되고 20여 년 만에 공화국이 되었다.

국회의사당은 건물보다 중요한 것이 그 앞에 있는 경사로와 분수다. 분수는 그 중앙에 높이 4미터에 이르는 큰 석상이 눈길을 끈다. 여신 아테네 상이다. 아테네 상 아래로는 네 줄기의 물이 뿜어져 나오는데, 이것은 당시의 넓은 오스트리아 영토에 있던 4대강을 의미한다. 바로 도나우 강, 엘바 강, 인 강, 그리고 블타바(몰다우) 강이다.

그들은 처음에 분수 중앙에다 무슨 상을 세울지 고민했다. 이유는 무엇이었을까? 오스트리아에는 마땅한 정치가가 없었다. 수백 년 동안 합스부르크가의 절대 권력만으로 나라를 다스렸던 그들에게 의사당을 기념할 만한 제대로 된 정치가, 의회주의자가 한 명도 없었던 것이다. 이 얼마나 창피한 역사인가?

그래서 그들은 고심 끝에 인물을 빌리기로 했다. 먼저 경사면을 장식할 여덟 명의 인물도 찾을 수 없었던 빈—우리라고 여덟 명의 그런 정치가를 찾을 수 있을까?—은 고대 로마와 그리스의 역사가들을 양편에 세웠다. 그 다음 분수 위 중앙에 세울 인물이 문제였다. 누구를 세울 것인가? 빈 시민들의 높아진 의식 때문에 프란츠 요제프 황제도, 마리아 테레지아 여제도 그 자리를 넘볼 수는 없었다. 의회주의와 민주주의 전통이 없음을 뼈저리게 실감한 그들은 '차라리' 그리스의 여신, 지혜의 수호신 아테나를 세웠다. 세울 사람이 없는 기단 위에 사람 대신 여신께서 기꺼이 올라섰다.

이렇게 의사당을 건립하면서 빈의 지성인들은 한편으로 국민을 위한 역사가 없는 조국을 조소했고, 또 한편으로는 반드시 시민을 위한 새로운 국가를 세우리라 결심했다. 한젠의 생각은 맞았다. 오스트리아는 1918년 연방공화국이 되었다.

내가 의사당을 방문했던 2008년은 빈에 공화국이 생기고 민주의회가 생긴 지 90년 되는 해였다. 의사당 앞 곳곳에 '90'이라는 숫자가 쓰인 깃발이 휘날렸다. 짧지만 그런 만큼 더 소중했던 90년 의회의 역사를 그들은 자랑하고 있었다.

오스트리아 제국의 의사당은 오스트리아 공화국의 의사당으로 바뀌었다. 하지만 이미 한 세대 전에 의사당을 지은 예술가들은 이미 그렇게 될 것을 알고 있었다.

서울에 돌아와 국회의원을 만날 기회가 생겨 물었다.

"여의도 국회의 중앙홀이나 분수에는 무슨 상이 서 있습니까?"

"글쎄, 뭔가 있기는 하던데, 그게 뭐더라……."

빈 시청사
시민을 위한 즐거운 시청

시청을 설계한 이는 건축가 프리드리히 폰 슈미트로 그는 신고딕 양식의 명수였다. 높은 첨탑의 시청사는 사람들에게 깊은 인상을 주어, 그 후 독일과 오스트리아 주요 도시들의 많은 시청사들이 고딕 스타일을 추구하는 모범을 제시했다.

시청은 과감한 높이의 첨탑과 더불어 세로와 가로의 비율 역시 파격적이다. 그럼에도 조화를 이루고 있으며, 각 부분은 대단히 아름답다. 많은 사람들이 멀리서만 건물을 보고 사진 한 번 찍고 돌아서는데, 가까이 가서 본다면 상상 이상으로 감동이 클 것이다.

특히 세 개의 탑이 인상을 결정짓는다. 가운데 탑이 유난히 높다. 중앙 탑의 꼭대기에는 갑옷으로 무장한 거대한 청동 기사상이 서 있다. 그의 키는 3.4미터다. 빈 시민들은 이 기사를 '라트하우스만', 즉 '시청사의 철인鐵人'이라고 부른다.

시청의 빼 놓을 수 없는 일이 시민들과 나누는 행사들이다. 그중에서도 가장 중요한 행사는 클래식 콘서트다. 시청사는 건물 뒤에 파티오안마당들을 가지고 있는데, 그 가운데 '아르카덴 호프'는 콘서트가 열리는 장소로 유명하다. 오페라나 콘서트의 가격이 부담스럽거나 매진일 경우라면 시청을 노크해볼 일이다. 5월

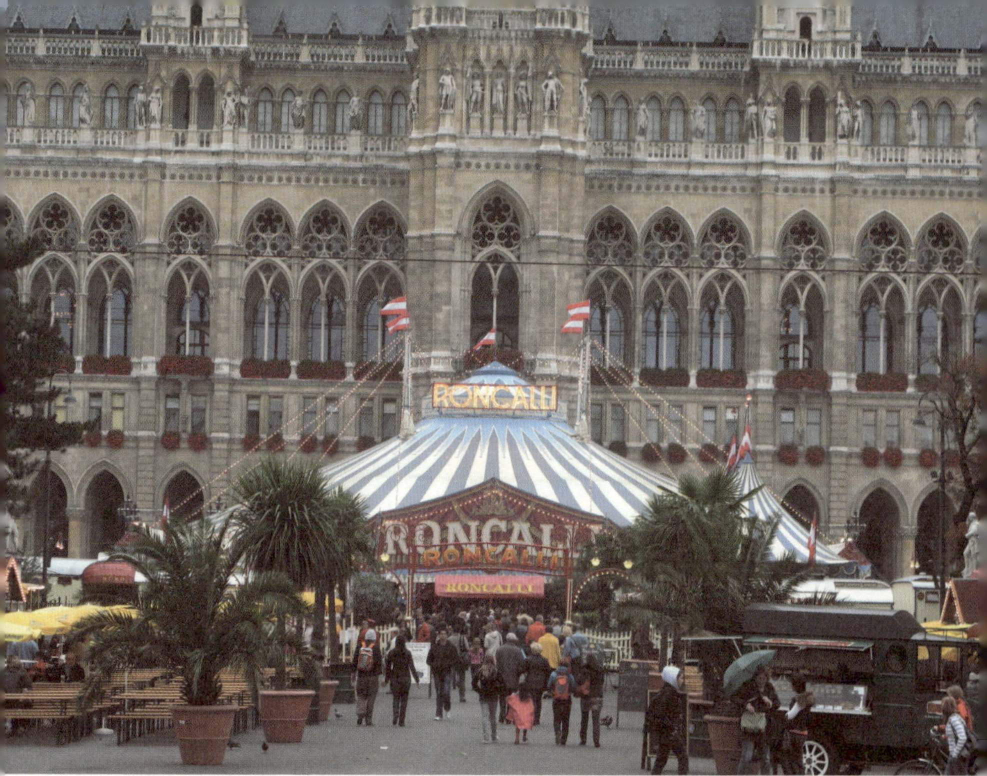

에는 '빈 음악제'가 이곳에서 개최되며, 여름에도 콘서트가 열린
다. 더불어 시청 앞 광장에서도 열린다.

겨울에는 크리스마스 한 달 전부터 '크리스마스 시장'이 선다.
빈 시내에서 가장 높은 크리스마스트리가 세워지고 서커스 무대
와 장터 등이 만들어진다. 크리스마스 시즌의 이곳 밤 풍경은 아
주 유명하다.

내가 찾아갔던 겨울도 서커스단이 공연을 펼치고 있었다. 실
내로 들어가지 않고 광장의 좌판에 앉아서 맥주를 시켰다. 그런
데 조금씩 비가 내리는 것이 아닌가? 비를 피하려고 하는데, 다

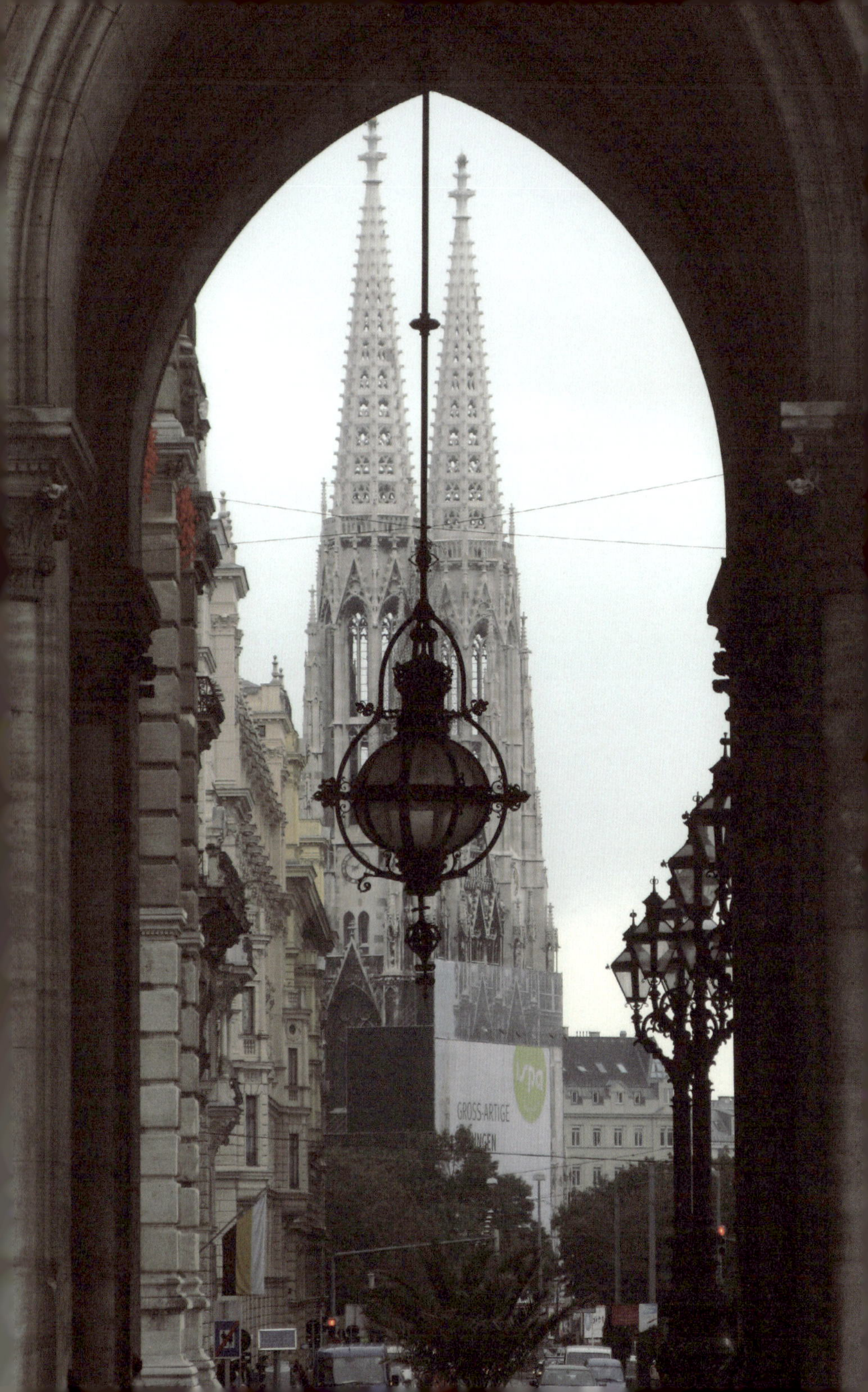
GROSS·ARTIGE
...UNGEN

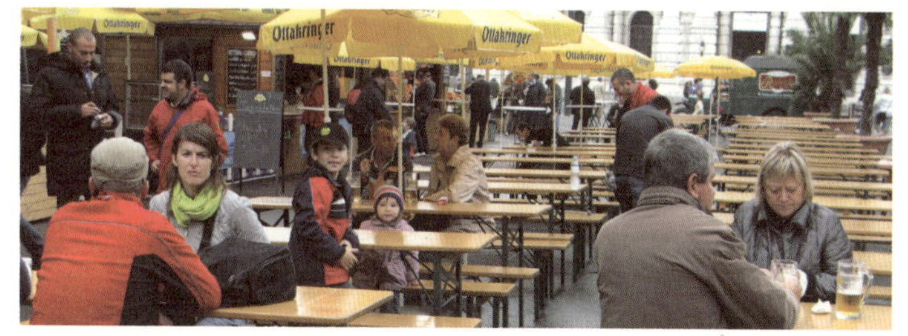

시청 앞 광장은 빈 시
민들의 놀이터다.

른 사람들은 아무 일 없다는 듯 그냥 앉은 채로 비를 맞으면서
식사를 했다. 일어나려다 말고 나도 그대로 앉아 있었다. 혼자
보슬비를 맞으면서 감자와 고기를 안주삼아 맥주를 마셨다. 비
가 섞인 맥주도 먹을 만했다.

그런데 길 건너편에서 많은 사람들이 아이들의 손을 잡고 몰
려오고 있었다. 서커스 공연이 시작될 시간이었다. 어른들과 아
이들은 끝도 없이 몰려와 줄을 섰다. 그런데 그렇게 사람이 많아
도 떠들지 않고 조용한 것이 신기했다. 나는 서커스 구경은 하지
않았지만 그곳에 앉아 그들이 즐기는 모습을 구경하는 것이 더
재미있었다.

공연은 공연장에서만 해야 하는 것은 아니다. 우리나라의 시
청들도 이제는 큰 건물과 넓은 마당을 가지고 있다. 그 좋은 시
설들을 콘서트의 명소로 만드는 건 어려운 일일까? 이런 것을 바
라는 것이 무리한 일인가? 빈 시청 앞 광장의 비 섞인 맥주는 나
에게 많은 생각을 하게 해주었다.

빈 대학교
학문과 정신의 산실

—

시청 광장 북쪽에 있는 것이 빈 대학교다. 빈 대학교지만 그들은 흔히 그냥 '대학교', '우니베르지테트' Universität 라고도 부른다. 이렇게 국회나 시청이 있는 빈의 중심에 대학이 있다는 것이 우리로서는 낯설기도 하지만, 학문을 아끼고 숭상하는 그들의 풍토를 엿볼 수 있다.

원래 그 전신이라고 할 수 있는 연구소 시절부터 친다면, 빈 대학교는 프라하 대학에 이어 유럽에서 두 번째로 오래된 대학이라고 그들은 주장한다. 어쨌든 1364년에 루돌프 공작이 설립한 것이니 450년의 유구한 역사를 자랑하는 것만은 분명하다.

처음에는 법학, 문학, 의학의 세 학부로 시작했고 나중에 신학부가 추가되었다. 마리아 테레지아 여제 때에 이르러 국립대학교로 승격되었다. 학교가 발전하면서 많은 개혁을 앞장서 추진하기도 했다. 한때는 유럽 최대의 대학으로 명성을 날렸으며, 역대 교수들 중 노벨상 수상자만 10여 명을 헤아린다. 물리학자 도플러, 의학자 빌로트, 수학자 레기오몬타누스, 심리학자 프로이트 등이 모두 이 학교 출신이다. 지금은 학생 수가 2만 명을 넘으며, 특히 로마가톨릭 신학, 프로테스탄트 신학, 사회과학, 경제학, 자연과학, 공학 등의 학과가 유명하다.

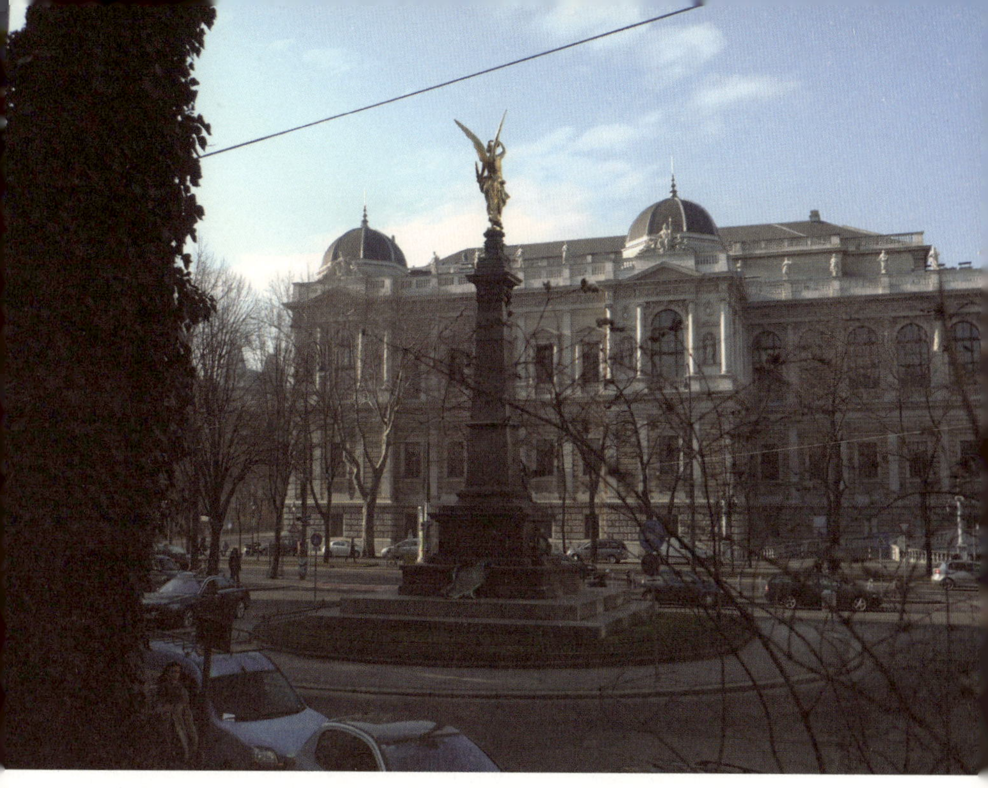

이 큰 학교는 빈 시내 전체에 흩어져 있으며, 이중 대학본부는 천장이 높은 2층 르네상스식 건물로 하인리히 페스텔이 설계해 1883년에 완공했다.

공부를 할 것은 아니지만 그래도 안으로 들어가본다. 높은 천장의 넓은 현관과 거대한 열주들이 늘어선 회랑이 방문객을 압도한다. 유명한 천장화는 〈암흑 안에서 광채의 승리〉로서 학문의 위대함을 웅변한다.

중정中庭 주변을 넓고 긴 회랑이 사각형으로 에워싸고 있다. 이곳이 '아카르텐호프'로, 회랑에는 수많은 인물들의 조각상이 빼

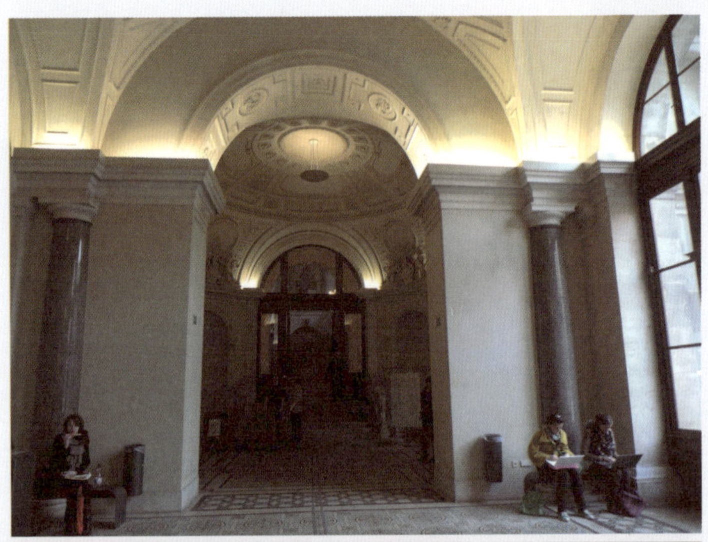

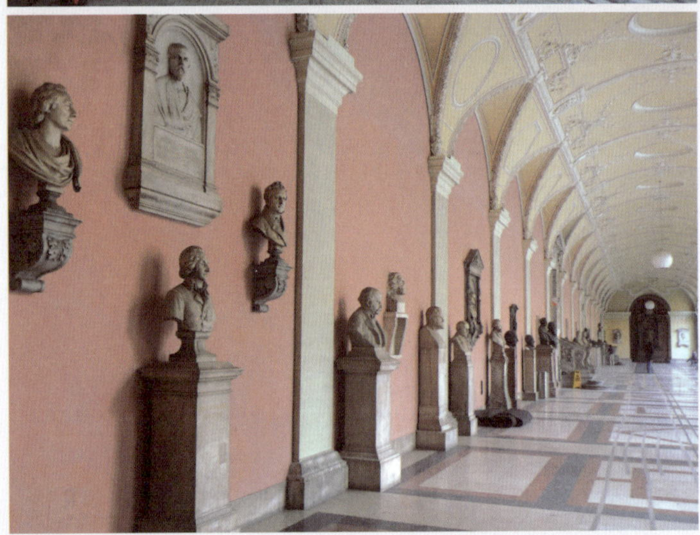

빈 대학 역대 교수들의 석상이 늘어선
회랑은 이곳에서 진지하게 학문을
닦아야만 할 것 같은 압도적인 분위기를 연출한다.

곡히 놓여 있다. 모두 이 학교 역대 교수들이다. 그들이 은퇴하거나 서거하면 대신 조각상으로 학교에 남는다. 영원히…….

조각들을 하나하나 살펴본다. 신기한 것은 다들 인물들이 범상치 않다는 점이다. 아주 잘생기거나 아니면 아주 독특해 주변 사람들에게 별나다는 소리깨나 들었음직한 인물이 많다. 학생들도 꽤나 애를 먹지 않았을까……. 조각상들은 각자 무엇을 연구했는지를 말해주기도 한다. 해부학자는 해골을 들고 있고, 약리학자는 천칭을 들고 있다. 조각들의 기단 아래에는 이름, 생몰연대, 그리고 전공이 적혀 있다. 조각들의 인상과 전공을 맞춰보는 놀이에 시간 가는 줄 모른다.

학생들이 회랑에 걸터앉아서 책을 보고 있다. 날씨가 꽤 추운데도 중정의 노천에서 샌드위치를 먹으며 노트를 보는 학생도 있다. "춥지 않냐?"고 물으니 "담배 때문에"라고 대답한다. 따뜻한 학생식당이 있지만 실내는 금연이라 담배를 피우기 위해 추위를 무릅쓰고 회랑에 나와 식사하는 것이다. 꼭 담배를 피워야 공부가 되나 보다. 이렇게 추운 겨울이지만, 이미 돌아가신 교수들과 담배를 사랑하는 후배들이 함께 학교를 지키고 있다.

여기는 빈 대학교입니다.

아르투르 슈니츨러
빈을 사랑하고 빈을 지킨 최고의 딜레탕트

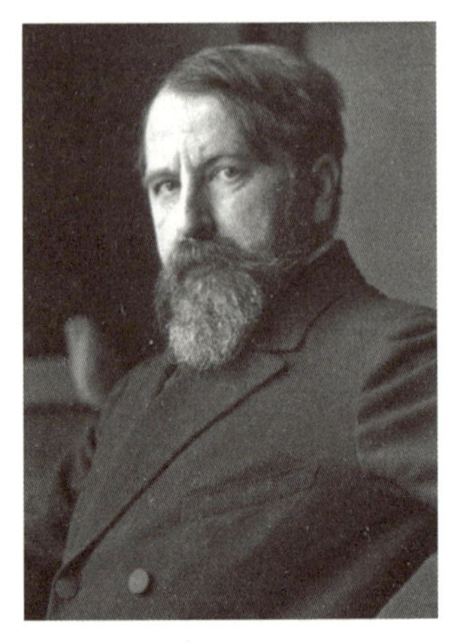

아르투르 슈니츨러1862~1931는 빈 의대 출신이지만 그의 명성은 의학으로 얻어진 게 아니다. 당신이 그의 소설을 읽었다면, 정말 책을 많이 읽는 분이거나 아니면 독특한 부류의 독자일 것이다. 우리나라에서 그의 책들은 화려하게 광고된 적도 없고 화제가 된 적도 없다. 최근 들어 그의 책 출간이 잇달아 《카사노바의 귀환》, 《꿈의 노빌레》, 《엘제 아씨》, 《라이겐》, 《윤무》, 《사랑의 묘약》 등이 이미 나와 있다.

슈니츨러는 당대 빈에서 가장 뛰어난 지성인의 한 명이었다. 딜레탕트로 시작한 그의 예술 세계는 정신분석학적인 시각으로 가득 차 있고, 작품 속 여러 인물들은 물론이고 빈 사회 전체를 정신분석학적으로 바라보는 통찰력을 보여준다. 그는 빈의 많은 예술가, 지성인들과 교류하면서 세기말 빈 왕조가 몰락하고 빈이 변화되어가는 과정을 온몸으로 체험한, 살아 있는 세기말 빈의 역사다.

슈니츨러는 의사다. 그의 아버지 역시 저명한 의사로서 빈 의

대 이비인후과 교수였다. 그도 아버지의 권유로 빈 의대를 졸업하고 의사가 되었다. 굳이 전공을 얘기하자면 처음에는 외과였고, 다음에는 피부과였으며, 나중에는 정신과였다고 하는 게 맞을 것이다.

이러한 전력으로 짚어보면, 그가 처음에는 인간에 대한 관심으로 생명을 다루는 가장 기본적인 외과를 택했고, 이어서 세기말 빈의 문란했던 성 풍속을 체험하면서 성병을 다루는 피부과에 관심을 두게 되었음을 알 수 있다. 그의 작품 중에는 당시 어지러웠던 성 문화와 성병에 관한 이야기가 많이 나온다. 나아가 그는 자신의 의대 5년 선배인 프로이트의 정신분석에 깊은 공감을 하게 되어 결국 정신과에 천착한다. 그는 프로이트를 "나의 정신과 영혼의 도플갱어"라고 부르면서 평생 정신분석학적인 입장에서 세상을 보면서 글을 썼다.

슈니츨러는 일생 동안 엄청난 분량의 글을 썼다. 매일 꼼꼼히 기록했던 방대한 양의 일기를 통해 이루어진 것으로, 일기로써 필력을 깨우친 셈이다. 그는 의대 시절부터 죽을 때까지 52년 동안 성실하고 자세한 일기를 남겼다. 그의 나이 31세 때 아버지가 돌아가시자 그는 병원을 사퇴하고 개업을 했다. 개업의를 하면서 본격적으로 글을 쓰기 시작했고, 이후 문학적으로 성공하면서 결국 의업을 그만두었다. 1895년에 발표한 희곡 《연애 유희》가 크게 성공해 필명을 날렸고, 본격적으로 작가의 길을 걸었다. 그는 60회 생일을 맞아 존경하는 프로이트로부터 '심층심리의 탐구자'라는 칭송을 받았다.

1931년 사망하기까지 그는 60여 편의 소설과 30여 편의 희곡을 발표했다. 그 외 일기, 편지, 스케치, 기록 등이 4만여 장에 이른다. 나치는 고인이 된 슈니츨러의 모든 작품들에 대해 출간 및 상연을 금지했다. 독일이 오스트리아를 합병하기에 이르자, 그의 유고 원고들은 영국대사관의 도움을 받아 미국으로 옮겨졌다. 그리고 제2차 세계대전이 끝난 후 원고들은 다시 빈으로 돌아왔다. 1962년에는 슈니츨러 전집이, 1979년에는 문고판 전집 전15권이 발간되었다. 2000년 오스트리아 학술원은 52년간의 일기를 전10권으로 출간했다.

슈니츨러는 빈 사람들의 슬프고 어두운 사랑 이야기를 세련된 문체로 보여주었다. 특히 시민들이 느끼는 것들과 향락의 세계를 날카롭게 그려 가장 빈적인 작가로서 사랑을 받았다. 그의 작품 세계는 의사의 예리한 관찰력과 자연과학자의 냉정한 표현을 담고 있다. 특히 정열을 주체하지 못하는 경박하고 퇴폐적인 인물들이 많이 나오는데, 그런 내용은 소설과 그의 일기가 서로 넘나드는 듯한 인상을 준다. 또한 성 문제를 전면에서 다루어 당시로서는 파격적인 묘사들이 많았다. 그의 작품들은 관음증적이며 정신분석학적이다.

재미있는 일화가 있다. 여름날 슈니츨러의 옆집 소년이 벌거벗은 채로 정원에서 낮잠을 자고 있었는데, 조랑말이 소년의 숭

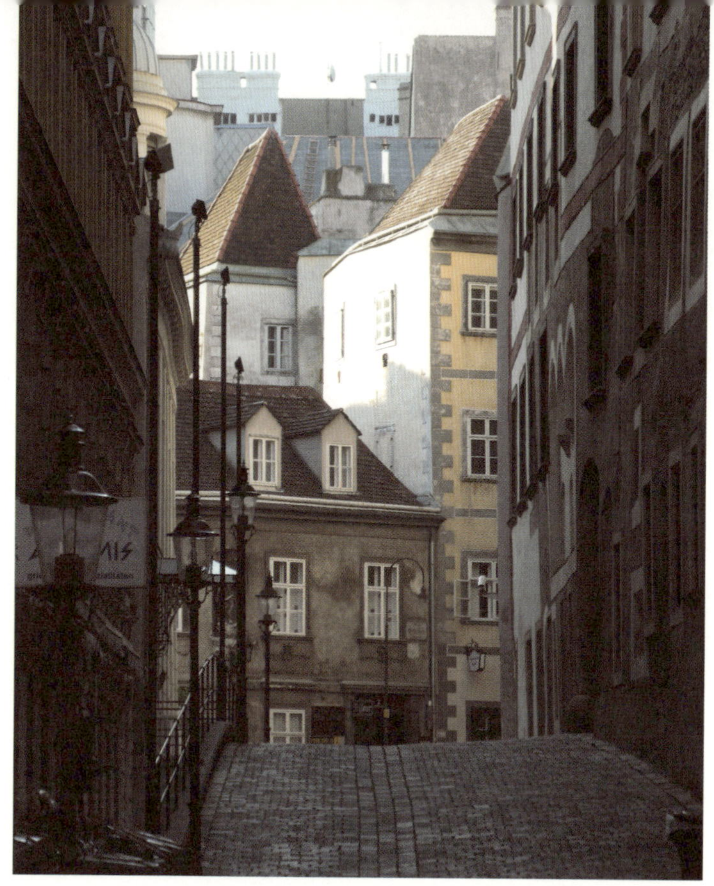

요한 부분을 그만 물어버렸다. 의사인 슈니츨러가 소년에게 달려가 응급처치를 했다. 그리고 사람들에게 지시했다. "소년을 어서 병원으로 데려가세요. 그리고 조랑말은 프로이트에게 보내세요."

슈니츨러는 평생 단 한 번도 빈을 떠난 적이 없었으며, 늘 빈에서 빈의 사람들을 글로 그려냈다. 그의 작품 세계는 세기말을 그려 놓은 요지경이자 풍속화였다.

부르크 극장
최고의 배우들이 거쳐 간 연극의 전당

시청 앞 광장의 네 건물들 중 건축학적으로 가장 뛰어난 건물은 부르크 극장이다. 그리고 그 안에서 벌어지는 것은 최고의 연극 공연이다. 이 두 가지 점만으로도 부르크 극장은 문화와 예술을 사랑하는 사람들에게 가장 관심을 끄는 장소다.

부르크 극장은 세계적으로 유명한 연극 전용 극장이다. 빈이 음악의 도시로 널리 알려진 터라, 빈에 오면 사람들은 콘서트홀 이나 오페라극장을 찾는다. 하지만 빈은 '문학의 도시'이기도 하다. 문학은 책으로만 읽는 것인가? 그렇지 않다. 서양에서는 '책이 나오면서 문학이 죽었다'고 말하는 것처럼, 유럽에서 애당초 문학이란 책으로 읽는 것이 아니라 무대에서 낭독하는 것을 일 컬었다. 무대에서 하는 '생문학'의 전통은 특히 독일어권에서는 대단히 중요하다. 그들은 실제로 극장을 찾아서 배우들의 생 연기를 보는 것을 예술과 문학에의 참여로 생각한다. 그것이 독일, 오스트리아에서 연극, 오페라, 콘서트 등 '무대 예술'이 발달한 중요한 이유다.

그런 전통의 한가운데 있는 것이 부르크 극장이다. 부르크 극장은 오스트리아 연극의 중심 극장일 뿐만 아니라 모든 독일어

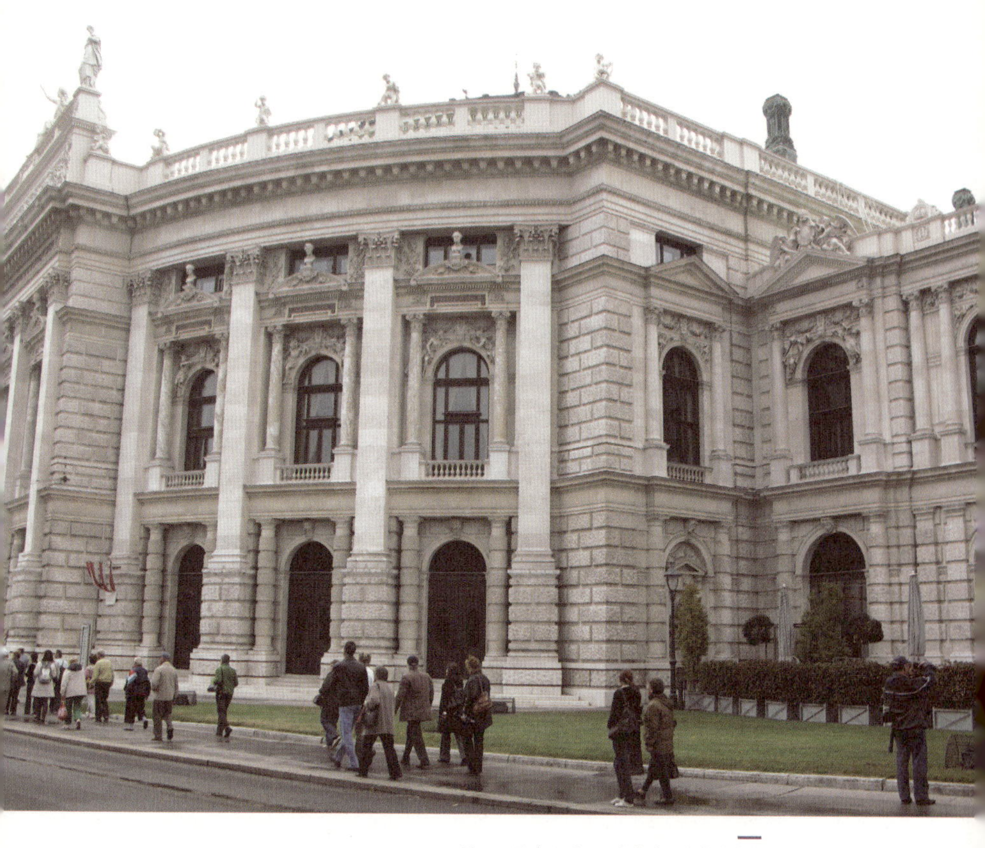

부르크 극장은 건물로서의 위용만이 아니라,
문화의 산실이라는 의미에서
그 존재 가치가 무한하다.

권—독일, 오스트리아, 스위스는 물론 체코나 폴란드 등 문학에서 독어를 사용하는 동유럽 국가들—을 망라해 가장 중요하며 유명한 극장이다. 공연 수준은 지금도 세계 최정상이다.

또한 이 극장은 극장 건물로서도 세계 최고의 문화유산이다. 극장이란 건물을 말하기도 하지만 연극을 만드는 컴퍼니를 지칭하기도 한다. 지금 우리가 보는 새 극장 건물은 1888년 링 슈트라세 건립 때 지어졌다. 구 극장이 철거되기 직전의 구 부르크 극장의 모습은 두 화가, 구스타프 클림트와 프란츠 마치에게 맡겨져 그림으로 남아 있다. 비록 극장은 없어졌지만 그것을 그림으로 남길 생각을 했다는 것은 멋진 일이다. 그림을 볼 때마다 나는 '과연 부르크 극장이며, 과연 빈이다'라는 생각이 든다.

새로운 부르크 극장은 르네상스식 스타일로, 고트프리트 젬퍼가 외부 설계를 맡았다. 앞의 둥그런 파사드를 보면 드레스덴의 젬퍼 오페라하우스를 떠올리게 되니, 이것이 바로 극장 건축의 대가 젬퍼의 작품이라는 것을 짐작할 수 있다.

1층 내부의 반원형 로비는 생각 외로 좁다. 하지만 2층, 3층으로 올라가면 조금씩 놀라게 된다. 흔히 극장의 로비가 그렇듯 층별로 넓고 트인 로비가 있는 것이 아니라, 한두 개의 계단으로 각기 분리된 작은 로비들이 여기저기에 많이 포진해 있다. 그리고 그 로비마다 작은 바가 있어서 음료와 간단한 음식을 판매한다. 한마디로 구석구석에 작은 카페들이 들어서 있는 형국이다.

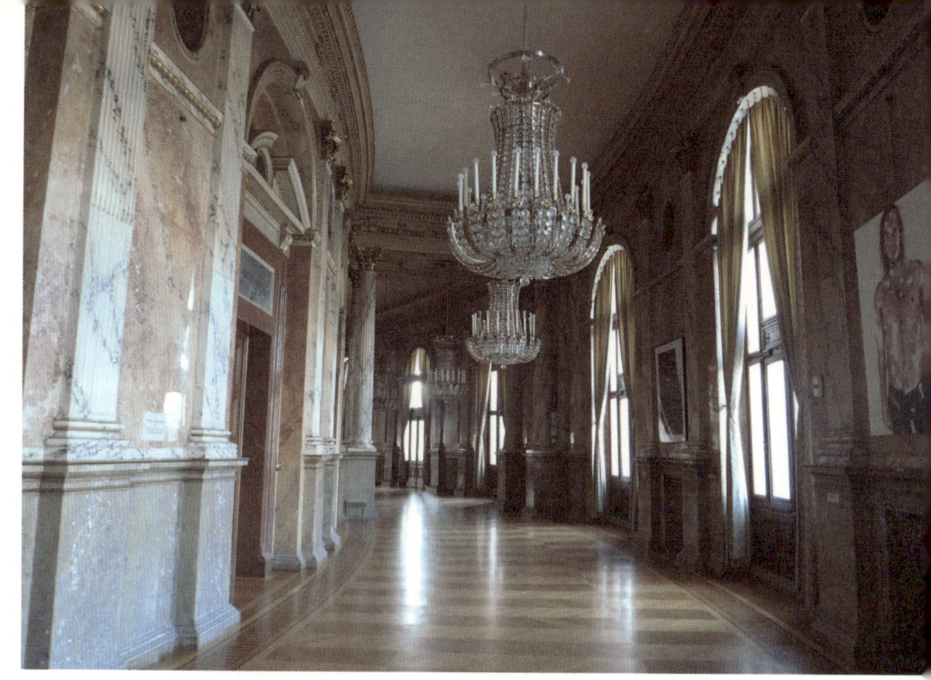

여기저기서 삼삼오오 공연을 즐기고 토론을 하기에 얼마나 좋은
가? 정말 관객의 입장에서도 부르크 극장은 명품이다.

2층 로비의 작은 연극 박물관에는 연극 세트나 의상, 가발들이
진열되어 있다. 어떻게 연극 소품을 만들고 전기가 없던 시절부
터 어떻게 무대 장치를 움직였는가를 보여준다. 2층의 둥글게 구
부러진 로비는 길이가 60미터에 이르는데 정말 장관이다. 여기
를 '갤러리'라고 부른다. 벽면 가득 초상화들이 걸려 있기 때문이
다. 그림의 주인공들은 모두 이 극장을 거쳐 간 유명 배우들이다.

객석의 위엄 있는 디자인은 이 극장이 황제의 극장임을 말해
준다. 1천500석으로 좌석이 많지는 않지만, 무대의 대사가 육성
으로 들릴 수 있는 최적의 환경을 제공한다. 가장 음향이 좋은

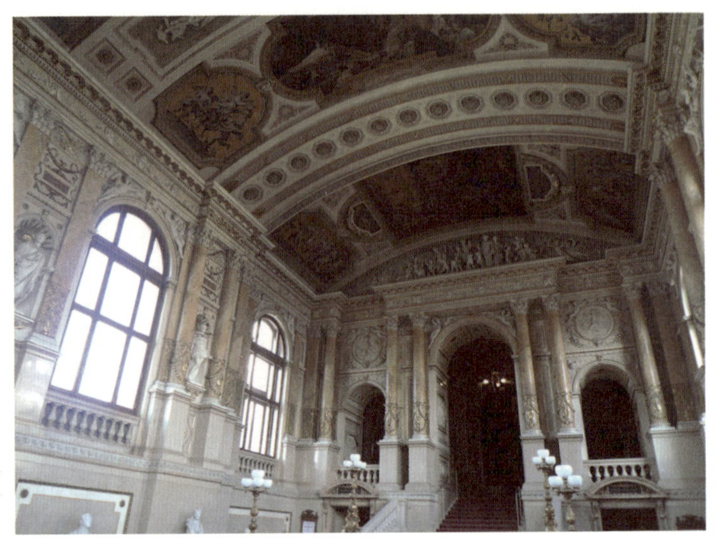

클림트 등의 천장화
가 압권인 부르크 극
장의 화려한 계단실.

극장의 하나다. 이곳에서 한 번쯤 연극 관람을 하면 어떨까? 독어를 몰라도 상관없다. 놀라운 공연과 관객의 진지한 태도만으로도 감동을 줄 것이다. 게다가 우리에게 잘 알려진 괴테나 실러 등의 고전들이 많이 올라가므로, 프로그램을 잘 고르고 원전을 미리 읽는다면 대사를 알아듣지 못해도 따라갈 수 있다.

연극배우들에게 이 극장 무대에 선다는 것은 그가 배우로서 최고 반열에 올랐다는 인증이다. 그런 만큼 여기서는 세계 최고의 연기를 볼 수 있다. 또한 배우들이 상당히 수준 높은 독어를 구사해 빈 스타일의 독어 보존에도 큰 기여를 해왔다.

하지만 이 극장은 연극에 관심이 없는 사람들에게조차 유명하다. 이유는 바로 극장 양쪽에 있는 계단 때문이다. 부르크 극장은 남북으로 날개처럼 커다란 두 개의 계단실을 가지고 있다. 크고 아름다운 계단이 양쪽으로 뻗어 있는데, 실내가 압도적으로 화려해 당대 실내장식의 정수로 손꼽힌다. 특히 남쪽 계단은 천장화와 벽화로 유명하다. 벽화를 그린 대표적인 작가가 구스타프 클림트이기 때문이다. 사실 클림트의 작품은 미술관에만 있는 게 아니다. 이처럼 주요 건물의 천장이나 벽에 그려져 있는 '진짜' 작품들을 놓쳐서는 안 된다.

남쪽 계단실 그림은 연극의 역사를 보여주는 것으로, 그림 자체가 예술관을 나타낸다. 고대 그리스 디오니소스 축제의 장면부터 당대에 이르는 여러 공연 장면들이 천장과 벽의 여러 그림들에 나누어 담겼다. 천장의 그림들은 〈극장의 역사〉로, 구스타프 클림트와 동생 에른스트 클림트, 프란츠 마치, 세 사람이 나누어서 그렸다.

특히 클림트가 그린 벽화 〈셰익스피어의 연극〉에는 〈로미오와 줄리엣〉의 공연 장면이 그려져 있다. 연극을 관람하는 관객들의 모습도 그려졌는데, 관객들 중 뚜렷한 프로필을 가진 남성 관객이 바로 클림트 자신이다. 연극을 바라보는 클림트. 이 그림은 클림트가 자신을 자화상으로 남긴 드문 명작이어서 감동적인 것만이 아니다. 문학과 연극과 건축과 미술은 함께 움직이고, 서로 분리할 수 없으며 같은 정신을 가진 것임을 표현했다는 점이 더 큰 감동을 준다.

지그문트 프로이트
홀로 만들어낸 위대한 학문

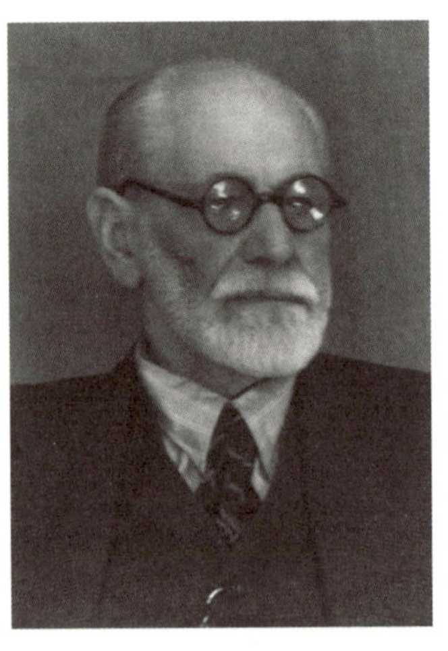

빈에 오면 많은 사람들이 음악가들의 흔적을 찾고, 다음으로는 미술가들의 흔적을 찾는다. 더 깊이 알려고 하는 사람이나 그 분야에 관심이 있는 사람이라면 여기에 건축, 연극, 문학 등이 그 다음을 잇는다. 그런데 이런 것들에 가려져 있는 것이 정신분석학이다. 정신분석 역시 빈에서 태동했으며, 빈이 중심이다. 정신의학에서 빈의 역사와 업적은 대단하다.

지그문트 프로이트1856~1939 한 사람만으로도 빈은 세계의 정신의학뿐 아니라 지성사와 정신사에서 중요한 도시다. 2006년 모차르트 탄생 250주년을 기념해 전 세계 음악계가 들썩이고 있을 때, 프로이트는 또 한 번 모차르트에게 가려지고 말았다. 2006년은 프로이트 탄생 150주년이기도 했다. 그는 같은 빈에서 활동한 모차르트에게 치여서 빈을 방문하는 관광객들에게 관심도 받지 못하는데, 모차르트보다 꼭 백 년 뒤에 태어나는 바람에 150주년도 잘 챙겨먹지 못하고 또 밀린 것이다.

나는 바그너의 오페라 〈발퀴레〉를 알기 이전에 지그문트 프로이트를 먼저 접했다. 그래서 〈발퀴레〉에서 지그문트라는 이름의 주인공이 등장했을 때, 나의 뇌리에는 묘한 연결고리가 만들어졌다. 〈발퀴레〉에서 지그문트는 자신의 누이인 지글린데와 근친상간으로 결합한다. 그는 근친상간을 향한 인간의 속성을 갈파한 프로이트와 이름이 같다. 이 때문에 오페라에서 '지그문트'란 이름이 불릴 때마다 내 머릿속에는 정신분석학적인 이미지가 떠올랐다.

프로이트는 어려서부터 똑똑하고 공부도 잘했으며, 자신에 대해 엄격하고 성실했다. 우리나라의 중등학교에 해당하는 김나지움 과정 7년 동안 한 번도 전교 1등을 놓친 적이 없었다. 그리고 우리나라의 전교 1등이 흔히 그렇듯 그도 '벼슬을 하기 위해서' 빈 법대에 가려고 했다.

그런데 김나지움 졸업반 때 카를 브륄 교수의 강연을 들은 그는 자연과학이야말로 세상의 근원을 연구하는 학문이라는 것을 깨달았다. 그는 생각을 바꾸어 빈 의대에 진학한다. 그곳을 졸업한 프로이트는 생리학 연구실에 들어갔고, 나중에 신경생리학, 신경병리학으로 관심 분야를 옮긴다.

프로이트가 정신과 의사가 되기 전에 생리학에 심취했다는 것은 프로이트가 정신분석학자 이전에 자연과학자였고 의학자였다는 것을 말해준다. 인간의 복잡한 정신병리를 정신분석학으로 설명한 그였지만, 그 아래에는 탄탄한 자연과학적인 지식과 생리학적인 관점이 있다는 것을 그의 저술 곳곳에서 느낄 수 있다. 만년에 프로이트는 이런 말을 했다. "내가 발표한 많은 이론들을 언젠가는 다 기질적인 원인, 즉 생물학적인 원인으로 설명할 수 있는 날이 올지도 모른다." 그리고 지금 정말 그런 일들이 일어나고 있다.

그는 연구소를 나와서 개업했다. 그가 개업의였다는 사실이 내가 개업의를 택할 때 큰 용기를 주었다. 나는 (그 많은 저서를 남긴) '프로이트도 개업의였다'는 사실을 들먹이면서 개업의의 길을 택한 스스로를 합리화했다. 물론 솔직히 나에게는 프로이트처럼 연구하거나 많은 논문을 쓸 생각은 추호도 없었다. 다만 내가 관심을 갖는 분야에서 내 방식대로 자유롭게 공부하고 싶었다.

프로이트는 평생 개업의로서 수많은 환자들과 면담하면서 20여 권의 저서와 위대한 이론들을 남겼다.

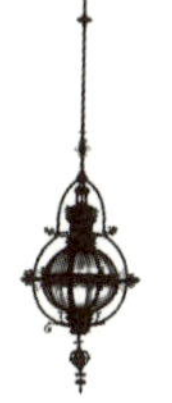

프로이트 하우스
최고의 업적이 생산된 그 작은 의원

프로이트는 베르크 가세(스트라세보다 작은 골목길) 19번지에 개업했다. 그가 개업한 것은 경제적인 이유 때문이었을 것이다. 그는 이곳 건물 2층 일부에 개업을 하고 평생, 정확히 말하면 47년이라는 긴 세월을 그 집에서 살면서 진료하고 연구했다. 그의 수많은 저서들도 모두 여기서 탄생했다.

정신과 의사라면 당연히 메카를 찾아가는 심정으로 이곳을 방문하게 된다. 동네는 빈 시내 서북쪽의 링 외곽에 있다. 건물 2층에 클리닉이 자리했다. 살림집과 진료실이 함께 있다. 모든 것이 프로이트 시절 그대로라고 한다. 두 차례의 세계대전 동안에도 이 건물은 무사하여 당시의 모습을 그대로 간직하고 있다.

2층에 올라가면 '프로이트 박물관'이라고 붙어 있다. 하지만 말이 박물관이지 사실 프로이트의 집을 개방한 것으로 보인다. 나는 이 글의 제목도 '프로이트 하우스'라고 붙였다. 자료실과 비디오실도 있고 세미나를 할 수 있는 작은 방도 있다. 하지만 가장 궁금한 것은 프로이트가 직접 진료했던 공간이다. 방문객(정신과에서는 '페이션트patient'라는 말 대신 '클라이언트client' 라는 말을 주로 사용한다.)들이 기다리던 대기실, 그리고 프로이트의 방이면서 동시에 진료실이었던 곳들이 잘 보존되어 있다.

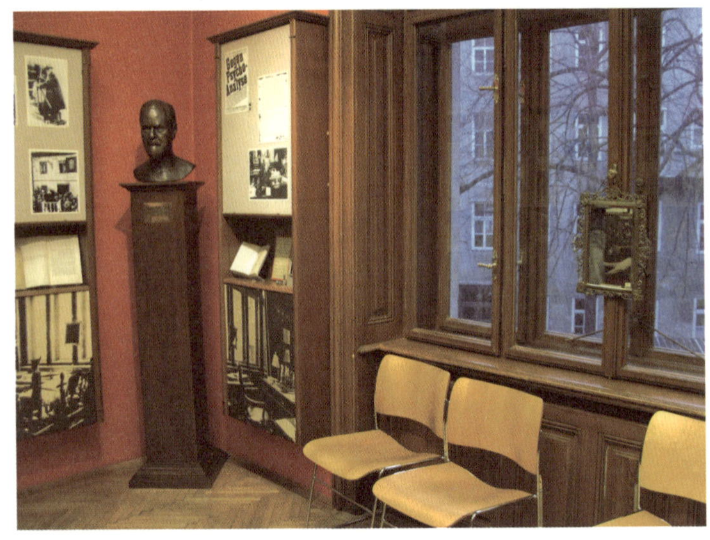

정신과 의사로서 20여 년을 지내온 나였으니, 감회가 적을 리 없다. 그동안 내가 걸었던 짧지 않은 길과 나를 겪어 간 많은 클라이언트들이 떠오른다. 평생 한 곳, '프로이트 의원'을 떠나지도 옮기지도 않고 47년을 한결같이 진료했던 그의 모습은 성실한 의사의 표상이었다. 내가 이곳에서 가장 크게 감동한 것은 그의 성실함이었다. 모든 성취는 진득함과 끈기 그리고 성실함에서 탄생한다는 진리를 눈으로 확인한 것만 같았다.

사실 프로이트의 글을 읽어보면 그처럼 철저하고 성실하고 꼼꼼한 사람이 있을까 싶을 정도다. 하루 종일 면담을 하고 나서 방문객들이 다 돌아간 뒤에도 그는 혼자 하루의 모든 면담 내용을 마치 법원의 서기처럼 일일이 기록했다. 그렇게 했기 때문에 연구도 논문도 다 가능했다. 머리 좋은 의사보다도 더욱 훌륭한 것은 성실한 의사다. 환자에게도 사회에도 그렇다.

그의 방에는 작은 창문이 하나 있다. 그 창으로는 건물 가운데에 있는 작은 안마당이 보인다. 안마당에는 키 큰 나무가 한 그루 서 있다. 원래 프로이트의 책상과 의자는 그 창 바로 옆에 있었다. 그는 늘 그 나무를 바라보았다. 겨우 단 한 그루의 나무지만, 그 나무는 봄의 꽃, 여름의 초록, 가을의 낙엽, 겨울의 백설을 다 보여주었을 것이다. 인류의 생각을 바꾸고 사상에 지대한 영향을 끼친 그의 이론은 나무 한 그루가 보이는 이 작은 방에서 나왔다.

그의 집을 나오면서 한 생각은 들어갈 때와는 완전히 달랐다. 이처럼 나에게도 나무 한 그루만 있다면 얼마나 좋을까? 시골에 사는 촌부라면 별것도 아닌 일일지 모르지만, 이미 도시에서 뼈가 굳어가고 있는 나에게는 영원히 불가능한 바람일지 모른다.

카페 란트만
배우와 지성인의 사랑방

—

프로이트는 일을 많이 하면서도 아주 규칙적인 생활을 했던 사람이다. 낮에는 진료하고 밤에는 글을 썼던 그도 오후가 되면 어김없이 산책을 했다. 그는 정장 차림에 늘 모자를 쓰고 지팡이를 든 채 외출을 했다. 그리고 걸었다. 그가 주로 갔던 곳은 카페 란트만이다.

카페 란트만은 연극의 메카 부르크 극장 바로 옆에 있다. 병원에서 천천히 걷는다면 30분은 걸릴 것이다. 란트만의 분위기를 좋아하는 사람들은 많았다. 란트만의 팸플릿에는 단골 명사들의 이름이 나와 있다. 마를렌 디트리히, 로렌스 올리비에, 비비안 리, 게리 쿠퍼, 토마스 만, 오스카 코코슈카 등. 그야말로 스타의 전시장이다.

한편 부르크 극장 주변에서 배우들의 카페로 유명한 곳은 첸트랄이었다. 부르크 극장을 지켰던 전설적인 배우들이 모두 이곳을 그들의 아지트로 삼았다. 또한 배우들뿐만 아니라 작가, 연출가, 극장과 연극 관계자 그리고 연극 마니아들로 붐볐던 곳이다.

란트만은 정치가들이 많이 찾는 곳이기도 하다. 길 건너편이 시청이고, 그 옆으로 국회의사당, 그리고 대법원도 보인다. 매년 신년 벽두가 되면 오스트리아 대통령은 이곳 란트만에서 신년 기자회견을 하는 것으로도 유명하다. 권위 있는 공공건물에서

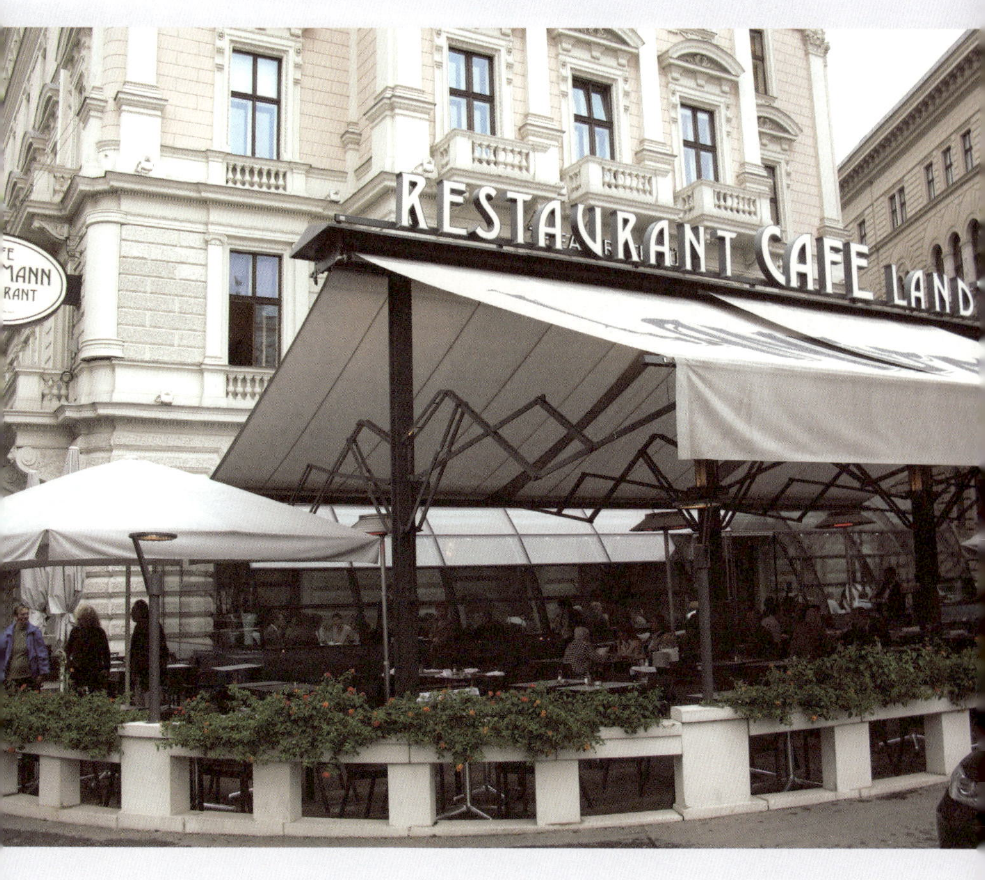
RESTAURANT CAFE LAND
MANN
RANT

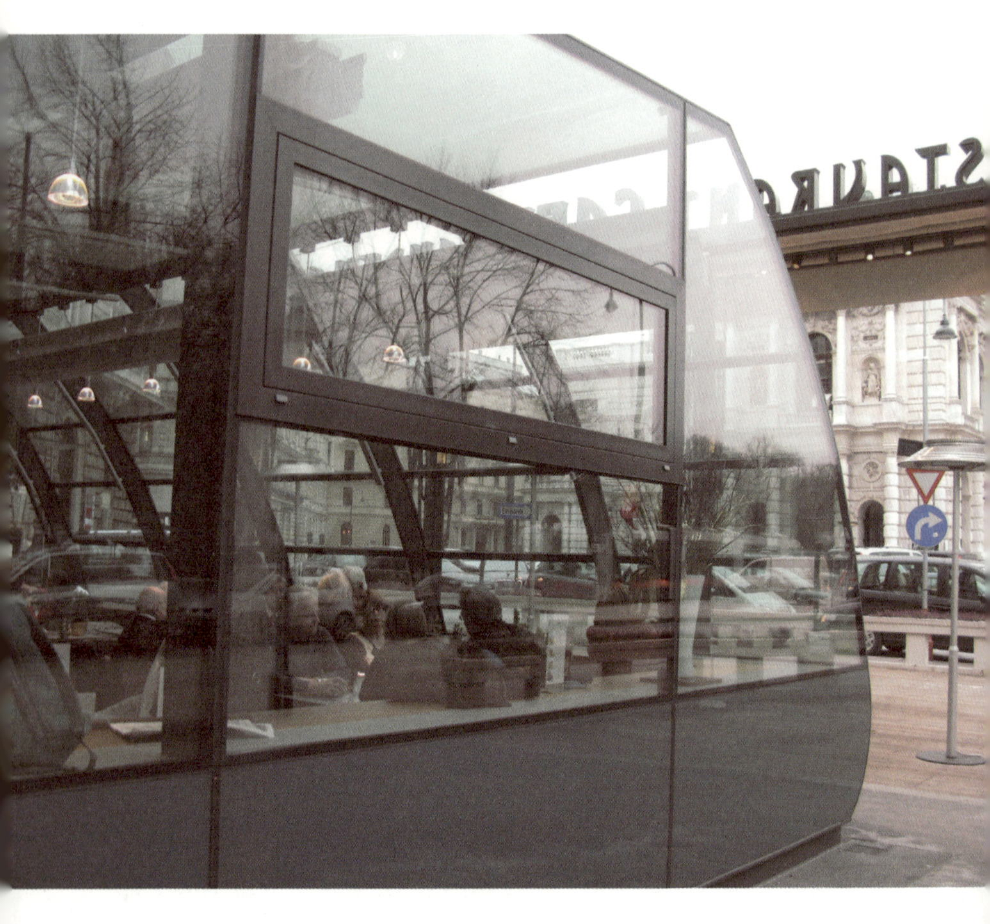

하는 것이 아니라, 기자들과 함께 카페에 둘러앉아서 하는 회견, 얼마나 근사한가? 한 정치가나 작가가 단골 카페에서 기자 몇 명을 만나 대화를 나누는 것과 같다. 원래 회견이란 이런 것 아니겠는가?

기자들은 모두 멜랑주를 홀짝홀짝 마시면서 대통령 앞에서 다리를 꼰 채 까칠한 빈 방언으로 배배 꼬인 질문을 할 것이다. 멋지다. 그러면 약간 열 받은 대통령은 "갑자기 단 걸 먹고 싶네요. 어이, 여기 에스테라하지 토르테 하나만"이라고 말한다. 그러면 무슨 무슨 자이퉁 기자는 "대통령이 자꾸 살찌시면 다음 선거에서 표가 안 나올지 모릅니다. 스타일을 유지하셔야죠"라고 일침을 놓을 것이다. 이에 또 열 받은 대통령은 "아, 이것도 못 먹는다면 금년에는 대통령 그만둘 테야. 안 그래도 작년에는 보고 싶은 공연을 몇 개나 놓쳤다고."

란트만에 앉아 커피를 마시면서 하는 나만의 상상이다. 멋진 카페 란트만의 팸플릿에는 배우들과 연극 관계자들의 이름이 정치가들보다 더 상위에 적혀 있다. 당연하다. 이곳은 빈이고, 카페 란트만이다.

하지만 카페 란트만의 가장 유명한 단골은 지그문트 프로이트 박사였다. 이곳은 프로이트의 카페이기도 하다. 그는 수십 년간 이 카페를 규칙적으로 다녔다. 이곳에서 사람들을 만나고 커피를 마셨다. 프로이트는 란트만의 지정석에 앉아서 현관으로 들

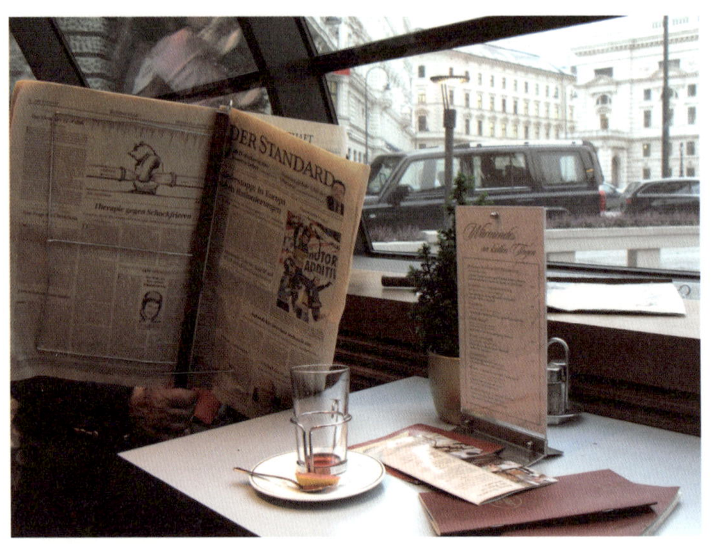

어오는 사람들을 바라보며 그들과 인사를 나누었다. 정신과 의사는 늘 다른 사람의 말을 들어주고 도와주는 조언자다. 클라이언트가 주연이며 정신과의사는 평생 클라이언트의 인생에 조연밖에 되지 못한다.

하지만 프로이트는 자기애가 강하고 사람들에게 자신을 보여주고 싶은 사람이기도 했다. 그런 그가 진료실에서 조연 역할만 하던 것에서 벗어나 빈 시민층에서 주역으로 변신할 수 있었던 장소가 바로 란트만이었다. 이곳에서 그는 어려운 환경에서 자라 빈 사회의 중앙으로까지 진출한 자신의 성공을 확인하고 싶었을지도 모른다.

란트만의 분위기는 세련되고 진지하다. 다른 카페들처럼 떠들

썩하지 않다. 손님들은 대화를 하지만 격을 갖추고 어느 정도 남에게 신경을 쓴다. 지금은 관광객들에게 점령되다시피 한 데멜이나 자허에 비해 아직도 빈 시민들이 편하게 즐길 수 있는 곳이 란트만이다. 인테리어는 단순하면서도 분위기는 진중하다. 창이 커서 햇살이 잘 들어와 밝고 기분이 환해진다. 창밖으로는 부르크 극장의 멋진 외관과 링 슈트라세의 가로수, 오고가는 자동차들도 보인다.

최근 일본 도쿄의 하라주쿠에 카페 란트만이 생겼다. 책을 많이 읽는 일본에서 프로이트는 일반 교양인들에게 친숙한 저자다. 그런 그들을 겨냥해 란트만까지 들어온 것이다.

내가 아는 일본 여자로 정신과 의사가 있는데, 빈에서 공부한 적이 있다. 도쿄의 종합병원에서 근무하느라 늘 바쁜 그녀는 빈에 자주 가지는 못하지만, 대신 주말이면 란트만에서 커피를 마시면서 빈과 프로이트에 대한 향수를 달랜다고 한다. 그녀처럼 역시 나에게도 란트만은 배우들의 카페도 정치가들의 카페도 아니다. 프로이트의 카페다.

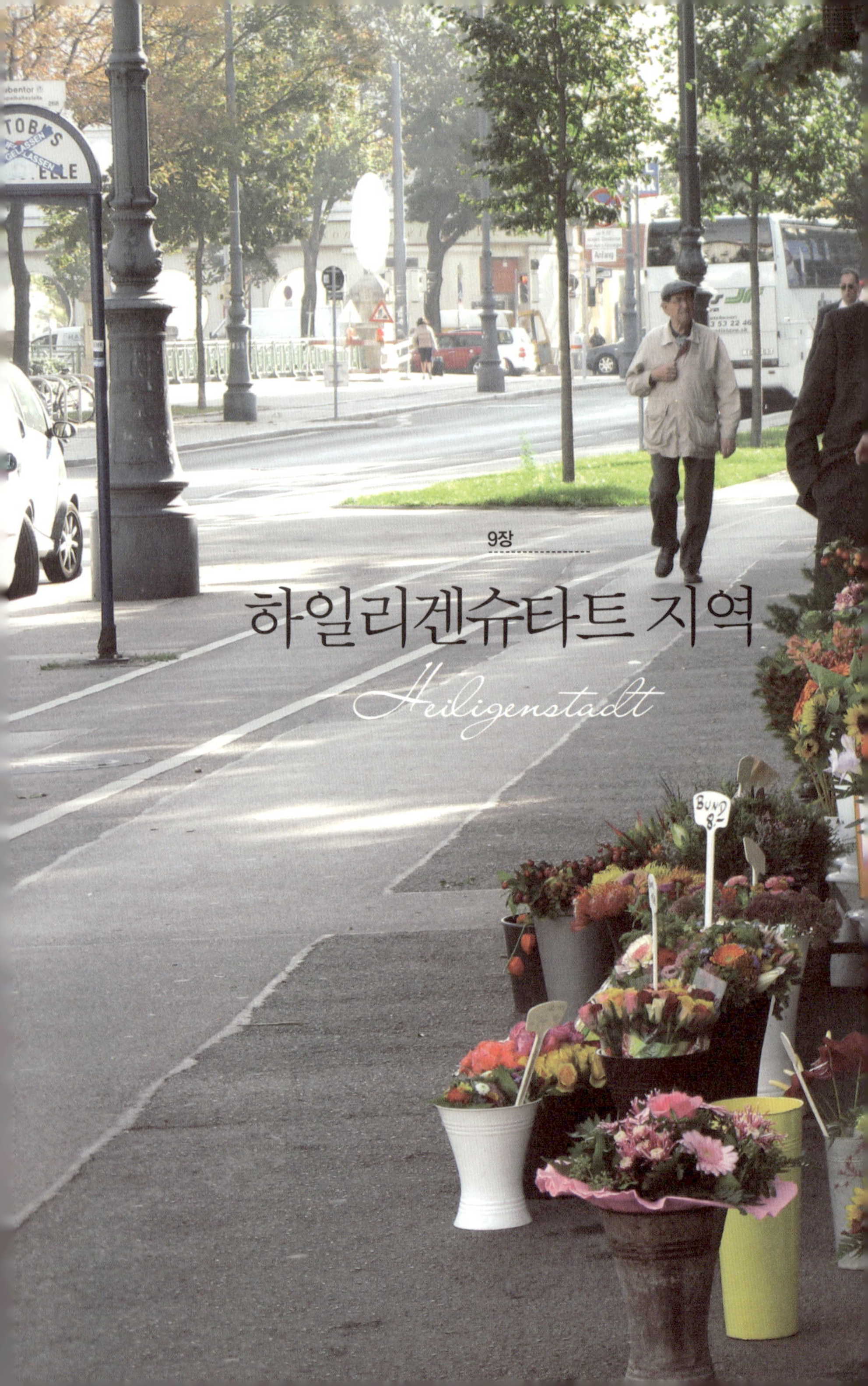
9장

하일리겐슈타트 지역

Heiligenstadt

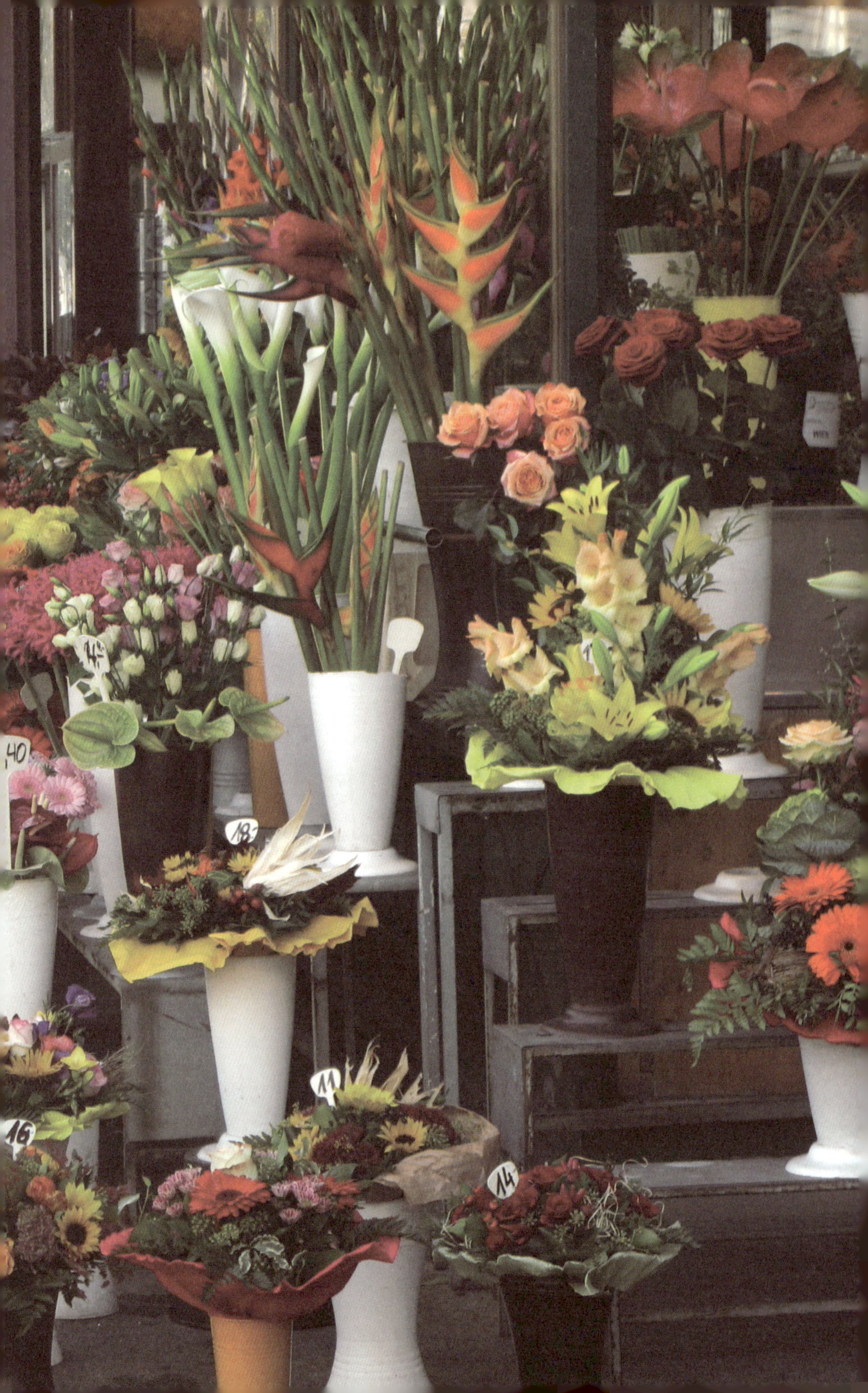

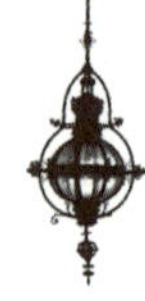

하일리겐슈타트
절망과 위로의 자취를 찾아서

빈에 와서 작곡가들의 집을 찾는 것은 어쩌면 크게 기대할 만한 일이 아닐 수도 있다. 뭐 굳이 찾아다니겠다면 할 수 없지만, 혹시라도 실망할까 봐 미리 얘기해두는 것이다.

그중에서도 압권은 베토벤의 집이다. 한마디로 빈에서 베토벤의 집을 찾는 것은 너무나 무모한 일이다. 찾기가 어려워서? 아니다. 베토벤의 집이 너무 많아서다. 물론 베토벤은 한 번도 자기 소유로 집을 가진 적이 없다. 그는 늘 집을 빌려서 살았으며 늘 이사를 다녔다. 베토벤은 빈에서만 적게는 35번, 많게는 80여 번 이사를 했을 것이라고 한다. 대단하다. 빈의 집들 중 세 집 건너 한 집이 베토벤 집인 것이다. 그러니 빈에서 베토벤의 집을 굳이 찾을 이유가 있을까?

겨우 주소를 얻어서 한참 헤매다 찾아가면, 그냥 큰 아파트인데 몇 층 어딘가에 베토벤이 살았었다는 식이다. 그리고 개인 사유인 가정집에 들어가볼 수도 없다. 또 어떤 집은 약국으로 변해 있다. 어떤 곳은 몇 년부터 몇 년까지 베토벤이 살았다는 간판만 붙어 있는데, 이 정도면 그래도 낫다. 아무런 흔적도 없는 곳이 더 많다. 빈 시민들에게는 베토벤이 그곳에 살았다는 사실이 별로 흥미를 끌 수 없는 일이 되어버렸다.

베토벤이 그렇게 여러 차례 거처를 옮겨 다녔으니, 휴대전화도 없던 당시에 그를 찾기란 더더욱 어려웠을 것이다. 그를 찾아 간 사람들 중 그를 만나지 못하고 발걸음을 옮긴 사람들이 얼마나 많을까? 베토벤은 80번 이사를 하면서 끊임없이 세상으로부터 달아나고 관계를 끊으려고 한 것은 아니었을까?

80번이나 이사를 한 베토벤은 음악의 대가일 뿐만 아니라 이삿짐 싸기의 달인이었을지도 모른다. 이삿짐센터를 차릴 분이 있다면 회사 이름을 '베토벤 이삿짐센터'로 짓는 건 어떨까? 물론 이삿짐을 나르는 직원들은 머리에 베토벤 파마를 하고, 〈운명〉 교향곡을 틀어 놓고 짐을 옮겨야 한다(죄송합니다. 너무 멀리 와버렸습니다).

그럼에도 빈에서 가볼 만한 가치가 있는 베토벤의 집이 존재한다. 하일리겐슈타트에 있는 집이다. 어렸을 때 읽었던 책으로 베토벤에 대한 도록이 있었다. 베토벤의 이야기들과 적지 않은 사진들이 수록된 도록이었다. 베토벤의 유서에 관한 게 상당한 부분을 차지하는데, '하일리겐슈타트의 유서'라고 씌어 있었다. 누렇고 낡은 종이 위에 베토벤이 휘갈겨 쓴 글자들, 낙인과 서명, 한 개도 아니고 몇 개의 유서들이 페이지들을 채웠다. 하지만 자라면서 그것들은 그저 그런 이야기들로 내 기억에서 사라졌다.

정신과 의사가 되어 주변에서 일어나는 많은 자살을 경험하고 늘 자살을 생각하는 사람들을 만나면서, 이제 자살을 생각하는 것은 나의 일이 되고, 직업이 되고, 일상이 되어버렸다. 그렇지만 나에게 베토벤이란 인물은 여전히 의식에 떠오르지 않았다.

그러다가 빈에 와서 어느 날 갑자기 하일리겐슈타트란 지명이 생각났다. 빈에서의 일정이 한가하던 어느 날, 나는 호텔 방 침대에서 뒹굴며 잡지를 뒤적이고 있었다. 그러다가 한 지명을 보고는 벌떡 일어났다. 하일리겐슈타트…….

'그래, 하일리겐슈타트를 가보자!'

갑자기 그곳이 가보고 싶어졌다. 어린 시절부터 내 머릿속 깊숙한 어딘가에 있었던 것이 갑자기 수면으로 떠올랐다.

트램과 버스를 교대로 몇 번이나 갈아타고 빈 교외 한 구석에 숨어 있는 작은 마을을 찾는다. 하일리겐슈타트라고 적힌 정류장에서 버스를 내린다. 이른 봄의 햇살이 따스하고 기분 좋게 내리쬔다. 작은 마을인데 언덕에 집들이 늘어서 있다. 꽤나 오래된 동네다. 표지판을 따라서 골목을 올라간다. 모퉁이를 돌자 어린 시절 내가 살던 동네 능풍장처럼 조용한 골목이 나타난다. 옛날 우리 동네에도 이런 골목이 있었다. 여름방학 한가한 대낮에 그곳을 천천히 걸어가면, 장미넝쿨 우거진 담 너머에서 베토벤의 〈엘리제를 위하여〉나 와이만의 〈은파〉가 흘러나오곤 했다.

잠시 행복한 기억과 함께 골목을 걷다 보니, 느낌만으로도 '바로 이 집인가 보다' 싶은 집이 나타난다. 마치 하얀 레이스를 달

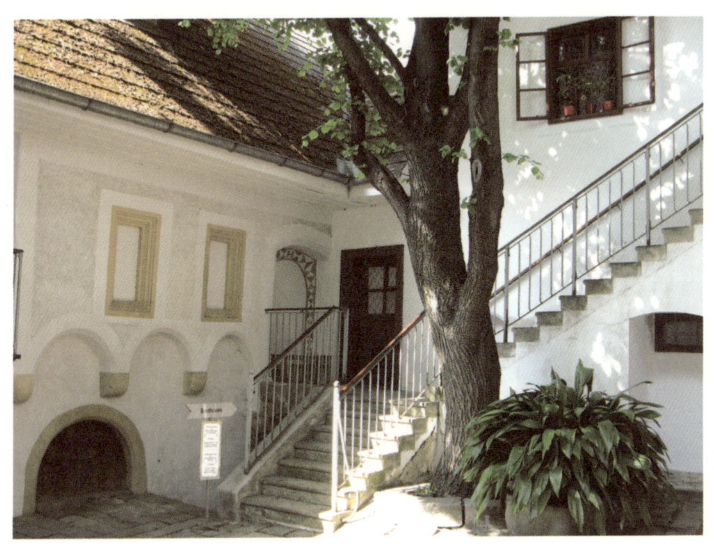

하일리겐슈타트의
베토벤 집은 그 안마
당이 정감에 넘친다.

고 바다르체프스카의 〈소녀의 기도〉를 치던 그 소녀의 집으로 들어가듯이, 그런 설렘으로 조심스럽게 대문을 넘는다.

아, 작은 안마당이다. 가운데에 큰 나무가 우거져서 기분 좋은 초록의 그늘을 자랑한다. 평화로운 마당 한편에는 2층으로 올라가는 계단이 있다. 낡았지만 좋은 구도로 구부러진 계단이다. 이곳에 베토벤이 살았다. 집의 이름이 내 어린 시절의 어두운 기억을 되살려준다. '유서의 집'이다.

젊은 나이에 청력을 잃어가던 베토벤은 얼마나 좌절했을까? 온갖 치료를 다해도 차도는 없고 귀는 더 어두워져갔다. 의사는 그에게 번잡한 빈을 떠나 조용하고 공기 좋은 곳에서 요양하기를 권유했다. 베토벤이 택한 이곳은 시내에서 그리 멀지 않고, 주변이 숲으로 둘러싸였으며, 온천까지 있었다.

베토벤이 도착한 것이 1802년이었으니 그의 나이 겨우 32세, 이미 그는 그 때부터 청력을 잃어가고 있었다. 어떤 이들은 그가 말년에 가서야 귀가 멀었을 것이라고 짐작하는데, 전혀 사실이 아니다. 실제로 의사들은 베토벤의 모든 작품들 가운데 청력이 완전한 상태에서 작곡한 것은 초기의 2~3작품에 불과할 것이라고까지 말한다.

이곳에 베토벤은 여러 차례 왔었다. 병세는 큰 차도가 없었다. 그는 죽고 싶었다. 그래서 유서를 썼다. 종종 그의 죽음과 연관될 것으로 짐작되는 '불멸의 연인'과 유서는 관계가 없었을 것 같다. 이런 심각한 건강상의 문제를 굳이 지난 여인과 연관지을 필요가 있을까? 물론 그를 보살피는 여인이 있었다면 더 견뎌냈을지도 모르지만……. 그에게 그런 여자는 없었다. 베토벤은 지난 연인에게 유서를 쓴 것이 아니었다. 그는 동생들에게 유서를 썼다. 수신자는 두 동생 카를과 요한이었다.

이곳은 이름이 '베토벤 유서의 집'이라고 붙여져 있는데, 일종의 박물관인 셈이다. 가장 중요한 방은 2층 베토벤이 살았던 방, 즉 유서를 썼던 작은 방이다. 뒤편으로 싱그럽게 푸른 나무가 보이는, 작은 창이 있는 좁은 방이다. 많은 상념이 떠오른다. 일본에서 온 한 노인이 돋보기를 쓰고 너무나 진지하게 자료들을 읽고 있다.

인상적인 것은 베토벤의 '데스마스크'다. 진열장 안에 노인의 말라비틀어진 얼굴이 누워 있다. 우리가 기억하는 베토벤은 근엄하고 화가 난 듯한 얼굴이다. 그러나 누구나 죽을 때는 그렇지 않은가 보다. 베토벤도 죽기 전에 이미 자신의 모든 카리스마를 내려놓았다. 그냥 매우 말라서 뺨이 움푹 들어가고 얼굴이 조그마한 초라한 노인일 뿐이다. 그의 데스마스크를 보면 이런 생각이 든다. 위대한 생애를 산 사람도 죽을 때면 다 똑같다.

여기서 나는 그의 마지막 얼굴을 대한다. 방도 궁상맞지만 얼굴은 더욱 궁색하다. "그들의 궁색함이 나를 감동시켰다"는 히라노 게이치로의 말이 떠오른다. 이곳이 더 이상 새롭게 리노베이션되지 않기를 바란다. 적어도 다음에 내가 다시 올 때까지는.

여기 있는 유서들은 아쉽게도 복사본이다. 그러나 이곳에서 그나마 볼 수 있다는 것은 소중한 일이다. 유서들은 여러 통 씩 었지만, 실제로 부쳐진 것은 한 통도 없었다. 부치지 않은 유서들……. 부치지 않은 것이란 그 모든 내용을 가슴으로 다시 삼켜버린 것이다. 그 종이 한 장 한 장은 가슴속으로 삼켜버린 베토벤의 울음이었다.

이곳을 지키는 할머니가 안내를 해주었다. 정말 열심히, 그리고 다정하게, 마치 베토벤을 살펴주지 못한 대신 죽고 없는 지금이라도 그를 살펴주려는 듯이. 그녀의 말과 행동에는 베토벤에

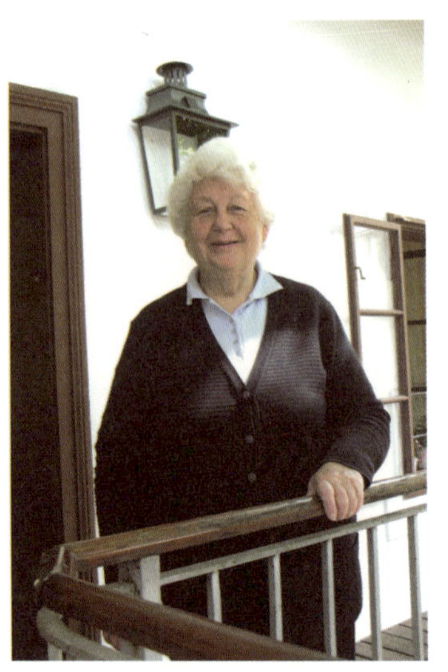

대한 깊은 애정이 묻어 있었다. 그녀가 나에게 그토록 친절한 것은 이곳을 찾은 내가 좋아서가 아니라, 그녀가 그토록 존경하는 베토벤을 누군가 찾아온 사실이 소중했기 때문이리라. 열심히 설명하는 그녀의 표정에서 나는 그것을 느꼈다.

전시실을 나올 때 그녀는 내가 요청하는 대로 몇 번이고 같이 사진을 찍어주었다. 포즈를 제대로 취하고 만면에 미소를 띤 채……. 그런 그녀에게 나는 언젠가 꼭 다시 오겠다고 기약 없는 약속을 해버렸다.

몇 년 후 다시 그곳을 찾았다. 그런데 할머니는 보이지 않았다. 할머니가 하던 관리 일을 어떤 남자가 하고 있었다. 할머니에 대해 물으니, 연로하여 그만두었다고 한다. 너무나 황망했다. 약속은 지켰으니 그것으로 위안을 삼아야 하나?

할머니에게 별일이 없기를 빌었다. 그나저나 베토벤을 옆에서 살펴주지 못하는 그녀는 얼마나 서운할까?

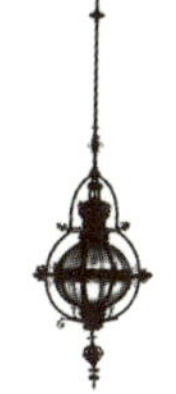

베토벤 산책로
들 리 지 않 는 그 에 게 음 악 을 들 려 주 다

베토벤은 이 마을이 마음에 들었고 이곳에서의 생활을 제법 즐긴 것 같다. 그는 하일리겐슈타트의 전원적인 환경을 만끽했다. 산책을 좋아하던 베토벤은 매일같이 나가서 숲을 산책했다. 그곳이 유명한 '베토벤 산책로'다. 이곳의 자연은 베토벤을 고무시켰고 그에게 많은 영감을 주었다. 그러나 안타깝게도 이곳에서 베토벤의 난청은 더 악화되었다.

아름다운 자연을 마음껏 느끼지만 귀가 점점 더 멀어가는 음악가. 숲 속을 걸으면 새 소리와 바람 소리는 들리지 않고, 대신 그의 귀에는 자연이 아닌 자신의 멜로디가 들려왔을 것이다. 그래서 집으로 돌아오면 그 멜로디를 오선지에 옮겼을 것이다.

유서의 집을 나와서 베토벤이 걸었던 길을 따라 걸어본다. 마치 바둑에서 복기(復碁)하듯이. 군데군데 표지판이 있어서 주의 깊게 따라가면 길을 다 찾을 수 있다. 먼저 집 앞의 골목을 나오면 술집이 보인다. 지금도 영업을 하는 상당히 큰 술집 겸 식당이다. 베토벤은 저녁마다 이 술집에 와서 술을 마셨다고 한다. 그는 성격이 좋은 것도 아니고 독설가인 데다가 귀도 잘 들리지 않았으니, 대인관계가 좋았을 리 없다. 그는 구석 자리에 앉아서 혼자 술을 마시는 일이 많았다. 마시는 양도 점점 많아졌다. 결

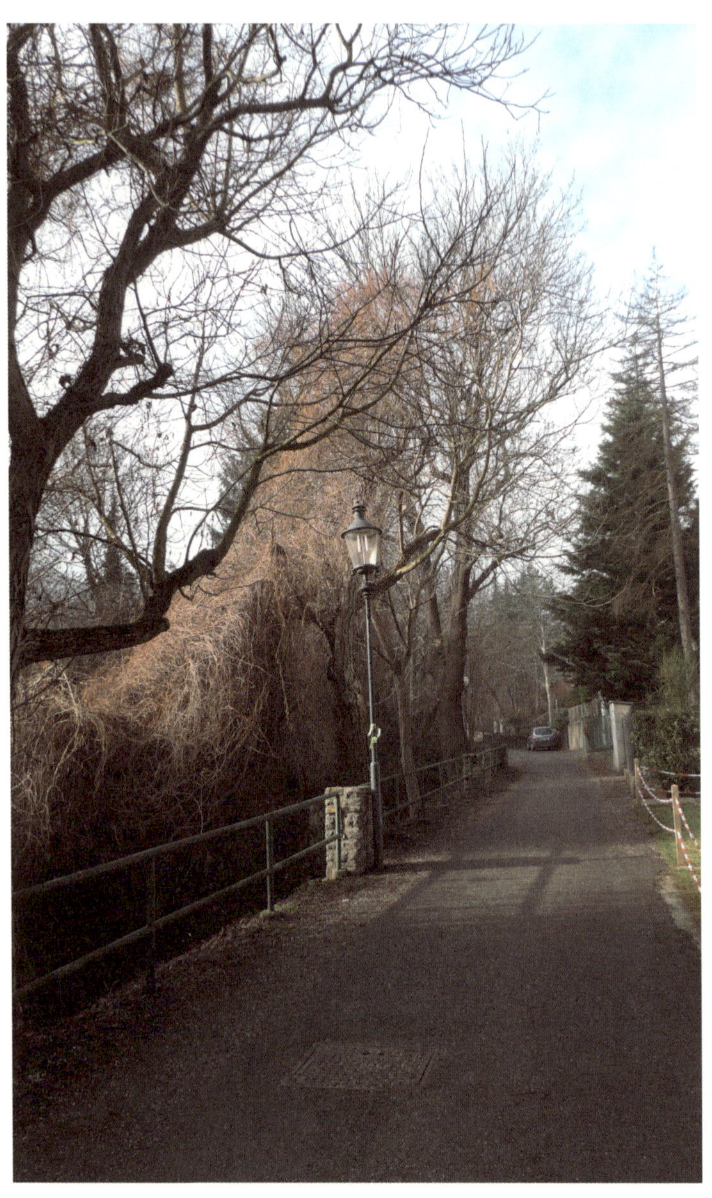

국 그는 간을 심하게 해쳤다. 귀를 치료하러 왔던 그는 결국 간경화를 얻고 만다. 바로 이곳에서.

'베토벤의 술집'을 나와서 숲을 향해 걷는다. '베토벤의 산책로'가 나타난다. 그가 걸었던 길을 나도 걷는다. 5월. 봄에 만나는 빈의 숲은 너무나 아름답다. 완만한 비탈을 오른다. 왼편으로는 시냇물이 흐르고 오른편으로는 작은 전원주택들이 점점이 늘어서 있다. 시냇물, 얼마나 오랜만에 내 입에서 나오는 말인가? 한동안 잊어버렸던 이 예쁜 이름이 여기에 오니 자연스레 나온다.

여기저기 핀 들꽃과 풀들이 어린 시절을 떠올리게 한다. 초록 풀밭에 번진 꽃들 사이로 시냇물이 졸졸졸 흐른다. 이름을 모르는 새들의 소리도 들려온다. 베토벤은 이 소리들을 듣지 못했다. 눈과 코와 손으로만 숲을 느꼈던 것이다.

이 숲에는 베토벤이 살았다는 집이 두 채나 더 있다. 하나는 〈합창〉 교향곡을 작업하는 동안 있었다고 하나 확실하지는 않다. 실제 〈합창〉은 바덴에서 완성되었다. 다른 하나는 '에로이카 하우스'다. 바로 〈영웅〉 교향곡을 작곡했던 집으로 영화 〈에로이카〉도 이곳에서 촬영되었다.

숲을 걸으면서 비로소 깨달았다. 이 전원 속에서 그는 아무것도 들을 수 없었기에 교향곡들을 쓸 수 있었다. 자연의 소리가 들리지 않으니 스스로 만들어냈던 것이다. 그의 머릿속에서는

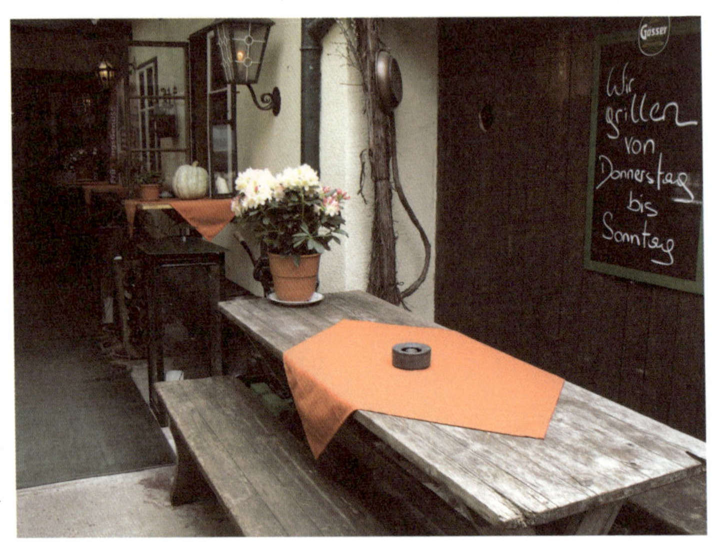

베토벤이 매일 술을
마시던 술집의 한 테
이블이 지금도 누군가
를 기다리는 듯하다.

비가 오고, 다시 개고, 시냇물이 흐르고, 새가 울고, 바람이 불
고, 천둥이 치고, 그리고 산과 들판이 노래했을 것이다. 이 숲에
서 〈전원〉 교향곡이 탄생했다. 얼마나 아름다운 곡인가? 전원의
소리가 들리지 않으니 기억과 상상으로 전원의 교향악을 오선지
에 그림처럼 그린 것이다. 그 곡은 그가 그린 산책로의 풍경화다.

있지도 않은 그를 생각하고, 본 적도 없는 그를 그리워하며 숲
을 걷는다. 나는 비로소 그가 얼마나 힘들었고, 얼마나 고통스러
웠는지, 그러면서도 삶을 살아갔던 그가 얼마나 위대했는지 새
삼 몸으로 깨닫는다.

죽는 것은 어렵다. 하지만 사는 것은 더 어렵다. 그는 한 번도

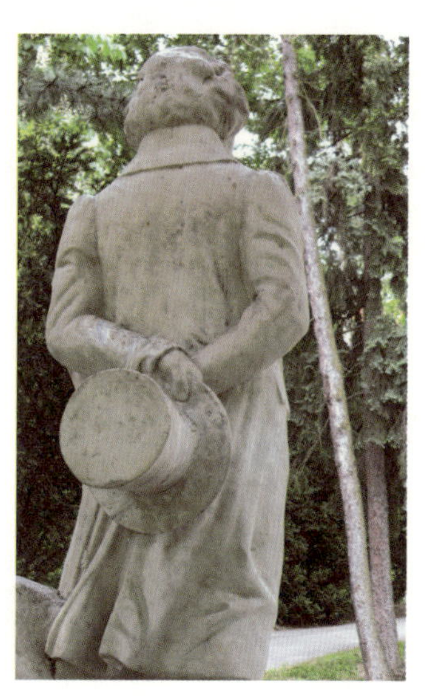

결혼한 적이 없고 늘 혼자 살았지만 그래도 가장이었다. 부양해야 할 동생들과 조카들이 있어서 마음대로 죽지도 못했다. 그의 유서들은 그가 죽으려고 쓴 것이 아니라 살기 위해 쓴 것이 아닐까.

그렇게 그를 생각하며 걷는다. 어디론가 한참을 걷다 보니 길 한가운데 산책하는 베토벤의 상이 실제 크기의 모습으로 서 있는 게 아닌가? 정말 그를 만난 것만 같다. 석상이 이렇게 반가울 수가…….

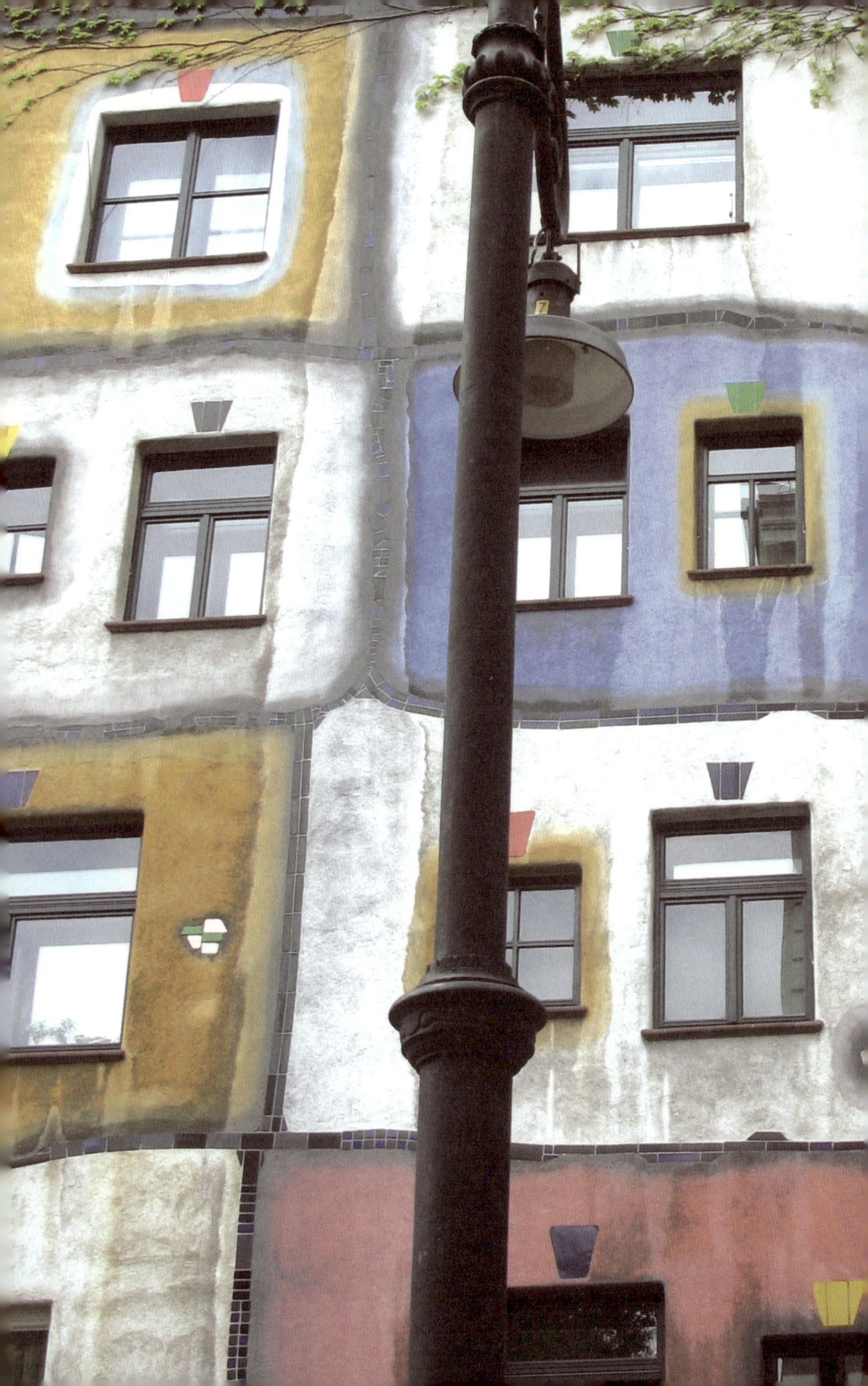

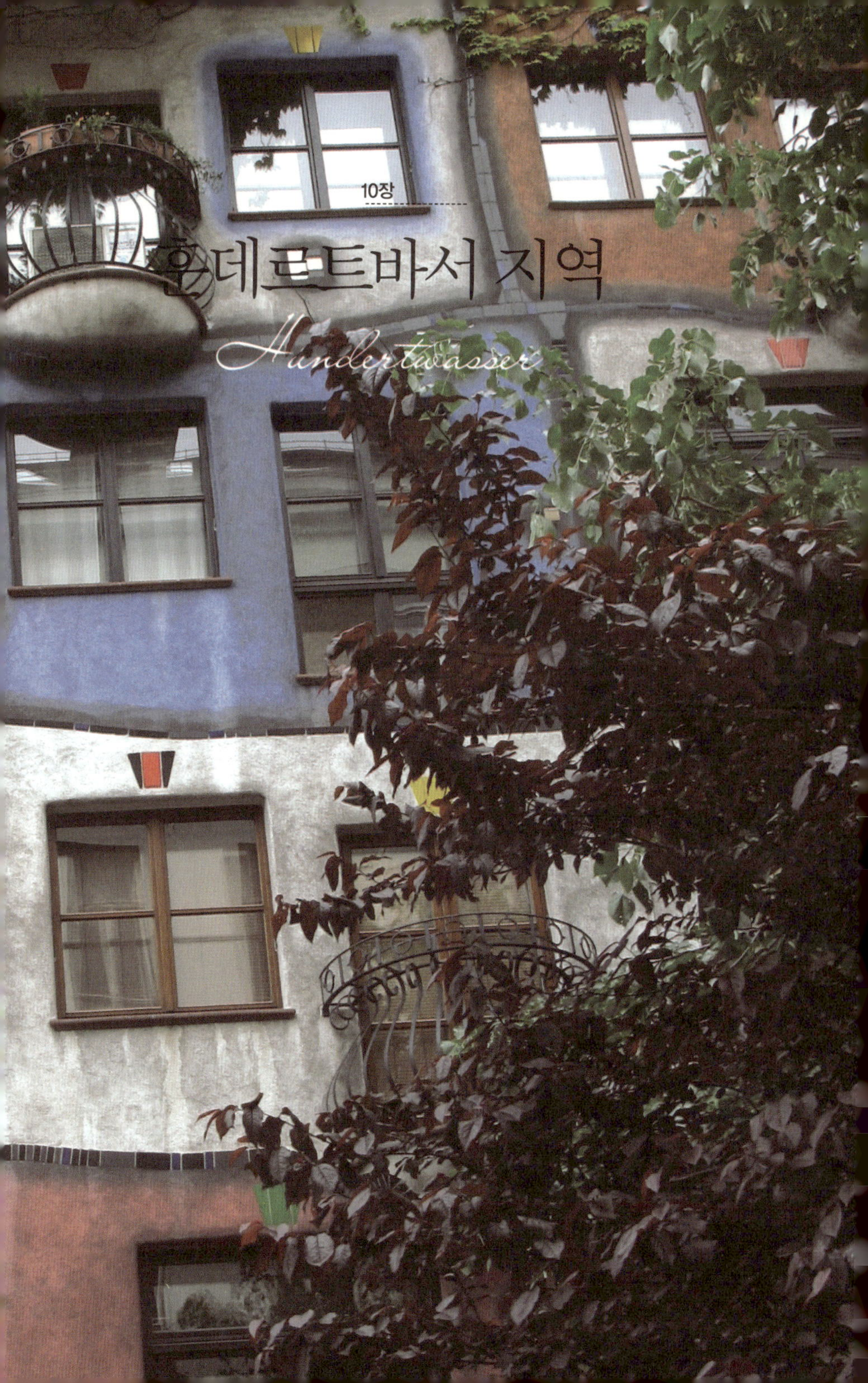
10장
후데르트바서 지역
Hundertwasser

훈데르트바서
생태주의를 실천하며 몸으로 예술을 살다

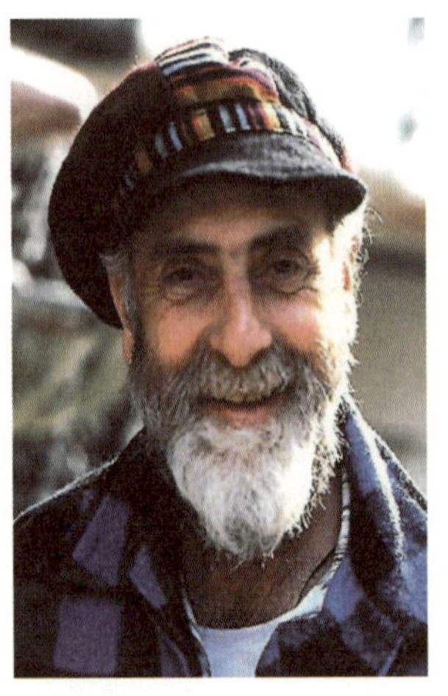

훈데르트바서1928~2000는 본명이 아니다. 본명은 프리드리히 스토바서. 21세 때 프리덴스라이히 훈데르트바서로 개명했다. 훈데르트바서 Hundertwasser는 '백'이라는 단어와 '물'이라는 말을 합친 것이니 '백수百水', 즉 백 개의 강이라는 뜻이다.

그는 빈 미술 아카데미에 입학해 3개월 만에 때려치웠다. 제도권의 판에 박힌 교육을 견딜 수가 없었다. 파리의 에콜 데 보자르에도 들어가지만 하루 만에 자퇴한다. 그 후로 그는 혼자만의 길을 걷는 미술가가 된다.

이 때부터 훈데르트바서는 그의 트레이드마크가 된 '나선형 그림'을 그리기 시작한다. 직선을 혐오하는 그의 스타일은 잘 알려져 있는데, 우리의 주변을 감싸고 있는 '직선이란 인간성의 상실'이라고 그는 주장했다.

그는 1967년 런던에서 첫 번째 연설을 하면서 유명해졌다. 사실 내용도 그렇지만 연설할 때 나체였기 때문이다. 이것을 '첫 번째 나체 연설'이라고 부르는데, 연설의 제목은 '세 번째 피부의 권리'였다. 그의 이론에 의하면 우리의 첫 번째 피부는 몸의 진짜 피부를 말하고, 두 번째 피부는 의복이며, 세 번째 피부는 집이다. 나중에 그는 의상을 디자인하여 두 번째 피부를 디자인하고, 나아가 55세의 늦은 나이에 건축가로 데뷔해 세 번째 피부를 만들게 된다.

첫 번째 나체 연설 이후 훈데르트바서는 많은 연설과 이벤트를 한다. 그런 그의 행동이나 말은 유명해지기 위한 장치이거나 환상 같은 이론처럼 보일 수도 있었다. 하지만 후에 그는 자신의 말을 모두 구현하는 작품을 만들고 실천하는 삶을 살았고, 그에 대한 비판이나 공격은 무의미하게 되었다. 그의 두 번째 나체 연설 제목은 '화장실로부터의 탈출'이었다. 그는 지금까지의 판에 박힌 현대 건축에 대한 거부 운동을 시작했다.

훈데르트바서의 인생 20여 년은 여행으로 점철되었으며, 그의 예술 활동과 여행은 신념으로 움직이는 것이었다. 그는 나무 범선을 타고 항해했고, 범선에서 3년간 선상 생활도 했다. 1972년에는 〈창문에 대한 권리-나무에 대한 의무〉라는 선언문을 발표해 자신이 평생 가게 될 건축 활동의 길을 예견하게 하는 건축관을 피력했다. '사람은 자신의 취향에 맞게 옷을 입고, 집의 창문도 취향에 따라 낼 권리가 있다'는 이론을 담은 것이었다.

그는 1975년에 범선으로 대서양과 태평양을 횡단하여 뉴질랜드에 도착한다. 1984년에는 핵발전소 설립 반대 운동을 하고 기금을 모으기 위한 작품 제작을 한다. 그리고 빈 시내의 많은 낡은 건물들을 자신의 생각대로 리노베이션한다. 그의 주장을 실제 작업으로 가시화하는 데 성공한 것이다.

이어서 훈데르트바서는 인간을 지탱해주는 것으로 '제4의 피부'를 주창하는데, 그것은 '가정'이다. 그는 어려서 아버지를 잃고 나치에 의해 친척도 다 잃었다. 장성할 때까지 가족은 어머니와 단둘뿐이었다.

훈데르트바서가 주장한 '제5의 피부'는 생태주의다. 그는 만년에 자연친화적인 삶을 주장하고 스스로 그렇게 살았다. 〈신성한 똥〉이나 〈수생식물 정화 시스템〉 등을 만들었고, 친환경적인 부식토 화장실을 개발했으며, 핵발전소 건립 반대 운동을 했다. 또한 자연에 해가 되는 일체의 행위를 비판했으며, 스스로 심은 나무가 6만 그루에 이른다.

서울 한복판에 인위적인 콘크리트 공원을 조성한다고 수백 년 된 나무들을 아낌없이 뽑아내는 용감한 사람들을 볼 때, 훈데르트바서의 말이 떠오른다.

"나무를 심는 것은 생태주의적 행동이며, 나무를 뽑는 것은 정치적 행동이다."

그는 〈노아의 방주 2000〉이라는 프로젝트에서 '당신은 자연의 손님이다. 올바르게 행동하라'는 포스터를 제작했다. 우리는 지구에 잠시 다니러 온 손님들이다. 지구는 우리의 것이 아니다. 짧은 임기 내에 나무를 뽑는 정치가의 것은 더더구나 아니다.

훈데르트바서는 1999년부터 뉴질랜드의 전원에서 생활했다. 그러다 2000년 태평양을 횡단하던 도중 여객선 위에서 사망했다.

그는 유언에 따라서 뉴질랜드에 있는 그의 마당 '행복한 망자의 정원' 나무 아래 관 없이 묻혔다. 관이 없어야만 몸이 썩어 나무로 돌아갈 수 있는 것이다. 죽어서 그는 나무가 되었다. 그 나무 밑에는 나무의 이름이 이렇게 적혀 있다.

'훈데르트바서 2000~ '

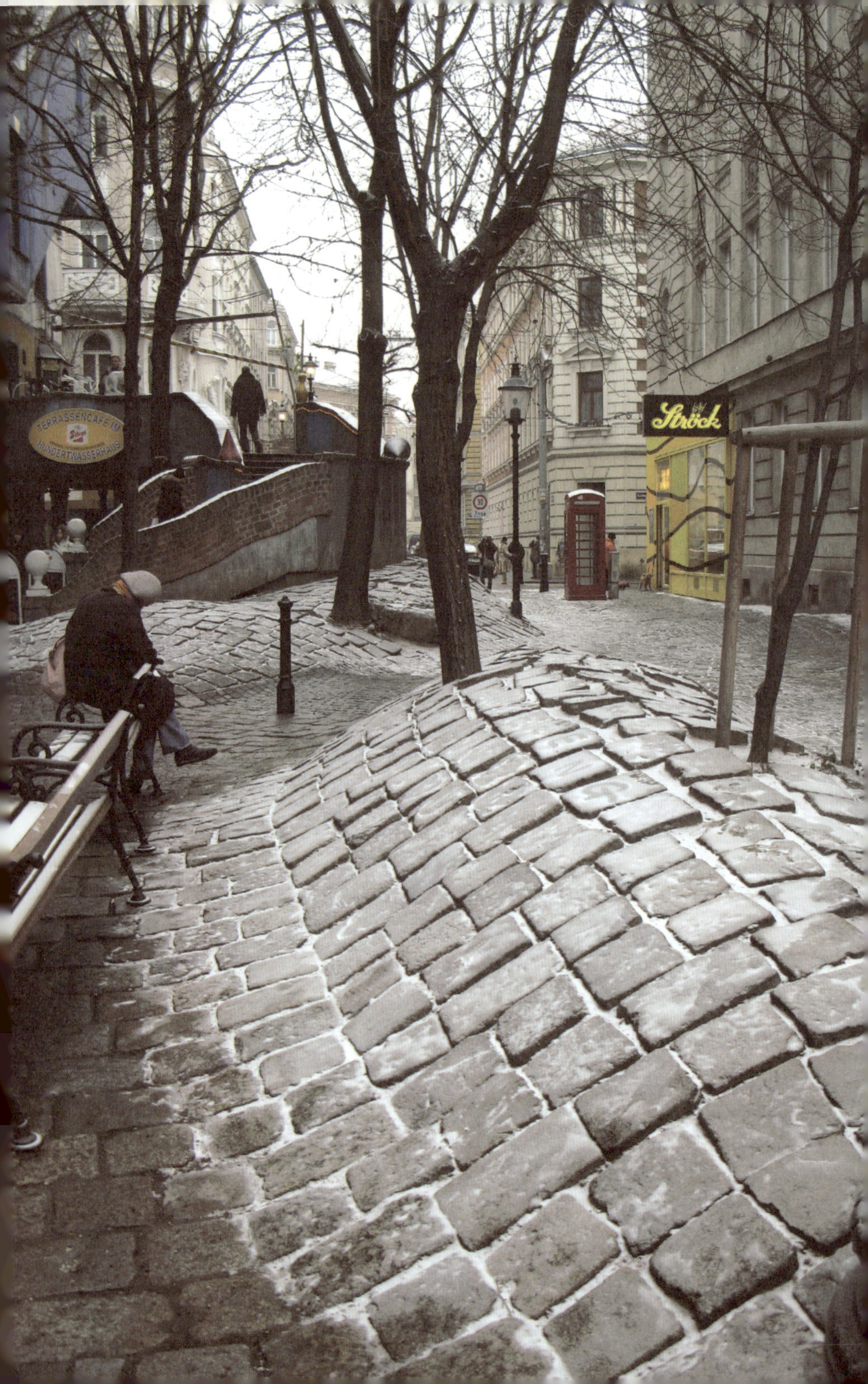

TERRASSENCAFE IM
HUNDERTWASSERHAUS
Ströck

훈데르트바서 하우스
서민 아파트, 예술로 승화하다

뒷골목에 도착했다. 주변은 우중충하다. 눈앞에는 안개 속에 건물이 서 있다. 사람들이 카메라를 들고 아침 안개가 걷히기를 기다린다. 이윽고 햇살이 퍼지면서 건물 여기저기에 있는 찬란한 금빛과 투명한 코발트빛을 비춘다. 낡았지만 아주 독특한 형태의 아파트, 아니 도무지 아파트라고 짐작하기 어려운 오색찬란한 건물이 그제야 모습을 드러낸다.

1980년에 빈 시의회는 뢰벤 가에 있는 낡은 서민용 시립 아파트 개조를 훈데르트바서에게 의뢰하기로 했다. 이것은 빈 시의회가 결정한 사항들 중 가장 혁신적이고 미래지향적인 것이었다. 훈데르트바서는 아파트를 자연색으로 바꾸고, 창문들을 각기 다른 모양으로 바꾸었으며, 지붕에는 나무를 심었다. 이 아파트의 55세대는 서로 같은 창문, 같은 기둥, 같은 집이 하나도 없다. 마치 다양한 퍼즐 조각을 맞추어 놓은 것 같다. 훈데르트바서는 그동안 자신이 주장해오던 모든 것을 이 아파트에 적용시켰다. 아파트는 '훈데르트바서 하우스'로 개명되었다.

1985년 개관과 동시에 공개된 이 아파트를 보기 위해 7만 명이 줄을 섰다. 더 놀라운 것은 지금까지도 모든 세입자들이 만족하여 이곳에 한 번 들어오면 거의 나가지 않는다는 사실이다. 이

훈데르트바서 하우스 앞은 길조차도 곡면으로 되어서 우리의 구태의연한 상식을 무너뜨린다.

것은 그의 이론이 맞았음을 증명하는 일이 아니겠는가?

지금 이곳 주민들의 주거 환경은 좋지 않다. 아파트가 세계적으로 알려지면서, 아침부터 나 같은 외국 관광객들이 찾아온다. 사람들이 내 아파트 앞에 매일 찾아와서 마당의 벤치에 앉고, 창문을 향해 망원 렌즈를 들이대고, 들어오고 나가는 우리 가족을 향해 셔터를 누르고, 심지어는 현관문을 두드리면서 "실례하무니다. 집안을 조금만 볼 수 있겠스무니까?"라고 말한다면 누가 좋겠는가?

얼마 전까지만 해도 훈데르트바서의 작업을 보고 싶어 하는 관광객들을 위해 아파트의 몇몇 집을 개방했다. 하지만 이제는 주민들의 사생활을 보호하기 위해 더 이상 개방하지 않는다. 하지만 관광객들은 점점 더 늘어나고 있다. 불편하다고 볼멘소리를 하면서도 주민들은 거의 나가지 않는다. 한번 들어오기 위해서는 신청을 해 놓고 한참을 기다려도 차례가 오지 않는다고 한다. 그들은 이 예술적인 아파트가 좋은 것이다.

그 후로 유럽의 수많은 국가와 지방정부, 기업, 개인이 그에게 건물 개조를 의뢰하기 시작했다. 그래서 훈데르트바서는 새 집을 짓기보다는 낡고 지치고 병든 집을 멋지고 다시 살 만하고 기분 좋은 집으로 고치는 일을 하게 되었다. 사람들은 병든 집을 고친 훈데르트바서를 '건축의 의사'라고 부른다.

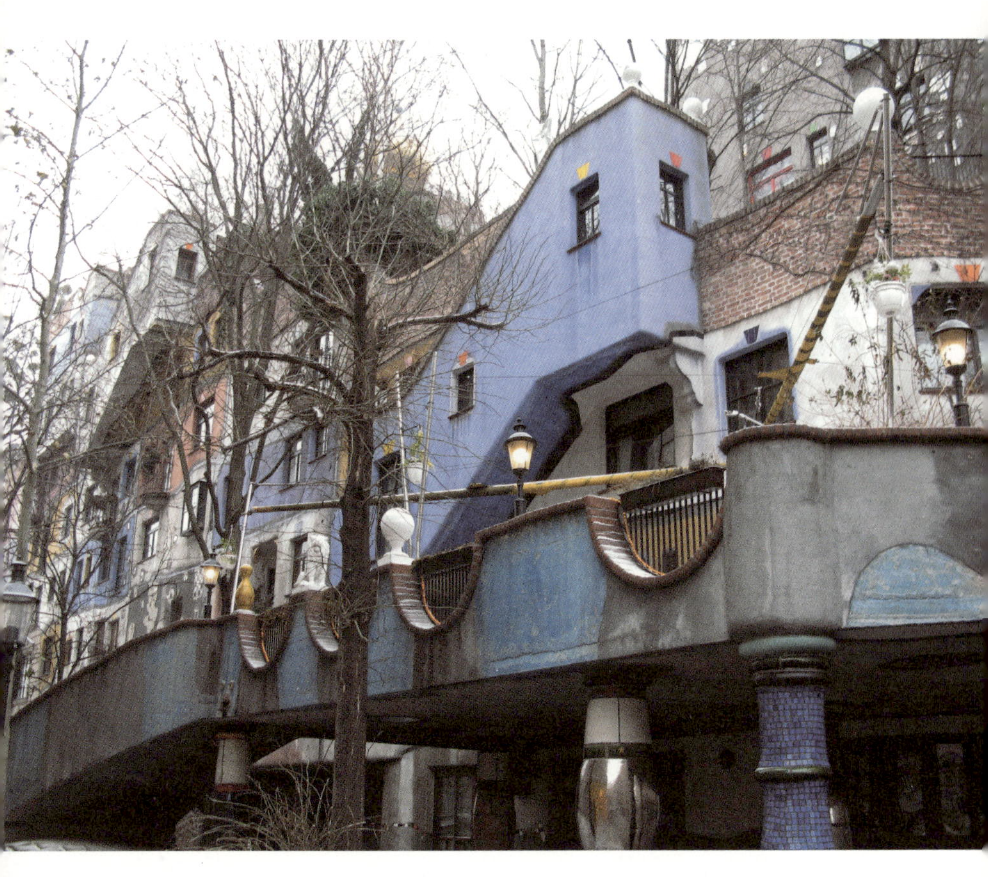

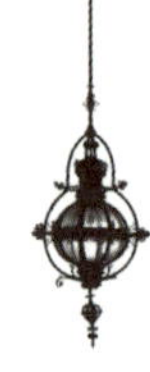

쿤스트하우스
새로운 정신이 전시된 장소

훈데르트바서 하우스를 찾았다면 함께 보아야 할 건물이 있다. 훈데르트바서 하우스의 지척에 있어서 5분 정도만 걸어가면 나오는 쿤스트하우스다.

빈의 쿤스트하우스는 훈데르트바서가 개조한 빈의 세 번째 건물이다. 1991년에 역시 기존 건물을 개조해 훈데르트바서의 작품들을 중심으로 '쿤스트하우스'가 개관했다. 이곳은 훈데르트바서 하우스의 내부를 볼 수 없는 관광객들에 실제 그의 건물 내부가 어떻게 생겼는지 체험해볼 수 있는 중요한 현장이다.

외관 역시 훈데르트바서 하우스를 연상시키는데, 안으로 들어가면 1층의 다양한 모습이 눈길을 끈다. 직선을 죄악시하고 곡선을 지향한 작가의 뜻대로 바닥조차도 곡면으로 울퉁불퉁하다. 장식과 기둥들이 서로 같은 것이 하나도 없는 건 당연하다. 입장권도 모두 다르게 생겨 마치 퍼즐 조각 하나를 받은 것 같다. 그 조각은 한동안 서울의 내 책상 위를 장식하고 있었다. 그것을 볼 때마다 빈, 아니 그보다는 훈데르트바서의 치열한 생애를 떠올리곤 했다.

2, 3층은 전시 공간이다. 역시 곡면의 바닥과 모든 것이 서로 같지 않은 곡면의 전시실에 그의 전 생애에 걸친 작품들이 전시

되어 있다. 그의 회화들은 그의 철칙을 모범적으로 잘 지키고 있다.

"벽에 붙이면 안 되고, 벽으로부터 10센티미터 이상 떼어야 하며, 가습기를 틀어줘야 하고……."

자신의 그림을 소장하는 사람들은 마치 살아 있는 나무를 키우듯이 애정으로 보관해야 한다는 그의 철학을 느끼게 하는 말이다.

전시실에서 꼭 눈여겨보아야 할 것이 우표다. 적지 않은 수의 우표들이 전시되어 있는데, 모두 훈데르트바서가 디자인한 것들이다. 사실 그의 중요한 활동의 하나가 우표 디자인이었다. 그는 어떤 화가도 관심이 없었던 우표 디자인을 사랑해 30여 종의 우표를 디자인했다. 그는 우표 디자인을 예술로 올려 놓은 장본인이다. 기존 디자인을 우표에 전용한 것이 아니라 일일이 새 그림을 그렸다. 시골에 사는 가난한 할머니는 미술품을 소장할 수 없다. 하지만 이제 그 할머니도 편지만 한 통 받으면 아름다운 훈데르트바서의 작품을 소장할 수 있게 된 것이다.

그의 디자인을 우표에 사용한 국가로는 오스트리아는 물론이고 세네갈, 리히텐슈타인, 룩셈부르크, 쿠바 등이 있었다. 특히 세네갈 대통령은 훈데르트바서의 예술관에 깊은 경의를 표하며 많은 우표를 주문했다. 훈데르트바서는 우표뿐만 아니라 편지가 우체통과 우편배달부를 통해 전달되는 모든 과정을 사랑했다. 요즘처럼 컴퓨터나 스마트폰에서 손가락 하나로 소식이 가는 것

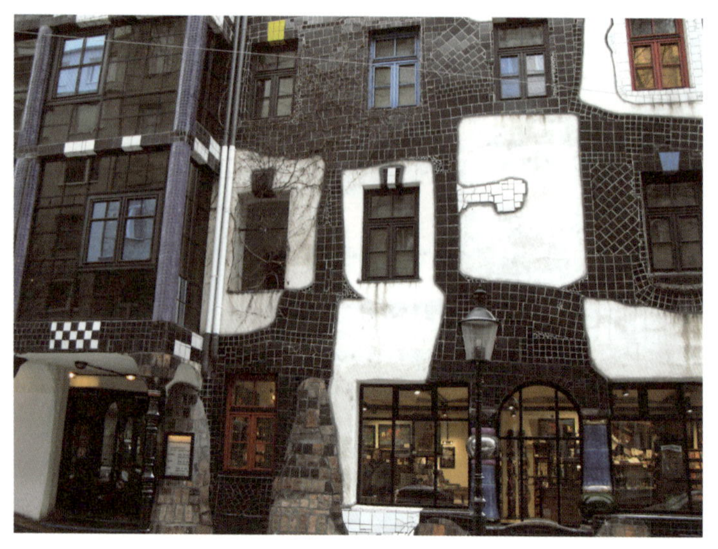

과는 비교할 수 없는 아련한 아름다움이다. 그의 우표 사랑은 얼굴도 모르는 채 그가 한 살 때 죽은 아버지가 유품으로 남긴 오랜 우표 수집 책에서 시작되었다고 한다. 숙연해지는 대목이다.

재미있는 일화가 있다. 그의 우표가 처음 나왔을 때, 그 우표가 붙은 편지를 본 한 우편배달부가 '이것은 우표가 아닙니다'라는 메모를 써서 발신자에게 돌려보낸 사건이 있었다. 그의 우표가 얼마나 예술적이었는지를 말해주는 상징적인 사건 아닌가?

훈데르트바서는 미국으로 대표되는 제국주의를 반대했고, 더불어 새로운 정신을 가진 국기들을 디자인했다. 그는 뉴질랜드와 호주 국기는 미국의 성조기를 베낀 것이라고 주장하며, 뉴질랜드다운 국기를 디자인했다. 물론 그것은 의회에서 부결되어 사용되지는 않는다. 하지만 지금도 그를 지지해 뉴질랜드의 '코루 국기'와 호주의 '울루루 국기'를 사용하는 사람들 혹은 단체들이 적지 않다고 한다.

그는 오스트리아의 자동차 번호판도 새롭게 디자인했다. 각 도시들이 지역적인 특징을 그림과 색채로 번호판에 자랑스럽게 붙이고 다닐 수 있게 한 것이다. 하지만 그의 번호판은 국회에서 부결되었다. 오스트리아 시민들은 '무식한 국회'에 항의하기 위해 한동안 경찰의 딱지에도 아랑곳없이 '훈데르트바서 번호판'을 달고 다녔다고 한다. 지금 그 번호판을 길에서는 보기 어렵지만, 대신 쿤스트하우스에서 볼 수 있다. 그 외에도 그가 디자인한 백과사전의 표지 등 다양한 작품이 건물 속에 있다.

빈의 훈데르트바서 하우스가 개관하던 날, 빈까지 갈 수 없었던 뉴질랜드 시민들은 자신들의 정체성을 담은 진정한 국기를 만들어준 그에게 감사하는 뜻으로 코루 국기를 집집마다 내걸었다. 그날 웰링턴 시에 내걸린 코루 깃발은 천 개가 넘었다고 한다.

쓰레기 소각장
예술이 환경을 바꾸다

훈데르트바서가 빈 시내에서 작업한 두 번째 개조 건물이 슈피텔라우의 '쓰레기 소각장 겸 열병합 발전소'다. 빈에서 나오는 쓰레기를 태워 발전을 하는 시의 공공 시설물이다. 흉물스럽던 공장을 1988년 훈데르트바서에게 맡긴 사람은 빈 시장이었다.

훈데르트바서의 손길이 닿은 이곳은 1992년 빈의 환상적인 랜드마크가 되었다. 일부러 찾아가도 되지만, 워낙 건물이 높기 때문에 빈 시가의 서쪽에 있는 숲이나 호이리게 또는 하일리겐슈타트 등을 오고가는 길에도 눈에 잘 뜨인다.

훈데르트바서는 이 칙칙하던 건물 위에 빨간 사과나 딸기 또는 금색의 왕관 등을 그려 넣었다. 높은 굴뚝에도 금빛 양파를 만들어 누가 보아도 즐거운 건물로 만들었다. 그리고 발코니와 지붕에는 나무를 심어서 건물 한쪽 위에 작은 숲이 형성되었다.

그는 다만 외관만 공을 들인 게 아니라, 이 발전소가 자연친화적인 것이 되기를 강력히 주장했다. 그의 바람대로 슈피텔라우 발전소에서 배출되는 다이옥신 양은 1년에 겨우 0.1그램(!)이라고 한다. 여기서는 빈 시내 전 쓰레기 배출량의 3분의 1을 소화하고 있다. 지금 이곳은 예술의 힘이 이루어낸 친환경주의 결과물로 평가받는다.

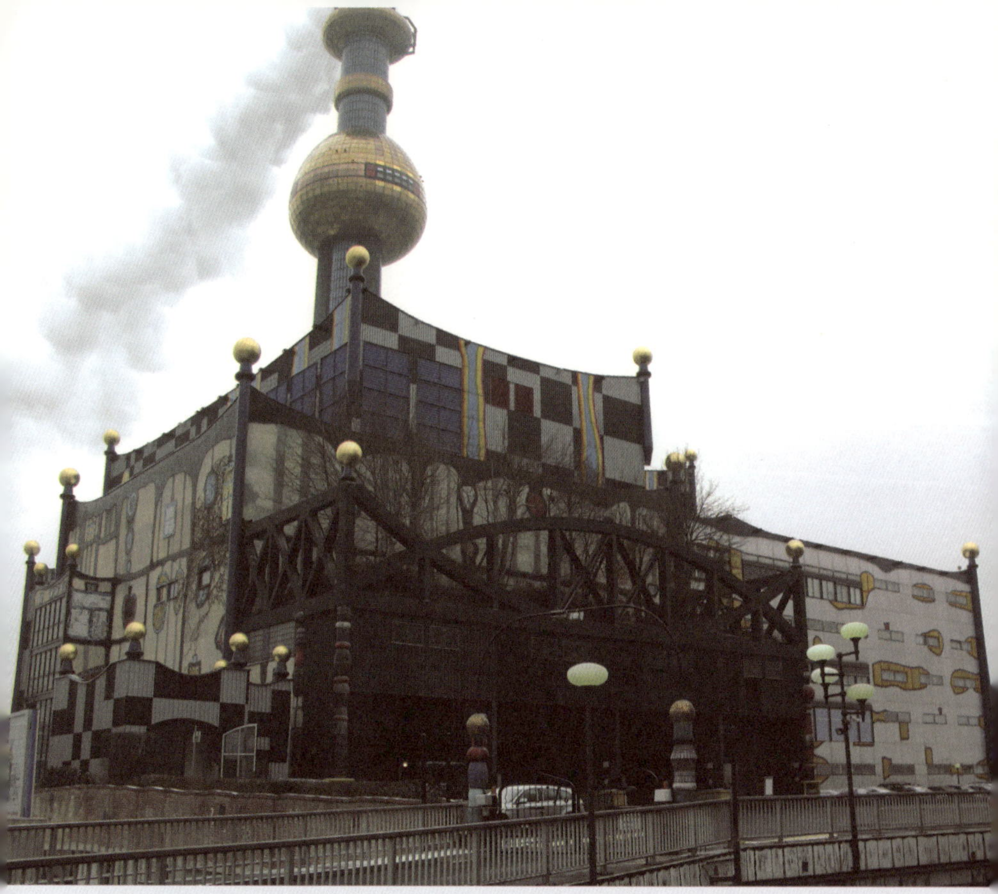

훈데르트바서의 사상은 쓰레기 소각장을
아름답게 만들었을 뿐만 아니라,
실제 공해 배출량을 현저히 줄이도록
공무원들의 생각도 바꾸어 놓았다.

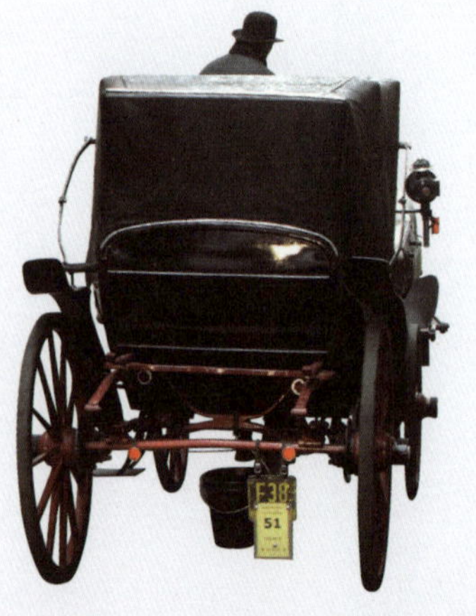